U0923793

汤一介散文集

译林出版社

图书在版编目(CIP)数据

汤一介散文集 / 汤一介著. —南京: 译林出版社，2015.10

ISBN 978-7-5447-5753-9

Ⅰ. ①汤… Ⅱ. ①汤… Ⅲ. ①散文集-中国-当代 Ⅳ. ①I267

中国版本图书馆CIP数据核字（2015）第199734号

书　　名 汤一介散文集
作　　者 汤一介
特约策划 施梓云
责任编辑 胡晓平
出版发行 凤凰出版传媒股份有限公司
译林出版社
出版社地址 南京市湖南路1号A楼，邮编：210009
电子邮箱 yilin@yilin.com
出版社网址 http://www.yilin.com
经　　销 凤凰出版传媒股份有限公司
印　　刷 江苏凤凰通达印刷有限公司
开　　本 880毫米×1230毫米 1/32
印　　张 14.75
插　　页 2
版　　次 2015年10月第1版 2015年10月第1次印刷
书　　号 ISBN 978-7-5447-5753-9
定　　价 58.00元
译林版图书若有印装错误可向出版社调换
（电话：025-83658316）

汤一介

著名学者、作家、哲学教授。

祖籍湖北黄梅，1927 年生于天津，1951 年毕业于北京大学哲学系。

历任北京大学哲学系教授、博士生导师，中国哲学与文化研究所名誉所长，中央文史研究馆馆员。是当代中国哲学界代表人物之一，出版有哲学专著多种。晚年主持编撰《儒藏》。2014 年逝世于北京。

目 录

寻求通往真理的路 1
这就是生活，真实的生活 7
“引蛇出洞”的“阳谋” 13
迷惑的十年 19
到云南与父亲团聚 27
昌明国粹，融化新知 39
在燕南园随父亲读书 59
记我的母亲 75
我们家的儒道互补 81
人生要有大爱 87
从沙滩到未名湖 91
生活在非有非无之间 99
“自由为体，民主为用” 105
自由的层次 111
在“自由”与“不自由”之间 117

小议“以德治国” 123
平等对话才能相互理解 129
知识分子与知识阶层 135
中国知识分子的特点 139
汤用彤与熊十力 145
生与死 153
中国的“老天爷” 191
在西方文化冲击下的中国文化 223
“文明的冲突”与“文明的共存” 275
在有墙与无墙之间 299
论儒家哲学中的真善美问题 309
论“情景合一” 335
“孝”作为家庭伦理的意义 347
《世说新语》中的“七贤风度” 357

《道德经》导读 379
“人间佛教”之意义 413
《般若波罗蜜多心经》讲义 425

寻求通往真理的路

寻求真理是困难的，不仅要有智慧，而且要有勇气。对真理的探求只能靠你自己，正像《圣经·马太福音》中所说："那门是窄的，路是小的，找着的人也少。"1949 年前，我选择了学哲学，目的就是在寻找真理，探讨人生的意义。1949 年社会情况的变化，使我突然感到可能我是错了，真理并不那么难获得。但生活给我一个错觉，好像通往真理的门大开着，路是一条平坦笔直的大道，几乎什么人都可以掌握真理，只要你能记熟那些马克思主义的教条就行。

在 1949 年后，我很快就接受了马克思主义（严格说应是马克思列宁主义的教条主义）。开始虽然还有些怀疑，但很快我就把这种作为意识形态的马克思主义教条当成了真理。经过了几十年，我才发现原来作为意识形态的马克思主义教条的门也是窄的，路也是小的，你如果再想往回走，想走出教条主义的门，那是非常困难的，也许人也是很少的。

马克思主义作为一种学说，虽然其中有些观点是过了时的，甚至是错误的，可是它中间无疑仍然包含着许多科学的成分，它还是应作为我们学术研究的对象，但是把马克思主义教条作为一种意识形态，把它视为放之四海而皆准的绝对真理，是可以解决一切问题的无所不包的理论体系，那就必定把本来包含其中的某些相对真理教条化而变成错误了。

1949 年后，我接受马克思主义有两个重要原因。第一，百余年来，我们的国家一直受西方列强和日本军国主义的欺侮和压迫，中国人，特别是中国知识分子的人格，经常受到外国人的侮辱，真是“是可忍也，孰不可忍也”。但是在 1949 年政权改变以后，我首先感到的是，“中国人民站起来了”，可以不再受西洋人和东洋鬼子的气了，不会再有“沈崇事件”了。这样一种深刻的感受，我想是当时许多知识分子和青年学生自愿地或半自愿地接受马克思主义的原因，这点和中国知识分子具有的一种特殊的“爱国主义”情结是分不开的。第二，在政权建立之初，当时一些共产党的干部是比较廉洁的，比起抗日战争胜利后，国民党官员到北京接收，抢房子、抢汽车、抢金条等等腐败现象，从感觉上真是有天壤之别。例如，我初到中共北京市委党校任教员时，我和已经参加了共产党二十来年的校长这样的老革命，住的房子也差不多，吃饭在同一个食堂，他吃中灶，我吃大灶，可是中灶与大灶差别也很小，我们穿的衣服一样，大家抽的烟一样，每月生活费也一样，当时生活虽很清苦，可是上上下下都不以此为苦。当然也许还有一个更为重要的原因，那就是苏联的电影和小说对广大青年无疑有着深刻的影响。例如《乡村女教师》所表现的女教师对自己事业的崇高的献身精神；《蜻蜓姑娘》中的那位姑娘对美好生活的乐观精神和开朗的性格等等。当时我读了不少苏联小说，如奥斯特洛夫斯基的《钢铁是怎样炼成的》、法捷耶夫的《青年近卫军》、西蒙诺夫的《日日夜夜》等等，这中间所表现的对祖国的热爱和对共产主义理想的忠诚，使我们这些青年人深深地感动了。使我现在还不能忘怀的是捷克共产党员伏契克在1943年被希特勒杀害前写的《绞刑架下的报告》。这本书我读了好几遍，其中有这样一段：

> 我爱生活，并且为它而战斗。我爱你们，人们，当你们也以同样的爱回答我的时候，我是幸福的。当你们不了解我的时候，我是难过的。我得罪了谁，那么就请你们原谅吧！我使谁快乐过，那就请你们不要忘记吧！让我的名字在任何人心里都不要唤起悲哀。这是我给你们的遗言，父亲，母亲和妹妹们；给你的遗言，我的古丝姐（引者按：古丝姐是伏契克的妻子）；给你们的遗言，同志们，给所有我爱的人的遗言。如果眼泪能帮助你们，那么你们就放声哭吧！但不要怜惜我。我为欢乐而生，为欢乐而死，在我的坟墓上安放悲哀的安琪儿是不公正的。

这种热爱生活、热爱人类的人道主义，为理想而献身的英雄主义精神，深深地感动着我。我每读到这里就禁不住热泪盈眶。本来在1949年前，我虽对生活了解很少，但在我的心中，也有着一种潜在的对人类的爱。我记得在我那篇名为《论死》的文章中，有这样一段："生命像一盏油灯，它可以照亮人们。有的人希望火光小小，这样可以燃烧得更长更长；但我却愿火光大大，快快烧尽，而使人们得到更大的光明。"这也是伏契克的话深深打动我的一个原因吧！但是在那时，我是悲观的。我那时很喜欢读朱光潜先生编的《文学杂志》，在该杂志的

第三卷第三期（1948 年 8 月）上，有林庚的一首题为《活》的小诗，开头两句是："我们要活着都是为什么，我们说不出也没有想说。"当时我觉得林庚对"人生"没有深刻了解，就在这首诗旁边也写了一首诗，共两节，其中第二节：

谁带给我一阵欢乐
难道死亡是痛苦
谁不信
春天死了
来的不是夏日，谁不信
母亲生我
在世界上就要增加一座坟

我在读过伏契克等人的东西之后，好像自己思想突然开朗了，因而觉得自己过去不过是在一个人的自我封闭的小天地中，走不出来。而伏契克他们是真正在为他人为理想，为了一种崇高的共同目标而努力奋斗，以至于牺牲了自己的生命。在他们的事迹的感染下，我很快就投身到为一种"新的事业"中去了。1949 年 5 月，我参加了新民主主义共青团；同年 11 月参加了中国共产党。我希望我自己能像伏契克那样，热爱生活，热爱人类，热爱自己的理想事业。

这就是生活，真实的生活

我和当时的许多青年学生一样开始学习马克思主义的著作了。当时，学校已经开设有政治课，学《社会发展史》和毛泽东的《新民主主义论》，这次我读它们就有完全不同的感受了，觉得说的都有道理。由于我是哲学系的学生，我们还要学日丹诺夫的《关于西方哲学史的发言》和斯大林的《联共（布）党史》四章二节“辩证唯物主义与历史唯物主义”，这些教条长期束缚着我们的头脑。说真话，我当时确实把这些都当作“真理”来接受了。1949 年后，当时北京大学的教授们都还可以开课，例如我父亲还开了“英国经验主义”和“大陆理性主义”，贺麟先生开了“黑格尔哲学”等等，其他系也有类似情况。当时有些同学提出这些课程都是资产阶级的，不应再开设了。在一次由当时中国共产党北京大学党总支委员会宣传部长许世华主持的北大全体青年讨论会上，有的同学提出了这样的问题，我当时在会上发言说：“马克思主义就是在和资产阶级思想理论斗争中成长的，我们听那些教授讲一点资产阶级的东西没有什么可怕，反而会在斗争中成长。”我的发言得到了那位宣传部长的肯定。当时，我除了选修哲学系开设的所谓“资产阶级”的课程，还选修了西语系、中文系和历史系的课程。为了学好“数理逻辑”和“演绎科学方法论”，甚至选了数学系的“微积分”和“数论”，但这两门课都没念完，因为它们对我实在太难了。现在想起来，当时我选修了那么多的“资产阶级”课程，对我来说简直是一笔财富，我的知识面比以后培养的大学生广得多，不能不说是得力于这些著名的“资产阶级”教授了。

1951 年 1 月，北京大学党总支委员会决定调我到中共北京市委党校去学习，现在我对当时学的内容一点也记不起来了，好像是学“党的基本知识”，大概学了一两个月，就把我留在中共北京市委党校当教员了。先是给在学校学习的学生讲“中共党史”，课本用的是胡乔木写的《中国共产党三十年》。后来我主要教《联共（布）党史》中的第九章至第十二章，即所谓“社会主义建设问题”。我当时讲课很受欢迎，因为我讲课条理很清楚，这可能也与我原来的哲学基本训练有关。《联共（布）党史》第九章讲的是列宁的“新经济政策”，第十章讲的是“社会主义工业化”，第十一章讲的是“农业合作化”，第十二章讲的是“社会主义在苏联全面胜利和苏联宪法”。我除了为党校学生讲课之外，还给北京市的一些干部讲课。

我既然接受了马克思主义，当时出版的马克思主义的书我都认真地读。不过我读书也还是有所选择的，一般教科书和小册子之类我读得很少，而对马克思主义的“经典著作”则很花工夫。在 1951 年到 1956 年期间，我读了《毛泽东选集》一至四卷，《斯大林全集》一至十三卷（当时只出了十三卷），《列宁选集》两卷本，《列宁主义问题》和已出版的几卷《列宁全集》、《马克思恩格斯全集》等。当然《联共

(布) 党史》可以说是读得遍数最多的。我读书有个习惯，就是把我认为重要的地方加上红线或者加上批语，现在如果把那些找出来，还可看到我当时用功之勤。

1955 年开始让我讲马克思主义哲学，主要讲“认识论”部分，因此我对恩格斯的《路德维希·费尔巴哈和德国古典哲学的终结》、《反杜林论》和列宁的《唯物主义与经验批判主义》、《哲学笔记》等又花了不少工夫钻研。我在读这些书时，也不是完全没有怀疑的。例如，列宁的《唯物主义与经验批判主义》中说：“物质”是独立于人的意识之外的客观存在。可是我们怎样证明有这样一个“物质”呢？而且如果这样，那么别人的意识对我来说也是独立于我的意识之外的客观存在，那就是说“别人的意识”对我来说也是“物质”。又如，《共产党宣言》中提出，要和传统的观念彻底决裂，而列宁在《青年团的任务》中说，要吸收人类文化的一切有意义的东西，这两种看法不是有矛盾吗？当时我虽然有这样一些疑问，可是我总想大概是我没有对那些“经典著作”的精神有很好的理解。我想，这大概不是我一个人的想法，大概大多数知识分子都作如是想。我们当时为什么被一条理论的绳索套上了？这个情况是在境外的人无法理解的，原因是非常复杂的。当时不仅像我这样二十多岁的青年无条件地信奉了马克思主义的教条主义，就是已经很有名的大学者，甚至在三四十年代自己创立了哲学体系的大学者也无条件地信奉了马克思主义的教条主义。我想，马克思主义作为一种学说确实有其合理的成分，例如对思想的分析应该看到它产生的社会历史条件，无疑是有意义的。我认为，更重要的还是由于 1949 年后开始的几年，共产党在人们的心目中威信很高，那时大家相信这个党可以使中国富强，不再受别人欺侮。还有一个原因就是，我们几乎完全被封闭起来，对世界的发展变化完全不知道。对我们这些青年人来说，宣传苏联建设社会主义的伟大成就，无疑也起着巨大的作用。我们都认为，苏联的今天就是我们的明天。海外有些好心的朋友，对我们当时那么相信马克思主义的教条主义很不理解。我想，的确他们很难理解，只有生活在当时环境下的知识分子才能理解。你一旦走上一条路，要想走出来，要想走回去，不是那么容易的，这就是生活，真实的生活。

“引蛇出洞”的“阳谋”

1956年，在所谓“三大改造”（私营工商业、个体手工业、农业）基本完成之后，工业化也取得了若干成绩，中国共产党提出了“知识分子问题”，也就是说开始考虑“知识”的重要性了。1954年秋，我父亲因参加“批判胡适”的会，可能受到某种刺激而患脑溢血，昏迷近一个月，之后一直在病中。到1956年夏，父亲身体有所好转，可以开始做点研究工作，他希望我能回北京大学帮他整理文稿。同时还有两个单位希望调我去工作，一个是当时的高级党校（即今天的“中央党校”），另一个是中国科学院计算机研究所。我曾于1955年在高级党校学习过半年哲学，党校的教员认为我学得很不错；说实话，我当时的马克思主义教条的水平大概比一些教员的水平还高，因为我念的书比他们多。计算机所的负责人胡世华教授是我的老师，我曾是他“数理逻辑”、“演绎科学方法论”班少数几个坚持到底的学生之一。胡世华先生希望我去他们的研究所，从哲学方面研究逻辑问题。那时我自己也想离开中共北京市委党校，因为我渐渐觉得教马克思主义哲学没什么意思，党校要求完全按照苏联的教科书来教，简直是完全背教条。由于父亲的原因，我在1956年10月回到北京大学哲学系中国哲学史教研室工作。当时教研室主任是冯友兰。给我的任务就是帮助我父亲整理和编辑他的文稿。在1956年冬和1957年初，我帮他把《魏晋玄学论稿》编好，主要工作是核对引文，其他很少做什么了。这本书于1957年6月出版。在这段时间，我还帮助哲学系做了一些“中国哲学史讨论会”的筹备工作。这是中国大陆召开的第一次关于“中国哲学”的讨论会。当时举办这次会是想活跃“学术”空气，然而实际上这次会议不仅没有使学术空气活跃起来，反而开成了一次批判学术的会议。在会上冯友兰提出对哲学遗产的抽象继承法受到了关锋、孙定国、胡绳等人的批判。我也为这次会写了篇文章，对主张旧道德也可以继承的观点进行了批判。这次会议的论文后来编成了《中国哲学史讨论会论文集》，由中国社会科学出版社出版了。我的那篇文章也被收入《论文集》中，这是我在1949年后发表的第一篇所谓的“学术论文”。

1957年春，由于苏联批判斯大林，东欧也发生了对现政权的批评，“社会主义阵营”的社会出现了某种“解冻”的现象，这对中国大陆特别是知识界和青年学生不会不发生影响。在这种情况下，中国共产党中央和毛泽东提出了在文艺和学术上的“百花齐放，百家争鸣”的口号。我们这些毫无政治经验的知识分子真的以为学术研究的春天来到了，许多知识分子和青年学生抱着爱国的目的，提出了现在看来是完全正确的意见，但大概谁也没想到用的是“引蛇出洞”的“阳谋”，从而把几十万知识分子和青年学生打成了“右派”。这无疑是中国有史以来最大的冤狱。

我的妻子乐黛云也被打成了“右派”，在我得知她要被划成“右派”

时，我打了一个电话给当时中文系的党总支，我说，我想和他们谈谈，我不认为乐黛云会“反党反社会主义”。他们并没有和我谈，而是向哲学系党总支报告了我不能和乐黛云划清界线。于是，哲学系党总支也据此给了我一个“严重警告”的处分。当时，乐黛云刚刚生下我们的第二个孩子汤双，在这种情况下却要她接受那些莫名其妙、胡言乱语的批判。批判她的人有的是她的老师，有的是她大学时的同学，有的是她的学生。这些人本来应该对她很了解的，这时却唯恐发言不积极而落得一个“右倾”的称号。为什么“人性”被异化到如此程度？

乐黛云不仅被划为“右派”，而且是等级很高的“极右派”。她的“罪名”是和中文系其他一些青年教员一起要办一份文学的“同人刊物”，这个刊物并没出来，只是大家报了一些想写的题目，后来因为“反右”开始，而没有办成。在大家报的题目中，有两个题目被认为是最严重的“反党反社会主义”的，一篇是《对〈延安文艺座谈会上的讲话〉的再探讨》。说真的，中国大陆的文艺所受之苦，难道不应该对这个《讲话》再探讨？另一篇是《一个司令员的堕落》，这仅仅是要写“一个”司令员之堕落，难道仅仅只有“一个”司令员堕落吗？乐黛云要写的是一篇关于郭沫若文学研究的文章，但由于她是组织者，因此被划成了“极右分子”。当时，所有的“右派”都要下到农村去劳动，也许因为我父亲当时还是北大副校长的缘故，准许她在汤双八个月时再下乡去劳动。1958 年春，我已经和哲学系的同学一起到北京南郊大兴县去劳动了。我们下乡去劳动叫“劳动锻炼”，不像“右派”下乡叫“劳动改造”。8 月底，有一天晚上我从大兴县溜回家，想看看乐黛云和我们刚刚八个月的儿子汤双，但到家后，才知道乐黛云于前一天被遣派到农村劳动改造去了。一天也没有多，八个月就让乐黛云下乡去了。

我看着我那睡在小床上的儿子，把他抱起来，在房子里来来回回地走，满眼含着泪水。人呀，为什么这样残酷！？

“反右”使得多少人家破人亡，有的自杀了，有的因不服“罪”而被枪杀了，为此夫妻离婚的不计其数。而我始终不相信乐黛云是“右派”。乐黛云去劳动的地方是北京西郊的门头沟区，她要三个月才可回家两三天，我就常给她写信，并且在信封上仍然写着“乐黛云同志收”。有一次，我让一位同学帮我发信，他看到信封上有“同志”两字，就向哲学系党总支报告了，因此在1959年的“反右倾运动”中，我又受到批判。现在回忆起这些往事，真是让人啼笑皆非。它是悲剧？闹剧？或者更是一幕丑剧？

迷惑的十年

从 1958 年开始掀起的“大跃进”、人民公社和“总路线”运动，在当时叫作“三面红旗”，到 1959 年底破产了。一场灾难降临到中国大陆，据说饿死了不少人，这些不去说它。由于灾难，意识形态稍有放松，因此召开了关于孔子、老子、庄子的讨论会，这些讨论会我都参加并写了文章，收入当时编的《老子哲学讨论集》(中华书局，1959 年 12 月)、《孔子讨论文集》(山东人民出版社，1961 年 3 月)、《庄子哲学讨论集》(中华书局，1962 年 8 月)。这期间，我因为要讲授“中国哲学史”，还写了有关墨子、王弼、郭象、朱熹等的文章。所有这些文章都是在马克思主义的教条主义的指导下写的。其中只有一篇，我提出一个与当时流行的观点不同的观点；当然现在我的这个观点也是站不住脚的。当时照马克思主义的教条主义看，唯物主义是进步的，唯心主义是反动的。而我在《老子思想的阶级本质》一文中提出：老子哲学反映着没落奴隶主的要求，但是他的哲学是唯物主义的。我所以敢如此说，也是我从普列汉诺夫的《论一元历史观之发展》和梅林的《论历史唯物主义》

中找到了根据。不难看出,我们的所谓“学术研究”是多么的教条式了。

1962 年,毛泽东又提出“以阶级斗争为纲”的观点,同时又开展了反对“苏联修正主义”的斗争。实际上,从 1957 年起我们就在批评苏联的当权者,这主要是由赫鲁晓夫批判斯大林的“秘密报告”引起的。但那时还不大公开。到 1962 年就完全公开化了,因此在国内提出“反修防修”。我当时无疑仍是毛泽东思想的拥护者,曾和几位同行一起写文章批评我们认为那些不符合马克思主义的观点。我们一共四个人,就起了一个共同的笔名叫“司马文”,就是“四个马克思主义的文章”的意思。当时在报刊上常发表文章的还有“撒仁兴”,取“三人行”之谐音,他们是由关锋、吴传启、林聿时三人组成的写作集体。当时在中国哲学史的范围内展开讨论,但实际上是批判所谓“资产阶级学术观点”。我们与之“讨论”的主要对象是冯友兰先生。在 1957 年后,冯友兰提出的“抽象继承法”受到了批评,到 1962 年冯友兰又提出了“普遍性形式”问题,以论证有超出阶级的道德原则可以继承。“抽象继承法”认为:对哲学命题的具体意义,我们无法继承;但其抽象意义,则可以继承。例如,孔子的“仁”是“爱人”的意义,所爱的“人”是有具体含义的,这无法继承,但我们把孔子的“人”的内容抽空,那么“人”就只有其一般的或抽象的意思(即人之所以为人者),那么这个“仁”的“爱人”的意义就可以继承了。关于“普遍性形式”问题,是冯友兰从马克思恩格斯的《德意志意识形态》中找出的论证“道德可以继承”的根据。在这里我先把冯友兰引用的一段文字录下:

每一个企图代替旧统治阶级的地位的新阶级,都是为了达到自己的目的而不得不把自己的利益说成是全体成员的共同利益,

> 抽象地讲，就是赋予自己的思想以普遍性的形式，把它们描绘成唯一合理的有普遍意义的思想。进行革命的阶级，仅就它对抗另一个阶级这一点来说，从一开始就不是作为一个阶级，而是作为全社会的代表出现的；它俨然以社会全体群众的姿态反对唯一的统治阶级——封建专制统治阶级。它之所以能这样做，是因为它的利益在开始时的确同其余一切非统治阶级的共同利益还有更多的联系，在当时存在的那些关系的压力下还不能够发展为特殊阶级的特殊利益。

冯友兰认为，既然存在着不同阶级之间的“共同利益”，那么就有某些超于阶级的思想，也就是说有“超阶级的思想”，而“超阶级的思想”就是“没有阶级性的思想”。从这儿，冯友兰又提出没有阶级性的普遍性形式的思想是可以继承的。冯友兰的这一思想，显然和毛泽东提出的“以阶级斗争为纲”不相符合，必然要受到批评。我们“司马文”也参加到一个批评冯友兰的行列之中。在上面我引用的那段话中有一条马克思的边注：“普遍性符合于：(1) 与等级 contra（相对）的阶级；(2) 竞争世界交往等等；(3) 统治阶级的人数众多；(4) 共同利益的幻想，起初这种幻想是真实的；(5) 思想家的自我欺骗和分工。”我们则抓住这条边注，认为“共同利益”只是思想家自我欺骗的幻想，而在起初某些思想家真诚地认为是如此的，因此实际上并没有什么超阶级的“共同利益”，“普遍性形式”的思想无非是“思想家的自我欺骗”。

从 1962 年到 1964 年所谓的“学术讨论”大概情况都是如此。由于我们的讨论都要引经据典，因此这一时期我又读了一些马克思和恩格斯的著作。我想，我读的马克思主义的著作算是不少的。而且我读书比较认真，对搞不清的地方常常要找其他书来参考，所以就对马克思主义的了解来说，我大概可以算比较有“知识”的了。

1966 年，在中国大陆发生了“文化大革命”，我先是由于反对聂元梓而被打成“黑帮”，后来在 1971 年因为我有点马克思主义的知识，又让我做哲学系的教改组的负责人。所谓“教改组”就是改革教学的组织。当时北京大学开始招收工农兵入学，起初只是学习毛泽东的“老三篇”、“语录”之类，我对此也有些看法，觉得这样学不大系统，因此组织了几个教员根据列宁的《唯物主义与经验批判主义》编了一份“马克思主义认识论提纲”。后来我又组织了几个教员编了上下两册《中国哲学史》。“文化大革命”后由中华书局出版的北大哲学系编的《中国哲学史》就是根据我主持编写的那两本稍加修改而成的。这期间，我还主张学生应学点逻辑学。没想到，1973 年夏秋刮起了一场“反对右倾回潮”的风，看看我又要受到批判。正在这个时候，毛泽东指示北京大学找一些教员参加到清华大学编写《林彪与孔孟之道》的工作中去。于是北京大学的工军宣队的领导就把一些对“孔孟之道”比较熟悉的教员都调到北大、清华两校“大批判组”中。从我当时的思想状况说，我是很愿意到这个“大批判组”中去的，因为这样可以免遭受批判。而且，那时我对毛泽东是完全相信的，认为他一切都是对的；如果我有什么思想和毛泽东思想不一致，那一定是我错了，总要想方设法使自己的思想跟上毛泽东思想。到 1975 年底，我才开始怀疑毛泽东这样做是否有问题。1976 年 9 月，毛泽东突然去世，当时我马上产生了一个思想：今后我们究竟听谁的？并且对“大批判组”的一些成员说了我的思想困境。不久，“四人帮”倒台，我们这些“大批判组”成员也就被隔离审查了，到 1978 年才把我们“解放”。

“文化大革命”的十年，可以说我几乎没有读什么书，所读的就是毛泽东的著作，其他马克思主义的著作也很少读。作为一个教书的知识分子，十年没有读什么书，不能不说是十分可惜的，而且这本来应是我生命中最能有创造力的十年，正是我将进入“不惑”的十年。而这十年恰恰是我被迷惑的十年。

马克思主义作为一种学说，是可以研究而且应该研究的，我今后仍然会把马克思主义作为众多学说的一种来加以研究，讨论它的得与失，因此它对我来说是“非无”；但马克思主义作为一种意识形态，作为一种永恒的绝对真理的教条，那我将不接受它，因为它必将窒息人们的思想，因此它对我来说是“非有”了。

到云南与父亲团聚

1939年夏，我父亲由昆明经上海至天津，欲上北平接我母亲和我以及弟妹到昆明。但到天津由于发大水，不能上岸，只得返回昆明。这次他没有到北平可以说是一件好事，因为我伯父汤用彬已任北平伪政权的秘书处主任，和日本人过往甚密。我在他房间里看到幅穿和服的日本美女的照片，上有某日人的题词“三人成众，三女为姦（奸）”。听母亲说，伯父与北平的政要和学界商量好要把我父亲留在北平，如果父亲到了北平，总会有不少麻烦。幸好他没有来。

父亲没有能到北平接我们，于是我母亲决定带我们去昆明。邓以蛰先生听说我们要去昆明，就要求他的女儿邓仲先和儿子邓稼先（时年十五岁）与我们同行，而且让邓稼先用我哥汤一雄的名字，认为这样会麻烦少一点。母亲张敬平没有受过正规教育，但由于出身湖北黄冈大族，知书识礼，人也很能干。母亲带着我、妹妹、弟弟和邓家姐弟，由北平乘车到天津，由塘沽上船到上海。我记得我们是住在跑马地附近的东方饭店，这是由于我们必须在上海办好到香港的各种手续。大概在 10 月初，我们到了香港，住在什么旅馆已记不得了，只记得母亲要在那里用黄金换钱，并且带我们坐爬山电车，上太平山看香港风景，接着我们又乘轮船到安南（即现在的越南）的海防。这时日本军队已占领海防，上岸时还受到日本兵的检查，走过检查站就看到父亲在那里站着等我们，就这样我们全家团聚了。母亲问父亲为什么我哥哥没有来？父亲说："一雄要上课，不能来。"其实我哥哥已经病逝了。父亲怕母亲旅途劳累，再知道一雄哥哥去世，很难支持。我们在海防住了一两天，就转往河内。我记得我们住在一家很不错的旅馆内。旅馆有一大花园，树木扶疏，花草繁茂。在河内休息了约一周。白天我们常常和父亲坐在树荫下喝茶。他给我和妹妹买了各种糖果，这是我们第一次吃到法国式的糖果。父亲常常抚摩着我和妹妹的头，吟诵着"山松野草带花挑"，陷入一片静寂之中。他用慈爱的眼光看着我们，使我第一次感到了父亲对我们爱之深。安南到处都是香蕉树和椰子树，就是在河内市里也是这样，这对我们北方来的孩子特别新鲜。我和妹妹很爱在这些树丛里跑来跑去，弟弟一玄还不到三岁，但走路没有问题，也跟着我们在树丛里钻来钻去。河内给我留下很深的印象：安静、清新，到处是树木花草，房子一座座都很漂亮，而我们住的旅馆特别漂亮。20 世纪 80 年代后，我到过许多国家的大小城镇，都没有像河内那样给我留下深深的美好印象，这也许是孩子的幻想，也许是因团聚而生的喜悦。

母亲能在战时带我们从北平沦陷区，过天津，经上海租界，又经英国殖民统治的香港，到已为日本兵占领的海防，行程几千里而平安到达，应该说非常不容易。因此，在这里我要谈谈我的母亲。我母亲的父亲是清朝的进士，但没有做过什么大官，只当过几年的翰林。她的哥哥张大昕参加过辛亥革命，民国初年曾任国会议员，后在二三十年代还担任过汉阳兵工厂的总监之类。张家是黄冈大族，诗书之家，藏书很丰富，舅舅张大昕曾要把家藏的两本《永乐大典》送给我父亲，父亲没有接受，后来舅舅的房子失火，全部藏书都化为灰烬，真是可惜。母亲是我外祖父最小的女儿，她除有哥哥张大昕外，还有一个姐姐（也可能母亲还有其他兄弟姐妹，但我都没见过），我们都叫她黎姨妈。她嫁了黎澍，也是民国初年的国会议员，后来做过湖北省财政厅长，湖北银行行长。我的印象，黎姨妈家相当有钱，有一段时间也住在北平，常常请我母亲带着我们到她家吃饭。黎姨妈自己没有孩子，所以也特别喜欢我。由于我母亲最小，她的哥哥姐姐都很爱护她。我的舅舅留着大胡子，我们都叫他“大胡子舅舅”；他脾气很大，很多人都怕他，就是黎姨父也怕他。1933 年日本人进攻古北口，北平紧张，于是我们全家南下，先到汉阳舅舅家住。我那时六岁，还记得舅舅住的房子很大，楼上楼下两层，房子围着一个大院子，院子中间还有树木花草。房子形成正方形，楼上有廊子，通向四面，有一天我在楼上的廊道上跑来跑去，把地板弄得咚咚响，舅舅很生气，要用板子打我屁股。我母亲不让打，并且说：“你要打我的孩子，我们马上就搬走。”舅舅只好让步。平日我母亲除了管理家务，照顾孩子们的衣食和上学外，还有一些亲朋要应酬，空下来的时间她就看看中国古典小说。《红楼梦》她至少看了五六遍，可能比毛泽东主席还多看了一两遍吧！许多认识我母亲的人都说她很美，这话不假。有一次父亲和他的一些朋友聊天，说到某位朋友的夫人很有大家风度，很美，这时我父亲指着墙上挂着的我母亲的一张照片说：“这位端庄的夫人也很美呀。”大家哈哈大笑。

我父亲对我母亲非常好，可以说是言听计从。家里的事一概由我母亲做主，父亲从不干涉。我从来没有看他们吵过架，拌过嘴。有些事父亲不高兴，他也不说，不表露，例如母亲的亲朋不少，应酬较多，有时她要在家里请客，还要打麻将，父亲总是借故外出，晚上回来就到南屋他书房中去看书。父亲晚年生病，为了照顾他，曾把他的姐姐找来帮忙，我们叫她四姑。这时四姑年纪也不小，而且没儿没女，她对我父亲照顾得可以说是尽心尽力，可我母亲总觉得四姑爱多管事，而有些小矛盾。对此我父亲也不闻不问，或者用什么事把它岔开了事。关于我母亲就说这些吧！还是回来说说我们全家在云南团聚的事。

如果不是我哥哥于 1939 年在昆明病逝，我妹妹于 1944 年又在昆明病逝，我们一家在云南生活虽艰苦，但仍然是很值得回忆的。由安南经滇越路到昆明，我们没住几天就搬到离昆明不大远的宜良县。在我们到云南之前，钱穆伯父住在县西的一座小山上的岩泉寺，我父亲常去岩泉寺访钱穆先生，这在钱先生的《师友杂忆》中有所记载。我们住在宜良时，西南联大不少教授也在这里，我记得有贺麟、郑昕、姚从吾、唐钺等等，还有我一位堂姐汤伟华和她的丈夫王度（奎元）也住在宜良。姐夫王度是一位桥梁工程师，曾参与茅以升建造的钱塘江大桥工程，是时他任滇越铁路的工程师。他也是留美学生，年龄和我父亲差不多，在当时已是很有名的桥梁工程师。他一直有心建武汉长江大桥（因为他是湖北黄梅人）。新中国成立后他参与过不少国内桥梁建设，是一级工程师。我父亲去世后，他继我父亲当选为湖北省出席全国人民代表大会的代表。当时还有一陆军的后方医院驻扎于此。因此，宜良县的外省人颇不少，时常有些交往和互助。父亲每周要乘火车到昆明去上课，在那里他就住在靛花巷北京大学文科研究所里，但他大部分时间住在宜良。宜良离有名的石林不远，这里风光秀丽，有山有水，风候温和，田地几乎四季青绿。我记得蚕豆开花季节，一片黄花，不是“战地黄花遍地香”，而是“宜良黄花遍地香”了。宜良有一温泉，水温且微香，可以洗澡，有大池，有小池。我们自然要了两间小池，我和父亲一间，母亲和妹妹、小弟一间。洗澡回家的路上，如果蚕豆已熟，就顺便摘些，回家煮吃，甜香可口，是我们当时最喜欢的零食。宜良有个很大的文庙，是我们小孩常去玩的地方。大殿有一高台，台前有一小池，中有荷花，殿台四周有大树环绕，左右各有房若干间，当时陆军后方医院就设于此。但医院只有一个医官和两三个医兵（大概是护士之类），可战争并没有打到云南，因此我们一直没有看到有伤兵入住。当时我们外省人有病常去找医官看病，医官姓杨，我们都叫他杨医官，为人和气，热心，且好学，常找联大各教授聊天，请教。杨医官和我堂姐过往甚密，后来听说堂姐和堂姐夫王度离婚，而与杨医官结合了。

在宜良期间，父亲主要在研究“魏晋玄学”。当时没有多少事，我看他经常在阅读《全三国文》、《全晋文》、《后汉书》、《三国志》、《晋书》等等。我当时已是初中一年级的学生，像《三国演义》之类的书已经看过，因此有时也翻翻《三国志》，虽不全懂，但我知道了“正史”和小说不大相同。这时父亲正在研究“王弼思想”，有次我问父亲：“为什么《三国演义》中没有王弼？”父亲说：“王弼不会打仗，也不会用兵，写在小说里，这小说没人爱看。”我问：“那你写的王弼有人爱看吗？”他说：“贺（麟）伯伯爱看，你不信可以去问他。”我就真的去问贺麟伯伯，他告诉我：“王弼可是一个了不起的哲学家，可惜二十三岁就死了，研究哲学家的思想可比研究那些帝王将相像刘备、关羽、诸葛亮、周瑜等等的意义还大。”从这时我才知道，历史上有所谓“哲学家”，而研究哲学家有重要意义。在宜良期间,我父亲写成了三篇有关王弼的论文:《王弼大衍义略释》(发表于《清华学报》第十三卷第二期)、《王弼圣人有情义》(发表于《学术季刊》第一卷第二期)、《王弼之〈周易〉、〈论语〉新义》(发表于《图书季刊》新第四卷一、二期合刊)。

1942年夏,我们家由宜良搬到了昆明,为了躲避日本飞机的空袭,住在离城约十里路的麦地村的一座很小的尼姑庵中。这个尼姑庵只有一个年轻的尼姑,没有什么香火,菩萨像已破败不堪。正殿租给了北大文科研究所放书和东西,我记得放有一部《道藏》,陈国符教授常去看,王明也常去看。这时向达先生去西北考察,他的箱子也放在里面。开始我们也住在正殿,和那几座破损的菩萨为伍,后来搬到西边的三间屋子里住了。清华的文科研究所在距麦地村一里之遥的司家营,闻一多先生一家住在那里,还有几位清华研究生也住在那里,我记得有季镇淮、何善周等。离麦地村不远就是龙头村,这是一个小镇子,可以买到粮食、蔬菜之类,如果遇到赶集日还可以买到鸡、鸡蛋和烧火的木炭、松毛之类。冯友兰一家和金岳霖教授就住在龙头村。冯先生的《新原道》和《新原人》、金岳霖先生的《论道》大概都是在龙头村写成的。据冯先生的序中说,他写这两书有时和我父亲讨论。这段时间父亲仍在研究"魏晋玄学",他的《向郭义之庄周与孔子》(刊于《哲学评论》第八卷第四期)和《魏晋玄学流派略论》(刊于《国立北京大学四十周年纪念论文集》)大概就是在麦地村写的。此时他还写了一篇《文化思想之冲突与调和》(发表在《学术季刊》第一卷第二期),这篇文章可以说是他继《评近人之文化研究》后,对文化问题的看法。我认为,这两篇代表了用彤先生对文化思想总体看法的理论性论文,今天看来仍然有其重要意义。父亲对文化的看法之所以平正、合理,与他长期以来对中、西、印三种大文化都能“平情立论，珍视传统”和“尊重差异”有关系。看来，作文化研究必须对世界上有重大影响的文化传统有较为深入的研究，其论述才可能有较长期的影响。

我们家住在麦地村，但我和妹妹都在联大附中读书，因此每星期日下午我们就要步行去昆明市内，星期五下午回麦地村，这对我是很好的锻炼。有时我们和父亲同行，他常常教我们背一些诗词和古文。他似乎比较喜欢陶渊明的诗文，在这点上也许我受他影响很大，到今天我仍然最喜欢陶渊明的诗文。我特别喜欢陶渊明的《形影神赠答诗》和《五柳先生传》、《与子俨等疏》。“纵浪大化中，不喜亦不惧。应尽便须尽，无复独多虑”是何等超越的境界；“北窗下卧，遇凉风暂至，自谓是羲皇上人”是多么潇洒。这都是他的那句“此中有真意，欲辩已忘言”所讲的应求诸“言外”之意也。

1943年夏，我由昆明去重庆南开读书，妹妹于1944年夏病逝，1945年初我又回到昆明，这时我家已由麦地村搬至昆明市内青山街居住。而我则无学可上，就在联大先修班旁听，父亲又请钱学熙教授教我英语。我在南开仅念完高一，先修班的课程我根本就跟不上，倒是和钱先生学英语颇有进步。如果从英语的基本功说，我并不扎实，但我从钱先生那里知道了一些英国文学批评的知识，例如T．S．艾略特的文学理论，瑞兹的文学主张，特别是钱先生领着我读克里斯托弗·衣修午德的《紫罗兰姑娘》，对我当时的人生观有相当影响。在这本书中有如下一段：“夜里这种时分，人的自我差不多总睡了。一切感觉，对于身份，对于所有，对于名字和地址及号码，都变得朦胧了，这种时分人往往打着寒噤，翻起衣领，想：‘我是一个旅客，我没有家。’一个旅客，一个流浪人。我觉察到柏格曼，我的同行者，走在我旁边；

一个分立的、秘密的意识，锁在它自己里面，像猎户臂一般的遥远……”我由重庆回昆明，本有一种失败者的、受挫折的感觉，心情不佳，加之妹妹的病逝，使我颇有悲观的情怀，读《紫罗兰姑娘》使我本来内向的心灵更加孤寂了。这时父亲的佛经虽大部都在运路上遗失，但还是有些书的。有天我翻看佛书《妙法莲华经》，觉得佛教的人生哲学颇有深意，就问我父亲说："我能不能读读《妙法莲华经》？"他说："你可以读，但我看你读不懂。"我硬着头皮读了一些日子，真的什么也没有读懂，只得放下，父亲对我说："做学问、读书要循序渐进，你可以先看看熊十力先生的《佛家名相通释》，把佛学的一些概念搞清，再读佛书也许好一些。"

这时有南开参加远征军的同学傅全荣和于豪达在由印缅回国的路上开小差，到了昆明，无处栖身，找到了我，向我说国民党军队如何腐败，长官如何吃空额等等，希望能住在我家。我征求父母的意见，他们都同意了。傅全荣能画会写，字写得不错，曾帮我父亲抄写过文章，父亲对他印象很好。1956 年，政府决定要为老学者配备一些学术助手，我父亲就提请学校当局把傅全荣（当时已改名杨辛）由东北调到北大作为他的助手。后杨辛成为北大哲学系美学教研室教授，于 1993 年退休，退休后杨辛教授已成为著名书法名家，他的书法已刻在泰山多处石碑上，有一石刻比郭沫若的还大许多。而且他的有关泰山的书法和诗作已成为泰山博物馆永久的收藏品，北京大学图书馆也把杨辛的书法列为专藏，经常展出让师生欣赏。

1945 年 8 月 15 日，日本战败，无条件投降，举国欢腾，联大师生当然与全国人民一样沉浸在欢乐之中。北大、清华、南开复校在望，但战后如何建国却成为众多师生关注的焦点，而国共两党的矛盾和冲突不断，为受尽苦难的中国蒙上了一层浓浓的阴影。中国的前途如何呢？父亲对这种情况很少表示什么意见，整日用湖北乡音吟诵《哀江南》，想来他对时局是悲观的。据我了解，他虽不满国民党政府，但对共产党也存在怀疑，认为争权夺利于民族和国家有害无益。他甚至对某些民主党派的成员不甚佩服，认为有的教授也并不都真正是考虑国家民族的前途。这和他的一贯认为教授的主要使命是在学术文化上做出成绩相关，当然也和他的“为学术而学术”的思想倾向有关。因此，他对现实政治不多表态。他特别不赞成学术为政治服务，他曾对学生说：“一种哲学被统治者赏识了，可能风行一时，可就没有学术价值了。还是那些自甘寂寞的人作出了贡献，对后世有影响。看中国历史，历代都是如此。”

这年的 12 月 1 日发生了国民党政府屠杀学生的惨案，联大教师员工罢工，学生罢课，并且大规模地抗议国民党政府的暴行，要求民主、自由，反对内战。父亲虽没有参加游行和各种抗议集会，但他却对国民党政府更加失望，对前途更加悲观了。因而他更加希望早日回到北平，正在这时傅斯年先生要求他协助北大复校工作。北大复校对父亲来说是件非常重要的事，他不顾自己患有高血压、心脏病，而全身心地投入了。这也许是因为他希望回到北平后，能像 20 世纪 30 年代上半期那样有条件完成他的《隋唐佛教史》吧！但中国的现实，使他的追求彻底破灭了。

昌明国粹 融化新知

——纪念汤用彤先生诞辰一百周年

汤用彤（字锡予）先生生于1893年，今年是他的诞辰一百周年，为了纪念他在学术和教育上的成就，北京大学出版社将出版《国故新知——汤用彤先生诞辰百周年纪念论文集》。季羡林先生为此纪念文集写了一篇序，在序中他论到近现代学术大师和前此的学术大师的不同，他说：

> 俞曲园能熔铸今古，但是章太炎在熔铸今古之外，又能会通中西。……太炎先生以后，几位国学大师，比如梁启超、王国维、陈寅恪、陈垣、胡适等，都是既能熔铸今古，又能会通中西的。他们有别于前一代大师的地方就在这里。……我认为，汤用彤（锡予）先生就属于这一些国学大师之列。这实际上是国内外学者之公言，决非我一个人之私言。在锡予先生身上，熔铸今古、会通中西的特点是非常明显的。他对中国古代典籍的研读造诣很高，对汉译佛典以及僧传又都进行过深刻彻底的探讨，使用起来得心

应手，如数家珍。又远涉重洋，赴美国哈佛大学研习梵文，攻读西方和印度哲学。再济之以个人天资与勤奋，他之所以成为国学大师，岂偶然哉！

我认为，季先生提出近现代国学大师与他们以前的国学大师之不同的见解，非常有意义，从用彤先生一生的为学中可以得到证明。用彤先生在大学教书多年，他既教中国哲学方面的课程，如“中国佛教史”、“魏晋玄学”，又教西方哲学的课程，如“西洋哲学史”、“英国经验主义”（洛克、贝克莱、休谟）、“欧洲大陆理性主义”（笛卡尔、斯宾诺莎、莱布尼兹）、“实用主义”，还教授“印度哲学史”。他在南京时是支那内学院巴利文导师，在那里教授巴利文，并把巴利文佛经《念安般经》译成汉文。他出版的著作既有关于中国哲学的，如《汉魏两晋南北朝佛教史》、《隋唐佛教史稿》、《魏晋玄学论稿》、《往日杂稿》和《理学·佛学·玄学》、《校点高僧传》等，又有关于西方哲学的，如《叔本华的天才主义》，还翻译了艾德温·华莱士的《亚里士多德哲学大纲》和尹吉的《希腊之宗教》等，另著有《印度哲学史略》。未出版的尚有《魏晋玄学讲义和提纲》、《饾饤札记》（关于读佛教和道教著作的札记）、《哲学概论》（主要讲西方哲学）、《英国经验主义讲义》、《欧洲大陆理性主义讲义》和《汉文佛经中的印度哲学史料》（《汉文佛经中的印度哲学史料》已于1994年10月由商务印书馆出版）等。可见用彤先生实是一位“熔铸今古、会通中西”的学者。在我国真正学贯中西的学者就不多，而学贯中西印的学者就更少了，而用彤先生就是这极少数学贯中西印的学者之一。

我认为，用彤先生为学有一宗旨，这就是“昌明国故，融会新知”，这也就是季先生所说的“熔铸今古、会通中西”。这一宗旨虽是1922年《学衡》杂志提出来的，但用彤先生早在1912年在清华学校读书时就已有此类思想。据吴宓伯父日记载，在1915年他们谈到献身中国文化要从办杂志入手，“然后造成一是之学说，发挥国有文化，沟通东西事理”。吴宓伯父1916年4月3日给吴芳吉先生的信中说：“宓自昨冬以来，联合知友，组织一会，名曰‘天人学会’。……会之大旨：除共事牺牲，益国益群而外，则欲融合新旧，撷精立极，造成一种学说，以影响社会，改良群治。……会名之意，原因甚多。天者天理，人者人情，此四字实为古今学术、政教之本，亦吾人之方针所向。”20世纪30年代，吴宓伯父在其《空轩诗话》中回忆说：“天人学会最初发起人为黄华（叔巍，广东东莞），会名则汤用彤（锡予，湖北黄梅）所赐，会员前后共三十余人。方其创立伊始，理想甚高，情感甚真，志气甚盛。”

用彤先生于1922年获哈佛大学哲学硕士学位后，立即返国，并参加了“学衡派”。他回国后的第一篇文章《评近人之文化研究》就是发表在《学衡》1922年第12期上的。在这篇文章中，用彤先生针对时弊指出了文化研究中的三种不良倾向：第一种是“诽薄国学者”，他们“以国学事事可攻，须扫除一切，抹杀一切”，更有甚者，“不但为学术之破坏，且对于古人加以轻谩薄骂，若以仇死人为进道之因，谈学术必须尚意气也者”。第二种是“输入欧化者”，他们的缺点是对西方文化未做全面系统之研究，常因一得之见以偏概全，“于哲理则膜拜杜威、尼采之流；于戏剧则拥戴易卜生、萧伯纳诸家”，似乎柏拉图尽是陈言，而莎士比亚已成绝响。用彤先生对这种割断历史、唯新是骛的现象十分不满。第三种是“主张保守旧文化者”，他们胡乱比附，借外族为护符，有的“以为欧美文运将终，科学破产”，有的甚至“间闻三数西人称美亚洲文化，或且集团体研究，不问其持论是否深得东方精神，研究者之旨意何在，遂欣然相告，谓欧美文化迅即败坏，亚洲文化将起而代之”。

用彤先生认为这三种人的共同缺点是“浅”与“隘”。“浅”就是“论不探原”，只看表面现象而不分析其源流。用彤先生举关于中国何以自然科学不发达的讨论为例，不少人认为由于中国“不重实验，轻视应用，故无科学”，其实西方的科学发达并不全在实验和应用，恰恰相反，“欧西科学远出希腊，其动机实在理论之兴趣……如相对论虽出于理想，而可使全科学界震动。数学者，各科学之基础也，而其组织全出空理”。因此，科学发达首先要有创造性的思想和理论。中国科学不发达首先“由于数理、名学极为欠缺”，而不是由于“不重实验，轻视应用”。“隘”就是知识狭窄，以偏概全。例如有些人将叔本华与印度文化相比附，用彤先生指出叔本华“言意志不同佛说私欲，其谈幻境则失吠檀多真义，苦行则非佛陀之真谛，印度人厌世，源于无常之恐惧，叔本华悲观，乃意志之无厌”。如果不是受制于“隘”，则会看到“每有同一学理，因立说轻重主旨不侔，而其意义即迥殊，不可强同之也”。由于“浅”、“隘”，就会“是非颠倒”，“真理埋没”，对内则“旧学毁弃”，对外亦只能“取其一偏，失其大体”，结果造成“在言者固以一已主张而有去取，在听者依一面之辞而不免盲从”，以致文化之研究不能不流于固陋。因此，用彤先生强调指出：“文化之研究乃真理之讨论”，必须对于中外文化之材料“广搜精求”、“精考事实，平情立言”才能达到探求真理的目的。

如何探求真理？用彤先生认为，必须从继承和发展本民族文化与吸收和融合其他民族文化中求得，这就是要“昌明国故，融会新知”之原因。

为什么要“昌明国故”？用彤先生和当时许多研究者看法不同，不是从狭隘的民族自尊自大出发，单纯强调中国文化如何辉煌灿烂，因为这里并无客观标准，任何民族都可以对自己的文化做出如此评价；也不是片面地对中国传统文化做价值评判，认定优劣，随意取舍；而是科学地分析了历史的延续性，断定一切新事物都不可以凭空产生，无源无流，兀然自现。他认为研究文化学术，必不能忽略“其义之所本及其变迁之迹”，因为“历史变迁，常具持续性，文化学术虽异代不同，然其因革推移，悉由渐进”，必“取汲于前人之学说，渐靡而然，固非骤溃而至”。“昌明国故”就是要在这种推移渐进的过程中，找出延续而被吸收的优秀部分。所说优秀并非个人爱好的主观评价，而是历史的择取。用彤先生举例说，魏晋玄学似乎拔地而起，与汉代学术截然不同；但魏晋教化，实导源东汉，“王弼为玄宗之始，然其立义实取汉代儒学阴阳家之精神，并杂以校练名理之学说，探求汉学蕴摄之原理，扩清其虚妄，而折衷之于老氏。于是汉代经学衰而魏晋玄学起。”（《言意之辨》）显然，魏晋玄学与东汉学术有了根本的不同。汉代虽已有人谈玄，如扬雄著《太玄赋》，但其内容“仍不免本天人感应之义，由物象之盛衰明人事之隆污。稽察自然之理，符之于政事法度。其所游心，未超于象数。其所研求，常在乎吉凶”（见《魏晋玄学流别略论》）。魏晋玄学则大不相同，“已不复拘拘于宇宙运行之外用，进而论天地万物之本体。汉代寓天道于物理，魏晋黜天道而究本体，以寡御众，而归于玄极（王弼：《易略例，明象章》）；忘象得意，而游于物外（《易略例·明象章》）。于是，脱离汉代宇宙之论（Cosmology or Cosmogony）而留连于存存本本之真（Ontology or Theory of Being）”（《魏晋玄学流别略论》）。总之，“汉代偏重天地运行之物理，魏晋贵谈有无之玄致”（同上)。汉学所探究,“不过谈宇宙之构造,推万物之孕成;及至魏晋乃常能弃物理之寻求,进行为本体之体会。舍物象,超时空,而研究天地万物之真际。以万有为末,以虚无为本”(同上)。

为什么于汉魏之际学术文化有如此重大的转变?用彤先生认为,此盖乃有新眼光、新方法之出现也,他说:“研究时代学术之不同,虽当注意其变迁之迹,而尤应识其所以变迁之理由。”他认为,变迁的一般理由有二,“一则受之时风,二则谓其治学之眼光、之方法”,而后者更为重要。因为“新学术之兴起,虽因于时风环境,然无新眼光、新方法,则亦只有支离片段之言论,而不能有组织完备之新学。故学术新时代之托始,恒依赖新方法之发现”(《言意之辨》)。文化发展的重大转折,必然由于新眼光、新方法之形成,这种新眼光、新方法,有的由于本身文化发展和时风环境孕育而生,有的则是受到外来文化之影响。获得新眼光、新方法就是“融化新知”。在用彤先生看来,“融化新知”从来都是推动文化学术发展之关键。他进一步举魏晋玄学之取代东汉学术为例,指出玄学“略于具体事物而究心抽象原理。论天道则不拘于构成质料(cosmology)而进探本体存在(ontology)。论人事则轻忽有形之粗迹而专期神理之妙用”(《言意之辨》)。为什么学术重点会从“有言有名”、“可以说道”的“具体之迹象”突变而为“无名绝言而意会”的“抽象本体”呢?用彤先生认为其根本原因就是“言意之辨”这种新眼光、新方法得到普遍推广,“而使之为一切论理之准量”。言和意的问题远在庄子的时代就已提出,而何以到魏晋才被特别重视起来?用彤先生指出,这是由于当时时代环境对于“识鉴”亦即品评人物的需求。品评人物不能依靠可见之外形,“形貌取人,必失于皮相”。因此,“圣人识鉴要在瞻外形而得其神理,视之而会于无形,听之而闻于无声”，言不尽意，得意忘言。魏晋时期的言意之辨与庄子时代已不相同，而以言和意之间的距离引发出“迹象”与“本体”的区分。正是这种有无限潜力的新眼光、新方法成就了整个魏晋玄学体系。汉代学术始终未能舍弃“天人灾异，通经致用”等“有形之粗迹”，就是因为“尚未发现此新眼光、新方法而普遍用之”。总之，学术变迁之迹，虽然可以诱因于时代环境之变化，但所谓“时风”往往不能直接促成学术本身的突变，而必须通过新眼光、新方法的形成。因此，以发现并获得新眼光、新方法为目的的“融化新知”就成为推动文化发展，亦即“昌明国故”的契机和必要条件。

在“融化新知”的过程中，外来文化的影响起着非常重要的作用。关于原有文化如何“融化”外来文化这种“新知”，用彤先生也有独到见解。他反对当时盛行的“演化说”，即认为“人类思想和其他文化上的事件一样，自有其独立发展演进……完全和外来文化思想无关”；他也不同意另一些人所主张的“播化说”，即“认为一个民族或国家的文化思想都是自外边输入来的”，或以为“外方思想总可以完全改变本来的特性与方向”。用彤先生认为“演化说”和“播化说”都是片面的。他强调外来文化与本地文化接触，其结果必然是双方都发生变化，“不但本有文化发生变化，就是外来文化也发生变化”。因为外来文化要对本地文化发生影响，就必须找到某些与本地文化相合的地方，就必须为适应本地文化而有所改变。“譬如说中国葡萄是西域移植来的，但是中国的葡萄究竟不是西域的葡萄，棉花是印度移植来的，但是中国的棉花究竟不是印度的棉花，因为它们适合地方，乃能生在中国，也因为它们须适应新环境，它们也就变成中国的了。”同理，外来思想要为本地所接受而能生存就必须有所改变以适合本国的文化环境。因此，“本地文化虽然受外边影响而可改变，但是外来思想也须改变，和本地适应”。例如，印度佛教传到中国，经过了很大改变，成了中国佛教。在这个过程中，印度佛教与中国文化相合或相近的能得到发展，不合或不相近的则往往昙花一现，不能长久。“天台、华严二宗是中国自己的创造，故势力较大；法相宗是印度道地货色，虽然有伟大的玄奘法师在上，也不能流行很长久。”

用彤先生根据佛教传入中国的历史指出：外来思想的输入往往要经历三个阶段。其一，“因为看见表面的相同而调和”。这里所讲的“调和”并非折衷，而是一种“认同”，即两种不同传统文化思想的“某些相同或相合”。其二，“因为看见不同而冲突”。外来思想的传入逐渐深入，社会已将这个外来分子看作一严重事件。只有经历这一因看到不同而冲突、而排斥、而改造的过程，“外来文化才能在另一文化中发生深厚的根据，才能长久发生作用”。其三，“因再发现真实的相合而调和”。在这一阶段内，“外来文化思想已被吸收，加入本有文化血脉之中”。外来文化已被同化，例如佛教已经失却某些本来面目而成为中国化的佛教，而中国文化也因汲取了佛教文化而成为与过去不同的新的中国文化。两种不同传统文化接触时所发生的这种双向选择和改变就是“融化新知”的必经过程。（本段引文均见于《文化思想之冲突与调和》）

从用彤先生一生之为学可见他都是在探索和实践其“昌明国故，融会新知”之宗旨。一位学术大师在学术上取得成就，除要有一贯的为学宗旨外，还必须对学术研究有认真、严谨的态度。用彤先生研究学问之认真与严谨向为学术界称道。钱穆伯父说：“锡予为学，必重全体系、全组织，丝毫不苟。”（《忆锡予》）贺麟伯父说：用彤先生“所著《汉魏两晋南北朝佛教史》一书，材料的丰富，方法的谨严，考证方面的新发现，义理方面的新解释，均胜过前人”（《五十年来的中国哲学》）。季羡林先生说：《汉魏两晋南北朝佛教史》“规模之恢弘，结构之谨严，材料之丰富，考证之精确，问题提出之深刻，剖析解释之周密，在在可为中外学者们的楷模。”（《国故新知——汤用彤先生诞辰百周年纪念文集》序）我和我父亲在一起生活过三十多年，深知他为学之艰苦、认真和严肃，下面我想谈谈这方面的一些情况。

我父亲很少告诉我应该如何做学问，我记得只有一次。我在重庆南开中学读高中时，因对文史有点兴趣，写了一点有关中国哲学的文章寄给他看，我父亲当时在昆明西南联大教书。他给我回了一封信，大意是说：做学问如登山，要努力往上攀登，爬得越高才能看得越远，看到别人看不到的方面。我当时只有十几岁，对此体会不深。除此之外，在如何为学方面，似乎他再没有对我进行什么“言教”。用彤先生在为学方面给我影响和教育最深的是他的“身教”。1948 年至 1949 年我曾听过他两门课：《欧洲大陆理性主义》和《英国经验主义》。从 20 世纪 20 年代起，他教这两门课已经不知道多少次了，但他每次上课前都要认真准备，重新写一讲课提纲，把一些有关的英文著作拿出来再看看。当时他担任北大的行政领导工作，白天要坐在办公室，只能晚上备课到深夜。他讲课，关于那些哲学家（如洛克、笛卡尔等）全是根据原书；他讲的内容，几乎每句话都可以在原著中找到根据。用彤先生也要求学生认真读这些哲学家的英文原著，并常常把原著中的疑难处一句一句解释给我们听，这对我们帮助很大。用彤先生这种扎实的学风，对同学们有很大影响，现在我们可以发现，40 年代北大哲学系毕业的学生做学问都比较认真，基本功比较扎实。

从 1956 年秋起，我回到北京大学做我父亲的助手，帮助他撰写一些短文和整理他的旧稿。由于新中国成立以来“左”的思潮的影响，今天回想起来，我并没有对我父亲的学术研究工作有多大帮助，相反帮了一些倒忙，但在做用彤先生助手的几年中，我确实感到做学问的艰苦。1954年因批判胡适的运动，我父亲患脑溢血，一直在病中，可是只要身体许可，他就看书做研究。我记得他写《论中国佛教无“十宗”》和《中国佛教宗派问题补论》，这两篇文章加起来不过三四万字，但他几乎花了两三年时间翻阅《大正藏》、《续藏经》、《大日本佛教全书》，总计起来大约上千卷了。用彤先生在论证他的观点时不仅利用对他有利的材料，而且能对那些与他观点不相合的材料一一做出合理的分析和解释。相比较说，现在我们也有些“学者”写文章，常常只抓住一两条对他的观点有利的材料，大加发挥，而对与他观点相左的大量材料都视而不见，不是全面地掌握和分析材料，这种情况不仅不能推动学术研究的前进，而且大大地败坏了学风。用彤先生花那么大力气研究中国佛教宗派问题的原因之一，据我了解，就是要纠正长期以来某些日本学者的不正确观点，恢复历史本来面目。这使我想起30年代的事。20世纪的日本学者对中国佛教的研究十分重视，而且取得了很大成绩。相比之下，中国学者的研究不算丰富。日本学者对中国佛教的研究虽有很大成绩，但错误也不少。于是我父亲就选择了当时日本最有影响的佛教研究大师常盘大定、塚本善隆、足立喜六、矢吹庆辉、高井观海等，对他们的著作进行评论，指出他们的错误，写成《大林书评》（见《汤用彤学术论文集》，北京，中华书局，1983）。我想，如果不是广泛、认真、仔细地读书，深入细致地研究史料，不具有广博的中外历史知识，大概很难一一指出日本这些权威学者的错误。

我想再举一个例子说明用彤先生严谨的学风。他写了一篇短文《何谓“俗讲”》，也就一千多字。邓广铭先生说：“几十年来，研究‘俗讲’，发表了那么多文章，对何谓‘俗讲’都不大明确，但汤先生这篇文章，可以说把问题说清楚了。”类似的意见，唐史专家汪篯在生前也对我说过。我父亲在这篇短文最后有一段话：“又，目前学者以押座文为‘俗讲’的组成部分，据《八相押座文》言：‘西方还有白银台，四众听说心聪开。’四众当包括‘和尚’、‘尼姑’等。那么或是圆珍所言有误，或是僧讲亦有押座文，当继续研究。”我父亲并不是研究“俗讲”的专家，根据材料能解决的他就说出自己的意见，还没有完全解决的，他就实事求是地说“当继续研究”。我父亲为什么能对“俗讲”给以较为合理的有根据的说明呢？这又是和他读书十分认真、仔细、治学严谨分不开的。在他阅读《大正藏》的过程中，他发现了日本沙门圆珍在《佛说观普贤菩萨行法经记》中，有一段关于唐代“俗讲”的记载，从而才能对“俗讲”做出合理的说明。这条材料为什么中外学者过去都没有引用过呢？可见，我父亲读书之认真、仔细、广泛在学者中是非常突出的。

成为一真正的国学大师，不仅在学问上应为人师表，我认为在为人上也应堪称楷模。学问之养成与人格之养成往往相辅相成，用彤先生为学之宗旨和他为人之准则是有着密切联系的。我们从他的著作中可以体会到，他不仅对中外古来之先贤大德的学问抱以同情的理解，而且希望通过他的著作使古来圣贤之人格光辉于世。

用彤先生虽自 1912 年至 1918 年在清华学校受美式之教育，后又留学美国四年，但正如钱穆伯父所说：用彤先生“绝不有少许留学生西方气味”，“亦不留丝毫守旧之士大夫积习”，“俨然一纯儒之典型”，有“柳下惠圣之和者”之风。我想就我所知也谈谈我父亲之为人。

我父亲汤用彤先生生前最喜欢用他那湖北乡音吟诵《桃花扇》中

的《哀江南》和庾信的《哀江南赋》。我记得我的祖母曾经对我说，我祖父汤霖就最喜欢吟诵《哀江南》和《哀江南赋》。我祖父是光绪十六年的进士，于光绪十八年在甘肃渭源做知县。我父亲就生在渭源。据我祖母说，我父亲小时候很少说话，祖父母都认为他不大聪明。可是，在用彤先生三岁多时，有一天他一个人坐在门槛上，从头到尾学着我祖父的腔调吟诵着《哀江南》。我祖父母偷偷地站在他后面一直听着，大吃一惊。我父亲最喜欢我妹妹汤一平（可惜她在十五岁时在昆明病逝了）。我记得，我们小时候得睡午觉，父亲总是拍着我妹妹吟诵《哀江南》。我听多了，大概在六七岁时可以背诵得差不多了，当然我当时并不懂它的意义。今天我还会用湖北乡音吟诵这首《哀江南》。《哀江南》是说南明亡国时南京的情况，其中有几句也许给我印象最深，这就是“眼见他起朱楼，眼见他宴宾客，眼见他楼塌了”，历史大概真的就是如此。我想，我祖父和父亲之所以爱读《哀江南》，是因为他们都生在中国国势日衰的混乱时期，是为抒发胸中之郁闷的表现吧！我对我祖父了解很少，因为他在我出生前十五年就去世了。据我父亲说他喜汉易，但没有留下什么著作。现在我只保存了一幅《颐园老人生日谦游图》，此长卷中除绘有当日万牲园之图景外，尚有我祖父的题词和他的学生祝他六十岁生日的若干贺词。从祖父的题词中，我们可以看到他当时伤时忧国之情和立身处世之大端。题词长五百余字，现录其中的一段于下：

> 余自念六十年来，始则困于举业，终则劳于吏事，盖自胜衣之后，迄无一息之安，诸生倡为斯游，将以娱乐我乎？余又内惭，穷年矻矻，学不足以成名，宦不足以立业，虽逾中寿，宁足欣乎？虽然，事不避难，义不逃责，素位而行，随遇而安，固吾人立身

行己之大要也。时势迁流，今后变幻不可测，要当静以应之，徐以俟之，毋戚戚于功名，毋孜孜于逸乐。然则兹游也，固可收旧学商量之益，兼留为他日请念之券。

此次游园，我父亲也同去了。这幅《颐园老人生日谯游图》大概是我父亲留下的我祖父唯一的遗物了，图后有诸多名人题词，有的是当时题写的，有的是事后题写的。在事后题写的题词中有欧阳渐和柳诒徵的，词意甚佳。

1942 年，我在昆明西南联大附中读书时，在国文课中有些唐宋诗词，我也喜欢背诵。一日，用彤先生吟诵庾信“哀江南赋”，并从《全上古三代秦汉三国六朝文》中找出这首赋，说：“也可以读一读。”我读后，并不了解其中意义，他也没有向我说读此赋的意义。1944 年，我在重庆南开读高中，再读此赋，则稍有领会。这首赋讲到庾信丧国之痛。庾信原仕梁，被派往北魏问聘，而魏帝留不使返，后江陵陷，而只得在魏做官。序中有“金陵瓦解，余乃窜身荒谷，公私涂炭，华阳奔命，有去无归”等等，又是一曲《哀江南》。由赋中领悟到，我父亲要告诉我的是，一个诗书之家应有真“家风”，因在《哀江南赋》中特别强调的是这一点，如说“潘岳之文彩，始述家风；陆机之词赋，先陈世德”云云。近年再读祖父之《谯游图》中之题词，始知我父亲一生确实深受我祖父之影响。而我读此题词则颇为感慨，由于时代之故我自己已无法继承此种“家风”，而我的孩子们又都远去美国落户，孙子和外孙女都出生于美国了。我父亲留学美国，四年而归，我儿子已去十年，则“有去无归”，此谁之过欤，得问苍天！不过我的儿子汤双博士却也会吟诵《哀江南》，四岁多的孙子汤柏地也能哼上几句。但吟诵《哀江南》对他们来说大概已成为无意义的音乐了。我想，他们或许已全无我祖父和父亲吟诵时的心情，和我读时的心情也大不相同了；俗谓“富不过三代，穷不过三代”，大概传“家风”也不会过三代吧！

今年是我父亲诞辰一百周年，我虽无力传“家风”，但为纪念父亲之故，谈谈我父亲的“为人”也是一种怀念吧！

在我祖父的题词中，我以为对我父亲影响最大的是：“事不避难，义不逃责，素位而行，随遇而安”，“毋戚戚于功名，毋孜孜于逸乐”。

用彤先生一生淡泊于名利，在新中国成立前他一直是教书，虽任北京大学哲学系主任、文学院长多年，他都淡然处之。平时他主要只管两件事。一是“聘教授”，季羡林先生对现在我们这种评职称的办法颇不满，他多次向人说：“过去用彤先生长文学院，聘教授，他提出来，就决定了，无人有异议。”盖因用彤先生秉公行事，无私心，故不会有人不满。二是学生选课，他总是要看每个学生的选课单，指导学生选课，然后签字。故他的学生郑昕先生于 1956 年接任北大哲学系主任时说：“汤先生任系主任时行无为而治，我希望能做到有为而不乱。”现在看来，“无为”比“有为”确实高明，自 1957 年后北大哲学系可以说江河日下，常常处于“乱”之中。

1945 年胡适接任北大校长后，有一阶段他留美未归。西南联大三校分家，北大复员回北京，事多且杂。时傅斯年先生代管北大校政，他又长期在重庆，因此我父亲常受托于傅先生处理复员事务，自是困难重重，他只得以“事不避难，义不逃责”来为北大复员尽力了。后胡适到北京长北大，但他有事常去南京，也常托我父亲代他管管北大事，而我父亲也就是帮他做做而已。

1946 年，中央研究院历史语言研究所在北京东厂胡同一号成立了一个“驻北平办事处”，傅斯年请我父亲兼任办事处主任，并每月送薪金若干。用彤先生全数退回说：“我已在北大拿钱，不能再拿另一份。”他对办事处的日常事务很少过问，由秘书处理。记得1955年中华书局重印他的《汉魏两晋南北朝佛教史》时所给稿费较低，而他自己根本也不知当时稿费标准，对此也无所谓。后他的学生向达先生得知，看不过去，向中华书局提出意见，中华才给以高稿酬。看来当时的中华书局是缺乏学术眼光的。这又使我想起1944年，当时的教育部授予我父亲那本《汉魏两晋南北朝佛教史》最高奖，他得到这消息后，很不高兴，对朋友们说：“多少年来一向是我给学生打分数，我要谁给我的书评奖。”我父亲对金钱全不放在心上，但他对他的学问颇有自信。1949年后，我家在北京小石作的房子（二十余间，两个院子）和南京的房子都被征用，北京的房子给了八千元，我母亲颇不高兴，但我父亲却说：“北大给我们房子住就行了，要那么多房子有什么用。”

1949年后，用彤先生任北京大学校委会主席（当时无校长），主管北大工作，但因他在新中国成立前不是“民主人士”，也不过问政治，实是有职无权，此事可从许德珩先生为纪念北大成立九十周年刊于《北京大学学报》的一篇文章看出。1951年下半年他改任副校长，让他分管基建，这当然是他完全不懂的，而他也无怨言，常常拄着拐杖去工地转转。我想，当时北大对他的安排是完全错误的，没有用其所长反而用其所短，这大概也不是用彤先生一人所遭遇，很多知识分子可能都面临这样的问题。

钱穆先生在他的《忆锡予》一文中说：“锡予之奉长慈幼，家庭雍睦，饮食起居，进退作息，固俨然一纯儒之典型”，“孟子曰‘柳下惠圣之和’，锡予殆其人乎”，“锡予一团和气，读其书不易知其人，交其人亦绝难知其学，斯诚柳下之流矣”。确如钱穆伯父所言，用彤先生治学之谨严世或少见，故其《汉魏两晋南北朝佛教史》之作已成为研究中国佛教史的经典性著作。胡适在看此书稿时的日记中记有：“读汤锡予的《汉魏两晋南北朝佛教史》稿本第一册。全日为他校阅。此书极好。锡予与陈寅恪两君为今日治此学最勤的，又最有成绩的。锡予的训练极精，工具也好，方法又细密，故此书为最有权威之作。”（1937年1月17日的《日记》）其治“魏晋玄学”实为此学开辟了新的道路，至今学者大多仍沿着他研究的路子而继续研究。用彤先生做学问非常严肃、认真，不趋时不守旧，时创新意，对自己认定的学术见解是颇坚持的，但在他与朋友相聚论政、论学时，他常默然，不喜参与。故我父亲与当时学者大都相处很好，无门户之见。钱穆先生与傅斯年先生有隙，而我父亲为两人之好友；熊十力与吕澂佛学意见相左，但均为我父亲的相知友好；我父亲为“学衡派”成员而又和胡适相处颇善，如此等等。据吴宓伯父原夫人陈心一伯母说：“当时朋友们给锡予起了一个绰号叫汤菩萨。”陈心一伯母现已九十九岁，住吴学昭同志处。我想，这正如钱穆伯父所说，我父亲“为人一团和气”，是“圣之和”者，而非“圣之时”、“圣之任”者也。

我父亲虽有家学之传，又留学美国，但他平日除读书、写作外，几乎无他嗜好。他于琴棋书画全不通，不听京戏，不喜饮酒，只抽不贵的香烟。他也不听西洋音乐，也不看电影，更不去跳舞。在昆明时有时与金岳霖先生交换看看英文侦探小说，偶尔我父母亲与闻一多伯父母打打麻将，或者带我们去散散步，在田间走走。我父亲的生活非常节俭，从不挑吃，常常穿着一件布大褂，一双布鞋，提着我母亲为他做的一个布书包去上课。1954年他生病后，每天早上一杯牛奶，一块烤馒头片，加上一点加糖的黑芝麻粉，他就满足了。有一次，我姑母没看清把茶叶末当成黑芝麻放在馒头片上，他吃下去，似乎也不觉得有什么不对。

我父亲一生确实遵照我祖父的教训："素位而行，随遇而安"，"毋戚戚于功名，毋孜孜于逸乐"。我想，我父亲生在国家危难之时，多变之际，实如钱穆伯父所说是"一纯儒之典型"。从用彤先生的《汉魏两晋南北朝佛教史》的跋中，我们不仅可以看到他继承家风，为人为学，立身处事之大端，且可看出他忧国忧民之胸怀。现录跋中一段于下：

> 彤幼承庭训，早览乙部，先父雨三公教人，虽谆谆于立身行己之大端，而启发愚蒙，则常述前言往行以相告诫。彤稍长，寄心于玄远之学，居恒爱读内典。顾亦颇喜疏寻往古思想之脉络，宗派之变迁。十余年来，教学南北，尝以中国佛教史授学者。讲义积年，汇成卷帙。自知于佛法默应体会，有志未逮，语文史地，所知甚少。故陈述肤浅，详略失序，百无一当。惟今值国变，戎马生郊。乃以其一部勉付梓人。非谓考证之学可济时艰。然敝帚自珍，愿以多年研究所得，作一结束。惟冀他日国势昌隆，海内乂安，学者由读此编，而于中国佛教史继续述作。俾古圣贤伟大之人格思想，终得光辉于世，则拙作不为无小补矣。

这篇跋写于1938年元旦，正值抗日战争开始之时。从那时到现在已经五十五年了，我父亲去世也已二十九年了。我作为他的儿子和学生，虽也有志于中国哲学史之研究，但学识、功力与我父亲相差之不可以道里计，于立身行事上，也颇有愧于"家风"。但我尚有自知之明，已从几十年的风风雨雨中吸取了不少教训，对祖父的教导或稍有体会，当以此自勉也。

在燕南园随父亲读书

1956年，乘着“向科学进军”的春风，我从已经工作了五年余的北京市委党校调回北京大学，作为我父亲的学术助理，协助他整理他的学术著作。我从此回到了燕南园的家，这也是我与父亲亲密接触的最后几年。

父亲向来很少过问我们的事，我们兄弟姐妹多由我母亲来管理，但父亲对我们一向慈爱。在我们小时候，他见到我们总是拍拍我们的头，或者抱抱我们。我记得最清楚的是，他常常为哄我妹妹一平睡觉，抱着她来来回回地走，用湖北乡音吟诵着《哀江南》：“山松野草带花挑，猛抬头秣陵重到……”如果我们生病，他总是带我们去医院，他不相信中医，虽然我们后院住着一位姓周的中医师。父亲没有什么嗜好，时间多用在写他的书上。他的休息，一是逛琉璃厂的书店，买一点不太贵的书，二是每一两周都要到中山公园春明馆或来今雨轩和钱穆、蒙文通、熊十力诸位老伯坐茶馆，喝茶聊天。这时候他总是带着我和妹妹。我和妹妹都很喜欢吃那里的包子，父亲给我们买包子吃，然后让我们在公园里自己玩。到昆明后，1944 年秋我妹妹一平去世，对我父亲是很大打击，因为他最喜欢的就是我的这个妹妹。这样，我们家只剩下我和比我小十岁的弟弟一玄。1945 年 1 月我自重庆回到昆明后，感到他把对我妹妹的慈爱转到我弟弟身上。那时我弟弟才八岁，他喜欢玩一些机械性的东西。在昆明南屏街一带是美国军用剩余物资的集散地。虽然我们因战争生活很困难，但父亲仍然常带弟弟到南屏街去买一些弟弟喜欢的小机械零件。有时父亲也买一两包美国烟和一两本简装本的英文侦探小说。父亲对我们的学习很少过问，也很少对我们有什么要求。但是我们可以通过他的为人处事受到教育。例如他对吃、穿等等从来就没有什么特殊要求，他从来没有当着孩子们的面说过别人的坏话，也没有在孩子们面前发过脾气，他对我们家的帮工也非常有礼貌，而且可以和车夫坐在门槛上聊天，他拒绝傅斯年先生给他兼职中央研究院历史语言研究所北平办事处主任的另一份薪金，因他认为既然拿了北大的一份工资，就不应再拿中央研究院的钱，他对伯父汤用彬在抗战期间曾任伪职一直没有原谅等等，可以说对我们都有潜移默化的影响。

我和父亲一起生活了三十多年，除了因出版《隋唐佛教史稿》问题责骂过我一次，我不记得他还因别的事责骂过我，而对我和他的其他孩子更没有打过。1957 年春父亲的《魏晋玄学论稿》在中华书局再版以后，书局的编辑曾找我讨论是否也可以把用彤先生的《隋唐佛教史稿》整理出版。我当时想，父亲的身体不好，如果能早出版也好，于是我对中华书局的编辑说："这当然是好事，但我不能作主，得问我父亲，看看他的意思再说。"于是，中华的编辑就找我父亲，并说我同意出版他的《隋唐佛教史稿》。中华的编辑走后，父亲对我很严肃地说：

“谁让你来代表我说可以出版《隋唐佛教史稿》的。这样的事你不能管。”我当时不知如何是好，没有敢申辩，后来我就写了一封信，请中华书局的编辑来向我父亲解释一下，父亲的气才消了。

父亲生前一直没有考虑出版《隋唐佛教史稿》，这是因为他认为这只是一个初稿，还有许多问题需要进一步研究。自 1954 年秋父亲因患脑溢血，长期在病中，但他念念不忘的事就是如何修改《隋唐佛教史稿》。在 1956 年他病情稍稍稳定后，他就大量地阅读和隋唐佛教方面有关的书，现在我们可以从他留下的二十余本读佛藏和其他书的笔记看出。在几年中他翻阅了《大正藏》、《续藏》、《大日本佛教全书》以及《金石萃编》和《八琼室金石补正》以及有关的史书、笔记等等，也还看了一些能找到的日本学者新出的有关著作。由于脑溢血的后遗症，他写字不方便，就让别人代抄，由他自己写评论和按语。而且在此期间他还写了若干则读书札记（题为《康复札记》在报刊上发表）。特别需要说的是他写《中国佛教无“十宗”》和《中国佛教宗派问题补论》两篇论文。这两篇文章加起来也不过两万来字，但他阅读了几百种有关的书，用了一年多的时间才写成。从文章可以看到他引用的材料之多，论断之精要，确是一般人难以做到的。父亲为什么要写这两篇文章？不仅是为了解决中外学者长期没有解决的问题，更重要的是他要为修改、补充《隋唐佛教史稿》中“佛教宗派”一章作准备。（在《隋唐佛教史稿》中，这一章仅有几百字的提纲。）父亲虽为修改、补充他的《隋唐佛教史稿》作了大量的准备工作，但终因身体原因，于 1964 年 5 月逝世，而没有完成他晚年一直想做的事。

80 年代初，我觉得应把父亲的《隋唐佛教史稿》整理出版，这时在我手头有四本两种《隋唐佛教史稿》的稿本：一种是二十年代末在中央大学油印的稿本，一种是三十年代初在北京大学铅印的稿本。于是我就根据这两种稿本整理成书，于 1983 年由中华书局出版。我整理《隋唐佛教史稿》没有利用他病中所留下的二十余本“札记”，因为我完全没有把握是否能正确地了解他修改和补充的意见。我注意到在他的二十本“札记”中既包含着许多有关隋唐佛教宗派的材料，还包含有关梵语的翻译问题，文献的考订以及史料的辑佚，还涉及佛教的若干哲学问题的讨论等等，要把这些材料吸收到《史稿》中非我能力所及。我只是对该稿的引文一一作了查对，并把父亲在这两种稿本上的眉批补入文中，或作为脚注保存下来。我之所以不敢妄自补充和修改他的书，一是我的佛学根底太差，二是我根本没学过梵文和巴利文等，故而很难准确地把父亲的想法体现出来。

从父亲对《隋唐佛教史稿》的态度看，他对学术是非常严肃的，不成熟的作品他决不让它出版。这点从他对《汉魏两晋南北朝佛教史》的出版态度上看，也可以得到证明。《汉魏两晋南北朝佛教史》是父亲花了十五年时间才写成的，如果不是因为抗日战争，他也许还会有所修改和补充。我从现存的资料中找到他为写这部书的《读书杂记》二十余本和《佛教史料杂钞》二十余本，封面没有标题的关于佛教史的“笔记”近十本。从中可以看出，他读书之广博、细致，评论之精要，考证之功力，我想现在少有学者能如此的。他写这部书时，常常要看书、写作到深夜两三点。胡适在 1937 年 1 月 17 日看了这部书的稿本后，在他的日记中写到：“此书极好。锡予与陈寅恪两君为今日治此学最勤的，又最有成绩的。锡予的训练极精，工具也好，方法又细密，故此书为最有权威之作。”贺麟先生在《五十年来的中国哲学》中说：“《汉魏两晋南北朝佛教史》一书材料的丰富，方法的谨严，考证方面的新发现，义理方面的新解释，均胜过前人。”季羡林先生在《汤用彤先生诞生百周年纪念论文集》序中说：“拿汤老先生的代表作《汉魏两晋南北朝佛教史》来作一个例子，加以分析。此书于1938年问世，至今已超过半个世纪。然而，一直到现在，研究中国佛教史的中外学者，哪一个也不能不向这部书学习，向这一部书讨教。此书规模之恢弘，结构之谨严，材料之丰富，考证之精确，问题提出之深刻，剖析解释之周密，在在可为中外学者们的楷模。”

1938年6月9日父亲在给他留学英国的研究生王维诚的信中说：“《汉魏两晋佛教史》已由商务排版，闻已排竣待印。但未悉确否，此书不惬私意，现于魏晋学问，又有所知，更觉前作之不足。但世事悠久，今日不出版，恐永无出版之日，故亦不求改削也。”此信中所言与用彤先生在《跋》中所说可互相印证。

父亲说他自己对《汉魏两晋南北朝佛教史》尚“不惬私意”，是指什么呢？事实上，他的《佛教史》出版后得到一致好评，而且到目前为止还没有一部《佛教史》可以代替他的这部书，而他自己对该书仍然尚不甚满意。其原因或许可由给王维诚信中那句“现于魏晋学问，又有所知，更觉前作之不足”透露出一二。我过去一直认为，父亲在抗战期间没有能继续研究《佛教史》是由于《大藏经》及其他佛教书籍（如《宋藏遗珍》等等）的丢失。现在看来，除此原因之外，更可能是由于他对中国学术文化的特殊情怀，转而对汉到魏晋南北朝中国学术文化自身发展的轨迹作了一番深入研究。关于这一点我们可以从两个方面看出：一是这一时期他着力研究了魏晋玄学，从他留下的几篇论文（特别是《魏晋玄学流派略论》和由石峻先生整理的《魏晋思想的发展》两文）和他的几篇讲演提纲以及一份《魏晋玄学》讲课纲目。

在“纲目”中他把支道林列为“玄学”的第九章，把僧肇列为第十章，道生列为第十一章，可见他认为这几位高僧不仅是在讲印度佛教，而且是在接着中国玄学思想讲。从后来他在美国加州伯克利大学讲的《自汉至隋思想史（提纲）》也可看出，他在努力发掘中国思想文化自身发展的内在逻辑，虽然印度佛教对这一阶段中国思想文化起着重大作用，但它只是一助因，并不能改变中国思想文化的根本性质和发展方向。在《魏晋思想的发展》中他说：“玄学的产生与佛教无关……玄学是从中国固有学术自然的演进，从过去思想中随时演进的‘新义’，渐成系统，玄学与印度佛教在理论上没有必然的关系。易而言之，佛教非玄学生长之正因。反之，佛教倒是先受玄学之洗礼，这种外来思想才能为我国人士所接受。不过以后佛学对玄学的根本问题有更深一层的发挥。所以从一个方面讲，魏晋时代的佛学也可以说是玄学。而佛学对于玄学为推波起澜的助因是不可抹杀的。”本来印度佛教传入中国先是依附于东汉道术，后依附于魏晋玄学，其后虽与中国传统思想有所冲突，但在中国有影响的佛教学说如僧肇和道生所讨论的许多问题，仍是中国原本在“玄学”讨论的问题，如僧肇四论（动静、有无、知与无知、圣人人格）等都是自何王以来玄学讨论的主题。而道生之顿悟，据用彤先生看实是中印学术两大传统调和之论，一扫当时学界两大传统冲突之说，而开“伊川谓‘学乃以至圣人’学说之先河”。

1943 年父亲以《文化思想之冲突与调和》为题在联大作学术演讲。如果说《魏晋玄学论稿》中的各论文是就中国魏晋南北朝时期学术思想发展的历史方面立论的，而此次演讲则是从文化发展的理论方面讲的。他认为“必须先承认一种文化有它的特点，有它的特别性质。根据这个特性的发展，这个文化有一定的方向”。在这一前提下，他认为有两个问题应该讨论：(1) 外来文化移植到另一个地方是否可有影响？(2) 本土文化和外来文化接触是否会完全改变基本特性，改变它的发展方向？关于第一个问题，他认为其答案是不言而喻的，“因为一个民族的思想多了一个新的成分，这个已经是一种影响”。而对第二个问题，他则认为“文化移植”中最根本的问题乃是外来文化对本土文化影响的程度问题，即本土文化的本性、方向是否被改变的问题。在文化问题上，他既不同意文化的演化说，也反对文化的播化说，而认为批评派和功能派的学说是较为可取的，因为此说主张两种文化接触，其影响是双向的。但从总体上说，虽然外来文化加入到本土文化的血液之中，必定会在本土文化中产生深厚之影响，而且会长久发生作用，但本土文化的特性终将在更新中得以保存，“一个国家民族的文化思想实在有他的特性，外来思想必须有所改变，合乎另一种文化性质，乃能发生作用”。因此，当时贺麟先生在《五十年来的中国哲学》中评论说用彤先生“基于对一般文化的持续性和保存性”，而阐发的关于“中国哲学发展之连续性”的“新颖而深切的看法”时，就曾经指出用彤先生“宏通平正的看法，不惟可供研究中国哲学发展史的新指针，且于积极推行西化之今日，还可以提供民族文化不致沦亡断绝的新保证。而在当前偏激的全盘西化声中，有助于促进我们于民族文化新开展的信心”。我认为，这大概是父亲之所以在写完《汉魏两晋南北朝佛教史》之后，用全力研究“魏晋玄学”之原因。他曾是以“倡明国粹，融化新知”为宗旨的《学衡》成员，从他们的宗旨可以看出这些学人是以立足本民族文化为根基，而吸收西方文化以及其他各民族文化（特别是印度文化）来滋养自身文化，因此他们常被目为文化守成主义者。但实际上“学衡”诸学者多为留学美国多年，不少西方的哲学、宗教、文学、艺术都是经他们介绍到中国来的。因此，说他们排斥外来文化是没有什么根据的，但他们又确是一群着力维护中国传统文化的知识分子，成为当时对抗“全盘西化”的重要力量。这部分学者由于有中西学术的深厚基础，以后在20世纪三四十年代为中国文化研究的诸多方面作出了卓越的贡献，父亲就是其中之一。

最后，我想着重谈一谈父亲的《康复札记》。这本书写于1961年至1964年逝世前，这一时期，我在他身边作为他的学术助手，了解他的治学情况比较多。其中八篇是他自己写的；《读〈道藏〉札记》是在他逝世后，由我根据他的笔记整理而成。1962年3月初，他到医院作了一次身体检查，情况较好，他改唐诗二句“虽将迟暮供多病，还必涓埃答圣民”[①]，以表达他当时的心情。父亲1954年患脑溢血症，昏迷近一个月，出院后一直在家养病。但只要身体好一点，他就做一点力所能及的事。例如在1956年病情好转，他曾为哲学系研究生和年轻教师讲“印度佛教”（《中国哲学史》杂志2002年第四期刊登由他的研究生武维琴写的《汤用彤先生谈印度佛教哲学》，就是根据父亲当时讲课的部分笔记整理而成）。自1961年初，父亲应《新建设》约稿开始写“札记”。在《康复札记四则》的前面有一段话说道：“现应《新建设》杂志之约，将近年读书所得写成札记，以供参考，这也是我对人民所尽涓埃之力。”看来，老一代的知识分子只要条件许可总想做点事，因为他们认为这是他们的职责。对《康复札记》我想谈几点看法：

(1)《论中国佛教无“十宗”》（写于1961年秋）和《中国佛教宗派问题补论》（写于1963年春）可以说是父亲晚年最重要的论文。写

① 杜甫《野望》有“惟将迟暮供多病，未有涓埃答圣朝”一句。用彤先生改写以自况。

这两篇文章，他大约花了一年半的时间，翻阅了几百种书。在这两篇文章中，他论证了在魏晋南北朝至隋唐时期“宗”有二义：“‘宗’本谓宗旨、宗义，因此，一人所主张的学说，一部经论的理论系统，均可称曰‘宗’。从晋代之所谓‘六家七宗’至齐梁周颙之《三宗论》都是讲的宗教学说上的派别，这是‘宗’的第一个意义。‘宗’的第二个意义就是教派，它是有创始，有传授，有信徒，有教义，有教规的一个宗教团体。”据此，父亲批评了中国佛教史料中所谓“十宗”、“十三宗”之说，他认为之所以有这样的谬误，是把两种不同的“宗”混为一谈了。现在研究中国佛教史的学者大都接受了他的这一观点。他所以要把两种不同意义的“宗”区别开来，为的是能较好地研究隋唐佛教宗派和更好地梳理中国佛教史的发展线索。据我所知，主张中国佛教教派有所谓“十宗”或“十三宗”，主要是日本学者的观点，后来的中国学者也跟着这样讲。二十世纪以来，日本的佛教研究颇有一点成绩，他们就觉得是这方面的“权威”。父亲对此颇不以为然，于三十年代写了一组文章专门批评日本的最重要的佛教研究专家，如常盘大定、足立喜六、矢吹庆辉、高井观海、塚本善隆等（见《大林书评》）。晚年写《论中国佛教无“十宗”》等主要也是批评日本学者的观点。用彤先生认为，日本学者“于考证上常有创获”，但在引用材料时“标点甚多错误”；他们“取材甚为丰富”，但“少能在大处综论”；其“翻译中文一切经，进行极速”，然“欲速不达”，“结果乃大失人望”。我想，父亲这样做是维护学术之尊严，这和他严谨的治学态度也是分不开的。

（2）《康复札记》中有《何谓“俗讲”》一篇，不到一千五百字，北大历史系教授邓广铭和汪篯都对我说过：“《何谓‘俗讲’》短文可以说把众多学者讨论的‘俗讲’问题基本解决了。”这是因为父亲找到了一条很有意义的材料，即日本沙门圆珍所撰《佛说观普贤菩萨行法经记》中关于当时“俗讲”的记载。而研究“俗讲”的中日学者都没有引用过这条记载。这条材料略谓：言讲者，唐土两讲。一“俗讲”。即年三月就缘修之，只会男女，劝之输物，充造寺资，故言俗讲。（僧不集也云云。）二“僧讲”。安居月传法讲是。（不集俗人类，若集之，僧被官责。）为慎重起见，父亲最后又引《八相押座文》言：“西方还有白银台，四众听法心聪开。”谓：“四众当包括‘和尚’、‘尼姑’等。那么或是圆珍有误，或是僧讲亦有押座文，当继续研究。”圆珍当时在唐，应不会有误，比较可能的是“僧讲亦有押座文”，因此父亲在附注中说：“圆珍书中所言与中国情况颇多相合，所言应可信也。”这种做学问的认真态度是很值得我们学习的。

(3) 父亲早年是“学衡派”的一员，该学派以“昌明国故，融会新知”为宗旨，故一生均甚注意维护中华文化之传统。《胡适日记》1937 年 1 月 17 日中记有：“他（指父亲）又说：‘颇有一私见，就是不愿说什么好东西都是从外国来的。’我也笑对他说：‘也有一个私见，就是说什么坏东西都是从印度来的！’我们都大笑。其实，这都不是历史家正当态度。史家记实而已。如果有好东西是从海外来的，又何妨去老实承认呢？”在《康复札记》的《针灸·印度古医书》中讨论到“针灸”问题，不仅引用了我国三代典籍，还用了汉译佛经材料和英译巴利文材料，证明“针灸”并不是由印度传入的，而是中国早有的。这一方面说明，父亲的“小心求证”非常注意“记实”，而不妄下判断；另一方面说明，他对中华传统文化一贯取客观的维护态度。很有意思的是，如果说用彤先生在文化问题上倾向于“保守主义”，而胡适则持“全盘西化”论（后来他改用“充分现代化”来表述），但他们从 1928 年开始通信一直保持良好的关系。这使我想到，学者之间虽会存在学术倾向的不同，但不应因此而相互轻视和相互抵毁。可惜的是，在解放后父亲也受到当时政治空气的影响，在所谓“知识分子思想改造运动”中，他检查思想时也批判过胡适。当批判胡适运动全面展开，父亲一方面思想充满矛盾，一方面怕惹事，只求“明哲保身”，非常紧张，以至在一次人民日报召开的“批判胡适座谈会”上，因过于紧张，先是把桌上的酒打翻，又激动地发言，以至引起脑溢血。这一方面说明，中国有些知识分子，虽在国外多年，但仍然是如传统士大夫一样，真正能“以德抗位”者是少之又少的。看来很多中国知识分子对自己的独立人格还没有达到真正的自觉。像梁漱溟、陈寅恪这样的知识分子在我们国家是太少了，这应是国家、民族的不幸。另一方面说明，我国的所谓“无产阶级专政”其中很重要的部分就是要专知识分子的政，要他们只能老老实实，不能乱说乱动。这不仅剥夺了广大知识分子的思想自由、言论自由（自由是创造力的源泉），而且使广大知识分子失去了独立的人格。所谓的“皮之不存，毛将焉附”，正是要求知识分子归顺于政治权力，而使知识分子成为“驯服工具”。对这一问题，我自己长期没有认识，直到 1980 年后才有了一点觉醒。

（4）父亲读书广博，往往可由读一书而及他书，并提出若干可以进一步研究之问题。例如《札记》中的《介绍一种〈音义〉》，这篇短文讨论日本僧人中算的《妙法莲花经释文》（在用彤先生介绍此书之前，似无人利用过这本书），除引述佛典及非佛典等书籍所讨论的种种问题外，他据此书得知由于中算书中所载中华僧人中颇多为唐窥基以后的法相宗人，而得出“从中唐至南宋，中、日两国《法华经》的著作，当以法相宗人的为最盛。这些都可以补史书之阙”。我们研究中国佛教史，往往认为自窥基以后法相宗渐衰，现在看来这种看法并不全面，法相虽自窥基后不再兴旺，但仍未断绝。这实应为研究“中国佛教史”者所注意。又，文中提到中算书对古书之辑佚和校勘有一定用处，例如举出平津馆孙辑本的杨泉《物理论》“谷气”条，有云：“梁者黍稷之总名，稻者溉种之总名，菽者众豆之总名。”此中“稻者”一句颇不可解，但中算引文作“稻者粳糯之总名”，可以说比孙本好了；又中算书中引用的唐时佛典音义书颇多，大多失传了，也许可作若干辑佚之用。从这篇短文，我们还可以看到，父亲利用一条材料，往往要查阅多种相关的材料，以说明问题。他很少用“孤证”来下结论。这也是我们应学习的地方。作学问有时可以“大胆假设”，但得结论则必须“小心求证”。这点也可以在他写的《关于慧深》一文中得到印证。

（5）父亲的《康复札记》可以说都是他的读书笔记，讨论的都是具体的问题，注意的是“史料”和“史实”，但也可以看到有个别地方受到当时学术环境的影响，今天看来也有不尽妥当之处。例如引用“宗教是人民的鸦片”之类的话，现在对此应作具体分析。自1949年解放后，要求广大知识分子都学习马克思列宁主义，当然是可以的，但要求把马克思列宁主义作为“放之四海而皆准”的绝对真理，顶礼膜拜，那就不仅把马克思主义变成了一种教条式的“迷信”，而且要求知识分子都成为这种教条式“迷信”的盲目信徒。我想，这不仅违背了马克思、恩格斯的初衷，也大大地糟蹋了马克思主义。我非常赞同恩格斯的一段话，他说：

> 在黑格尔以后，体系说不可再有了。十分明显，世界构成一个统一的体系，即联系的整体。但是对于这个体系的认识是以对

> 整个自然界和历史的认识为前提的，而这一点是人们永远也达不到的，因而，谁要想建立体系，谁就得用自己的虚构来填补无数空白，即是说，进行不合理的幻想，而成为观念论者。(《反杜林论》草稿片断)

恩格斯这里所说的“体系”是指那种自以为完整无所不包、可以解决一切问题的所谓“体系”。如果说，一个国家在一定时期在政治上可以有明确的“指导思想”，那么在学术和文学艺术上则不能有统一固定的“指导思想”，中国历史和世界历史都证明，什么时候要求在“学术”上统一思想（“定于一尊”），什么时候的学术思想就不仅没有进步，而且必然会窒息学术的生机。学术思想是多姿多彩好呢，还是单一教条好呢？

最后，我还想说明一点，80 年代我常到国外，许多学术界的朋友问我：“为什么大陆学者们能接受思想改造，而且在十分恶劣的情况下，还教书和研究？”这个问题确实很难说清，原因也很复杂，但我想，可能是由于中国知识分子有一种“爱国情结”，这种“情结”使他们可以忍受一切苦难；加之从历史传统看，中国知识分子能“以德抗位”的毕竟是少数，而“愚忠”的则是不在少数。在这种情况下，知识分子往往只能受治于政治统治者，而缺乏独立的自我意识。特别是，当时的当政者善于搞运动，发动受骗群众用教条式的马克思列宁主义来批判知识分子，在这种“无产阶级专政”的压力下，本来就软弱的中国知识分子又背负着一种“负疚”感，或者“真心”，或者“假意”，或者“半真半假”地接受“思想改造”了。大家得了解“无产阶级专政”的严酷性，多少知识分子因为不知道“无产阶级专政”的厉害而妻离子散、家破人亡。中国大陆知识分子无疑应检查自身的软弱,但所谓“无产阶级专政”对中华民族精神的摧毁不是更应彻底铲除吗?中国知识分子必须加强自我的独立意识,坚持自由思想,自由创造,中国学术文化才可以得到真正的繁荣,中华民族的复兴才真有可能。

记我的母亲

在我看来，我的母亲无疑是一位伟大的女性，是中国母亲的典型代表。我父亲到美国留学四五年，她带着我哥哥一雄和姐姐一梅留在北平。当时，我们家是个大家庭，由我祖母当家，每月只给我母亲少量的零用钱，所以母亲得常由黎姨妈接济，这当然是相当困难的，我的姐姐就是在此期间病逝的。我母亲最伤心的事是，她生了六个孩子，却有四个是先她而死去。试想，母亲自己没有什么事业，而“相夫教子”是她最主要的责任。母亲对父亲的照顾应说无可挑剔，在这方面她大概没有憾事。然而孩子的早逝总像一块重石压在她身上。我记得，在宜良时，母亲和我谈起哥哥一雄，她说：“一雄如在我身边，也许不会死。”她这是在自责，在思念，因为哥哥毕竟是她的大儿子。30 年代，我们在北平时，哥哥参加了学生运动（据《北京大学校史》记载，哥哥是 1938 年在长沙与袁永熙一起参加中国共产党的），他喜欢照相，拍摄了许多“一二·九”运动时的照片。在当时，拍照片是很花钱的，因此他常常向我母亲要钱，母亲也总是满足他的要求，而我父亲对此颇有意见，他觉得我哥哥应该好好念书，其他事都是“不务正业”。但父亲也只是说说而已，从不与我母亲争辩。最能表现母亲的能力的，是她带着我们几个孩子由北平经上海至香港到海防，这一路是要经过日占区、法租界、英殖民地，又到日占区的海防，几千里，她都应付过去了。而且到香港后，她还有兴致带我们坐缆车游香港太平山。抗战期间，在云南教授的生活越来越困难，薪水总是不够，有的教授以刻图章、写字补充家用，有的教授为其他学校兼课补充家用，而我父亲既不会刻图章，又不精书法，且又不去他校兼课。于是就靠我母亲设法支撑家用，先是卖由北平带去的首饰，后又卖带去的衣服，卖衣都是由母亲摆个地摊，和买主讨价还价，这种时候，我的大妹总是帮母亲守摊。1946 年暑假回到北京，这时我伯父因生活困难已将缎库胡同的房子卖了，搬到北海旁边的小石作胡同二号的一个院落。这个院子也有二十余间房，有三个院子，但年久失修，都是由我母亲雇人修理的。修理后成为一座不错的住宅。在云南，我们或是住在破尼姑庵中，或是租住在别人的破房子里。这回有了自己的房子、院子，母亲用力把它打扮了一番，房子都油漆一新。院子里种上了花木。我记得有一棵白丁香，开起花来真漂亮。1952 年 9 月 13 日，我和乐黛云结婚就是在这个院子举行的。可惜这个院子于 80 年代中以八千元为政府所收购，于此盖了一座楼。就是在这个院子里，还发生了一件值得说一说的事。1950 年，抗美援朝中，我报名参军，要求赴朝鲜前线，这时《新民晚报》记者访问我的母亲，他问：“你能同意你的儿子上前线吗？”母亲回答说：“别人的儿子上前线，我的儿子当然也应该上前线。”这时政府号召捐献买飞机，母亲就把她保存的金子捐献了。这些都是因为抗战胜利了，共产党把外国势力赶跑了，官吏们和老百姓一起同甘共苦，使得像我母亲这样的女性，爱国也不愿后人了。1952 年暑假后，我们家由城里搬到西郊的北京大学（燕京大学的校址），住在燕南园五十八号。这时我在中共北京市委党校工作，地点在市内东城区的贡院西大街，只是到周末我才回燕园。而乐黛云留在北大，担任中文系的秘书和教员党支部的工作，因刚刚由城里迁到城外，加之正是院系调整时期，她的工作很繁忙，家务一切都由我母亲操持，我们回家就是吃饭，什么事也不用我们操心。1953 年 7 月 22 日，我的女儿汤丹出生了。乐黛云是没有时间照顾汤丹的，我更没有时间了，女儿是由母亲亲手带大的，就是 1957 年 12 月 24 日我的儿子出生以后，也是由母亲照管的。特别是乐黛云在 1958 年 2 月被划为“右派”，我又常下乡去搞什么“大跃进”，在这困难时期，都是母亲帮我们渡过难关。在当时，如果一个家庭中有了个“右派”，这个家庭必然会有个大变化，但是，我母亲对乐黛云依然如旧，没有表现出半点不满。在乐黛云下放“劳动改造”期间有假期回家，母亲总是准备丰盛的菜饭来给她以补养。这就是中国伟大的母性，难道几十年的“思想改造”运动不正是把人的自然本性都变成了“奴性”吗？幸好我母亲一直待在家里，甚少受“思想改造”之苦，因而她的“人性”比起经过改造的人保存得多一点，这是我们家的幸运。

由于父亲于 1964 年去世，这对我们家庭收入有很大影响，靠我和乐黛云以及我弟弟、弟媳的工资是维持不了家用的，这时还由政府每月给我母亲一百元生活补助，但到“文化大革命”开始后，母亲的生活补助被取消了，只得靠积蓄补足，但日久积蓄用完，生活就大不如前。母亲因父亲的去世，又加上我在“文化大革命”中成了“黑帮”，时常要挨批斗，母亲整日担惊受怕，不知会发生什么事情，因此身体大受影响了，自 1968 年起她就生病长期卧床。燕南园在北大校园内，它的南面就是学生宿舍群二十八楼至三十二楼。1967 年下半年，北大的红卫兵就分成了两派：以聂元梓为首的“新北大”和以牛辉林为首的“井冈山”，开始还只是辩论，互贴大字报，但后来发展成两派的武斗。我这个“黑帮”住在燕园很容易受到两派的注意，而且自 1966 年秋起，我们已经自动地退出几间房子，这样我们一家四口和我弟弟一家四口再加上我们的老母亲住在一起也比较挤了，于是我们一家四口于 1968 年初就搬到中关园的小平房中去了，这样我就可以远离武斗区，以期躲避灾难。而我弟弟一家四口和我母亲仍然留在燕南园，因为我弟弟和弟媳不是什么“黑帮”之类，所以没有什么“革命组织”找他们的麻烦。母亲的身体一天不如一天，而我们的工资很低，每月只能挤出二十元给母亲，实在无法，我们就开始卖父亲的藏书，先把《四部丛刊》卖给了南京大学，后又把父亲藏的外文书卖给了武汉大学，以渡过难关。母亲就这样卧病在床，后来神智也不大清醒了，有时认识人，有时也认不清人了，这样一直到 1980 年她离开了人世，离开了我们。

我们家的儒道互补

我和乐黛云结婚已经五十三年了。在这五十三年中，虽然经历着种种的苦难，不是她成为“右派”，就是我成为“黑帮”，不是我被“隔离审查”，就是她在深山“劳动改造”。记得我在“隔离审查”期间，两三周可以放我回家半天，每次她就炒好一罐雪里蕻，送我回到未名湖的小桥边。我在成为“黑帮”时，白天劳动，晚上被关在一座楼里写检查，她就坐在楼下的石阶上，等我回家。我每次治牙，因为我怕痛，她都要陪着我，再三告诉牙医要轻一点。我们在日常生活中虽然偶尔也有些小矛盾，但都能很快化解。用什么话来说明我们五十年的生活呢？生动、充实、和谐、美满？也许都是，可也许更恰当的应是由于我们性格上的不同所形成的“儒道互补”的格局吧！

我在性格上比较温和、冷静、谨慎，兴趣窄，不敢冒险，怕得罪人。而乐黛云的性格则是，热情、冲动、单纯，喜欢新鲜，不怕得罪人，也许和她有苗族人的血统有关。

我们的儿女都在80年代初就去美国读书，后来在那里入了美国籍；孙子和外孙女都生在美国，他们都成了美国人。为此，我曾写了一篇随笔《我的子孙成了美国人》，文章的大意是说，我们汤家几代都是读书人，也可以说是“书香门第”吧！我总希望我们的后代能继承，但我的子孙们都成了美国人，以后将不会“认祖归宗”了。由是不免有点悲从中来，这自然是受儒家的所谓“传家风”的影响吧。当我把我的这种想法向乐黛云说后，她却说：“他们属于新人类，是世界人，没有传统的国家观念，什么地方对他们生存和发展有利，他们就在什么地方作出贡献，有什么不好!”乐黛云这话又透露出庄子思想的影子，庄子主张“任性”、“放达”的思想，她认为应该照自己想做的去做。对她的说法，我虽并不赞成，但我也不想反驳，因为儒家讲“和而不同”呢!

乐黛云喜欢求新，在她的一篇文章中对《老子》的“有物混成”作了新解，她说：“中国道家哲学强调一切事物的意义并非一成不变，也不一定有预定的答案。答案和意义形成于千变万化的互动关系和不确定的无穷可能性中。由于某种机缘，多种可能性中的一种变成现实。这就是老子说的‘有物混成’。”我说不能这样解释吧！《老子》中“有物混成，先天地生”是说“道”这个浑然一体没有分化的东西，先于天地就存在了。乐黛云说：“你那个是传统的解释，没有新意。”我说：“我们就各自保留自己的意见吧！我不想和你争论，因为我主张‘和而不同’。”她说：“我赞成庄子说的‘物之不齐，物之性也’。我们两个做学问的风格不同，这是由于我们的性格不同呀！”我和乐黛云从来不合作写文章，但人们会发现我们的文章中往往体现着互补性，这就是因为“儒”、“道”在我国历史上本来就是互补的嘛!

记得，我们70年代在鲤鱼洲“五七干校”时，我在八连，她在七连。当时七连的连长请我去讲课。在我讲之前，连长先说个没完。乐黛云就急了，大声说："你请人家来讲课，怎么你老没完没了地讲。"当我讲完后，我就向那位连长说："乐黛云是急脾气，你讲的那些都很重要嘛！"因为我怕他对乐黛云发生误解。从我说，表现着儒家主张的"和为贵"的态度；从乐黛云说，她确实有些道家庄子的豪爽。

最近太白文艺出版社出版了一本我和乐黛云的随笔《同行在未名湖畔的两只小鸟》，其中一半是我的文章，一半是她的文章，都是各写各的。但是这本书的"序"是我写的，她只是改了几个字。在这"序"中有这样一段："他们今天刚把《同行在未名湖畔的两只小鸟》编好，又计划着为青年们写一本总结自己人生经验的肺腑之作。他们中的一个正在为顺利开展的《儒藏》编纂工作不必要地忧心忡忡，另一个却对屡经催稿，仍不能按期交出的《比较文学一百年》书稿而'处之泰然'。这出自他们不同的性格，但他们就是这样同行了半个世纪，这是他们的过去，他们的现在，也是他们的未来。"

我们的性格那么不同，可是为什么可以和谐相处地在一起生活了五十多年，而且一定会到我们离开这个世界的时候呢？这就是我们家的儒道互补。

人生要有大爱

我喜欢读书，活到七十多岁当然读了不少书，但并不是“读书”都有故事可讲。但有时读一本书会影响你一生，会是一个美丽的故事。这个故事会让你常常记起，甚至你会一次又一次地向别人讲述。1950年我还是北大哲学系三年级的学生，现在是我妻子的乐黛云，是北大中文系二年级的学生，我们一起在北大青年团工作。有一天乐黛云拿了伏契克的《绞刑架下的报告》给我看，她说：“这本书表现的对人类的爱深深地打动了我，我想你会喜欢它。”这本书是捷克共产党员伏契克在一九四三年被希特勒杀害前在监狱中写的。这时我大概已经爱着乐黛云了，但还没有充分表露出来。当天晚上我就一口气把《绞刑架下的报告》读完。书中所表现的对人类的爱、对理想的忠诚，同样使我大为感动。我把这本书读了一遍又一遍，其中有一段我几乎可以一字不差地背出来：

我爱生活，并且为它而战斗。我爱你们，人们，当你们也以同样的爱回答我的时候，我是幸福的。当你们不了解我的时候，我是难过的。我得罪了谁，那么就请你们原谅吧！我使谁快乐过，那就请你们不要忘记吧！让我的名字在任何人心里不要唤起悲哀。这是我给你们的遗言，父亲，母亲和妹妹们；给你的遗言，我的古丝妲；给你们的遗言，同志们，给所有我爱的人的遗言。如果眼泪能帮助你们，那么你们就放声哭吧！但不要怜惜我。我为欢乐而生，为欢乐而死，在我的坟墓上安放悲哀的安琪儿是不公正的。

我每次读到这里时，禁不住为这种热爱生活、热爱人类、为理想而献身的精神而热泪盈眶。本来在 1949 年前，我对真正的生活了解很少，虽然在我心中也有着一种潜在的对人类的爱，但那是一种“小爱”，而不是对人类的“大爱”。我读了《绞刑架下的报告》后，似乎精神境界有了一个升华，可以说我有了一个信念：我应做个热爱生活、热爱人类的人。由于是乐黛云让我读这本书的，因而加深了我对她的了解，以后我们由恋爱而结婚了。

在这几十年的生活中，在各种运动中我整过别人，别人也整过我，犯了不少错误，对这些我都自责过，反省过。但在我的内心里，那种伏契克式的热爱生活、热爱人类的情感仍然影响着我。人不应没有理想，人不能不热爱生活。

从沙滩到未名湖

人能活到一百岁是很少很少的，而我现在已经七十多岁了，算起来我和北大的关系少说也有四十五年以上，如果从广泛的意义上说就超过六十年了，这就是说我大半辈子是在北大度过的，说我是“北大人”是绝无问题的。北大的一百年是从沙滩到未名湖，我的几十年也是从沙滩到未名湖。这两个地方给我留下多少回忆和梦想！

如果概括起来说，在北大有我无忧无虑的童年，有我热情追求的青年，有我提心吊胆的中年，现在我已进入回忆思考的老年了。在这世纪之末，在这北大百年校庆即将到来之时，我回忆什么？我思考什么？我又梦想什么？说真的，我常常回忆的是沙滩追求知识的学生生活；我在未名湖畔常常思考的是21世纪中国哲学向何处去；我所梦想的是何时北大能成为一所真正思想自由、学术自由的世界第一流大学。

当我回想起沙滩北大的学习生活时，我心中就会流出对那些教过我的教师们的无限崇敬之情。

废名（冯文炳）先生教我们大一国文。第一堂课讲鲁迅的《狂人日记》，废名先生一开头就说：“我对《狂人日记》的理解比鲁迅自己深刻得多。”这话使我大吃一惊，于是不得不仔细听他讲了。我们每月要作一次作文，不少学生都喜欢废名先生的文章风格，写作也就模仿他。先生发作文要一篇一篇地评论，有次我写了篇题目是《雨》的散文，自以为写得不错，颇似先生风格。废名先生发文说：你的文章有个别字句还可以，但全篇就像雨点落地一样，全无章法。同学们哄堂大笑，我面红耳赤。接着发一位女同学的文章，先生说：你的文章最好，像我的文章，不仅形似，而且神似，优美、清新、简练。先生就是这样可亲、可敬、可爱。有一次废名先生给我们讲“炼句”，举出他的小说《桥》的一段为例，这段是描写夏日太阳当空照得大地非常非常热，而在一棵枝叶茂密的大树下有个乘凉的人，他用了一句“日头争不入”来形容当时树下的凉意，他说：你们看，我这句构造得多么美妙呀！冯文炳先生就是这样一位天真的性情中人，他的喜怒哀乐都是那么可爱，那么自然。我听季羡林先生讲到废名和熊十力先生的故事。在沙滩北大，他们住在松公府后院，两门相对，常因对佛教的看法不同而争吵。有一次两人吵着吵着，忽然没有声音了，季先生很奇怪，走去一看，原来两个互相卡住对方的脖子而发不出声音了，真是“此时无声胜有声”，使我神往。熊十力先生的哲学著作，废名先生的诗、散文、小说，都无疑是那个时代的高峰。他们两位又都无疑是那个时代的最有真性情的人。然而很可惜他们都在“文化大革命”中死于非命。

我选修梁思成先生的“中国建筑史”是由于有次在书摊上买到一本《营造法式》，读到梁先生的文章，它引起了我很大兴趣。梁先生讲课生动、具体。有一次他讲到他考察五台山佛光寺的情况，给我非常深刻的印象。梁先生为了证实这座寺庙是我国现存的最早的木结构建筑，他就自己爬到大殿的梁上去找寻上面写的年代，当他发现是唐代纪年，太高兴了，不小心从上面摔下受伤。梁先生风趣地对我们说："证实这座大殿是现存唐朝的木结构建筑对研究中国建筑史意义太大了，摔伤也值得。"经过近五十年的风风雨雨，我当时上课记的笔记大多散失，而我记的梁先生"中国建筑史"的笔记至今还保存着，这大概是梁先生那种对自己学术事业的奉献精神，使我特别珍视这本笔记吧！

我作为一名哲学系的学生选修外语系"英国文学史"，困难自然是很大的。这门课是由俞大缜教授讲，讲课用英文，回答问题用英文，考试也要用英文，无论我如何用心听课，还是有不少地方听不懂。俞大缜先生知道我是哲学系的学生，常常特别问我听懂没有，我说不大懂，她就又给我们重讲一遍。下了课她常把我们两三个非外语系的学生留下，告诉我们回去读教材的第几页到第几页，她还说："你们有问题就问，我不会嫌麻烦。"俞先生为了让我提高英文阅读能力，把英文本的《维多利亚女王传》借给我，叫我与中译本对照看。在俞先生的帮助和鼓励下，我总算坚持学下来，并且考试得了 64 分。今天，我回想起沙滩的学生生活，俞大缜先生对学生的亲切关怀，使我深深感到能遇到这样的好教师真是天大的幸运！

有门课程我学得很糟，就是冯至先生的"德文快班"。这门课每周六学时，每天都要上课，而且冯先生很严格，每堂课都要提问。当时刚解放，我加入了新民主主义青年团，社会工作特别多，没时间好好复习。因此每次上课都很紧张，怕问到我。选课的学生不多，被问到的机会就很多了，我常常答不上来，冯至先生就亲切地说："你学哲学，不懂德文怕不行吧！学外语要花时间，这是我的经验。"听这话，我感到很惭愧。这门课第一学期考了 60 分，勉强及格，第二学期只有 54

分了，没及格。到 80 年代，我开始有可能研究哲学了，但英语忘得差不多了，德语连字母也记不全，后悔也来不及了。我想，如果没有那些把知识分子作为批判对象的政治运动，我也许可以成为一名小有所成的哲学家，而有更多的我的同龄人会成为有独创性的大哲学家。

这里我还得介绍一下胡世华教授，我跟他学了三年，从“形式逻辑”到“数理逻辑”到“演绎科学方法论”，除了学到分析问题的能力外，他对我的鼓励和帮助，尤其使我终生难忘。“数理逻辑”课要做很多习题，我对做习题很有兴趣，课下做了很多，当我交给胡世华先生后，他就每题帮我修改，他修改的推导非常简明且巧妙，常常成为非常优美的数字和符号的排列，使我感到这种近于数学的逻辑学真像美学一样。听胡先生的三门课的笔记，原来我一直保存着，可惜在“文化大革命”中丢失了。胡世华先生原希望我能跟着他研究“数理逻辑”，为此他劝我去选修数学系的课。但我在学“演绎科学方法论”时，已是三年级的学生了，再从微积分、高等代数等等学起，不知要学到何年何月，于是胡先生建议我试试先学与“数理逻辑”关系比较密切的“数论”。我选修了张禾瑞先生的“数论”，听了几堂课，我一点也没听懂，只记得张先生反复讲“set”，可是我又抓不住“set”的意义，越听越感到自己太笨，只得退选。直到 1956 年，胡先生在科学院计算所工作时，还想把我调去，希望我从“哲学”方面来研究“数理逻辑”，但我有自知之明，未敢应命，于是就回北大，开始研究中国哲学史了。

在大学四年里，我还修了不少其他课程。有郑昕先生开的“哲学概论”，他实际上在讲康德哲学；贺麟先生开的“西洋哲学史”，谁都知道贺先生是黑格尔哲学的专家；我父亲汤用彤先生开的“欧洲大陆理性主义”和“英国经验主义”，这使我比较系统地了解了欧洲哲学经验主义和理性主义的两大系统的不同；还有任继愈先生开的“中国佛教哲学问题”等等。许德珩先生为我们开“社会学”，使我对孔德的实证主义有点了解，还初步接触到了一点马克思主义。杨振声先生开设的“西方文学名著选读”对我也很有帮助，我们要读英文本的《希腊悲剧》，我的考试成绩是 85 分，大概就是最高分了。解放后，我又上过何思敬先生开的“费尔巴哈和德国古典哲学的终结”，这本书就是何先生翻译的。还上过胡绳同志开的“论毛泽东思想”，他主要讲了《论持久战》等篇。还有艾思奇同志的“辩证唯物主义与历史唯物主义”。这些课为我以后读马克思主义的书打下一定基础。

现在回忆起我的学生读书生活，用“感谢我的教师们”几个字来表达我的感情是远远不够的，也许可以说，他们给我的“知识”和“治学态度”是我一生受用不尽的，是中国知识分子的精神财富。“回忆”可以是没完没了的，但有意义的回忆也并不太多，我应该到此为止了。

在 20 世纪，中国哲学可以说遇到了三个相互联系的问题：如何看中国传统哲学；如何看西方哲学；如何创建中国的新哲学。这是近二十年，特别是近几年在未名湖北大思考的问题。20 世纪中国哲学在西方哲学的冲击下，处于一解体与重构的过程之中，我们必须引进和学习西方哲学，同时又必须对中国传统哲学进行清理和诠释。关于“如何看中国传统哲学”的问题，我曾写过一些文章讨论过，特别是在《在非有非无之间》一书中叙述“我的学思历程”时，有一章四万多字的“对中国哲学的哲学思考”，比较概括地说了我的看法。我是对中国传统哲学的概念、命题、体系等方面作了一总体上的分析，当然这还只是一纲要式的研究，如果有条件我会写一本比较大的书，这里不多说了。最近我应首都师范大学出版社之约，他们要我主编一部二三百万字的《20 世纪西方哲学东渐史》，并附二三百万字的资料，我约请了国内十几位同行和我一起完成这项大工程，这部书共分十二册，我自己写的最后一册是《中国本土文化视野下的西方哲学》。我为什么愿意主编这部书，并且写最后一本呢？这就是我企图对前面提到的第二个问题“如何看西方哲学”作一点系统的研究。

20 世纪西方哲学的输入中国，可以说和北大有着密切的关系，最早有曾任北大校长的严复，是他输入了西方的进化论，其后有鲁迅之与尼采，梁漱溟之与柏格森，李大钊、陈独秀之与马克思主义，胡适之与实用主义，丁文江之与科学主义，张颐、贺麟之与黑格尔哲学，汤用彤之与欧洲大陆理性主义和英国经验主义，朱光潜之与克罗齐，熊十力之与怀德海，郑昕之与康德哲学，陈康之与希腊哲学，洪谦之与维也纳学派，熊伟之与现象学等等。80 年代以来，北大又是输入西方现代哲学的重镇，有研究分析哲学的，有研究存在主义的，有研究现象学的，有研究科学哲学的，有研究解释学的，有研究结构主义、后结构主义、后现代主义的，这是又一次西方哲学的大输入。就北大来说，前一次西方哲学的输入在沙滩北大，这一次的输入则是在未名湖北大了。这些学者，无论是 50 年代前的，还是 80 年代后的，他们或翻译，或介绍，或研究，或批评，或回应，或会通，都作出不少贡献。因此，我想总结一下 20 世纪西方哲学的输入，大概会对在 21 世纪创建中国的新哲学体系是件有意义的事吧！同时，这可以说对分析和了解北京大学学术发展的道路也是一件有意义的事吧！

20 世纪即将过去，21 世纪即将到来，北大也将要迎接她的第二个一百年，中国哲学处在贞下起元之际，北大能否站在世界哲学发展的高度在创建新的中国哲学体系中起中坚作用，这就要看北大能否有一个真正学术自由、思想自由的空间了。“自由”是伟大的创造力，新的中国哲学只能在广阔的自由空间中诞生。

生活在非有非无之间

写完“我的学思历程”之后，我决定用“在非有非无之间”作为书名，我深深地感到要真实而又成功地写出自己六十多年走过的道路是很困难的。我所生活的这几十年，是中国社会发生巨变的极其动荡不安的几十年，到现在为止，我们大概都还不能清楚地描绘这几十年发生的种种问题的前因后果。特别是自 1949 年后，中国大陆社会政治生活中发生的事件，有许多又是常理难以说得通的，有许多政治上的“阴谋”与“阳谋”这类，这不是我们这些书生所能破译得了的。有些事件，也许我大体上能推测出其中奥妙，但我又不能把它写出来，“祸从口出”的阴影到现在仍然不时地笼罩着我。因此，在我的这本书中就有些地方写得简略了，这就得请读者谅解。

这十多年来，我常与海外学者交往，其中有些只见过一两次面，随便聊聊，有些却多次交往，是相当熟的朋友了。我在和他们的交谈中，总感到他们对大陆学者在半个世纪以来的处境和思想变化的原因缺乏了解，可能是因为他们也有他们的局限吧！不少海外学者一方面对我们如何在精神和物质那么困难的条件下仍然能作研究感到惊讶，另一方面又对像我这样的知识分子为什么能接受一次又一次的政治批判，而真心地或违心地作“自我检查”感到迷惑。我想，这样的问题是很难用简单的道理说明白的。这里我只想用禅宗的一句话，“如人饮水，冷暖自知”，没有身临其境的人是不可能有体会的。我曾在一篇题为《在自由与不自由之间》的短文中说到，大陆知识分子都是经过“忠诚老实运动”、“知识分子思想改造运动”、“向党交心运动”、“斗私批修运动”等等一系列的“灵魂深处爆发革命”的运动而被迫失去了“自我”。但我并不因此抱怨，因为这不是我一个人的遭遇，而且现在许多知识分子正在做着找回“自我”的努力。

我用“生活在非有非无之间”作为我这本书的题目是有所考虑的，我在每章最后大体都作了一些与本书题目有关的说明。这里我还要特别提一下，在第五章中我引用了《庄子·山木》中的一个故事，但我只是叙述了大意，并且也不是完整的引用，现在我把原文抄在下面，再作一些解释：

> 庄子行于山中，见大木，枝叶盛茂，伐木者止其旁而不取也。问其故，曰：“无所可用。”庄子曰：“此木以不材得终其天年。”夫子出于山，舍于故人之家。故人喜，命竖子杀雁而烹之。竖子请曰：“其一能鸣，其一不能鸣，请奚杀？”主人曰：“杀不能鸣者。”明日，弟子问于庄子曰：“昨日山中之木，以不材得终其天年；今主人之雁，以不材死；先生将何处？”庄子笑曰：“周将处夫材与不材之间。材与不材之间，似之而非也，故未免乎累。若夫乘道德而游则不然……。”

“乘道德”，林希逸《南华真经口义》谓顺自然。我曾套用“处于材与不材之间”而提出人（特别是知识分子）往往是生活在“自由与不自由之间”，而在中国大陆学者更是处于“有我和无我之间”。我们一生中能真的有个“自我”吗？真的不能认识“自我”吗？我的回答是“不能”和“不能说不能”。“不能”是“非有”，“不能说不能”是“非无”或“非非有”。我常常想，很可能所有的人都生活在“非有非无之间”，因为没有一个人可以完全掌握他自己的命运，可以完全随心所欲地做他想做的事，但是他总是能生活下去，企图找回“自我”，认识“自我”，不过由于处境不同，他们生活样式和追求的目标也不同罢了。这就是生活，是真实的而不是虚构的生活。从主观上说，你对自己的生活道路可以有所选择；但从客观上说，你对你的生活道路又不可能有所选择。所以人应该学会“在自由与不自由之间”生活，“在非有非无之间”找寻“自我”，照我看就是庄子的“顺自然”。不过在这里，我打算给庄子的“顺自然”一个新解，这就是：超越自我和世俗而游于“非有非无之间”。

“自由为体，民主为用”

对“中体西用”的批评，说它误用了“体”和“用”，早在严复就开始了。严复曾在一封信中批评“中体西用”，他引用别人的话说，“体用者即一物而言之”，“体”和“用”是就一统一物而说的，“有牛之体则有负重之用，有马之体则有致远之用，未闻以牛为体以马为用也”。不能牛体马用，体用是就一物而言的。中西是两个东西，你把不同的东西放在一起，就是以牛为体，以马为用，他批评了中体西用。本来不能用“体用”来说明中西学的关系。严复在另一篇文章《原强》中，分析了中国社会和西方社会，他用“体”和“用”的关系来说明西方社会。“盖彼（西方）以自由为体，以民主为用”，西方社会“以自由为体，以民主为用”。我认为，严复的这个观点非常重要。他对西方社会“以自由为体，以民主为用”的概括，抓住了西方社会的本质。“自由为体，民主为用”，不仅现代西方社会是这个样子，现代东方社会也应是这个样子，而且一切现代社会都应是这个样子，都应该是“以自由为体，以民主为用”，这就是我讲的时代性。

现时代就是“以自由为体，以民主为用”。为什么呢？“自由”是现代的精神，“民主”是保证人们实现“自由”的根本制度。那么，现代社会之所以不同于古代社会和中古社会，我认为其主要的特征，就是可以较好地调动人们的创造力。“自由”的本质即创造力，它是现时代的时代精神。我们可以看到，近两三个世纪以来，在自然科学、技术科学、人文学科、文学艺术等方面（我一般不用人文科学这个词，因为人文不能叫科学，而应叫学科，它与自然科学不同。文学艺术也不是科学）都在日新月异，生产力高度发展。自然科学、生产力日新月异，不断发展提高，只能是在人们得到了充分的自由的条件下才能取得，而思想自由是最基本的。个性的充分发展，自身价值和权利的获得，都是人作为自由的人觉醒了的表现。因此，我们可以说，创造力来源于“自由”。至于“民主”，它是一种制度，它可以是“共和的”，也可以是“君主立宪的”，也可以是“人民代表大会的”，等等，它的功能应是保证人们的“自由”得以实现。所谓保证人们的“自由”得以实现，即是保证人们的创造力得以实现。

如果说古代社会，由于地域的隔绝，在同一时代，世界各民族社会的差异比较大。我们在以前，与欧洲就很少交通，两千年之前，我们和印度也没有交通，这是地域的隔绝。所以，差异比较大。但到了近代，各个国家与民族之间，虽然在文化传统上仍有差异，但从时代性上看，则很难说本质上有差异。因此，如果以“体用”关系来说明什么是“现代”（或“现代社会”），我认为比较恰当的说法是“以自由为体，以民主为用”。当然，我们说现代社会本质上都应“以自由为体，以民主为用”，但并不是说所有的国家民族都一样。它们可以根据自己的条件，而采取不同的形式。因此，现代社会依然是一个多样化的社会。

现代社会经历了两个多世纪的发展，由于“自由”作用的发挥，实际上是一种非常重要的创造力的发挥与民主制度的日趋完善，这就使得西方国家不论在物质文明还是在精神文明方面，都远远超过以前几千年的发展。

自由的层次

关于“自由”，我们至少应考虑两个问题。一个是“自由”有不同的层次；一个是在“自由”之中，有“个体”和“群体”的关系问题。或者我们对这两个问题都没有搞清楚，并不是“自由”本身发生了的问题；或者是“自由”和“民主”本身不可避免地要由上述两个问题产生种种毛病。“自由”至少可以分为三个层次，就是思想自由、言论自由和行动自由。思想可以完全自由的，而行动和言论的白由不能不受到某种限制，思想言论和行动之间就会产生矛盾。思想从原则上看，应是可以绝对自由的，而思想的完全自由正是为人类的创造力提供前提。我可以想，如果我不说出来，谁也不知道，没法限制它。过去，我们曾经做过不少傻事。要你交心，要你把思想中的东西都交出来。其实是不能交出来的，交出来的东西是骗人的，不是他真正想的。冯友兰教授在“文化大革命”中，几乎每天有红卫兵来斗争他，要他承认错误，承认他是最大的“尊古派”。当时他心里想什么呢？他后来告诉我，那时他心里默念几句禅宗的话：“菩提本无树，明镜亦非台，本来无一物，何处惹尘埃。”所以，你批我白批，我心里想的和我说的完全是两回事。思想是可以绝对自由的，这在原则上是可以的。因此，交心没法判定他是真是假，言论行动的自由却不能不受到某种限制，因而言论行动和思想之间不能不发生矛盾。而思想的完全自由正是为人类的创造力提供动力，没有思想的自由就不可能有现代的科学理论和社会理想。

北大的传统是什么呢？有的领导讲是革命的传统、爱国的传统。这的确不错，我们北大一直是有着革命的、爱国的传统的。但这样讲是非常一般化的。就我们中国人讲，都有革命的传统、爱国的传统，不像汪精卫那样。但北大作为一个大学，它有没有一个特殊的传统？作为北大的特殊的传统，就是学术自由，没有学术自由，就没有北京大学。讲一个一般的传统很容易，但北大之所以为北大，就是因为它有这样一个特殊的传统。有一段时间，批判蔡元培，说蔡元培的“学术自由，兼容并包”是错误的。我想，如果把蔡元培的“学术自由，兼容并包”批掉的话，就没有北京大学了。北大的可贵之处，就在于它有学术自由，之所以今天我可以这样讲，也是因为它有学术自由。没有思想的自由，就没有科学的理论和社会的理想，包括马克思主义。

马克思主义是在19世纪时的资本主义那个条件下提出来的，这是因为马克思有自由思想。没有自由思想，他的理论也出不来。但我们并不能把自由思想的结果全部转化为言论和行动，也绝对不可能把自由思想的结果全部转化为言论和行动，因为它要受到一定的限制。不过，自由思想不能见诸言行，就不会产生一定的社会效果，这样会扼杀人们的创造力。这就形成了矛盾。这种矛盾为什么会产生呢？我想，思想是纯粹个人的事，只要它不付诸言行，就不会对社会发生什么影响。

但言论与行动就不仅是个人的事情，表现出来的言论和行动就会影响他人和社会。因此，在“自由”问题上，就涉及了“个体”与“群体”的关系问题，这就是自由的第二个问题。

由于有“群体”和“个体”的关系，就有了一种意见，所谓“个人的自由必须不妨碍他人的自由”的原则。但我们仔细想想，这个原则是非常抽象含糊的。什么叫“不妨碍他人的自由”呢？没有一个非常明确具体的规定。特别是“自由”，它必须要强调个人的意义、个人的价值，难免造成“公说公有理，婆说婆有理”的状况。人们可以利用“自由”的模糊性，造成社会的不平等和混乱，这也不一定是“自由”本身所引起的，也可以是对“自由”的错误理解或误导引起的，情况是不同的。那么，如果把一个国家（或民族）作为一个个体放在整个世界这个群体中看，那就往往有的国家（或民族）利用“自由”的模糊性强调它的国家（或民族）的意义和价值，因而造成世界和地区的混乱。在日常生活上的“自由”度越来越大，越来越个体化，而同时，造成了人们生活越来越多样化，极端的个体化反而造成了人与人之间关系的模糊化。这样，“现代”理论所具有的明晰性、确定性、价值的终极性、理论体系的完整性等等全被冲垮了。因此，“自由”对人类社会的发展是非常重要的、非常可贵的，它是现代社会的标志。但“自由”之误导也会造成种种弊病，特别是在现实的生活中，很难避免不发生种种问题。现代社会（现代西方社会）在经历了两个世纪的发展之后，它们的毛病表现得越来越明显。个体自由的强调，一方面调动了人的巨大的创造力，但另一方面，也导致了人与人之间的互不了解和隔膜。因此，近日在西方又出现了所谓“后现代”的理论。“后现代”理论开始出现在文学理论上，后来也成了一种文化理论，它涉及哲学、社会学、神学、教育学、伦理学、美学等各个领域，而且众说纷纭。尽管“后现代”理论众说纷纭，但它无疑是对“现代”理论的否定。如果我们从“后现代”理论看现代社会“自由”和“民主”的种种观念，可能是由于现代社会对个人的强调，每个人都成为孤立的个人，这也表现在社会分工越来越细。可是又由于现代社会已进入到信息时代，又使得人与人之间虽然在精神上是孤寂的，但在日常生活中的联系却越来越紧密，这就是说，极端的个体化反而造成了人与人之间关系的模糊化。“后现代”和“后现代理论”是两回事，当然“后现代理论”应该是说明“后现代”现象和解决“后现代”现象存在的问题的。可是现在，对西方的“后现代”现象的特征的描述可以说是五花八门，因此，“后现代理论”也必定是众说纷纭。但不论如何，“后现代理论”的产生，还是针对现代社会的未来走向而出现的一种思潮。正是由于西方社会出现的这种由极端个体化而造成的模糊化，“后现代理论”追求不确定性、无序性、反中心主义、随意性和反文化传统的倾向。

在“自由”与“不自由”之间

读《读书》1993 年 12 月一组讨论“最是文人有自由”和“最是文人不自由”的文章，不觉手痒，也想写上几句。我想先讲一个故事，这是真实的故事。大概在 1980 年吧，有一次我去看冯友兰先生，偶尔谈到在“文化大革命”时的情形。那时我和冯先生是邻居，虽然我有时也挨批斗，冯先生挨斗的次数就比我多多了。这种隔三差五的批斗，是很不好受的。我问冯先生当时如何对待，冯先生说 ：“在批斗时，我心里就默念慧能的偈 ：菩提本无树，明镜亦非台，本来无一物，何处惹尘埃！”冯先生说后，我们一起大笑。原来在挨批斗时仍然是可以有自由的。这就是说，在言行极端不自由的时候仍然可以有某种思想的自由。于是我不由得考虑到，可能得对“自由”分析一下层次。照我看，“自由”至少有三个层次：思想自由、言论自由和行动自由。“思想”从原则上说是可以完全自由的，但是言论与行动的自由就不能不受到限制。因为人们想什么而不见诸言行，对别人和社会就不会有任何影响 ；思想见诸言行，它就会对别人和社会发生作用，特别是自由的言行很容易触犯权威。一旦触犯了权威，言行就会更加不自由了。那么，如果只是想想，而不言不行，最好也别记什么日记之类，那岂不就很自由了吗？这也不见得！不知何年何月，曾有人发明了一种叫做“忠诚老实运动”的办法，要你老实交代你过去的言行。后来不知何时，又进一步发明了所谓“交心”，也就是要你把自己的“坏思想”通通交代出来，并且说只要自己坦白交代，就不予追究。这一下子搞得知识分子措手不及。老实的人信以为真，就把自己的思想全盘托了出来；不老实的或者不大老实的人就编造了一些鸡毛蒜皮、不痛不痒的假话。前者当时虽未定什么罪名，但一顿批判却是免不了的。可是这些知识分子万万没有想到，在以后的运动中这些自己交出来的“心”，就不再只是“思想”，而成了“言论”，并以此定上种种“罪名”。不过社会总是在进步的，现在大概再也没有什么“交心”之说了，而且有些知识分子总结了经验教训，也变得聪明一些，有时说点“违心”的话，大概也不见得会脸红。

那么到底“最是文人有自由”呢，还是“最是文人不自由”呢？这又使我想起另一个故事，不过这个故事不一定是真实的。在《庄子·山木》中有这样一个故事，大意是说：一棵长得奇形怪状的树，由于它不能成材，樵夫没有把它砍掉，它保存了下来。也就是说，如果它成材，就会被砍掉，而不能保存。另有一只不会叫的鹅，因为它不会叫，而被主人杀了请庄子师徒吃，这只鹅没有能保存下来。也就是说，如果这只鹅会叫，就不会被杀来吃，而能被保存下来。于是庄子的弟子问庄子：“那棵树因为没有用，而保存下来；这只鹅因为不会叫（按：也指没有用），而不能保存自己。那我们应该怎么办呢？”庄子回答说：“我们最好处于才与不才之间，才好保存自己。”这个故事说明，一切事物只有相对的意义，而没有绝对的意义，都要看主客观的时间、地点、条件而定。从现在的情况看，知识分子在一定范围内是有“自由”的，我想再不会有什么“交心”运动了，因此思想可以“自由”了；你写写日记或者什么别的东西，只要不发表，不给别人看，而只是自己看看，总是可以的，这点“隐私权”也许宪法还可以保障。但是，你要说出来，就得考虑时间、地点、条件啦！在情况比较好的时候，也许你可以说点什么你真想说的话，虽然人们会说：“你说了也白说。”但你仍可以取“白说也要说”的态度而说之，当然最后仍然可能是“说了也白说”。不过你总算说了，尽了一点知识分子的责任。然而在另外一种情况下，你最好还是不要说什么，要有“不动心”的本事。因此，我想知识分子是经常处于“自由”与“不自由”之间，要学会在夹缝中讨生活。

我谈这些，可能会有人说这岂不是十足的“乡愿”吗？确实如此。但我真想说的是：知识分子无论如何应保持其“思想自由”的品德，同时得努力争取“言论自由”。不管你“议政”也好，或是不“议政”而“为学术而学术”也好，都必须争取“言论自由”。知识分子作为一无形的无组织的社会阶层，他的功能无非是两方面：一是用自己的知识和理想来对社会政治进行批评、议论和建议，另一是“为学术而学术”、“为艺术而艺术”、“为科学而科学”。这都表现了知识分子的历史使命和社会责任。北京大学的同学常常问我：北京大学的传统是什么？我总是说：北京大学的传统是“爱国”，是“革命”，无疑都是对的，这些传统对北大十分可贵。但这太一般化，因为在我国每个行业的传统都可以是“爱国”和“革命”。那么北京大学作为一所学校、一个学术研究机构，还有没有其特殊的可贵的传统呢？我想，如果北京大学有什么特殊的可贵的传统，那就是蔡元培先生提倡的“学术自由，兼容并包”了。没有“学术自由”就没有创造力，要么跟在外国人的屁股后边跑，要么就抱着古人那一套死不放，这有什么出息?! 如果不能“兼容并包”，那么就要“罢黜百家，独尊儒术”了，这样中国如何能从“传统”（包括新老传统）走向现代呢？所以在我看来，“最是文人有自由”或者是“最是文人不自由”都有对的一面。

小议“以德治国”

听说国内法学界不少人士认为，提出“以法治国”，又提出“以德治国”，似乎不大妥当。因为“以德治国”可能干扰“以法治国”，可能削弱“以法治国”的力度。在刚刚提出“以德治国”时，就有朋友给我打电话说：“怎么又提出个‘以德治国’？这岂不和‘以法治国’发生矛盾吗？你应该写篇文章讨论讨论，说明这样不行。”当时我说：“我还搞不清‘以德治国’是什么意思,不能乱写。”我虽然没有写文章，但却常常想，这究竟是个什么问题呢？我不是研究法律的，又算不上是个伦理学家，应该怎样来看待它呢？

有一天，我忽然想到《论语》上的一段话，似乎对这个问题有了一些看法。《论语・为政》：“子曰，道之以政，齐之以刑，民免而无耻，道之以德，齐之以礼，有耻且格。”这句话的意思是说，用政治手段来引导老百姓，用刑法来整治他们，老百姓只是暂时地免于犯罪，却没有廉耻之心；如果用道德来诱导他们，用礼仪来规范他们，那么，老百姓就不但有廉耻之心，而且会自觉地走上正道。这里，我不打算用训诂学的方法来注释和讨论“政”、“德”、“刑”、“礼”的含义及其在中国历史上的种种不同用法，只想讨论一下为什么孔子要把“政”、“刑”和“德”、“礼”看成是两个不同的方面。我认为这几句话包含有这样的意思：把“政”和“刑”看成是带有强制性和惩罚性的手段，“德”和“礼”则不是强制性和惩罚性的手段，而是一种启发老百姓自觉的教化的方法。这样的区分是不是对我们今天有所启示呢？提出“以法治国”，又提出“以德治国”，会不会把两种不同手段的功能混淆了呢？这样，就会在具体运作上该用“法”的手段时，用了“德”的手段，而应该用“德”的手段时，却又用了“法”的手段。在我看来，“法治”是国家政权的功能，“法”带有强制性和惩罚性，它对老百姓的权利起着保护作用，又要求老百姓必须根据法律来尽应尽的义务。而“德”是不带有强制性和惩罚性的，它起着教化的作用，引导人们“向善”，提高人们道德上的自觉性。

从上面所引《论语》的话，可以看到“法”和“德”有着不同的功能。国家政权一切都只能按法律办事。法律有具体条文规定，凡事皆有准则：“道德”则没有什么固定条文，是社会大众所尊重和自觉遵守的，常常由于情况的具体变化而有所不同，有很大的伸缩性。有些人道德很高，有些人道德不那么高，这在各种社会都是如此，但对道德不高的人，只要他不犯法，就不能绳之以“法”，而只能对之进行教育。因此，也许用“以德育人”来代替“以德治国”会更好一些，因为“德”本来就不是像“法”那样用来“治国”，而是用来“育人”的。国家政权可以支援全社会用道德来进行教化，尊重长期以来遵循的道德信念，但不能强制人们提高道德，而只能依靠社会力量来促进人们道德上的自觉性。政府提倡“以德育人”更加说明其对道德教化的重视，并使得人们了解全社会要担负起道德教化的责任，而政权机构则可以集中力量实行其“以法治国”的职责。

平等对话才能相互理解

五经翻译主持者施舟人教授对一位中国记者说："中国文化有多么好，对世界文明有多么重要，我想你和我一样能体会。所以，请不要问我为什么热爱中国文化。"安乐哲、郝大维在《通过孔子而思》一书中说："我们要做的不只是研究中国传统，更是要设法使之成为丰富和改造我们自己世界的一种文化资源。儒家从社会的角度来定义'人'，这是否可用来修正和加强西方的自由主义模式？在一个以'礼'建构的社会中，我们能否发现可利用的资源，以帮助我们更好理解哲学根基不足却颇富实际价值的人权观念？"诸如此类的看法，大都是要求从中国文化中寻求可以用来解决当今人类社会存在的种种问题的资源。

在中国文化中寻求思想资源

法国当代大儒汪德迈在五经研究与翻译讨论会上讲到了翻译五经

的重要意义，会后他给我寄了一篇尚未发表的论文《〈儒藏〉的世界意义》，其中说道："曾经带给世界完美的人权思想的西方人文主义面对近代社会以降的挑战，迄今无法给出一个正确的答案。那么，为什么不思考一下儒家思想可能指引世界的道路，例如'天人合一'提出的尊重自然的思想，'远神近人'所提倡的拒绝宗教的整体主义以及'四海之内皆兄弟'的博爱精神呢？"其实有类似看法的还有不少汉学家，如史华慈、安乐哲、郝大维等。新世纪兴起的建构性的后现代主义者们更加注意到中国文化的价值。西方某些汉学家在寻求中国文化的"普遍价值"的意义的过程中，引发西方哲学的新兴一派建构性的后现代主义关注中国哲学（有机整体观哲学）的"普遍价值"的意义，这可以说是海外汉学家对中国学研究的一个新贡献。

于连用"迂回—回归"模式研究中国学

弗朗索瓦·于连是法国一位比较年轻的汉学家，同时又是一位"希腊哲学"家。他多次到中国，著有好几本关于中国文化的书。他在一篇题为《为什么西方人研究哲学不能绕开中国》的文章中提到："我们选择出发，也就是选择离开，以创造远景的思维空间。在一切异国情调的远处，这样的迂回有条不紊。人们这样穿过中国也是为了更好地阅读希腊，尽管有认识上的断层，但由于遗传，我们与希腊有着某种与生俱来的熟悉，所以了解它，也是为了发展它。我们不能不割断这种熟悉，构成一种外在的观点。"这种以"互为主观"、"互相参照"为核心，重视"他者"反观自身文化的跨文化研究，从另外一种文化来了解自身文化，正是为了在对自身文化的继承中发展它的文化传统。于连从对中国文化的研究出发，走着一条“迂回”的道路，这也许是当今西方汉学家（特别是欧洲的汉学家）的一条可行之路。

重视中国原始经典的趋势

一些有长久历史文化传统的民族加大对古代思想的重新温习与发掘的重视程度，回顾着自身文化的源头，因而在世界各地的思想界出现了对“新轴心时代”的呼唤。海外中国学的研究重点已从对古典文献的研究转变成对现当代中国政治、经济、文化、艺术等方面的研究。但是上个世纪出土的简帛，再一次引起了西方对中国古代历史文献的关注，这不仅因为中国、印度、欧洲是“轴心时代”的重要地区，还由于这三个地区正处在大转变的时期，他们都将得到新的“复兴”机会。在这种情况下，重新回顾自己的传统文化，重视原始经典将是一大趋势。因此，自上个世纪末西方中国学的“简帛热”到今天的五经研究与翻译问题，大概会是海外中国学（或中国学）的一个新领域、新视角，这一研究可能为世界对中国历史文化的研究打开一个新局面。

研究中国学的新视角

国外有一些研究中国问题的学者，已经注意到要“摆脱自己的种族中心论”，通过了解中国、借鉴中国历史文化的经验发展他们自身的文化。当前我国有一股“国学热”，重视我们长达五千年的历史文化传统，担当起传承这一历史文化传统的重任，坚持我们自身文化的主体性是必要的，但也要克服民族主义的情绪。

2002年逝世的德国哲学家伽达默尔提出，应把“理解”提升为“广义对话”，主体与对象（主观与客观或主与宾）才得以从不平等地位过渡到平等地位。反过来说，只有对话双方处于平等地位，对话才可能真正进行并顺利完成。可以说，伽达默尔所持的主体—对象（客体）平等意识和文化对话论，正是我们这个时代所需要的重要理念。只有不同文化间能平等对话，不同民族与国家才能通过平等对话而和平共处。只有不同民族与国家在对话中获得平等的权利和义务，“广义对话”才能真正地进行并顺利完成。

西方汉学界（或海外中国学）在上个世纪末的“简帛热”到今年的“五经研究与翻译”，表明我国早期的经典研究已成为中国学研究的一个新视角。当前海外汉学家认识到要了解中国的今天，必须了解中国的昨天，了解中国文化的源头。雅斯贝尔斯总结了世界历史文化的发展，他认为，每一次思想文化上新的飞跃都要回顾其历史文化的源头，从而使其重新燃起火焰，而这种回归思想文化源头的事情，总是为人们提供精神的力量。我们期待着包括中国在内的新的“轴心文明”给全人类带来和平、安宁、富足、幸福的生活环境。中华文明将会再次发出光彩，它将为世界各国人民所喜爱。

知识分子与知识阶层

什么叫“知识分子”？有一种说法：“凡是具有高等教育水平的人”都可以叫知识分子。我想，也许可以这样说，不过认真想想，似乎又有问题，那么在各政府部门掌握权力且具有高等教育以上水平的人是否也属于知识分子？如果说这些人也属于知识分子范围，那么我们常常听说什么要发挥知识分子的作用，不正是这些掌握权力的人应该做的事吗？如果这样，那它不是成为“他们自己发挥他们自己的作用”了吗？这样好像不大说得通。如果说他们不属于知识分子，似乎也不行，因为他们的一些人确实具有高等教育水平，或者比高等教育水平高得多的“水平”，就这点说他们当然是知识分子。我忽然想到能否做一点区分，把知识分子和“知识阶层”区分开来。我们可以把具有高等教育水平的人都叫知识分子，但是不能说凡具有高等教育水平的人都属于“知识阶层”。因为显然具有高等教育水平的人可以属于不同的“阶层”（或“阶级”），比如在资本主义社会，具有高等教育水平的人既可属于“资产者”，又可属于“无产者”，而这两者当然都不属于“知识阶层”。

那么“知识阶层”是什么意思呢？我想，它应是社会上的一种特殊的力量或势力，或者说应是一并不需要有任何形式联系起来的集团。因为既然是一个“阶层”，就应有不同于其他社会集团的特点，并能在社会上起着不同于其他集团的作用。对这样一个“集团”应如何说明？当然会有种种不同说法。不过我想也许有一个最简单的传统说法，所谓“知识阶层”就是中国古代“士”这个阶层，当然是指“文士”，而不包括“武士”。这个“士”起什么作用，有什么特点？它就是我们战国时代那些“不治而议”（或“议而不治”）的社会力量，它以创造和传授知识为谋生手段，它对社会的意义就在于批评、建议和议论等等。我想，这样来范围“知识阶层”或许可以把它和其他阶层区分开来。

不过话又说回来，因为一般都用“知识分子”这一名称，也许另用“知识阶层”多不习惯，而且说“知识阶层”又是指这个集团，而要说其中的一员又应用“知识阶层中的分子”，这未免太啰嗦了，故“吾从众”，也暂用“知识分子”一词，但它的含义是指我上面所说的“知识阶层”或“知识阶层的分子”。

中国知识分子的特点

中国知识分子与其他国家或民族的知识分子相比又有什么特点呢？这个问题也是很难弄清楚的。因为你说什么什么是中国知识分子的特点，一定会有人说某某国家或民族的知识分子也有如此如此的特点。这样来讨论问题是很困难的。因此，我们只好撇开不去管它。我们只能先假定什么什么是中国知识分子的特点，然后据此以说明问题。照我看，中国知识分子的共同特点是社会责任感、历史使命感太强，以至于往往由“不治而议”走向“治而不议”的官宦道路。当然这也没有什么不好。不过这样一来，原来“知识阶层中的分子”很多都自动或被动地脱离了这个“阶层”。由“士”而“仕”成为中国知识分子的正途。也许会有人说，中国知识分子也并非都如此。当然，任何事都是相对的，不能一概而论。不过中国知识分子的社会责任感和历史使命感特别强烈总是真的，就像老庄和受老庄思想影响的（如嵇康、阮籍等）实在也是有着“救世”的要求的，但他们大多因为“恨铁不成钢”而消极遁世了。总的来说，正是由于中国知识分子的“责任感”

和“使命感”造成他们积极入世的人生态度。

在中国传统思想中有所谓“内圣外王”的说法，许多大思想家都认为这是中国文化或中国哲学的精神所在。而这“内圣外王之道”是基于什么样的思想提出来的呢？“内圣外王之道”最初或见于《庄子·天下》。从《天下》所讲的“内圣外王之道”那段话看，讲“内圣外王之道”也是为了“治世”。从儒家传统看，更是据“圣人”最宜于“为帝王”提出来的。《墨子 · 公孟》有一段记载：“公孟子谓墨子曰：‘昔者圣王之列也，上圣立为天子，其次立为卿大夫，今孔子博于《诗》、《书》，察于礼乐，详于万物，若使孔子当圣王，则岂不以孔子为天子哉！’”这段话包含着两个重要观点：(1)“圣人”应该是“博于《诗》、《书》，察于礼乐，详于万物”的人，即是说他应是道德学问最高的人；(2)“圣人”或许是最宜于做“帝王”的人。到战国末期，荀子的弟子歌颂他的老师说：荀子“德若尧舜，世少知之”，“其德至明，循道正行，是以为纲纪，呜呼，贤哉！宜为帝王”。圣人最宜于做帝王吗？这是很可怀疑的。就一方面说，圣人如果做了帝王，社会政治是否真能按照他们的理想得到改造？我以为这是根本不可能的。这中间最大的危险是把政治道德化，从而美化了现实政治。就另一方面说，如果道德学问最高的人当了最高统治者，或者有道德学问的人都去从政，那谁来“不治而议”呢？这样整个社会将成为一得不到有道德和学问的人的批评和建议的社会了。从中国历史上看，正因为孔子和荀子没有成为帝王，中国社会才有这样有学问和道德的圣贤。孔子到汉朝才被帝王封了一个“素王”，一个没有王位的“王”，这也不过说他是一个“不治而议”的“哲王”。一个社会有没有这样一个“不治而议”的阶层是很不一样的。一个社会给这个“不治而议”的阶层以充分自由，这个社会必然是有活力的；这个社会中的知识分子能较好地保持其“不治而议”的特性，那么这个阶层对社会的意义就越大，他们将成为给社会发展指出方向的一种力量。可惜在历史上中国知识分子中最有道德和学问的人常常自己想当帝王，或者帮助别人去当帝王。这样就使中国知识分子在社会上作为一个自觉的集团的作用大大受到限制，从而很难形成一种知识分子的独立的群体意识。

我并无意否定中国历史上的“士”，对那些真诚地要肩负其社会责任和历史使命的先圣先贤们，我是敬仰的。而对他们那种以“知其不可而为之”的精神，追求崇高的“真、善、美”统一的人生境界和理想社会的抱负，我更是钦佩的。这种“知其不可而为之”的精神，我认为也应是我们中国知识分子所继承和发扬的。中国古代的知识分子由“士”而“仕”的目的虽不尽相同，但或成“乡愿”或成“烈士”，总是悲剧。我不认为人类社会有一天真的会成为中国古代圣贤们理想的圆美和谐的“大同社会”，但作为知识分子总应去“追求”。“追求”是一回事，能否“追求”得到又是另一回事。所以中国知识分子中具有最高境界的人（即那些先圣先贤）总是乐观的，同时又是悲观的。就其孜孜不倦地追求说，必须是充满信心的、乐观的；就其追求的目标是“知其不可而为之”的理想说，又只能是无可奈何的、悲观的。现实到理想也许永远存在着一条不可逾越的鸿沟。事情难道不正是这样吗？

汤用彤与熊十力

用彤先生对熊十力先生的学问十分佩服，其《汉魏两晋南北朝佛教史》中很少引今人之说，而于《鸠摩罗什及其门下》一章中，在论述鸠摩罗什赠慧远偈时引熊十力先生说约千言。读佛教典籍最困难之处在于对其名词概念及其相互之间关系的理解，而一般的佛教著作对这些名词概念及其相互之间的关系多无解释，一些佛教的辞书往往也是用佛教自身语言来解释名词概念，读者也不容易弄懂。有鉴于此，用彤先生曾建议熊十力先生对佛书之名相做一解释，以助学者，熊先生因而撰写了《佛家名相通释》。此书"撰述大意"中说："本书所由作，实因授《新论》时，诸生以参读旧籍为难。而友人汤锡予适主哲系，亦谓佛学无门径书，不可无作……"此亦用彤先生佩服熊十力先生的佛学之一证明。又据载，熊十力先生思想之转变，或许是用彤先生最早了解到。1930 年 1 月 17 日《中央大学日刊》发表用彤先生演讲词提到："熊十力先生昔著《新唯识论》，初稿主众生多元，至最近四稿，易为同源。"现在研究熊先生思想的多以此为据。熊先生不通西文，但他对西方哲学的了解却相当深刻。据载用彤先生尝谓："熊十力虽不通西文，但对西方哲学的理解，比一般留学生还强百倍。"现在研究熊先生思想的，多认为熊先生受柏格森思想的影响。但牟宗三认为，熊先生与柏格森在解析现象一端颇为相似，但柏氏对现象的解析是消极的，算不得什么，《新唯识论》却了不得。盖《新论》谓："体则法尔浑全，用则繁然分殊。科学上所得之真理，未始非大用之灿然者也，即未始非本体之藏也。如此，则玄学上究明体用，而科学上之真理，已得所汇归或依附。余自视《新论》为一大事者，以此而已。"牟宗三认为："此点确是大事，因为这是划时代开新纪元的作品故也。"这一点牟宗三在与用彤先生谈话时透露过，用彤先生表示亦有同感。根据这些记载，可见用彤先生对熊先生的学问十分佩服。

用彤先生于1922年由美国回国，任教于南京东南大学哲学系，据钱穆先生《师友杂忆》中记："锡予在南京中大时，曾赴欧阳竟无之支那内学院听佛学，十力、文通皆内学院同时听讲之友。"（按：南京中大指南京中央大学，而其前身为东南大学。）用彤先生是在这时认识熊十力先生的。以后他们又同在北京大学哲学系任教。现查《熊十力全集》，其中熊十力先生给用彤先生的信有三封，其一大约写于1932—1933年之间，现录于下：

与锡予

看《大智度论》，镇日不起坐，思维空义，豁然廓然，如有所失，如拨云雾，如有所得，如见青天，觉身轻如游仙。惜此境暂而不常。

这封信说明，熊十力先生读《大智度论》而有所悟，他把当时之情形告诉用彤先生，可见他们交谊之深。第二封信大约写于1936年至1937年之间，之前用彤先生有信给十力先生讨论有关“佛家神识”之义。熊十力先生的《新唯识论》之与佛家的一个重要不同点就在于反对“轮回”说，他在《乾坤衍》中说：“中国从来学佛人，其发心痛切，专在轮回一事上。明明是一个自私自利的心，还怕死后没有小已存在，要为他求福果，哀哉！”因此，熊十力先生在回信中说：“细勘佛家神识之义，明是个体轮转，不必为之作圆妙无着之说，以避人攻难……力尝不契此说，欲主大化流行之义，以功能为万物之统体，而无所谓个人独具之神识。唯人生所造业力，则容暂时不散，此世俗幽灵之事实，所以不尽无耳。”[①]用彤先生虽致力于“中国佛教史”之研究，且对历史上之高僧大德颇为敬仰，但他并不是佛教信仰者，而是研究者。我和他一起生活时，深受他的影响。我对佛教和其他各种宗教（如道教、基督教）都有兴趣，但我不是从宗教信仰层面对他们发生兴趣，而是对这些宗教理论中所包含的哲理、人生智慧以及某些宗教领袖的伟大人格方面发生兴趣，甚至有着一种崇敬的心情，正像用彤先生在《汉魏两晋南北朝佛教史》的跋中所说，他写该书的目的之一是希望使“古圣贤伟大之人格思想，终得光辉于世”。

熊十力先生给我父亲的第三封信大概也写于1936年至1937年之间，信的开头提出：“华严诸师，似以真谛为宗主，于《起信》特别尊崇。谓其学问，即以《起信》为骨子也。《疏钞》中关于《起信》之部分，颇有讲得好处，若嘱镜清诸子汇抄成册，亦足为参考之资。”“镜清”是指“韩镜清”，他是我父亲的研究生，治佛学，通藏文，原为中央民族大学教授，年事已高，但仍从事藏传佛教之研究，做过一些藏汉佛

① 《熊十力全集》，第四卷，531页，武汉，湖北教育出版社，2001。

典对勘工作，颇有益于中华佛教之研究。查《大正藏》，华严《疏钞》有三种：澄观《华严经随疏演义钞》九十卷，澄观《大方广佛华严经疏》六十卷，宗密《华严经行愿品别行疏钞》六卷。在澄观两《疏钞》中均多处引《大乘起信论》，且多处引慧远之说，而宗密之《疏钞》未见引《起信论》。用彤先生的《读书札记》抄有澄观《大方广佛华严经疏》二段，均为与佛教派别以及“佛性问题”有关之资料。[①] 熊先生的这封信后面一大段对印度佛教空、有二宗多有批评，而盛赞中国华严宗杜顺，这都是为其“新唯识论”学说辩护，于此不多讨论。信之末段提出佛典难读，过繁过细，而“和尚为疏者，皆杂取经论中文字而编缀之，故不可解”。因此，熊先生提出，是否能由北大研究所招收一批青年学者，给以资助，“令其专治一经，学成之后始下笔为书，务期以今日活的语言详释古经名义，勿如昔日和尚之所为”。用彤先生也颇有此意，曾于病中编有《汉文印度佛教史资料选编》以与其《汉文佛经中的印度哲学史料》相配合，可惜由于技术原因，我们在编辑《汤用彤全集》时未及收入。我认为，把佛教某些重要经典“以今日的语言详释”应是我们今后必须做的一项工程。用彤先生编选“印度佛教史资料”或是受熊十力先生的影响而为。

十力先生脾气大是很有名的，很少朋友敢当面向他提批评。据十力先生的女儿说：“早年，我父亲的旧思想、旧观念也很重。我曾亲听原北京大学著名学者汤用彤先生讲，我出生不久，因是女孩，父亲不大高兴，曾打算将我送给人家作童养媳，他还要汤用彤先生给我找个人家。汤用彤听后，批评他说：‘你是做学问的人，思想怎么还这样旧呢？女孩、男孩都是你的亲骨肉，不应送给人家，更何况女孩子培养好了，

① 参见《汤用彤全集》，第七卷，408~412页。

不比男孩子差，将来对社会一样有贡献。我的看法，你的女儿不但不应该送给人家，而且还应让她读书、识字，使她将来成为对社会有用的人。’经汤用彤先生这一说，我父亲才改变了主意，没有将我送给人家当童养媳。”[①] 从这件事可见我父亲与十力先生的关系非同一般。

据钱穆先生的《师友杂忆》可知，20 世纪 30 年代用彤先生在北平时交往最多的学者，熊十力先生是其中之一。1954 年，用彤先生患脑溢血，自此以后除上医院看病、治疗很少出门。据我所知，他 1964 年逝世前，只出门四次：第一次是 1962 年五一劳动节晚上，他上天安门城楼观焰火，这次他见到了毛泽东主席，毛主席对他说："你的那些短文，我都看了，身体不好就写写短文吧！"第二次是这年的国庆节又上天安门观焰火。第三次是这年 10 月政协会议期间，去民族饭店看望来京参加会议的熊十力先生。第四次是 1963 年春节前的政协招待会，用彤先生由我母亲陪同赴政协礼堂与会，与陈毅同志见面交谈。可见用彤先生对熊十力先生是十分尊敬的。

---

① 转引自汪幸福：《熊十力长女忆乃父》（之二），载《大地》，1994（10）。

生与死

生死问题是各个民族的哲学、宗教、伦理、医学等等都要讨论的问题，而且在各民族的文学、艺术作品中表现生死问题的主题也非常之多。一个中国人对生死问题如何看待，自然会受到其传统文化的影响。我作为一个生活在20世纪已经七十年的中国老年知识分子，除了非常深刻地受到中国传统文化影响之外，当然也不可避免地受到西方文化（包括马克思主义）的影响。我是如何看待生死问题的呢？回答这个问题很困难，因为在七十年中，中国社会经历了非常大的变化，我个人的生活和思想也随之在不断变化之中。但我想，无论如何变，从我有了这个“生死问题”之后，在我对这个问题的看法中总会透露着中国传统文化的影响，有时明显些，有时隐蔽些，这些都是无关宏旨的，总之，影响是深深的。

把“生死问题”提出来写成一本不仅给中国人看，而且也要给外国人看的小书，我踌躇了很久，感到很难下笔。经过长时间的思考，我打算从我自己对“生死问题”看法的历史过程来写，也许会给读者一些具体的印象，并能通过这些具体的印象来了解一个中国人对“生死问题”的看法，如果通过我对“生死问题”的看法的不断变化，能了解中国社会的变化以及中国传统文化对这一问题的种种不同观念，那也许更有一点意义了。

我是从哪里来的？

我想，一个四五岁的孩子大概不会去考虑“死”的问题，却会对“生”提出问题。我记得，在我四五岁时，常常会问我的母亲：“我是怎样生出来的？”母亲往往是避而不答。但孩子的好奇心促使我不断地提出这样的问题．母亲就回答我说：“你是从我的肋下生出来的。”于是我也就深信不疑了，以为“生”就是如此地“生”了。后来我渐渐了解到，中国的母亲一般都是这样来回答自己幼小的子女的。这是为什么呢？

照中国的传统习惯，有关男女之间的“性”的问题，父母是不应对自己的幼小子女讲说的，因为男女之间的“性生活”以及孩子是如何由父母的精子与卵子构成等等，都被认为是“不洁”之事。我想，这种思想大概是由长期的民间风俗习惯所形成的，但也可能与儒家“礼教”的影响有关。

我们知道，在中国历史上一直有所谓“感生”故事，用现代的话说就是所谓“无性生殖”。汉朝的许慎《五经异义》引《春秋·公羊传》说：“圣人皆无父，感天而生。”意思是说，圣人没有父亲，只有母亲，他的母亲是感应大自然的灵异而生圣人。例如，在中国的传说中，伏羲氏是由他的母亲踏到了一个大脚印而受孕出生的，帝尧的母亲由于感应到雷电而生尧。像这种神话传说故事在中国古代文献中有不少记载。这无非是为了把历史上的（或传说中的）圣人神化。这样一种神话传说故事，在民间的影响就是把男女之间的性交之事回避了，而不愿孩子们过早地了解男女的性交问题。

中国的神话和传说虽然不如西方丰富，但它却有其自身的特点。或者是把历史上的人物神话化，如上面说的帝尧之母感雷电而生尧；或者把神话历史化，《庄子》书中记载了不少神人，这些神人渐渐在历史文献中似乎就变成了真人真事了。特别是在儒家思想影响下更是如此。例如，在纬书中，圣人孔子就被加以神化，似乎成了无所不能的神人。

小妹到哪里去了？

我原来有两个妹妹。一个我把她叫大妹，比我小一岁多；另一个我把她叫小妹，比我小三岁。在我六岁时，小妹因患痢疾死去了，是死在医院里的。在小妹住院期间，我也去看过她一两次，但常常是母亲一人去看她，因为怕我被传染。因此，我常常问母亲："小妹什么时候回家？"母亲总是回答："她的病快好了，过几天就回家。"后来，母亲常常哭泣，我不知为什么，当再问她"小妹什么时候回家"时，母亲向我说："小妹不回来了，到天上享福去了。"这是我最初接触到"死"的问题，当时我觉得"死"并不可怕，不过是到另外一个比我生活得更好的地方去了。

中国古代的文献中有着不少的关于"死"后到另一世界的记载。

最早的记载也许是在古代的诗歌集《诗经》中，其中有一首诗叫《大雅·下武》的，文中有一句“三后在天”，是说周武王的前三代太王、王季、文王，说他们死后魂灵都到天上去了。《神仙传》中记载着一段故事说，汉初的淮南王刘安服食了仙药，并把药倒在他的房子周围，这样不仅他自己而且在他房子里的鸡犬也一起升天了。在1973年长沙马王堆出土了一批重要文物，其中有一张帛画，上面画着三重世界，最上重似乎是天上，中间一重似乎是人间，最下一重似乎是地下（但并不像后来那种可怕的地狱），每重世界里都有人物。我们知道在汉朝的文献中已说人有“魂”和“魄”，在人死后“魂”归于“天”，“魄”归于“地”，我想那幅帛画大概是反映这种思想。在我国的古代文献记载中，许多英雄历史人物或传说故事中的人物，如黄帝、老子、真武大帝、魏存华（女仙人）都有“白日升天”或死后到天上世界的故事。传说中，中国人的始祖黄帝在涿鹿地方和另一部族领袖蚩尤打了一仗，并且取得了胜利，据《史记》记载，黄帝为了庆功，在刑山脚下铸了一个宝鼎。鼎在中国是权力的象征。为了祝贺宝鼎铸造成功，召开了盛大的庆功会，天上诸神和八方百姓都来祝贺，热闹非凡。在庆功会的仪式进行过程中，从云中探下来一条大尾巴，黄帝知道这是来迎接他上天的，就抓住这条神龙的尾巴，上到龙背，升上天了。所以在中国古书上常常把“死”解释为“归”，也就是说“死”无非是“归天”罢了，并不可怕。我们如果读《庄子》或《列子》就可以读到，庄周和列御寇这类的思想家把“生死”看成无非是气聚和气散，气聚就生成为人，气散而死归于“太虚”。东晋时张湛在《列子·杨朱篇注》中说：“夫生者，一气之暂聚，一物之暂灭。暂聚者，终散；暂灭者，归虚。”张湛认为，有生命的东西（或者说在现实世界中存在着的东西）只是气的暂时聚合。暂时聚合的东西终究要消散；暂时有精神生命的东西终究又会回到“太虚”之中。张湛还进一步认为，人如果了解了“暂聚者，终散；暂灭者，归虚”，那他就对“生死”的问题有了正确的认识，而不会去执著暂时的生灭聚散的现实世界中的一切，而可以超脱生死，也不会对“死”有所恐惧了。而庄子也认为，“生”是气之聚，“死”是气之散，因此人对“生死”的态度应该是“生时安生，死时安死”。这种中国传统的思想看法，往往也影响着一般人对“生死”的看法，认为“死”是“归天”，或者是到天上去享受比人间更美好的生活。

人是不是能像花草一样再生？

我和大妹从小在一起玩，她很喜欢向我提一些有意思的问题。大妹并不聪明，读书平平，但有时会有些奇想。1939年底，由于抗战的原因，我们从北京（当时叫“北平”）迁到云南省，开始住在离昆明市百余里的宜良县，为的是躲避日本飞机的空袭。宜良风光秀美，民风淳朴，至今回想起来，我仍然非常向往那个地方。大妹养了几只小鸡，她天天自己喂它们，但不久小鸡因受瘟疫死了。大妹自然非常伤心，一个人坐在院子里哭。我对她的各种安慰都没有用，例如把我最喜欢的铅笔刀送给她，这是她平时想要也要不到的，也无济于事。后来她突然停止了哭泣，并且对我说：“小鸡是不是会像花草一样，今年死了，明年还会长出来？”当时我想也没想就回答她说：“小鸡明年还会再生出来。”

我们那时都还只是十岁刚刚过的孩子，但这种“再生”的观念可以说早已根植在我们思想之中了。我记得，早在北平时，我们家的车夫老李常常给我和大妹讲故事，他讲的故事大概都是从看京戏或看中国古典小说中得来的。在他给我们讲的众多故事中，有一个深深印在我的心中。这个故事的大意是说：有两个秀才死后到阴间，阎王爷出题考他们，题目是“一人二人，有心无心”。这两个秀才中的一个答卷写道：“有心为善，虽善不赏；无心为恶，虽恶不罚。”意思是说，一个人故意做好事，虽然做了好事也不应受到奖赏；一个人无意做了不好的事，虽然做的事不好，但也不应受到处罚。考官们都认为他回答得很好，于是阎王爷就下令说：“现在河南某地缺一个城隍，你去吧！”这个秀才哭着对阎王说：“你的好意，我不敢推辞，但我家有老母还在，没有人奉养，请准许在老母百年之后，我再去河南当城隍，可不可以？”阎王就让他的臣下去查“生死簿”。一查，上面就有这个秀才的母亲还有九年阳寿。在阎王和他的臣下犹豫不决时，关帝说：“我看，就让这个秀才多活九年吧！”并且对那个秀才说：“你本来应该立刻去河南当城隍的，现在考虑到你一片孝心，给你九年假，到期再召你赴任。”于是，这个秀才就骑着马回家了。到家，好像从一个梦中醒过来。而实际上他已死了三天。他母亲听到棺材里好像有呻吟的声音，打开一看，秀才活了。九年后，秀才的母亲去世了，秀才跟着也就死了。由于秀才在生前把他死后到地府去了一次的事记载下来，我们才知道原来他有这样一番经历。车夫老李讲的这个故事见于《聊斋》，而且他省略了一些细节。我想，这个故事大概是老李听别人讲的，他不见得自己看过《聊斋》。我们知道，在中国古代大概没有“再生”、“转世”这类观念，应该是在印度佛教传入中国后，受“轮回”思想的影响，才在民间和小说故事中出现的。这种故事虽然没有多大哲理性，但是在民间对“劝善惩恶”却能起一定作用。

在汉朝佛教传入之前，“再生”、“转世”的观念在文献中没有什么明显材料记载。关于“劝善惩恶”的观念也不相同。在中国先秦的《周易》中有“积善之家必有余庆，积不善之家必有余殃”。中国传统原来只讲现世受报应或子孙受报应，而不讲“来世”受报应，因此在汉朝以前中国没有“来世”的观念，只是在佛教传入中国后，“三世报”（过去、现在、将来）才对中国社会观念发生影响。例如东晋时著名的和尚慧远在《三报论》中说：“经说业有三报：一曰现报，二曰生报，三曰后报。现报者，善恶始于此身，即此身受。生报者，来生便受。后报者，或经二生三生百生千生，然后乃受。”这里把“善恶”问题和这辈子或下辈子、再下辈子以至百千辈子以后受到报应的问题联系起来。如果人不能“修善止恶”，就要永远在轮回中受苦。所以印度佛教的因果报应之说的中心问题在于轮回，而轮回则与“来生”问题有关。

在中国古代虽有报应说，但无“来生”观念。道教是中国本民族的宗教，但它成为一种正式的宗教团体是在东汉佛教传入中国以后。道教有一部最早的经典叫《太平经》，其中有批评佛教的地方。在这部道教经典中提出与佛教“轮回”观念很不相同的“承负说”。《太平经·解承负诀》中说：“力行善反得恶者，是承负先人之过，流灾前后积来害此人也。其行恶及得善者，是先人深有积蓄大功，来流及此人也。”意思是说，前辈人所行善事或恶事，在他活着的时候没有受到报应，而当他死后将会由他的子孙受到报应。这种“承负说”是和上面引用的《周易》中“余庆”、“余殃”的说法一致的。不过后来佛教在中国影响越来越大，到隋唐以后有些道教的派别也接受了“轮回”和“再生”的学说。

这里我们还要讨论另一问题，这就是道教中原来虽然没有“再生”

的观念，但确有一种与其他宗教很不相同的观念，这就是“长生”的观念。对“长生”可以有两种解释：其一，“长生”是说“长寿”，认为人可以活得很长很长，如传说中有彭祖活了八百岁等等；其二，“长生”是说“长生不死”。道教是一种认为人可以长生不死的宗教。在道教正式建立成为宗教团体之前，战国时期已有所谓神仙方术之士，他们企图用种种方法解决人的“长生不死”问题。像秦始皇这位统一六国、建立秦王朝的君主也相信人可以长生不死，他曾听信方士之言，派人到海外三神山求长生不死的药。汉武帝也相信了方术之士李少君的话，派李少君为他炼制长生不死的药。道教实是继承了神仙家的这种思想，追求着“长生不死”。如果说世界上其他许多宗教讨论的是“人死后如何”，那么道教却是一种讨论“人如何不死”的宗教。由于追求“人如何不死”，道教特别注重人的身体和精神的炼养，从而有所谓“外丹学”和“内丹学”。道教所追求的“长生不死”的目标当然是不可能达到的，但为了炼养身体和精神的“外丹学”和“内丹学”对中国的化学、药物学和气功养生术的发展却起了重要作用。

我大妹的关于“再生”的问题，看起来是个幼稚可笑的问题，但却涉及了中印文化之不同，可见小孩子的问题中也可以有大学问。我的大妹在十五岁时因患肾脏炎而离开了人世。她的死，使我产生了一种孤独的忧伤。这时我已知道，大妹不会“再生”，就像花草一样，今年开的花、长的草枯死了，到明年再开的花、再长的草已不是原来的花草了。

我为什么而活？

我一天天长大，知识一天天多起来，在初中期间学习了“生理卫生”课，知道婴儿是如何形成的。从初中到高中，我读了许多书，知道了基督教关于上帝创造人的故事，知道了佛教关于“轮回”的思想，知道了儒家和道家对生死不同的态度等等。

我的中学阶段正好是抗日战争时期，这一时期我读了不少书。在初中，我读的大多是中国作家的文学作品，如巴金的《家》、《春》、《秋》，曹禺的《雷雨》、《北京人》，鲁迅的《狂人日记》、《伤逝》以及中国古典小说等等。十五岁在西南联大附中读书时，我和几位同学一起看了斯诺的《西行漫记》，我们觉得延安那里的生活一定很有意思，于是我们就背着家里人，从昆明乘车奔向“革命圣地”延安。没想到了贵阳就被当地警备司令部抓住，把我们关在一间小屋里。先是由警备司令部的参谋长审问我们，我们都谎称说是要到重庆去念书，后来贵州省秘书长又对我们训话，最后由联大附中教务长把我们领回昆明。回到昆明后不久，我去重庆南开中学入了高中。在南开中学，我开始读外国文学作品。我特别喜欢读苏联小说，如屠格涅夫的《父与子》、《罗亭》，这些书使我对人道主义有了一定的兴趣和认识。特别是读了托尔斯泰的《战争与和平》，更加深了我对人道主义的了解，我很喜欢书中的皮埃尔，他的善良深深地打动了我。还有安德烈亲王在战场上受了伤，躺在战场上，他看到了一朵白色的小花，产生出善良的爱心和对生命的珍惜之情以及对他人的同情心等等，这样一些美好的人的品质使我向往。于是“同情心”和对生命的热爱凝聚于我心中，几乎影响着我的一生。在这一期间，我开始了自己的写作，我写了一篇《论善》，可惜这篇代表我由少年跨入青年时代的作品早已丢失。但我仍然记得它的主旨：珍惜自己的生命是为了爱他人，“善”就是“爱”，人活着就是为了“爱他人”，应是没有其他目的的。但这时我对“爱”的理解是那么的抽象，它实际上是从爱自己的生命出发的“爱”，它并不是真正的“博爱”。

我高中没有读完，就回到昆明的家里，自己读书，这时我对宗教的书和带有宗教意味的文学作品开始有了兴趣，从而由前此对“爱”的抽象理解而渐渐有了较具体的体会。我读了《圣经》，知道上帝对人类的“爱”，了解到耶稣之受难才是真正伟大的“爱”。我读佛经故事，最喜欢“投身饲虎”的故事。这个故事是说，大车国王幼子萨陲那见一虎产了七个儿子，已经七天，而老虎母子饥渴将死，于是生悲悯之心，而投身饲虎，以求“无上究竟涅槃”。这种舍身而完成一种理想的精神，净化着我的心灵。然而对我直接影响最大的外国作品，应该是说罗曼·罗兰的《贝多芬传》。《贝多芬传》开头引了贝多芬 1819 年 2 月 1 日在维也纳市政府的一段话：“我愿证明，凡是行为善良与高尚的人，定能因之而担当患难。”而《贝多芬传》的开头一段说：“人生是苦难的。在不甘平庸凡俗的人，那是一场无日无夜的斗争，往往是悲惨的，没有光华，没有幸福，在孤独与静寂中展开的斗争。”照通常的情况看，我这样一个十六七岁的“大孩子”，为什么会有这种“人生是苦难”的想法呢？我至今仍然不能作出清楚明白的回答，也许是因为“少年不知愁滋味”吧！但是，从当时的情况看，整个世界和中国都处在苦难之中，世界反法西斯战争和中国的抗日战争正处在最后殊死战的 1945 年初，而那时对我们家来说又是我的大哥与大妹先后死去的日子，自然会有人生无常、世事多变的感受，而且一个内向的“大孩子”，大概比较容易产生一种“悲天悯人”的感情吧！这种“悲天悯人”的感情可以化为一种力量,那就是中国儒家所提倡的“杀身成仁”、“舍生取义”的“生死观”，一种承担“人生苦难”、济世救人的理想。

我的家庭教育对我的性格形成无疑是有深刻影响的。我的父亲是一位留学美国，在哈佛大学取得硕士学位，并且一直在大学教书的教授，他教中国哲学，也教西方哲学和印度哲学，他是一位致力于研究中国佛教史的学者，但他立身处事却颇有儒家精神。这点大概是我祖父对他的影响所致。我祖父是清朝光绪十六年的进士，做过几任县官，后常任地方的考官。祖父一贯以“事不避难，义不逃责，素位而行，随适而安”作为他立身行事之大要。而父亲正如钱穆先生在《忆锡予》中说，“锡予为人一团和气”，“奉长慈幼，家庭雍睦，饮食起居，进退作息，固俨然一纯儒之典型”。我母亲是湖北黄冈张姓大族之女，是一位典型的“相夫教子”的中国善良女性。我在这种家庭环境中长大，自然会深受儒家传统思想的影响。在我十六七岁时，虽然对儒家思想没有什么深刻了解，但《论语》、《孟子》、《大学》、《中庸》等儒家经典还是读过一些。例如孔子所追求的“天下有道”的理想，孟子的“富贵不能淫，贫贱不能移，威武不能屈”的大丈夫精神以及后来一些儒家的“视死如归”的“杀身成仁”、“舍生取义”的气节，对我的潜移默化的影响大概是巨大的。因而，贝多芬那段担当人生苦难的话自然就深深地感动了我，这其实仍是我以某种儒家思想心态接受西方思想的一个例证。

我那时认为，我来到这个世界上，活着就应有一种历史使命感，应对社会负责任。如果一个人不甘于平庸凡俗，自然要担当起苦难，所以中国有所谓“生于忧患，死于安乐”的说法。自古至今有儒家精神的仁人志士都是对自己国家民族的兴衰和人类社会的幸福十分关怀，往往有一种自觉不自觉的“忧患意识”。这种“忧患意识”，不是为着一己的小我，而是为着国家民族的大我，因此可以为着一个理想的目标舍生忘死。在这个时期，我常问我自己：“为什么活着？”我很自然地回答：“是为了爱人类、爱国家、爱民族而活，并愿为之而奋斗。”当然，我那时的这些想法都是空洞的、没有实际内容的，甚至可以说是十分幼稚可笑的。但这些思想感情对我的一生来说仍然是宝贵的，因为它无疑是我们中国人传统思想文化中应受到珍视的一部分。

人真能逍遥吗？

1945 年欧洲取得了反德国希特勒法西斯的胜利，随之中国的抗日战争也于这年的 8 月取得了胜利。为此，像我这样将要入大学的年轻人当然是欣喜若狂。特别是在我思想中的那些历史使命感和社会责任感驱使着我，幻想着中国定会有一个光明美好的明天，自己将有可能为我们多灾多难的祖国建设尽一份力，好像我的生命中将会充满多姿多彩的花环。但是，进入 1946 年，一切都令人失望，一切希望都如肥皂泡一样破灭了。国民党政府的腐败、贪污和无能暴露无遗，国民党为争夺抗日战争胜利的果实与共产党打起了内战，人民仍然在水深火热中煎熬。面对这样的现实，我这样一个全然无实际人生经验的青年人，好像在极度兴奋中被浇上了一盆冰凉的水，把我的理想（实际上是一些空疏的幻想）和抱负全打破了。看看我的父辈们（西南联大的教授们）虽然还在为国事奔走，但国共两党的内战越打越烈，因而这些教授先生们也日益感到他们对中国的前途是无能为力的。这样一种理想与现实的差距，使我这样感情深沉、思想内向的青年人很容易在思想上走向另一个方面。这就是转向中国传统文化中的道家思想。

在《庄子》一书中记载着一些关于“死生变化”的故事。例如庄子的妻子死了，而庄子却鼓盆而歌；子桑户、孟子反、子张琴三人是好朋友，后子桑户死了，孟子反和子张琴两人或编曲，或鼓琴，“相和而歌”。像这种的故事还有不少。因为照庄子看,对生死问题应该取“生时安生，死时安死”的态度，生不过是气之聚，死不过是气之散，都是一种自然现象，没有什么可悲伤的。而像“生死”这样的变化，可以说是人生中最大的变化，如果能对这种最大的变化不以为意，那么就可以得到精神上的自由。所以在《逍遥游》一篇中，庄子认为，人不必去管那些自身以外的事，这样才可以逍遥游放于自得之境。这种只追求自身的逍遥游放的人生态度对中国知识分子也同样有着深刻的影响。从中国知识分子的生活道路看，常常是开始时对生活抱着一种积极入世的态度,在生死问题上是以“死有重于泰山”和“死有轻如鸿毛”来分别“生死”的意义，为社会理想而死就是“重于泰山”。知识分子对社会都有着一种强烈的责任感。但往往由于社会政治或个人遭遇的原因，理想一个又一个地破灭，逐渐对世事感到失望，而采取道家“顺应自然”的生活态度，从而把“死”看成不过是“休息”。像我这样的青年自然也摆脱不了中国知识分子的通病。由于深感社会的黑暗和自己对社会的无能为力，从而觉得道家思想可以帮助我得到一种安身立命的境地。于是有一个时期，我就不再去考虑那些如何改造社会以及人类前途命运的大问题，而认为只要自己能取得一种精神上的自由就可以了。因而对“生死”问题的态度也随之一变，采取一种并不在意、顺乎自然的态度。这一时期我特别喜欢读受道家思想影响的大诗人陶渊明的诗。其中他的那一首《形影神赠答诗》最后几句是："纵浪大化中，不喜亦不惧。应尽便须尽，无复独多虑。"人生无异于在宇宙之大化中漂流，生没有什么可喜的，死也没有什么可怕的，一切都应自自然然，对生死这样的问题根本没有去过多考虑的必要。我喜欢这几句诗，它对我一生的人生态度和"生死观念"都或多或少、或隐或显地有着影响。

但是，尽管在这种思想情绪占主导的情况下，在我的思想深处仍然潜存着那种应对社会尽责尽职的责任感。"我真的能不管世事而逍遥吗？""我真的能如庄子那样把死看成是一种休息吗？"这些都是我常常问自己的问题。在中国知识分子身上常常具有两种矛盾的性格：一是具有强烈的社会责任感，一是顺应自然的避世逍遥的思想。有时前者占主导，有时后者占主导，这常常是随着所处的环境和个人的机遇而有所不同的。我希望有庄子那种逍遥游放的自由自在的精神境界，而我又往往因感到自己对社会无所作为而苦恼。作为中国的一个青年知识分子，就是在如此矛盾的心境中生活着。

我真能相信宗教吗？

对于中国社会，特别是对于中国知识分子，除了儒家和道家思想有着重要影响外，佛教同样也有着重要影响。我接触佛教有着深刻的家庭原因。我的父亲虽然不是佛教信徒，但他是一位研究中国佛教史的学者，并对在中国历史上的高僧大德有着一种人格上的崇敬，这可以从他那部在中外学术界有着重要影响的《汉魏两晋南北朝佛教史》

中看出。在我家里有相当数量的佛教方面的藏书，因此我有机会可以接触到这些佛教书籍。1946 年我进入北京大学先修班，1947 年又进入北京大学哲学系，那时我不过是十九、二十岁的年轻人，当然对佛教的那些深奥的道理不甚了解，不过佛教的一些基本观念，特别是一些对中国社会生活有影响的佛教思想，我还是了解一些的。1947—1948 年正是中国社会发生急剧变化的时期，内战越打越激烈，人民在苦难中挣扎，多少生离死别的悲惨的事天天发生着，不知有多少无辜的人死去。这使我愈发感到“人生无常”，而觉得佛教所说的“人生如一大苦海”是不无道理的。照佛教看，人生有“八苦”：生、老、病、死、爱离别、怨憎会、求不得、五阴盛。如果你不能觉悟，即不能克服自己的“无明”，那么你就会在“苦海”中轮回，受着“八苦”的束缚，而不得解脱。如果你觉悟了，那就可以脱离“苦海”，而到“西方极乐世界”。这些通俗的对佛教道理的解释，虽然我不会全然相信，但又觉得它也能解释某些社会现象，会对人们的生死观念发生影响。至于佛教中如般若学、涅槃学、唯识学等等深奥的理论，我知道得很少，依我的知识水平，常常处于似懂非懂之间。

1947 年是中国社会最悲惨的年头之一，国共两党的内战打得难分难解，人民生活痛苦万分，大学教授的衣食甚至都成问题，一般老百姓就更不用说了，就在当时的北平街上也常可见饿死和冻死的人。我们家虽然还过得去，但也大不如以前了。那时北京大学复校，由昆明迁回北平。父亲在 1947 年暑假前后赴美国加州大学（伯克利）教书去了。在这种情况下，我得以自由自在地阅读他的佛教藏书。一日我读《般若波罗蜜多心经》，这部佛经虽只有短短的二百余字，但对它的注释却有几十种，可见它非同一般。我虽再三苦读，但仍未解其中真谛。只知经文主旨在证“一切皆空”。不过于此我也似有所得。我想,如果“一切皆空”，那么“苦”是不是也是“空”呢？如果“苦”是“空”，那么“八苦”对人来说也就没有意义了。这样佛教所谓的“人生是一大苦海”的命题很难成立。我想死去的亲人或许他是脱离了苦海，但活着的人则会因失去亲人而痛苦呀！例如，我的大妹的死去使我长久处在对她的思念之中，有时甚至想着能在梦中与她相会，但一次也没有这样的梦,这难道是“求不得苦”吗？我也曾读过中国佛教禅宗的《坛经》，从字面上看似乎比《心经》好懂，但其中的深妙奥义，则决非像我这样没有什么生活阅历的人可以了解的。禅宗以“无念为宗”，我当时认为它的意思是说，你不去想它那就什么都对你没意义了。其实这是对禅宗的误解。人怎么能什么都不想呢？何况在我的思想中无疑仍然深藏着儒家思想的影响，认为人生在世，不能只求自己从“苦”中解脱出来，而应关注世事和他人。因此，“生死”问题并不一定是人生中的大事吧！而对社会尽责，对人类作出贡献才更重要吧！由此可见我往往是不自觉地站在儒家立场上对佛教提出某些也许不是问题的疑问。这时我写了一篇短文叫《论死》,和一首不成为诗的小诗题名为《死》,可惜短文已佚失了，而诗却还被保存下来。

我的短文的意思是说：人生虽然是苦难的，而人们都希望能摆脱这种苦难。可是在人的一生中,照佛教看,人生“八苦”是在所难免的。这样就有一个对“苦”的不同态度。我当时自以为，我之生是为别人而生，死也应为别人而死。人活着就像燃烧着的蜡烛一样，它可以燃烧发出小小的火光，这样只能照亮自己，至多可以照着周围很小的圈子;但蜡烛也可以烧得很旺，火光大大的，这样就可以照亮很大的范围。我希望我能做一支烧得很旺的蜡烛，能用我的光照亮更大的空间，给别人欢乐和幸福，而快快燃烧完，以我的消失而有益于他人，减轻别人一些痛苦。这篇短文当然是一篇年幼无知的浪漫幻想曲，但那时我却是真诚地那么想的，这就是我那时虽受到佛教思想影响，而又潜存着浓厚的儒家思想影响的“生死观”。

我当时虽在北京大学哲学系就读，但我仍然喜欢文学。在北京大学选修课程很自由，你爱听什么课就可以选什么课。我当时学的课很杂，除哲学系的课以外，我选了“中国建筑史”、“英国文学史”、“西方文学名著选读”（读的是英文本的希腊悲剧到莎士比亚的剧本），我也常看文学方面的杂志。当时中国有名的杂志叫《文学杂志》，是由美学理论家朱光潜主编的，几乎当时所有著名文学家、诗人、文学评论家等等都不断为这份杂志写文章。这本杂志我每期都读，而且常常把自己的感想记在笔记本上，但在20世纪的中叶由于中国知识分子所遭受的磨难，我的笔记本早已被我烧掉，以免作为被批判的把柄，但有幸这套杂志还保存下来。在第三卷第三期中保存着我前面提到的那首小诗。

在这一期中刊载有诗人林庚写的一首诗，题目叫《活》，我读后觉得他对“生死”问题没有彻悟，于是就在同页上也写了一首题目叫《死》的小诗。现在我先把林庚的诗抄录在下面，然后再抄录我的那首在一定程度上表现我的“生死观”的小诗。

活

我们活着我们都为什么
我们说不出也没有想说
今年的冬天像是一把刀
我们在刀里就这样活着

明天的日子比今天更多
春天又来了像一条小河
流过这一家流过那一家
春天的日子像是一首歌
我们不用说大家都知道
我们的思想像一个广告。

死

（一）

第一天我认识了死亡
就像母亲生我真实一样
没有半点踌躇
我接受了这个现实
把它安置在应有的位置上
这样
我开始了生活
我长大　我变了
终不能毫无介意
因为我知道了它的结局

（二）

谁带给我一阵欢乐
难道死亡是痛苦
谁不信

春天死了

来的不是夏日

谁不信

母亲生我

在世上就要增加一座坟

从1945年到1948年是我由少年步入青年的时期。我想，这一段对每个像我这样的青年人都非常重要，它不仅是求知欲最旺盛的年岁，而且是最富于幻想的一个人生阶段，至少对我是这样。我读了很多书，中国的、西方的、印度的，古典的、现代的，哲学的、文学的、宗教的，等等。我思想过种种问题，除了“生死”问题之外，我还考虑“宇宙是有限的，还是无限的”，“灵与肉是矛盾的，还是和谐的”，“真善美是对立的，还是统一的”，而我想得最多的是“爱”的问题，我为“爱”而生，我也愿为“爱”而死，我“爱”一切善良的人。当时我爱着一个女孩子，我和她通信，但很少见面，而见面时又很少说什么。我们在通信中主要讨论的是“人类之爱”的问题。我们爱着人类，并为人们所遭受的苦难而痛苦，但我们几乎没有谈到我们之间的“爱”。我虽爱她，她却并没有也爱我的表示。可是她常把她的日记抄寄给我看，她在一封信中说：“每次看到你的信，我都很激动，我不能失去你的友谊，我们的通信比我们的见面或者更美好。”后来由于1949年中国社会的剧变，我们没有再联系。我知道，她上大学后参加了基督教团体，这使我想到我曾读过的安德烈·纪德的《窄门》。

我非常喜欢纪德的《窄门》这本小说，“窄门”是从《圣经》的一句话来的：“引到永生，那门是窄的，路是小的，找着的人也少。”（《马太福音》第七章第十四节）故事说的是两个极富宗教热情的青年介龙和阿丽莎相爱，他们在情书中相互勉励，希望离上帝更近。阿丽莎在与介龙柏拉图式的爱情交往中，她的带着神秘主义色彩的信仰不断发展，最终相信通向天国的“窄门”确如《圣经》所说不能容两人同时通过，认为自己爱上帝更甚于爱介龙，并且相信介龙也是如此，然而介龙并非像阿丽莎所想的那样。我有《窄门》这本书的英文转译本，其中介龙和阿丽莎最后一次见面的情景常常浮现在我的脑中，而对这一段文字我特别喜爱，常常翻出来，反复读它。

> 门已经锁上了，但里面的门闩并没有插牢，一推就开。我用肩胛轻轻将门顶开，正要往里闯……就在这时，我听到一阵脚步声，连忙跑到墙的拐角里躲了起来。
>
> 虽然我并没有看清从花园里出来的是谁，但凭着声音和感觉，我知道这是阿丽莎。她向前走了两步，轻声唤道：
>
> “是你吗，介龙？……”
>
> 我激动得一句话也说不出来，仿佛心脏都停止跳动了。她见没有动静，便大声重复一句：
>
> “介龙，是你吗？”
>
> 听着她那情真意切的呼唤，我再也控制不住内心的激动了，一下子便跪倒在地上。她见我没作声，便向前走了几步，绕过墙的拐角，向我走来。我突然感到她就在我面前——我用手捂着脸，不敢马上看她，过了好一阵才将她那柔弱的手捧起来狂吻。她俯下身来对我说：
>
> “你干嘛藏起来？”她说得那么简单，就好像三年分别只是几

天前的事似的。

“你怎么知道是我？”

“我一直在等你。”

“等我？”我感到非常意外，不由得带着疑问的口气重复了一句。

她见我仍然跪在地上，便说：

“我们到长椅那儿去吧。……是的，我知道我还会见你一面的。最近三天，我每天晚上都到这里叫你的名字，就像今天晚上一样。……你为什么不答应？”

“要不是被你撞上，我可能连见都不见你就走了。”我冷冷地说，尽量克制着内心激动，不让自己像开始时那样垮下来。

“我只是路过勒阿弗尔，我打算到林荫路上走一走，围着花园绕一圈，再到泥灰场里那张长椅上歇一会儿，因为我想你有时还会来坐一坐的。然后……”

“你还是看看我这三天晚上读的是什么吧！”她打断了我的话头，将一包信件递到我手中。我认出那些都是我从意大利写给她的信，直到这时我才抬起眼睛看她……

太阳就要落山了。忽然一片乌云飞来将它挡住，过了一会儿它才重新出现在地平线上。落日余晖给空旷的田野镀上了一层金碧辉煌的色彩，一时间竟把我们对面那个狭窄的山谷照得透亮。我默默地望着这迷人的景象，直到太阳已经消失了，我还呆呆地望着，仿佛身上仍旧沐浴着金色的霞光。我感到自己满脑子怨恨全都烟消云散了，只觉得心中充满了爱。

我为什么抄写《窄门》中的这一段，这是因为我认为，我曾经爱过的那位女孩，也许和阿丽莎一样，她相信“那门是窄的”，不能两人同时进去。当然可能我的这种想法是全然错误的，但我愿自己是真诚地作如是想。我多次读上面引用的那一段，每次读时都止不住落泪。上面那一段是介龙和阿丽莎的最后一次见面，而后不久阿丽莎就离开了人间。阿丽莎执著地相信那通往天国的门是窄的，路是小的，她真诚地相信爱上帝和爱介龙是不能并存的。读这一段我虽很感动，但我并不能理解。因为我没有如阿丽莎那样的信仰，我也没有如介龙那种对“爱情”的执著。我想，《窄门》的故事给我的启示，是一种对人类的爱，是对自我道德完善的追求，是一种对“悲剧美”的欣赏，和对宗教虔诚气氛的感受。像我这样一个知识青年，尽管会在阅读西方文学、哲学、宗教作品时，欣赏西方文化，而且会努力去理解和吸收，但是我毕竟没有信仰宗教的背景，因而对阿丽莎的思想、感情和行为很难有深切的理解。

我虽然不信仰任何宗教，但我尊重我所接触到的宗教，我欣赏我所接触到的宗教，例如佛教和基督教。我爱好佛教深奥的哲理，我喜欢基督教的智慧。佛教要解救人们脱离“苦海”，达到涅槃境界，并提出一套修持的方法，对人类社会生活有其灼见，给人们一种“超生死，得解脱”的精神力量，无疑是人类的精神财富。基督教的“博爱”和“在上帝面前人人平等”以及它的三大形而上学论证“上帝存在”、“灵魂不死”、“意志自由”，给人们一种超越自我的向善动力，当然同样也是人类的精神财富。这些都给我重要启示，丰富着我对“生死”问题的看法。这是毫无疑义的。“生死”问题从一个方面说是医学、生物学方面的问题。但是对“生死”的看法却又是哲学、宗教等所关切的“终极关怀”的问题。因为一个人的“生死观”往往受着不同文化传统和个人不同文化背景的影响而与他人形成相当大的差异，而且一个人的一生由于环境的变迁和思想的变化以及个人遭遇的影响而也会有所变化，也是常有的事。我作为一生长在中国的青年人，在当时的条件下，虽然有机会读一些西方的文学、哲学、宗教的书，但中国传统思想文化无疑对我的思想影响会更强大。特别是我的家庭，又是属于所谓“书香门第”，中国文化的“生死”观念在潜移默化中早已根植在我的思想深处了。而20世纪的中国的知识分子，如果不是“国粹主义”者，对西方文化是不会取排斥态度的，何况我父亲又是在美国大学里呆过近五年呢！就中国文化本身说，往往也是可以兼容并包的，儒、道、释三家的思想虽不相同，但常常形成一种互补的状态，而何况这三家在唐宋以后就形成了一种合流的趋势呢！就我的气质说也许更近于儒家，但就我的家庭影响说，在我的思想中无疑也包含着道家和佛教的成分。这就是说，我的“生死观”大体上是儒家思想为基础，而吸收了若干道家和佛教的思想，同时西方的某些思想也不能说对我毫无影响。从当时中国的客观环境说，中国社会正处于一生死存亡的大变局中，对许多人说，“生”很艰难，“死”却又那么容易，敏感而喜欢思考的青年人对“生死”问题大概不会不去考虑吧！特别是那时我学问虽浅，但自视甚高，觉得自己可以成为一个哲学家，而哲学家必须要考虑“生死”这一类的终极关怀的大问题。

那时，我实是无知，而却狂妄；我实是渺小，而却自大；我实是浅薄，而却自以为博大。不过上帝会原谅年轻人的，会让他们在生活中逐渐了解自己，逐渐了解社会，逐渐了解应该如何地“生”、应该如何地“死”。正如庄子所说，生死是人生中最大的变化，能对这一问题有所悟者有福了。

理想与现实必定是矛盾的吗?

如果说我的童年是安详而平静的，我的青年时期是充满幻想和浪漫的，那么我的中年则是在提心吊胆中度过的。1949 年，中国共产党在全中国范围内取得了胜利，建立了中华人民共和国，使我们这些青年人的大多数欣喜若狂。很快我们接受了马克思主义，相信了共产主义是人类最美好的理想。马克思主义的共产主义为我们描绘了人类绝妙的美好的未来，共产主义将使每个人的个性得到充分的发展，并享有完全的自由，在生活上是“各尽所能，各取所需”，在那个社会里没有剥削、没有压迫，人人得到真正的平等。当时我是真诚地相信了这些，这中间有两个重要的原因：

第一，百多年来，我们的国家一直受着西方列强和日本军国主义的欺侮和压迫，中国人经常受到外国人的侮辱，真是“是可忍也，孰不可忍也”。但在 1949 年政权改变之后，首先使我感到的是“中国人民站起来了”，可以不再受西洋人和东洋鬼子的气了，不会再有“沈崇事件”了。这样一种深刻的感受，我想是当时许多知识分子和青年学生自愿地和半自愿地接受共产主义理论的原因，这点和中国知识分子具有的一种特殊的“爱国主义”情绪是分不开的。

第二，在政权建立之初，一些共产党的干部还是比较廉洁的，同抗日战争胜利时，国民党官员接收北平，抢房子、抢汽车、抢金条等等腐败现象相比，感觉上真有天壤之别。如 1951 年初我从北京大学哲学系毕业，被分配到中国共产党北京市委党校当教员，我和已经参加中国共产党有二十多年的校长，住的，吃的和穿的都差不多，生活虽然很清苦，可是上上下下都不以此为苦。当然还有一个很重要的原因，那就是当时出版的中国的小说和翻译的苏联的小说、中国的电影和苏联的电影对我们这些青年有着深刻的影响。例如《刘胡兰》这部电影描写刘胡兰在敌人面前宁死不屈，苏联电影《乡村女教师》的主角对自己事业的崇高献身精神，《蜻蜓姑娘》中的那位姑娘对生活的乐观精神和开朗性格，以及苏联小说如奥斯特洛夫斯基的《钢铁是怎样炼成的》、法捷耶夫的《青年近卫军》、西蒙诺夫的《日日夜夜》等等，这些作品所表现的对祖国的热爱、对共产主义理想的忠诚和舍生忘死的精神，使我们这些青年深深地感动了。这使我原来那些“生死”观念受到巨大的冲击，改变着我对“生死”的看法，使我认为像刘胡兰、保尔·柯察金等等的人的“生”和“死”才是真正的人的“生”和“死”。特别使我到现在还不能忘怀的是捷克共产党员伏契克在1943年被德国法西斯杀害前写的《绞刑架下的报告》。这本书我读了不止一遍，其中有这样一段：

> 我爱生活，并且为它而战斗。我爱你们，人们，当你们也以同样的爱回答我的时候，我是幸福的。当你们不了解我的时候，我是难过的。我得罪了谁，那么就请你们原谅吧！我使谁快乐过，那就请你们不要忘记吧！让我的名字在任何人心里都不要唤起悲哀。这是我给你们的遗言，父亲，母亲和妹妹们；给你的遗言，我的古丝妲；给你们的遗言，同志们，给所有我爱的人的遗言。如果眼泪能帮助你们，那么你们就放声哭吧！但不要怜惜我。我为欢乐而生，为欢乐而死，在我的坟墓上安放悲哀的安琪儿是不

公正的。

这种热爱生活、热爱人类的人道主义，为理想而献身的英雄主义精神，“为欢乐而生，为欢乐而死”的乐观主义的伟大胸怀，深深地感动着我。每当读到这里，我禁不住热泪盈眶。在我读过伏契克等人的作品之后，好像自己思想豁然开朗，因而觉得自己过去不过是在一个自我封闭的小天地中，走不出来。而伏契克他们才是真正地为他人、为理想、为了一种崇高的目标而努力奋斗，以至于牺牲了自己的生命。我希望我自己也能像伏契克那样，热爱生活、热爱人类、热爱自己的理想事业。因而我为过去那些对“生死”的看法感到羞愧。任何人都应像平常人一样，有着一颗“爱心”，“为欢乐而生，为欢乐而死”，默默无闻地做自己能做的事，不要去刻意追求什么“名声”。

由于当时我深信共产主义的理想，在1950年爆发的朝鲜战争中，我和包括后来我的妻子乐黛云在内的八名新民主主义青年团员报名参加抗美援朝的志愿军，我们是北京大学第一批，大概也是全国大学生中的第一批要求上战场的青年大学生。我们都抱着为祖国而战和光荣牺牲的决心。然而学校的领导并没有批准我们去朝鲜战场。这当然使我们大失所望。就这点看，由于外在环境的变化，特别是谁也弄不清的共产主义理想的巨大威力，它可以在短短的一两年中使我对“生死”的看法发生不可想象的变化。也许当时不是生活在中国大陆的青年人（甚至中年人、老年人）很难理解我的思想的这种转变。这使我想到了一句中国佛教禅宗的话，“如人饮水，冷暖自知”，没有生活在当时中国大陆社会环境中的人当然很难体会我们的感受。像我这样的青年，很多人都认为自己似乎得到了新的生命力，都觉得共产主义的理想将经过我们的不懈奋斗，由我们这一代来实现。我们是为着共产主义的理想而生，我们也会不顾一切地为这一理想事业而献身。

我为新中国的建立，为找到了一种可以信仰的理想——共产主义的理想，确实有好几年兴奋不已。在北京大学，我是学生又是新民主主义青年团的好干部；后来到北京市委党校教书，我又是教授马克思主义的好教员。但同时在我思想中也渐渐有着某些模模糊糊的疑惑。

从 1951 年起，一场又一场的政治运动不断，而且大多是针对知识分子的。当时，往往把 1949 年前没有参加共产党革命工作的知识分子统称为“资产阶级知识分子”，作为批判、审查的对象。1956 年 10 月，我由中共北京市委党校又回到北大当教员。1957 年春，由于苏联批判斯大林，东欧也发生了对现政权的批判，“社会主义阵营”的一些国家出现了某种“解冻”的现象，这对中国大陆特别是知识分子和青年学生不会不发生影响。在这种情况下，文艺和学术上“百花齐放，百家争鸣”的口号提出。我们这些毫无政治经验的知识分子以为学术研究的春天真的到来了。许多知识分子和青年学生抱着爱护国家的目的，提出了现在看来是正确的意见和建议，但大概谁也没有想到几十万知识分子和青年学生被打成“右派”。这无疑是中国历史上最大的冤案。我的妻子也被打成“右派”，我也因与她划不清界线而受到“严重警告”处分。这样一场剧变，沉重地打击了中国知识分子，使大批知识分子包括我都处在终日惶惶不安之中，从而产生了哈姆雷特的“生呢，还是死呢”（to be or not to be）式的问题。如果说，在此以前“生死”问题只是我的一种看法或者说是一种思想观念，而到 1957 年后对我就逐渐变成一个要面对的现实问题了。在 1957 年的“反右斗争”中，一些知识分子和青年学生自杀了，或者因不服“罪”而被投入监狱或被枪杀了。而到1959年至1961年，由于政策上的错误，中国社会发生了大饥荒，成千万人被夺去了生命。1966年以后的十年在中国大地上发生了完全失去理性的“文化大革命”，在这期间被活活打死的、自杀的和在由领导层争权夺利而挑起的平民老百姓的两派斗争中“战死”的，又是不计其数。就以北京大学为例，不少著名教授和青年学生因不堪受辱而“自杀身亡”的至少有几十人。例如著名物理学家、原北大理学院院长饶毓泰自杀了，教务长崔雄昆跳湖了，著名历史学家、老共产党员翦伯赞在听说要“把冯友兰和翦伯赞养起来”后，和夫人服毒而死。而青年学生自杀的，被打死的，被迫害致死的，就更加数不清了。这里我只想举出一个典型的例子：北大中文系很有才华的女学生林昭。她的诗写得很好，1957年她提出了很有见地的意见，被划成“右派”，由于不服“罪”而被投入监狱。在监狱中受尽折磨，生重病，生活不能自理，于是她的母亲就在监狱里陪她，照顾这一有美好心灵的女儿。这时林昭仍然不断写诗，对不人道的遭遇提出抗议，在“文化大革命”后期，她因“恶攻罪”而被处以死刑。在她被枪毙后还向她母亲要七分钱的子弹钱。难道这就是我们追求的理想？难道这就是千百万人曾为之奋斗的人类美好的未来？有良知的人能不对此三思，能不对此惊讶不已？“文化大革命”后，林昭的同学和朋友为她举行了一次追悼会，在青年林昭遗像两侧挂着一副挽联：上联只有一个大大的“？”，下联则是一大大的“！”。这就是在过去几十年中国知识分子对生活中“生死”问题的极具真实意义的象征符号。如果说伏契克的理想是“为欢乐而生，为欢乐而死”，那么为什么在50年代后的相当长的一个阶段，中国人民特别是中国知识分子“生”得那么艰难，而又“死”得那么悲惨？为什么有的人（如翦伯赞）为“理想”不堪屈辱而自杀？为什么有的人为坚持“真理”而被杀？为什么“理想”和“现实”竟然如此之矛盾？回答这些问题是困难的，因为原因无疑是多方面的，但有一点现在也许是许多有良知的知识分子都能想到的，那就是“以阶级斗争为纲”的“与人斗其乐无穷”的荒谬思想所得出的必然结果，是要“年年讲，月月讲，天天讲”的“斗争哲学”必然产生的悲剧。这一“以阶级斗争为纲”的“斗争哲学”，人为地挑起人们之间的仇恨，愚弄着人民，麻醉人们的良知，使人类所追求的“人道主义”精神逐渐丧失。这就是中国大陆上世纪50年代至70年代的现实。它实际上已经丧失和违背了人类的“理想”，人类真正的理想不应该在人们之间煽动“仇恨”，而应该在人们之间提倡“爱心”。“理想”不是“现实”，“现实”总也不会成为“理想”。如果理想成了现实，那也就无所谓理想了。但人类不能没有理想的追求，以便能存有一点希望，在苦难中得到一点安慰，获得某种“超越生死”的力量。我们不要失去自己的理想，它可以净化我们的心灵，提高我们的精神境界，使自己有个安身立命之处。

超越生死的观念和途径

在中国的儒家、道家、禅宗中都有着“超凡入圣”的理想追求，而“超凡入圣”就必然有着一种“超越生死”的态度。它们的“超越生死”的态度虽不相同，但无疑对人们的“生死观”有着重要的正面意义，人们定会从中得到提高精神境界的启示。在痛定思痛之后，我感悟到在我们先贤往圣所创造的儒家思想、道家思想和中国化的佛教禅宗思想中的“生死观”，对我也应该对所有的中国人仍然是宝贵的财富。

下面我将简要地阐明我所了解的儒、道、佛的超越生死的观念和途径。

（一）儒家的生死观：道德超越，天人合一，苦在德业之未能竟。

儒家生死观的基本观点是“死生有命，富贵在天”，因此，它重视的是生前，而非死后，孔子说：“未知生，焉知死。”生时应尽自己的责任，以努力追求实现“天下有道”的和谐社会的理想。人虽是生活在现实社会中的有限之个体，但却能通过道德学问之修养（修道进德）而超越有限之自我，以体现“天道”之流行，“天行健，君子以自强不息”。孟子说：“存其心，养其性，所以事天也。夭寿不贰，修身以俟之，所以立命也。”（《孟子·尽心上》）一个人如果能保存自己的本心，修养自己的善性，以实现天道的要求，短命和长寿都无所谓，但一定要修养自己的道德与学问，这样就是安身立命了，可以达到“天人合一”的境界。这种“天人合一”的境界，是一种“不朽”的人生境界。因此，古之圣贤认为，虽然人的生命有限，但其精神可以超越有限以达到永存而不朽，所以有所谓“三不朽”之说：“太上有立德，其次有立功，其次有立言。虽久不废，此之谓不朽。”明朝的儒者罗伦有言：“生而必死，圣贤无异于众人也。死而不亡，与天地并久，日月并明，其惟圣贤乎！”圣贤不同于一般人只在于他生前能在道德、事功和学问上为社会有所建树，虽死，其精神可“与天地并久，日月并明”。这种不朽只是精神上的，它只有社会、道德上的意义，而和自己个体的生死没有直接联系。宋代张载《西铭》的最后两句：“存，吾顺世；没，吾宁也。”人活着的时候应努力尽自己的社会责任，那么当他离开人世的时候是安宁的，问心无愧的。

由此看来，儒家并不以死为苦，那么儒家的学者有没有痛苦呢？照儒家看，从个人说，“德之未修，学之未讲”是个人的痛苦，而更大的痛苦是来自其社会理想之未能实现。南宋的文学家陆游临终写了一首诗留给他的儿子：“死去元知万事空，但悲不见九州同。王师北定中原日，家祭无忘告乃翁。”（《示儿》）陆游在死前的痛苦不是为其将死，而是没有能看到宋王朝统一南北。南宋末还有一位儒者文天祥，他临刑时衣带上写着：“孔曰成仁，孟曰取义，唯其尽义，所以仁至，读圣贤书，所学何事？而今而后，庶几无愧。”文天祥视死如归，因为他能以孔孟的“杀身成仁”、“舍生取义”的道德理想而无愧于天地之间。因此，对于儒家说，痛苦不在于如何死，而在于是否能做到“成仁”、“取义”。在儒家的生死观念中，痛苦是“苦在德业之不能竟”。

（二）道家的生死观：顺应自然，与道同体，苦在自然之未能顺。

道家生死观的基本观念是“生死气化，顺应自然”。照道家看，生和死无非都是一种自然现象。老子讨论生死问题的言论较少，他认为如果人不太重视自己的生命，反而可以较好保存自己，这和他所主张的“无为”、“寡欲”思想相关联。他还说：“死而不亡者寿。”王弼注说：“身没而道犹存。”照老子看，“道”是超越永恒的存在，而人的身体的存在是暂时的，如果人能顺应自然而同于道，那么得道的人就可以超越有限而达到与道同体的境界，所以老子说：“从事于道者，同于道。”“同于道”即是“与道同体”，它是一种极高的人生境界，是对世俗的超越与升华。庄子讨论生死问题比较多，在《大宗师》中说：“夫大块载我以形，劳我以生，佚我以老，息我以死，故善吾生者，乃所以善吾死也。”生、老、死都是自然而然的，死不过是安息。进而庄子认为生死无非是气之聚与散，所以《知北游》中说：“人之生，气之聚也，聚则为生，散则为死，若死生为徒，吾又何患？”如果死和生是相连属的，我对之有什么忧患呢！《至乐》载，庄子妻死，惠子往吊，见庄子“方箕踞鼓盆而歌”，惠子不以为然，但庄子认为生死就像春夏秋冬四时运行一样，所以“生之来，不能却，其去，不能止”。(《达生》)西晋的玄学家郭象对庄子的生死观有一重要的解释，他说："夫死生之变，犹春秋冬夏四时行耳，故生死之状虽异，其于各安所遇一也。今生者方自谓生为生，而死者方自谓生为死，则无生矣。生者方自谓死为死，而死者方自谓死为生，则无死矣。”这就是说，生和死只有相对意义，只是事物存在的不同状态，对“生”来说，“生”是“生”，但对“死”来说，“生”是“死”；对于“生”来说，“死”是“死”，但对于“死”来说，“死”是“生”。因此，说“生”，说“死”只是不同的立场所持的不同看法，故应“生时安生，死时安死”，这样就可以在顺应自然中得以超生死，而与道同体了。

那么道家在生死问题上以什么为苦呢？照道家看，以不能顺其自然为苦。在《应帝王》中有一个故事："南海之帝为儵，北海之帝为忽，中央之帝为浑沌。儵与忽时相与遇于浑沌之地，浑沌待之甚善。儵与忽谋报浑沌之德，曰：‘人皆有七窍，以视听食息，此独无有，尝试凿之。’日凿一窍，七日而浑沌死。”这个故事说明，一切应顺应自然，不可强求，虽出于好心，但破坏了其自然本性，则反而有害，这是庄子的忧虑。照庄子看，人往往喜欢追求那些外在的东西，从而“苦心劳形，以危其真”，这样就会远离“道”，而陷入痛苦之中，故“苦在于自然之未能顺”。

（三）禅宗的生死观：明心见性，见性成佛，苦在无明之未能除。

佛教认为，人世间是一大苦难，人生有不能逃避的“八苦”。人之所以不能逃避这种种苦海，是由于“无明”（不觉悟）引起的。佛教的教义就是教人如何脱离苦海。想脱离苦海就要照佛教的一套来修行，出家和坐禅等等都是不可少的。佛教传入中国，经过五六百年，在中国形成了与中国传统文化相结合的若干个宗派，其中以禅宗影响最大。

禅宗的真正缔造者是唐朝的和尚慧能，这个佛教宗派以“明心见性”、“见性成佛”为其生死观的基本观念。慧能认为，佛性就是人的本心（或本性），明了人之本心，即洞见佛性，“汝等诸人，各信自心是佛，此心即是佛心”。“佛性”是什么？照慧能看，“佛性”就是每个人的内在生命本体。如果一个人能够自觉地把握其生命的内在本体，那么他就达到了超越生死的成佛的境界。用什么方法达到这种超越生死成佛的境界呢？禅宗创立了一直接简单的修行法门，它把这法门叫做“以无念为宗”，即以“无念”为其教门的宗旨。所谓“无念”，并不是“百物不思，念尽除却”，不是对任何事物都不想，而是在接触事物时心不受外境的任何影响，“不于境上生心”。因此，人并不需要离开现实生活，也不需要坐禅、读经、拜佛等等形式的东西，在日常生活中照样可以达到超越生死的成佛境界，“挑水砍柴无非妙道”。达到这种超越生死的成佛境界，全在自己一念之悟，“自性迷，佛即众生；自性悟，众生即佛”。“悟”只是一瞬间的事，这叫“顿悟”，瞬息间克服“无明”（对佛理的盲无所知）而达到永恒的超生死的境界。这就是禅宗所追求的“成佛”境界。

中国的禅宗虽也不否认在人生中有“生、老、病、死”等等之苦，但是只要自己不以这些“苦”为“苦”，那就超越了“苦”，而“苦海”也就变成了“极乐世界”，这全在自己觉悟还是不觉悟。因此，人应该自自然然地生活，“春有百花秋有月，夏有凉风冬有雪。若无闲事挂心头，便是人间好时节”。一切听任自然，无执无著，便“日日是好日”，“夜夜是良宵”。超生死得佛道，并不要求在平常生活之外有什么特殊的生活，如有此觉悟，内在的平常心即成为超生死的道心。所以照禅宗看，人的痛苦是在于他的不觉悟（无明），苦在于“无明”之未能除，只要人克服其迷误，就无所谓“苦”了。

综观中国的儒、道、佛，其对生死问题的看法虽不相同，但是否其中也有一共同点？照我看，儒、道、佛都不以生死为苦，而以其追求的目标未能达到为“苦”。儒家以“德之不修，学之不讲”为“苦”，即以不能实现其道德理想为“苦”；道家以“苦心劳形，以危其真”为“苦”，即以不能顺应自然为“苦”；禅宗以“于外著境，自性不明”为“苦”，即以执著外在的东西，而不能除去“无明”为“苦”。

今天在现代化的社会中，科学技术有了空前的发展，把人作为自然人看，对人的生和死都可以或者大体可以作出科学的解释，但人们的生死观仍然是个大问题，因为它不仅是个科学问题，而且也是个人生态度和价值观念的问题。由于人们的生活态度、价值观念和社会理想的不同，会形成不同的生死观，这大概是无可置疑的。因此，我们把中国古代儒、道、佛对生死问题的不同看法作为一种理论问题提出来讨论，这大概和其他理论问题同样有着重要的意义。从生物学上看，人是不可能超越生死的，但从人的精神境界方面看，则是可以超越生死的。所以人类不仅需要解释“生死”问题的科学，而且同样也需要超越“生死”问题的哲学和宗教。在我已走过人生的一大半的时刻，我来讨论这样一个为人类普遍关怀的“生死”大问题，而且对之有着某种觉解，有着一种超越生死的精神境界，我心中充满了喜悦，精神由之升华。古往今来的中外大哲学家都可以说在追求着“超越生死”

的精神境界。这里我要以中国宋代哲学家张载的名言作为结束。张载的抱负是“为天地立心，为生民立命，为往圣继绝学，为万世开太平”，为此他提出“仇必和而解”的理论。这种伟大的胸怀，比起“以阶级斗争为纲”的“斗争哲学”，不是有天壤之别吗？追求“超越生死”必有“泛爱众”、“慈悲”和“博爱”等宽阔的心胸。

中国的“老天爷”

“天”在中国可以说是一个极其复杂的概念，它有多种含义，在日常生活中所指已是很不相同，不同的学者、学说，其说法更是五花八门。如果我们查中国的类书，如《太平御览》、《渊鉴类函》等，就可以看到对“天”的说明、形容是非常多的。我从小就和这个“天”打交道，到我活到八十岁，我还很难说已经弄清楚我们中国人所说的“天”的含义。但是，也许可以说随着年龄的增长，我对我们中国人的“天”的含义了解也就越来越多，当然，我也就更加了解“天”对中国人是多么重要！

盘古开天辟地

在我年幼时，对“天”有了两三种不同的认识。我记得，在我上幼儿园的时候，老师教我们唱的一首歌，其歌词是：“我们一同瞧瞧，

我们一同瞧瞧，飞机来了，飞机来了，在天空中嗡嗡地叫。”这时老师还指着我们头顶上的青天说：“在我们头顶上的就是‘天’。”当然，他接着又说：“在我们脚底下的就是‘地’。”这是我最早对“天”的认识。我还记得，也许是已经上小学了，读过一篇短文叫《星空》，还有儿歌“天上一颗星，地上一颗钉”等等，都是说的我们头顶上的“天空”就是“天”。“天”就是我头顶上那无边无际的浩瀚的天空。

记得大概也就在我六七岁时，我父亲包了一辆人力车，接送他上班。我非常喜欢听车夫老李给我讲故事。他讲的很多是赏善罚恶之类的故事。许多故事的情节，我都记不得了，但有一个故事还记得一点：有个游手好闲的人，白天他看到邻居卖了一头猪，得到几两银子，有点眼红。半夜，他进了邻居的家，把银子偷了。第二天晚上，这个偷银子的人跑到外村去赌钱、喝酒，把钱全输光、花光。回家时天下大雨，他走到一棵大树下，一声雷响，把这人打死了。老李说：“这就是报应，做坏事的，就会受老天爷的惩罚；做好事的，就会得到老天爷的奖赏。”这种善恶报应的思想，我最早大多是从老李的故事中听到的。这样的故事在我们的老百姓中流传很多。老李讲的，可能是他听到的，可能是从书上看到的，也可能是他编出来的。因为，我们的老百姓是很会编故事的。但是，老李的这个故事却使我得到一个印象：天就是老天爷，他会发怒，会打雷，会惩罚恶人，他还会刮风、下雨，让风调雨顺、五谷丰登，等等。从小我就对“老天爷”有一种好奇心，我很想知道这是怎么回事。

在老李讲的许多故事中，我最难忘的，是“盘古开天辟地”的故事。据说在最古老的时候，天地就像一个大鸡蛋，混沌一团。有个名叫盘古的巨人在这个“大鸡蛋”中酣睡醒来，他双脚踏地，一手撑天，让自己的身体每天长高一丈，天地也随着他的身体每天增高一丈，就这样经过很多年，终于开辟了天地，但盘古也累死了！盘古临死前，左眼变成了太阳，右眼变成了月亮；嘴里呼出的气变成了四季飘动的云，声音变成了天空的雷霆，头发和胡须变成了夜空的星星；他的身体变成三山五岳，血液变成江河，汗水变成雨露，皮肤和汗毛则变成了大地上的草木。总之是伟大的盘古撑开了天，踏平了地，最后奉献自己的全身，造就了人类赖以生存的万物大地。

女娲炼石补天

我天天长大，到读高小时，可以看点中国的神话故事书，我印象最深的是“女娲补天”的故事。传说盘古开天辟地后，人民安居乐业，过上了美好的太平日子。但好景不长，若干万年后，人类又遇到了特大灾害。这时，四极废，九州裂；天不兼覆，地不周载；熊熊大火烧而不灭，浩瀚大水泛滥不息；猛兽食人，鸷鸟攫老弱。于是，智慧的大母神女娲，冶炼五色彩石，以补苍天，断鳌足以立四极，杀黑龙以济冀州，积芦灰以止淫水。于是，苍天补，四极正，淫水涸，冀州平，狡虫死，颛民生……但是不久又出来了两个部落首领，一个叫共工，一个叫颛顼，他们争相为帝，都想统治人民。共工打不赢颛顼，一怒之下，头颅撞上不周山，将女娲用来支撑天的四根柱子之一撞断，天破了，水从天上灌下来，地也塌陷了，老百姓又流离失所。女娲只好又到处跋涉，找来五色彩石，重新修补苍天。但是修补过的苍天已经不能再像原来那样平整了。从此，“天”向西北方向倾斜，日月辰星向那里运行；“地”于东南方向下降，百川河水向那里汇集，直到今天仍然如此。

幼年时，我是一个内向的孩子，我有一个哥哥和两个妹妹，还有好几个堂兄弟姐妹，虽然我们常常在一起玩，但我却很喜欢独处。我喜欢一个人看看花草，特别喜欢看趴在墙上的“爬墙虎”，看着它碧绿的藤和叶映着蓝天，高高地从墙头上垂下来。晚上，我爱在院子里看天上的星星。这时候，我想得最多的往往是巨人盘古和大母神女娲。我总是想如果没有盘古，会不会有这个世界。如果没有女娲，我们又会在哪里呢。我从小依恋母亲，在内心深处，总是把女性视为人类的创造者。我想这除了直观地知道母亲为我生了弟弟妹妹之外，更重要的是小时候读到的女娲故事对我的影响吧！

直到很久以后，每当我看着湛蓝明朗的天空，我还会常常想起盘古和女娲。我自幼不喜欢那些为权欲私利而争斗杀伐的“英雄”，倒是对那些奉献自己，为人类创造了“天”，修补了“天”的默默无言的“劳动者”充满了敬意和本能的爱。盘古和女娲的故事或许就是我一辈子倾向于“平民”的一个自己也不觉察的心理原因吧！

现在想起来，青少年时期，我心中的“天”，往往是闪耀着绚丽的神话色彩，存活于老百姓心中的那个自然的天，也是想象的天。除了盘古、女娲之外，我最喜欢的，就是承载着月亮的那个美丽的蓝天了。记得在院子里赏月时，哥哥给我讲月亮的故事，说美丽的姑娘嫦娥吃了仙药，飞升进入了月亮上的广寒宫，那里只有砍桂花树的吴刚和捣药的玉兔与她做伴！每年八月十五的中秋节，我们都要赏月，慰问寂寞的嫦娥。在月光下摆上月饼、水果和各色的泥塑兔儿爷。这也是我最爱看天空的时候。我想不清楚。月亮上的吴刚为什么要砍桂花树呢？

桂花树怎么能砍断了又重新长上，永远砍不完呢？月亮上为什么只有小兔，没有小狗呢？

总之，盘古也好，女娲也好，嫦娥也好，中国人似乎倾向于认为天是一个可以承载一切的实有的物体。因此才会有“杞人忧天”那样的成语。

有意志的“老天爷”

上初中以后，我读了许多中国的笔记、小说。在这些书里，长期流传着把“天”看成有意志的“天神”的记载。这种想象也不是凭空产生，而是来自更古远的文化典籍。例如在古老的《尚书》中就是把“天”看成“天神”的。如《商书·汤誓》：“有夏多罪，天命殛之。”意思是夏犯有那么多的罪过，老天爷让我来讨伐他。《周书·多方》：“天惟式教我用休，简畀殷命，尹尔多方。”意思是“天”独独教我用最好的措施，隆重地命我代替殷的统治，治理各方诸侯。《诗经·大雅·大明》：“天监在下，有命既集。文王初载，天作之合。”意思是老天爷监视着下面的人世，天命既然成就了文王，文王即位之初，就是“天作之合”。

有意思的是在上古民歌中，老百姓把“天”看成是至高无上的神，却又常因自己的不幸而对他大加诅咒。例如，《诗经·小雅·节南山》：“不吊昊天，乱靡有定，式月斯生，俾民不宁。”意思是不善良不仁慈的天啊，祸乱发生无有定规，月甚一月，使老百姓不得安宁。另一首《唐风·鸨羽》说：“王事靡盬，不能蓺黍稷。父母何食？悠悠苍天，曷其有极？”由于王室派工总也做不完，没有时间务农，老百姓抱怨说：“种不上庄稼，父母吃什么啊？老天啊！老天啊！这种日子什么时候才有个完？”他们会在诗歌中呼吁老天：“知我者，谓我心忧，不知我者，谓我何求。悠悠苍天，此何人哉？”（《王风·黍离》）也会在诗歌中埋怨：“骄人好好，劳人草草。苍天苍天，视彼骄人，矜此劳人。”（《小雅·巷伯》）希望老天不要只关注那些得意之人，也要哀怜那些辛劳之人啊！总之，老百姓都是把“天”看成有感情、有意志的，是可以诉求，也可以诅咒的对象。

其实，早在殷商时代（公元前14—前11世纪）刻在龟甲兽骨上的文字中，已有“天”可降灾害的记载。（按：卜辞中往往是说“帝”或“上帝”降灾害。而在《尚书》中有“皇天上帝”语，可见“皇天”就是“上帝”。）又卜辞中还有“帝”（上帝）降风、降雨等以及“帝”有“五臣”的说法。据甲骨文专家陈梦家说：“殷人的上帝（帝），是掌管自然天象的主宰，有一个以日、月、风、雨、雷、电等为其臣工使者的帝廷。”可见在我国上古时已经有把“自然界”和“社会”等许多方面都看成是由“天”（帝、天帝、上帝）所支配的说法了。陈梦家认为：“殷人的上帝是自然的主宰，尚未赋予人格化的属性。”到了周朝，“天”与“天象”则已是人格化的神灵了。后来，人们把“天”以及种种“天象”看成是有序的、有等级的神灵系统，这应该说是由道教或者其他一些民间宗教完成的。我最近看到一本由钟国发、龙飞俊著的《恍兮惚兮——中国道教文化象征》（成都，四川人民出版社，2007），第一章“各色神仙：道的人格化象征”很有意思。我对这本书特别感兴趣的是其中许多神灵都是自然现象的人格化，同时又掌管着人间的各种大事。例如，书中说：“雷部的职责，有两大方面。一是气象主宰，一是代天行罚。”在民间传说中的所谓“雷公”、“电母”等都与道教或民间宗教的神灵系统有关。

这样看来，是否可以说中国古来就认为“天”有二重意思：一是自然之天（包括对自然之天的种种想象），一是有意志的神灵之天？当然，它们是二而一，一而二的，而且神灵之天也带有赏善罚恶的道德意义。例如把玉皇大帝看成最高的天神，而他有许多臣下，如雷公、电母、风神、水神等都为他服务，参加到各种惩恶扬善的活动之中。

我不知道，小时候我为什么总喜欢看“天”，也许是我很想知道，这苍苍的天里，是否真的有个“老天爷”。也许是我希望有一天能看到这个“老天爷”吧！这就是说，从我很小的时候开始，在我的思想里就有两个联系在一起的“天”，一个是我们看得见的苍苍“天空”的“天”，另一个是能赏善罚恶的、有意志的“老天爷”的“天”。

念天地之悠悠

当我渐渐长大，大概到上初中的时候，由于抗日战争，我家从北平迁往昆明。由于中学老师的影响，我开始喜欢读中国的古诗词。我国的古诗词中描写“天”是很多的，我颇爱读。特别是初中快毕业，由于和军事教官（当时抗日战争，中学生都要受“军训”）的冲突，我和几个好友离家出走，后来离开昆明，转入了重庆南开中学。我当时心境很惶惑，不知道人生究竟有什么意义。我开始浏览中国的诗词。记得印象最深，真正感到灵魂震撼的，是陈子昂的《登幽州台歌》：“前不见古人，后不见来者。念天地之悠悠，独怆然而涕下。”我虽然自幼喜欢看天，知道许多关于天的传说和故事，但我从来没有把天和自己的生命联系起来，也从来没有把天所代表的空间和时间联系起来。陈子昂的诗使我猛然惊醒。人是多么渺小，多么孤独啊！我们见不到过去的人和事，也不知道未来将是何等模样，而天地是永恒不灭的，多少年人世沧桑之后，天地依旧。这首诗给我带来了许多莫名的悲哀。记得那时我曾写了一首散文诗，名《月亮的颂歌》，其中一段说：“向前的，渐行渐远，看不见了。向后的，渐行渐远，终于超越了我的视线。停留的，发出一道奇光，突然灭了。于是，我有了‘生命’，而一声长啸，在有月亮的夜里慢慢地消失了。”这大概就是我第一次被“自然之永恒和人生之短暂”的感喟所震骇时，第一次深入内心的感受。后来我一直很喜欢同类主题的诗歌，如张若虚的《春江花月夜》：“江天一色无纤尘，皎皎空中孤月轮。江畔何人初见月，江月何年初照人。人生代代无穷已，江月年年望相似。不知江月待何人，但见长江送流水。白云一片去悠悠，青枫浦上不胜愁。”是啊！这一样的江天，一样的明月，是什么人最先见到的呢？这江，这月又是什么时候开始照亮了人间？每次看到天，看到天上的月，这些无法解答的问题都会深深埋藏在我心里，这也许是后来我终身爱哲学的一个最早的原因罢。

在写景的诗歌中，我也最喜欢关于天的描写。因为这种描写总是给人以无限辽阔的时空感觉，无垠而悠远。如李白写的：“孤帆远影碧空尽，唯见长江天际流。”目送孤帆远影在远处消失，唯有浩瀚的长江在无垠的天边奔流！还有“落霞与孤鹜齐飞，秋水共长天一色”。多美啊！绚丽的晚霞与孤独的白色水鸟在水面上逐渐远去，而江上明澈的秋水和湛蓝的天空正慢慢地融为一色。中国的诗又总是很少单独写景，而往往是情景相触，融为一体。因此写天的诗总是给人一种辽阔悠远而又穿透内心、激发情思的美感。如李白的“君不见，黄河之水天上来，奔流到海不复回。君不见，高堂明镜悲白发，朝如青丝暮成雪。人生得意须尽欢，莫使金樽空对月”。这“黄河之水”奔腾而来，转瞬即逝，永不复回。人生也如是，生命有如奔腾的逝水，永不重复，永不停留。看到这样的景色和诗，总不能不想想自己短暂的一生如何度过是好。

苏东坡也是我最喜爱的诗人。他那首“明月几时有，把酒问青天。不知天上宫阙，今夕是何年？”“起舞弄清影，何似在人间？”总是把我和我最爱看的“天”紧紧相连。我多少次凝望着那深邃的蓝天，探问着、幻想着在天上可能发生的一切。“天”是多么深不可测，而又难于捉摸啊！那遥远的空间又是如何与时间相接？天上人间都是如此变幻莫测！既然永恒的“天”和它所承载的明月都无法避免“阴晴圆缺”的命运，那么渺小人世的“悲欢离合”又何足挂齿呢？苏东坡的诗常常使我“悲从中来，不可断绝”，幸而还有最后的两句“但愿人长久，千里共婵娟”。往往是想念着亲人，想念着人间的爱，那种“天”所带给我的虚无，才逐渐得到缓解。

还有很多我喜爱的诗也都是和情感的抒发分不开。例如《西厢记》里写离别的诗：“碧云天，黄花地，西风紧，北雁南飞，晓来谁染霜林醉？总是离人泪。”天、地、南归的雁、冷冽结霜的红叶、漂泊天涯的游子，无一不在天的笼罩下，渲染着人的悲伤情怀。李白《秋思》所描绘的深秋天气和悲凉心情：“天秋木叶下，月冷莎鸡悲。坐愁群芳歇，白露凋华滋。”“季秋天地间，万物生意足。我忧长于生，安得及草木。”第一个“秋”写木叶萧萧下的深秋时令，第二个“秋”写天地间的寥廓空间，都传达了诗人的忧伤。

“天体”为何?

1943 年秋，我进入重庆南开中学高一，在那里认识了一些新的同学，有些多年来一直保持着联系，其中之一就是现任教于首都师范大学历史系的宁可教授。宁可不仅是我国当代著名的经济史专家，而且他多才多艺，也是敦煌吐鲁番学方面的专家。在南开时，他对中国天文学有着浓厚的兴趣和丰富知识。记得当时他对天上的“二十八宿”很有研究。“宿”就是星座，二十八宿是指天上不同的星座。受他的影响，我对中国古代人如何认识“天体”也很想了解。但由于南开中学功课很重，直到 1945 年，我回到昆明才有时间看了些这方面的书。不过，我越看越理不清，只知道中国古代天文有三派：“盖天说”，“浑天说”,“宣夜说”。这三派中国古代的“天体理论”,用今天科学的眼光看，不一定科学，但它们是在我国汉代形成的“宇宙理论”，应该受到重视。特别是，这种“理论”也表现了中国人对“天”的一种认识。

“盖天说”大概起源于殷周时期。这种学说开始时认为天是半圆形的，有如张开的伞，地是正方形的，有如棋盘。后来又认为，天像弧形的斗笠，地像倒扣着的、略带弧形的盘子。“盖天说”的要点是：天和地均为拱形，天在上，地在下，天比地高出八万里，日月星辰都附在天上，绕北天极运转。太阳的出没与其离人的远近有关，离人远时，人的目力不及，表现为日没，近时，为人所见，为日出。太阳位置的四季变化，则是由于太阳运行的轨道四季不同造成。

“浑天说”主张天地的形状和结构均似鸟卵。天形浑圆如弹丸一般，地形犹如卵黄。天大而地小，天包着地，像卵壳包着卵黄。天和地都凭着水和气的依托而不致坠陷。天有南北两极，极轴与地平交成一定的角度，天每日绕极轴旋转一周，有一半呈现在地上，另一半隐没于地下，日月星辰亦随天而转。这种天体说起源于春秋战国时期，成熟于东汉，其代表为张衡的《浑天仪注》。到宋代，朱熹等人以为地依气的作用悬浮于空中，使“浑天说”得到进一步完善。朱熹认为，天是急速旋转的“气”，其急速旋转本身就是天不坠的原因。至于“地”，则是“气”之渣滓，天包地外，地在气中，所以“地”能浮于空中而不坠。朱熹的这些解释应该说使中国古代天文学有了较大的发展。

“宣夜说”主张天没有一定的形状，也不是物质造成的，其高远是没有止境的。人眼所见的天，好像有浑圆的形状和苍蓝的颜色，这只是视觉上的错觉。日月星辰自然地飘浮在空中，并不是附着在什么固定的天穹上，它们在气的作用下，或动或止，各具特性。“宣夜说”描绘出了一幅日月众星在物质的无限空间运动的壮阔图景。这种学说的起源可追溯到春秋战国时期，东汉的郄萌（公元1世纪）是它最主要的代表人物。①

上述中国古代天文学三家对“天”的看法或有不同，但我认为都与中国古代“气”的学说有关。在中国古代，往往用“气”来说明“天”，例如《列子》中说：“天，积气之成者也。”王充《论衡》说：“儒者曰：天，气也。”因此，我们需要对中国“气”的学说做一点介绍。《管子·内业》中说：“精也者，气之精者也”，“凡物之精，此则为生，下生五谷，上为列星；流于天地之间，谓之鬼神；藏于胸中，谓之圣人。是故民气，杲乎如登于天，杳乎如入于渊，淖乎如在于海，卒乎如下于己。是故此气也，不可止以力，而可安以德，不可呼以声，而可迎以音”。这是说，气是很精细的。万物是由精气结合而成的，从地上的五谷，到天上的

① 见《中华文化辞典》，220页，广州，广东人民出版社，1989。

星辰，无不如此。它（气）流行于天之间，便是鬼神；藏于圣人胸中，便是圣人气象，也就是圣人的精神面貌。这个“气”，照耀在天空，隐没于深渊，柔弱如海水，刚强如高山。这个“气”不可以用力量来阻止它，但可以用道德来使它安稳，不可以用言语来命令它，但可以用意念来引导它。从这段话可以看出，在中国古代有这样一种思想，认为天地万物都是由“气”构成的，甚至“气”也可以表现为一种“精神现象”，如孟子的“浩然之气”，文天祥所说的“正气”，等等。《庄子·知北游》中说：“人之生也，气之聚也，聚之则生，散之而死。……故曰通天下一气耳。”人的生命现象是由“气”的聚散所表现。天下所有的事物成毁都是“气”的表现。《庄子·至乐》又说：“杂乎芒芴之间，变而有气，气变而有形。”在变化莫测的宇宙有无形的“气”充斥其中，有形的东西是由无形的气变化而成的。而后，《淮南子·天文训》说：“元气有涯垠，清阳者，薄靡而为天，重浊者，凝滞而为地。”“元气”原来为阴阳未分之无形之“气”，一旦有了阴阳的分别，那么清轻的阳气就成为“天”，重浊的阴气就成为地。“积阳为天，积阴为地。”从这里可以看出，“气”（“阴气”、“阳气”）和“天”、“地”的形成有着密切的关系。因此，中国古代的天文学三家，“盖天”、“浑天”、“宣夜”的学说建立的基础都和“气”的学说分不开。

中国古代本来就存在着天地万物是由“气”而成还是由“水”而成的不同学说。张衡在《浑天仪注》中认为“地”是浮在水上的，“天”上有水，“天”下也有水，因此“天”和“地”一样也是浮在水上，这是为解决“天”为什么不坠的重要物理因素之一。《管子·水地》：“水者何也？万物之本原也，诸生之宗室也。”《郭店楚简》中有《太一生水》一篇，其中说：“太一生水，水反辅太一，是以成天，天反辅太一，是以成地。……天地者，太一之所生。是故太一藏于水。”关于“太一”，在历史上有多种理解，可以解释为“道”，也可解为“元气”。天地由“太一”所生，但是要由水来辅助才可实现，所以“太一”是寓于水中。这样一种宇宙发生的形式与《老子》的“道生一，一生二，二生三……”有相似处，但其特点是“太一”最初产生的是“水”，而“天地万物”虽由“太一”产生，但是在“水”反回来辅助它时，才可以产生天地万物。就这一点看，可以说“水”对产生天地万物有重要的作用。我们这里对中国古代天文学三家的一些分析，主要是想说明中国古代的“天”和中国古代的“气”与“水”的演变有着密切的关系，这也许是中国“天体”学说的一个重要特点吧！

天人之际

1947年，我进入北京大学，学习和研究中国传统哲学，至今已经六十多年了，特别是20世纪80年代初，希望把中国哲学的一些概念弄清楚，但如何从哲学上定义中国传统哲学中的“天”，给“天”以哲学的诠释，确是不大容易的事。因为中国哲学中的“天”，既不相当于西方的（英语的）“sky”或“heaven”，也不相当于“nature”，更和“god”不相同，然而它又可以相当于sky、heaven、nature，甚至god。我们打开任何一部中国哲学史，从中都可以看到自古以来中国哲学家对“天”都有不同的说法，而且往往是相互对立的。因此，在讲“中国哲学史”这门课时，我们能对每个不同的哲学家关于“天”的说法作清楚、明白的介绍就很不错了。这就是所谓的“照着讲”，只对中国哲学史中不同的哲学家关于“天”的不同的和相同的说法加以解说而已。但是，如果我们能从自古以来的众多哲学家关于“天”的概念中，分析并概括出中国哲学中关于“天”的最有价值的意义，这就不是“照着讲”可以做到的，而必须“接着讲”，即接着古人来讲“天”这一概念的意义，以使“天”这个概念更加清楚、明白，而更加具有普遍性的含义。如果我们“接着讲”什么是中国哲学中的“天”，那首先得对古往今来中国哲学家对“天”这一概念所赋予的含义有所了解。

中国传统哲学主要是讨论什么问题，这当然是仁者见仁，智者见智，很难取得一致的看法，我想也没有必要取得一致的看法。如果要对中国哲学中的“天”做哲学的思考，就须要说清楚“天”这个概念在中国哲学中为什么那么重要。

中国传统哲学中讨论的主要问题，我认为是“天人关系”问题。这个问题在《论语》中已经提出来了，“子贡曰：夫子之文章，可得而闻也；夫子之言性与天道，不可得而闻也”。子贡这样提出问题就说明“性与天道”在当时是一重要问题，因“性”是“人性”的问题，“天道”是“天”的问题，所以“性与天道”的问题就是“天人关系”问题。从中国历史上看，许多重要学者都把“天人关系”视为最重要的问题。所以说在中国哲学中，“天”和“人”可以说是两个最基本、最重要的概念，“天人关系”问题则是历史上我国哲学讨论得最普遍、最重要的问题。司马迁说他的《史记》是一部“究天人之际”的书；董仲舒答汉武帝策问时说，他讲的是“天人相与之际”的学问；扬雄说：“圣人……和同天人之际，使之无间。”魏晋玄学的创始者之一何晏说另外一位创始者王弼是“始可与言天人之际”的哲学家。唐朝的刘禹锡批评柳宗元的《天说》“非所以尽天人之际”，也就是没有弄清楚“天”与“人”

的关系。宋朝的思想家邵雍说得很明白："学不际天人，不足以谓之学。"做学问如果没有讨论天人的关系，就不能叫做学问。可见，自古以来中国的学者都把天和人的关系作为最重要的研究课题。

在中国传统哲学中，对"天人关系"问题有种种不同的理论，但最重要的可以说有两种："天人二分"与"天人合一"。前者，例如荀子提出"明天人之分"，他把"天"看成是和人相对立的外在的自然界，因此他认为"天"和"人"的关系是：一方面"天"有"天"的规律，不因"人"而有所改变，"天行有常，不为尧存，为不桀亡"；另一方面"人"可以利用"天"的规律，"制天命而用之"，使之为"人"所用。荀子批评庄子说，庄子"蔽于天而不知人"，是说庄子只知道"天"的功能（顺自然），而不知道"人"对"天"的意义。刘禹锡提出"天人交相胜"的思想，他认为"天"和"人"各有胜出的方面，等等。这些学说，在中国历史上都有一定影响，但唯有"天人合一"学说影响最大，它不仅是一根本性的哲学命题，而且构成了中国哲学的一种独特的世界观和思维模式。

在中国哲学史上，讲"天人合一"的哲学家很多，如果我们作点具体分析，也许可以看到他们中间也颇有不同。根据现在我们能见到的资料，也许《郭店楚简·语丛一》"《易》，所以会天道、人道也"，是最早最明确的对"天人合一"思想的表述。它的意思是说，《易》这部书是讲会通天道（天）和人道（人）的关系的书。《郭店楚简》大概是公元前300年的书，这就是说在公元前300年，人们就已经把《易》看成是一部讲"天人合一"的书了。为什么说《易》是一部会通"天道"和"人道"的书？这是因为《易经》本来是一部卜筮的书，它是人们用来占卜、问吉凶祸福的。而向谁问？就是向"天"问。"人"向"天"

问吉凶祸福,“天”通过卦象回答人的询问。所以说《易经》是一部“会天道、人道”的书。《易经》作占卜用，在《左传》中有很多记载，如昭公七年“孔成子以《周易》筮之”，筮，就是占卜，等等均可为证。

《易传》特别是《系辞》对《易经》所包含的“会天道、人道”的思想作了哲学上的发挥,阐明了“天道”和“人道”会通之理。《易经》由《系辞》所阐发的“易理”就是要说明“天”和”人”存在着一种“相即不离”的内在关系，不能研究“天道”而不涉及“人道”，也不能研究“人道”而不涉及“天道”。为了把“天人关系”问题弄清，首先应该对“天”这个概念在中国历史上的含义有个全面的了解;对“人”这个概念，要分析清楚也不容易，因为这涉及“人性”的问题，但后者不是我们这里要着重讨论的。

天有三意

在中国历史上，“天”有多种含义，归纳起来至少有三种：(1) 主宰之天（有人格神义）;(2) 自然之天（有自然界义）;(3) 义理之天（有超越性义、道德义）。在远古的春秋战国之前的文献中，上述三种“天”的含义可以说已经都有了。“主宰之天”(如皇天上帝) 和西周的“天命”信仰有密切联系，如《大盂鼎》:“丕显文王，受天有大命。”光辉的文王，被天授予统治天下的命令。《周书 · 召诰》:“皇天上帝，改厥元子兹大国殷之命。”皇天上帝,更换了他的长子大国殷统治四方的命令。“皇天上帝”或“皇天”、“上帝”都是指最高神，在这里“天”是主宰意义的“天”,含有人格神的意思,对人间具有绝对的权力。在《诗经》中，

“天”也有主宰的意义，如：“浩浩昊天，不骏其德，降丧饥馑，斩伐四国。”(《小雅·雨无止》)浩大的天呀，不施它的恩惠，而降下死亡饥馑的灾祸，杀伐四方国家的人民！

这里的“天”除有“主宰之天”的意义，也有高高在上的“自然之天”的意思，表现为自然灾祸。这种说法早在殷墟卜辞中已有，如“帝其降堇”(郭沫若：《卜辞通纂》363)、“上帝降堇”(胡厚宣：《甲骨续存》1．168)，堇就是“灾难”，“帝”也就是“皇天”、“上帝”。卜辞中还有“帝”(上帝)降风、降雨等的记载。看来在殷周时代，“天”既有“主宰之天”，又有高高在上的“自然之天”的意思。同时，我们还可以说当时的“天”还有道德的意义，“天”以其赏善罚恶而表现着一定的道德意义。如《尚书·召诰》中说：“惟王其疾敬德，王其德之用，祈天永命。”帝王只有很好地崇尚德政，以道德行事，才能得到天的保佑。这就是说，在春秋战国前“天”的含义还是很含混的，有着多重的意义。

春秋战国以降，“天”的上述三种不同含义在不同思想家的学说中才渐渐明确起来。在《论语》中有关“天”的条目不多，孔子说到的“天”也有不同的含义。有的话有“自然之天”的意思，如“天何言哉！四时行焉，百物生焉，天何言哉！”从孔子的语气看，他认为四时的运行，百物的生长都是自然而然的，对这些自然现象“天”并没有说什么，一切都会自然运行。但在更多的地方，孔子把“天”看成是神圣的超越力量，这可以说是对西周“天命”观的一种继承。如“大哉！尧之为君也，巍巍乎，唯天为大，唯尧则之。”(《泰伯》)这表现了孔子对“天”的神圣超越力量的赞美与崇敬。孔子还说过“天生德于予”(《述而》)，“天之丧斯文也”(《子罕》)。颜渊死，孔子说：“天丧予。”孔子见南子，子路不悦，孔子发誓说：“予所否者，天厌之，天厌之！”等等。这些都是把“天”看成神圣的超越力量，“天”都有惩恶扬善的“意志之天”的意思，而这“意志之天”已含有道德的意义。

孟子对“天”的认识，大体和孔子一样，认为“天”是神圣的超越力量，如说：“顺天者存，逆天者亡。”（《孟子·离娄上》）但“天”或更具有道德意义，如他说：“夫仁，天之尊爵也，人之安宅也。”（《孟子·公孙丑上》）意思是，“仁”既是“天”的最尊贵的品质，又是“人”的最安稳的处所，这就把“天”和“人”都统一在“仁”上了。又如引《泰誓》：“天视自我民视，天听自我民听。”（《孟子·万章上》）则“天”更具有道德意义了。但在《孟子》中，有的“天”也可以理解为“自然之天”，如“天油然作云，沛然下雨”，这里的“天”应可作“自然”解。

墨子的“天志”思想，更多“意志之天”的意思。如其说“天之行广而无私，其施厚而不德，其明久而不衰”（《墨子·法仪》），这就是说，天具有最高的智慧，最大的能力，“赏善而罚暴”，没有偏私。在《墨子·天志》中还明确地讲，“天”有“意志”，“吾所以知天之爱民之厚者有矣”，“天之意不欲大国之攻小国”，如果违背了“天”的意志，就要“得天之罚”，叫做“天贼”。由此可见，墨子的“天”基本上是继承着传统的“主宰之天”。

其后到汉朝有董仲舒，他所讲的“天”，一方面继承着传统的“主宰之天”的意义，另外一方面又把春秋战国以来的“自然之天”神秘化，使之与“主宰之天”相结合。他提出的“天人感应”论可以说是“天人合一”的一种形式，受着当时流行的机械感应论的影响，这种说法与《周易》传统的有机论或有所不同。例如他以气候的变化来说明“天”的意志，如他说：“春气暖者，天之所以爱而生之；秋气消者，天之所以严而成之；夏气温者，天之所以乐而养之；冬气寒者，天之所以哀而藏之。”(《春秋繁露 · 王道三通》)即认为四季变化都是天的有意识的行为。如果说战国时的一些思想家,如荀子等把四时变化、日月递炤、列星随旋、阴阳大化、风雨博施、万物生长都看成是“天”的自然表现,那么,董仲舒则认为上列诸现象不是“天”的自然表现,而是“天”的意志的表现,是“天”的仁爱之心的表现,“天,仁也。天覆育万物,既化而生之,又养而成之。事功无已,终而复始”(同上)。基于这样一种对“天”的认识,董仲舒的“天人合一”学说主要论述的是“天人感应”问题。

自战国以来,机械感应已相当流行。在董仲舒看来,“天”与“人”之所以有感应,是因为“天”与“人”是一类,“以类合之,天人一也”。他认为 :“为生不能为人,为人者天也。人之为人,本于天也。天亦人之曾祖父也。此人之所以乃上类天也。”(《春秋繁露 · 为人者天》)也就是说,使人成为人的是“天”,“天”和“人”是同类。因此我们可以说董仲舒的“天人合一”思想是一种“天人机械感应”的“天人合一论”。这种“合一论”与《周易》开创的直至宋人所发挥的“天人相即”的“天人合一论”显然颇不相同。

到了宋代,朱熹主张“天即理”。他所说的“天”,主要是指“义理之天”,也就是“天”之所以成其为“天”必是天地万物得以存在的道理,如他说 :“未有天地之先,毕竟只是个理。有此理,便有此天地。无此理,便亦无天地。”(《朱子语类》卷一)但这里可能出现矛盾 :如果承认圣人说的“天视自我民视,天听自我民听”,“天”只是“理”,抽象的“理”如何能“视”,能“听”呢?因此,不能不承认“天”的神圣性,在解释经典时,不能不顾及原有的“主宰之天”的意思。当他的学生问他 :“天视自我民视,天听自我民听,天便是理否?”朱熹回答说：“若全做理，又如何说自我民视听，这里有些主宰意思。”（《朱子语类》卷七九）同时，朱熹也认为“苍苍之谓天，运转周流不已”，这显然是指“自然之天”。所以他说：“天固是理，然苍苍者亦是天，在上而有主宰者亦是天。”“虽说不同，又却只是一个。知其同，不妨其为异。知其异，不害其为同。”（《朱子语类》卷一）这就是说，对“天”可以由不同方面说，可以是“义理之天”，也可以是“自然之天”，亦可以是“主宰之天”，但都是指同一个“天”。朱熹的“天”，具有某种神圣性，故有“主宰义”，又为高高在上之苍苍者，故有“自然义”。当然朱熹更重要的是把“天”看成“义理之天”，如他说：“合天地万物而言，只是一个理。”（同上）所以当他的学生问“经传”中“天”字的意思，朱熹回答说：“要人自看得分晓，也有说苍苍者，也有说主宰者，也有单训理时。”

如果说，在西方，一般认为“上帝”和“自然界”为二（斯宾诺莎的“God is nature”又当别论），中国的“天”则往往是合“主宰”与“自然（界）”为一，而更赋予“天”以“理性”，所以朱熹说：“天之所以为天者，理而已。天非有此道理，不能为天，故苍苍者即此道理之天，故曰：其体即谓之天，其主宰即谓之帝。”“天下只有一个正当道理，循理而行，便是天。”（《朱子语类》卷二五）看来，到宋代，“天”作为“义理之天”的方面更加被重视。在我看来，正是由于在中国历史上“天”这个概念有着上述的多重含义，这就使“天”不只是指外在于人的自然界，而是一有机的、连续性的（有生命的）、生生不息的、能动的、与“人”息息相关的存在（“天行健，君子以自强不息”）。中国哲学中的“天”也可以说就是苍苍在上的“天”，不过这个“天”不是死寂的，而是活泼泼有生命的，它和“人”息息相关（“天听自我民听，天视自我民视”)，它不是杂乱的，而是有道理的。基于此，“天”这一概念在中国是指与“人”有着内在联系的生生不息的、有道理的有机体。如此了解，或者可以说中国哲学“天”的概念是可以把“主宰之天”、“自然之天”和“义理之天”统一起来理解。当然，这种对“天”的理解只是我对儒家的“天”的理解。

“畏天命”与“知天命”

《郭店楚简》有一篇《性自命出》，其中说：“性自命出，命由天降。”这里的“命”是指“天命”，即“天”之所“命”，“性”是出自于“天”之所“命”，“命”是由“天”赋予的。《礼记注疏·中庸》“天命之谓性”注曰：“天命，谓天之所生人者也，是谓性命。”“性”是由“天”决定的，非人力所及，因此“天命”是一种超越的力量，“人”应对“天”有所敬畏，这就是“畏天命”。不仅“畏天命”，还要“知天命”。但“天”并非死寂的，而是活泼泼的，是无方位、无场所的，故《系辞》谓“神无方而易无体”。“天”无所不在，既是超越的，又是内在的，内在于“人”。孟子曰：“存其心，养其性，所以事天也。夭寿不贰，修身以俟之，所以立命也。”“养性”即是“事天”，“修身”即是“立命”，故“天”与“人”的内心一体。合而言之，“天”与“人”有着一种内在超越的关系。所以《郭店楚简·语丛一》中又说：“知天之所为，知人之所为，然后知道，知道然后知命。”知道“天”的道理（运行规律），又知道“人”的道理（为人的道理），即“社会”运行的规律，合两者谓之“知道”，“知道”然后知“天”，“知道”所以是推动“人”的内在力量（天命）。这是由于“人”是内在于“天”的。故孔子说:“五十而知天命。”“知天命”即是依据“天”的要求而充分实现由“天”得来的“天性”。《朱子文集》卷六七谓：仁者，“在天则盎然生物之心，在人则温然爱人利物之心，包四德而贯四端者也”。“天道”生生不息，以仁为心，“天”有使万物良好生长发育的功能,故“人”也应效法天,要爱护一切。这是因为“天人一体”。“人”得“天”之精髓而为“人”,故人生当实现“人”之“盎然生物之心”，而有“温然爱人利物之心”，天心人心实为一心。人生之意义就在于体证“天道”，人生之价值就在于成就“天命”，故“人”与“天”之关系实为一“内在关系”。“内在关系”与“外在关系”不同，“外在关系”是说在二者（或多者）之间是各自独立的、不相干的,而“内在关系”是说在二者（或多者）之间是不相离而相即的。

天人合一

在我们了解了中国哲学中“天”的含义的复杂性的基础上，来讨论由《周易》开启的“天人合一”学说，或者能较好地揭示其意义。同样，我们对“天人合一”思想的讨论，也许又会使我们更进一步地了解中国哲学中“天”的哲学意义。

为什么现在“天人合一”思想受到大家的重视，我想和当今发生的“生态”危机有关。科学的发展无疑会造福人类社会，但也有可能危害人类社会。近世以来，由于对自然的过度开发，资源浪费，臭氧层变薄，海洋毒化，人口暴涨，环境污染，生态平衡的破坏，已经严重地威胁着人类自身的生存条件。1992 年世界一千五百七十五名科学家发表了一份《世界科学家对人类的警告》，开头就说“人类和自然正走上一条相互抵触的道路”。造成这种情况不能说与西方哲学曾长期存在“天人二分”的思想没有关系。罗素在《西方哲学史》中说：“笛卡尔的哲学……完成了或者说极近乎完成了由柏拉图开端，而主要因为宗教上的理由经基督教哲学发展起来的精神、物质二元论……笛卡尔体系提出来精神界和物质界两个平行而彼此独立的世界，研究其中之一能够不牵涉另一个。”[①]西方哲学把精神界和物质界看成是各自独立的，互不相干的，因此其哲学是以“精神界”与“物质界”的外在关系立论，或者说其思维模式是以“精神界”与“物质界”为独立的二元，可以研究一个而不牵涉另外一个。（现代西方哲学一些派别对这种二元思维已有所批评，如怀德海的过程哲学。[②]）然而中国哲学以及其思维模式与之有着根本的不同，中国哲学（特别是儒家思想）认为研究“天”（天道）不能不牵涉“人”（人道），研究“人”也不能不牵涉到“天”。这就是中国哲学的“天人合一”思想。这一思想早在春秋战国时期就为中国哲学家提出，这就是《郭店楚简·语丛一》中所表达的“《易》，所以会天道、人道也”。下面我们来分析一下《周易》中所包含的“天

① 罗素：《西方哲学史》，下册，马元德译，91页，北京，商务印书馆，1988。

② 《怀德海的〈过程哲学〉》（载上海《社会科学报》，2002-08-15）中说：“（怀德海）的过程哲学（process philosophy）把环境、资源、人类视为自然中构成密切关联的生命共同体，认为应该把环境理解为不以人为中心的生命共同体，这种新型生态伦理观，对于解决当前的生态环境危机具有重要现实意义。过程哲学是生态女性主义的思想之根，因为生态女性主义的哲学基础是彻底的非二元论，是对现代二元思维方式的批判，而怀德海有机整体观念，正好为它提供了进行这种批判的理论根据。”可见，现代一些西方哲学家已经对“天人二分”的二元对立的思维方式作出反思，并且提出了“自然”与“人”构成“密切关联的生命共同体”。

人合一”思想。

《周易》中的《系辞》是对《易经》所作的哲学解释。它深刻地阐明了“天道”和“人道”相会通的道理。《系辞》中说：“《易》之为书也，广大悉备，有天道焉，有人道焉，有地道焉。兼三才而两之。”意思是说《易经》这部书，广大无所不包，它既包含着“天地”的道理，也包含着“人”的道理。“道”是贯通“天道”、“地道”、“人道”的，“道一成而三才备”。“道”一旦形成，就有了“三才”。“三才”就是天、地、人。另一解释《易经》的《说卦传》中说：“昔圣人之作《易》也，将以顺性命之理，是以立天之道，曰阴与阳，立地之道，曰刚与柔，立人之道，曰仁与义，兼三才而两之。”古代的圣人作《易》是为了顺乎性命的道理，所以用阴和阳来说明“天道”，用刚和柔来说明“地道”，用仁和义来说明“人道”，把天、地、人统一起来看都表现为“乾坤”。所以宋儒张载注说：“三才两之，莫不有乾坤之道也。易一物而合三才，天（地）人一，阴阳其气，刚柔其形，仁义其性。”[①] 天、地、人三才都是说的乾、坤两两相对相即的道理。《易》把天、地、人统一起来看，所以强调天和人是一体的。

这种“天人合一”的思维模式到宋朝的理学家就更加明确了，例如程颐说：“安有知人道而不知天道者乎？道，一也。岂人道自是一道，天道自是一道？”照儒家看，不能把“天”、“人”分成两截，更不能把“天”、“人”看成是一种外在的对立关系，不能研究其中一个而不牵涉另外一个。朱熹说：“天即人，人即天。人之始生，得之于天；既生此人，则天又在人矣。”天离不开人，人也离不开天。人之初产生，虽然是得之于天，但是既生此“人”，则“天”全由人来彰显，“人”

① 《张载集》，235页，北京，中华书局，1978。

对“天”就负有了责任。如无“人”则如何体现“天”的活泼泼的气象，又如何“为天地立心”呢？“为天地立心”就是“为生民立命”，不得分割为二。孔子说：“人能弘道，非道弘人。”只有人才可以使“天道”发扬光大，如果人不去实践“天道”，“天道”如何能使人完美高尚呢？孔子说：“知天命。”“知天命”就是了解“天”的运行发展的趋势。因此，在中国传统哲学中，“天”是有机的、连续性的、有生气的、生生不息的、与人为一体的。

王夫之的《张子正蒙注·乾称上》中有一段话，大意是说：我们考察学者的学说，从汉朝起，都只是抓到先秦学说的外在的现象，而不知道《易经》是“人道”的根本，只是到了宋朝的周敦颐，他提出了《太极图说》，探讨了“天人合一”的道理，阐明了人之始生是“天道”变化产生的结果，在“天道”变化中，“天”把它的精粹部分给了人，使之成为“人性”，所以“人道”的日用事物当然之理，和“天道”阴阳变化的秩序是一致的，“人道”和“天道”是统一的，这一点永远都不能违背。总之是说“人道”本于“天道”（因为“人”是“天”的一部分），讨论“人道”不能离开“天道”，同样讨论“天道”也必须考虑到“人道”，这是因为“天人合一”的道理既是“人道”的“日用事物当然之理”，也是“天道”的“阴阳变化之秩叙”。王夫之这段话，可以说是对《易经》的“所以会天道、人道”的很好的解释，同时也是对儒家“天人合一”思想的进一步发挥。

《易》讲“天道”，同时也讲“人道”。《易》是阐明“天人合一”的道理的经典。我们讨论“天人合一”这样一种思维模式，是要说明“人”和“天”存在着一种内在的关系，我们必须把“人”和“天”的关系统一起来考虑，不能只考虑一个方面，不考虑另外一个方面。“天人合一”这一由《周易》阐发的命题，无疑是儒家思想的重要基石。既然“天”和“人”存在着内在的不可分割的关联，那么“天”必不是死寂的，而是与人息息相关的、活泼泼的有机体。因此，我们说“天人合一”作为一个哲学命题、一种思维模式对今天解决“人”和“自然”的关系应该说有着正面的积极意义。

几点启示

“天人合一”这一《易》所阐发的命题，是中国儒家思想的重要基石。儒家哲学认为，在“天”和“人”之间存在着一种“内在关系”，两者是相即不离的。因此，研究其中之一不能不牵涉另一个。依据“天人合一”的哲学命题和思维模式，我们在考虑人类自身问题的同时，必须要考虑“自然界”的问题，忽略了这一点，人类就要受到惩罚。当今人类不正是由于严重地忽略了这种“天”与“人”相即不离的内在关系，而使“人类和自然正走上一条相互抵触的道路”吗？当今不正是由于人们不了解“天”的有机性和神圣性以及与“人”存在着相即不离的关系而正在受到惩罚吗？

由《易经》开启的“天人合一”思想（即“《易》，所以会天道、人道也”的思想）对解决当前“生态问题”，作为一种哲学的思考，一种思维模式，或可对我们有几点启发：

（一）我们不能把“人”和“天”看成是对立的，这是由于“人”是“天”的一部分，“人之始生，得之于天”。作为“天”的一部分的“人”，保护“天”应该是“人”的责任，破坏“天”就是对“人”自身的破坏，

“人”就要受到惩罚。因此，“人”不仅应“知天”（知道“天道”的规律），而且应该“畏天”（对“天”应有所敬畏）。现在人们强调“知天”（所谓掌握自然规律），只是一味用“知识”来利用自然，以至于无序地破坏自然，把“天”看作征服的对象，而不知对“天”应有所敬畏，这无疑是“科学主义”极端发展的表现。“科学主义”否定“天”的神圣性，从而也否定了“天”的超越性，这样就使人们在精神信仰上失去了依托。中国人的“天人合一”学说认为，“知天”和“畏天”是统一的。“知天”而不“畏天”，就会把“天”看成是一死物，而不了解“天”乃是有机的、生生不息的、刚健的大流行，“畏天”而不“知天”，就会把“天”看成外在于“人”的神秘力量。而“人”则不能体会“天”的活泼泼的气象，不能很好地受惠于“天”。“知天”和“畏天”的统一正是说明“天人合一”的一个重要方面，从而表现着“人”对“天”的一种内在的责任。

（二）我们不能把“天”和“人”的关系看成一种外在关系，这是因为“天即人，人即天”，“天”和“人”是相即不离的。“人”离不开“天”，离开“天”则“人”无法生存；“天”离不开“人”，离开“人”则“天”的超越的神圣性、活泼泼的气象则无以彰显。这种存在于“天”和“人”之间的内在关系正是中国哲学的特点。如果“人”与“天”是一种外在关系（即它们是相离而不相干的），那么“人”就可以向“天”无限制地索取，甚至把“天”看成敌对的力量，最终人将自取灭亡。“《易》，所以会天道、人道也”，正是要说明“天道”和“人道”之所以是统一的道理，不能在“天道”之外说“人道”，同样也不可以在“人道”之外说“天道”，宋明理学对这点看得很明白。程朱的“性即理”和陆王的“心即理”虽然入手处不同，但在“天人关系”问题上是相通的。程朱的“性即理”是由“天理”的超越性而推向“人心”的内在性，“天理”

不仅是超越的而且是内在的,同样“人性”不仅是内在的而且是超越的。陆王的“心即理”是由“人心”的内在性而推向“天理”的超越性,“人心”不仅是内在的而且是超越的,“天理”不仅是超越的而且是内在的。因此,我们可以说,中国哲学是以“内在超越”立论的。既然中国哲学是从其“内在超越性”方面讨论“天人关系”的哲学,也就是说“天”和“人”不仅不是对立的,而且存在着内在的相即不离的关系。不了解一方,就不能了解另一方;不把握一方,就不能把握另外一方。所以说,“为天地立心”就是“为生民立命”,不可分为两截。由于了解了“天”和“人”的相即不离的内在关系,那么我们就可以较深刻地把握“天”的神圣超越性和“义理”的关系。

(三)“天”和“人”之所以有着相即不离的内在关系,皆因为“天”和“人”皆以“仁”为性。“天”有生长养育万物的功能,这是“天”的“仁”的表现。“人”既为“天”所生,又与“天”有着相即不离的内在关系,那么“人”之本性就不能不“仁”,故有“爱人利物之心”。如果“天”无生长养育万物的功能,“人”如何生存,又如何发展?如果“人”无“爱人利物之心”,无情地破坏着“天”的“生物之心”,同样“人”又如何生存?从“天”的方面说,正因为其有“生物之心”,它才是生生不息的、活泼泼的、有机相续的。从“人”的方面说,正因为其有“爱人利物之心”,人才与天、地并列为三才。中国哲学认为,“天心”、“人心”皆以“仁”为性,正因为如此,“天”、“人”才可以相通,“天”才可以内在于“人”。

(四)“天人合一”这一哲学命题体现着“天”与“人”之间的复杂关系,它不仅包含着“人”应如何认识“天”的方面,也包含“人”应该尊敬“天”的方面,因为“天”有其神圣性(神性)。这也许正是由于中国哲学（主要是儒家哲学）虽然不是如基督教、佛教等那种纯粹意义上的宗教，但它却有着强烈的宗教性。也许正因此，在中国儒家思想可以起着某种宗教的功能。“天人合一”不仅是“人”对“天”的认知，而且是“人”应追求的一种人生境界。因为“天”不仅是自然意义上的“天”，而且也是神圣意义上的“天”，“人”就其内在要求上说，需要不断修炼自己，以求达到“同于天”的超越境界。就这个意义上说，“人”和“天”不仅不是对立的，而且“人”应该与“天”和谐共存，以实现其自身的超越。这就是说，“天人合一”作为一种哲学思想，它表达着“人”与“天”有着内在相即不离的有机联系，而且“人”在实现“天人合一”境界的过程中达到“人”的自我超越。

我想，通过对“天人合一”的分析，也许我们会对“天”在中国传统哲学中的重要意义有更深切的理解。了解中国传统哲学中的“天”不仅是认识中国传统哲学（主要是儒学哲学）的一把钥匙，而且是中国人提升自己达到“天人合一”境界的路径。这是因为，中国传统哲学重点不在追求建立一个哲学的知识系统，而是要求“人”通过“转识成智”（将知识转化为智慧）而达到“同于天”的最高境界。

在西方文化冲击下的中国文化

一

今天中国的文化实际上是在五六千年的发展历程中不断吸收各民族、各国家、各地域文化的基础上形成的。而在这漫长的过程中有两次重大的外来文化深深地影响了中国文化的进程。第一次是自公元1世纪以来印度文化的传入（如果不算唐朝传入的景教和在元朝曾发生过一定影响的也里可温教，因为这两次都由于种种原因而中断了影响）；第二次外来文化的大量传入，应该说是自16世纪末特别是19世纪中叶后西方文化的传入。这两次重大外来文化的传入大大地影响着中国文化的发展。罗素曾在他的《中西文明的对比》一文中说，不同文明之间的交流过去已经多次证明是人类文明发展的里程碑。上述两次外来文化的传入，深深地影响着中国文化以及中国社会的方方面面，甚至可以说，它每一次都使得中国文化和中国社会进入一个深刻的转型时期。

就各国的文化发展的历史看，文化（自然包括哲学）的发展大体上总是通过“认同”与“离异”两个不同的阶段来进行的。“认同”表现为与主流文化的一致和阐释，是文化在一定范围内向纵深发展，是对已成模式的进一步开掘，同时也表现为对异己力量的排斥和压抑，其作用在于巩固原有的主流文化已经确立的界限与规范，使之得以定型和凝聚。“离异”则表现为对原有主流文化的批判和扬弃，即在一定时期内，对原有主流文化的否定和怀疑，打乱既成的规范和界限，以形成对主流文化的冲击乃至颠覆，这种“离异”作用占主导地位的阶段就是文化的转型期。

印度佛教文化，它虽是以一种宗教的形态进入中国，但印度佛教应该说是“亦宗教,亦哲学”,它曾影响中国文化的诸多方面,如宗教（包括中国的道教）、哲学、文学、艺术、建筑和广大人民社会生活，无不深受外来印度佛教文化之影响。我们回顾印度佛教传入的历史，也许对我们了解西方文化的传入起着相互对照和借鉴的作用。

印度佛教（包括它作为哲学思想）传入中国大体上说经过了三个历史阶段：

(1) 由西汉末至东晋，佛教首先依附于汉代方术（又称“道术”），到魏晋又依附于魏晋玄学。佛教传入中国后，开始相当长的一个阶段所讲的内容主要是“魂灵不死”、“因果报应”之类，故袁宏《后汉纪》中说,在汉朝时佛教“又以为人死精神不灭,随复受形。生时所行善恶，皆有报应，故所贵行善修道，以炼精神而不已，以至无为，而得为佛也”。这类思想实为中国所固有，故佛教可依附于此而流行。至汉末魏初，由于佛教经典的翻译渐多，其中既有小乘的经典，也有大乘的经典，于是佛教在中国也就分成两大系统流传。一为安世高系，是小乘佛教，重禅法。时《安般守意经》、《阴持入经》等已译成汉文。前者讲呼吸守意，和中国道家、神仙家的呼吸吐纳之术相似；后者解释佛教名词概念，似汉人注经的章句之学。《阴持入经》对宇宙人生的学说以“元气”为根本，以“四大”配“五行”，“五戒”配“五常”，并说“元气”即“五行”，即“五阴”（五蕴），例如《阴持入经注》释“五阴种”谓：“五阴种，身也。……又犹元气……元气相含，升降废兴，终而复始，轮转三界，无有穷极，故曰种。”此种以“元气”释“五阴”自与佛理相去甚远，而与当时“道术”颇有相近之处。二是支娄迦谶系，为大乘佛教，讲般若学。初安世高禅法在中国颇为流行，但至魏晋以老庄思想为骨架的玄学兴起，而后般若学大为流行。支娄迦谶一系认为人生根本道理最重要的是使“神返本真”，而与“道”合，已见其受老庄影响。支娄迦谶再传弟子支谦译《般若波罗蜜经》为《大明度无极经》，把“般若”译为“大明”，当取自《老子》“知常曰明”的意思，“波罗蜜”译为“度无极”，也是说达到与“道”（“复归于无极”）合一的境界。这一译名已见他使佛教迎合“玄理”。盖因玄学讨论的中心为“本末有无”的问题，而佛教般若学的中心问题为“空”、“有”，与玄学比较接近，并采用“格义”、“连类”等方法相比附。道安在《毗奈耶序》中说：“于十二部，毗曰罗部最多，以斯邦人庄老教行，方等兼忘，故因风易行。”此中之原因，就在于般若学和魏晋玄学颇有相近处，于是两晋的“名士”与“名僧”互相标榜，“玄”、“佛”大有合流之趋势。中国本土学术的变化影响着印度佛教传入的方向，中国本土文化又在吸收着印度文化以滋养自己。东晋初般若学虽有“六家七宗”，但其基本上仍依附于玄学，而后有僧肇的《肇论》出，可以说它既是对魏晋玄学讨论问题的总结，又是佛教中国化的初始。《肇论》借用佛教般若学思想，但讨论的却是中国魏晋玄学的问题，而且文章风格又颇似王弼的《老子指略》和郭象的《庄子注序》，这正体现了两种不同传统文化在互动中的双向选择。

（2）东晋后，佛典翻译渐多，且系统，已见印度佛教与中土文化之不同，而引起两种文化之矛盾与冲突，并在矛盾冲突中互相影响和吸收。我们可以看到，今日保存之《弘明集》中涉及了当时争论之诸问题，如关于“沙门应否敬王者”、“神灭与神不灭”、“因果报应有无”、“空有关系”以及所谓“夷夏之辨”、“化胡问题”等等之争论。在这些问题之辩难中，既可看到相互冲突处，又可见到相互吸收处。是时名士与名僧又有合流之趋势，许多名士，一方面是朝廷之命官，另一方面又是僧人之良友，许多僧人，一方面隐居山林，礼佛诵经，另一方面又受诏于帝王，而参与政事。这时正是由于佛典翻译日多而出现了佛典经师讲论之盛行，表面上似有印度佛教取代中土文化之形势，但至刘宋《涅槃经》渐流行，特别是四十卷本《大涅槃经》出，印度佛教在中国之形势为之一变。佛教般若学虽说要求“破相显性”，但却是偏重在破相方面，而至宋齐以后有涅槃学之兴起，至梁大盛，我们可以发现涅槃学与般若学有着前后相继的关系。这就是说，南北朝时期在中国流行的佛教在破除一切世间虚幻的假象后，涅槃“佛性”的学说才得以彰显。梁宝亮著《涅槃集解》把当时有关“佛性”的学说列为十种，可见有关此问题的讨论盛况空前。如果说僧肇的《肇论》用佛教般若学讨论的是“玄学”问题（即老庄思想之发展），那么梁宝亮的《涅槃集解》用佛教涅槃学讨论的“佛性”问题，则实与中国传统的心性学说不无关系。这一时期，尽管存在着中华本土文化与外来印度佛教文化两种文化之间的矛盾与冲突，但中国朝野从总体上说对外来佛教文化（哲学）采取的是吸收、容纳甚至在某种程度上欢迎的态度。

可以说，这个时期中国文化是处在一个大变动的转型期，是一个从两汉正统经学经魏晋玄学走向佛道的“离异”文化时期。在民间，佛教之深入可以说已代替汉朝以来许多民间信仰。据《隋书·经籍志》记载，当时“民间佛经，多于六经数十百倍”。

（3）至隋唐，有长达两三千年历史的丰富而独特的中国文化，是否会因印度佛教文化在中国五六百年的流传，并深深地影响着中国文化与社会的各个方面，而使中国文化变成了印度文化呢？不是这样的，恰恰相反，自隋唐以后，佛教文化反而深刻地受着中国文化，特别是儒、道两家的哲学思想的影响，而逐渐中国化，形成了若干中国化的佛教宗派，例如天台、华严、禅宗在佛性问题上，实际上融合了中国儒家的心性学说：如天台之“一心具万法”，华严之“离心之外，更无一法”，禅宗之“识心见性”、“见性成佛”等，上可接先秦儒家的心性学说，下可开启宋明理学（新儒学）之心性学说（或谓“性即理”，或谓“心即理”）。我们还可以注意到，在南北朝时引起中印文化严重冲突之沙门应否敬王者的问题已不成问题。佛教主张出家，只能拜佛，不能拜君王和父母，但“忠孝”正是中国传统文化礼教之核心部分。而禅宗《坛经》的《无相颂》有：“恩则孝养父母，义则上下相怜，让则尊卑和睦，忍则众恶无喧”之语，宋大慧禅师则有“世间法即佛法，佛法即世间法”、“予虽学佛者，然爱君忧国之心，与忠义大夫等”之论。这几个佛教宗派可说已深深打上中国文化之烙印。天台甚至吸收了道教的某些思想，而华严和禅宗无论就内容与方法都与老庄思想（如“任自然”等等）有着千丝万缕的联系。而与此同时，由玄奘大师提倡的唯识学，正是由于它太印度式，在唐朝没有流传多久（大约三十几年）就衰落了。而且更为奇特的是，印度佛教至八九世纪已开始衰落（至14世纪几至湮灭)，而此时正是中国化的佛教大大发展的时期。中国化的佛教宗派又于此时传到了朝鲜半岛和日本、越南等地，而且佛教在朝鲜半岛、日本、越南又与当地文化相结合形成有不同特色的佛教。宋理学家们一方面批判印度佛教（特别是“出世”、“空无”等思想），另一方面又充分地吸收着佛教中的某些思想因素（“一即多，多即一”、“识心见性，见性成佛”、“顿悟”等等）。故自宋明理学（新儒学）的兴起，从哲学思想上说已经取代了佛教哲学，而佛教大体上成为一种民间信仰，可以说无理论上的重大建树。因此，我们可以说，中国文化（哲学）曾受惠于外来的印度佛教，而佛教文化在中国又得到了发扬光大，最终中国文化没有被印度佛教所化，相反印度佛教却中国化了。这说明，外来文化的传入与当地本土文化的交流确实是文化发展的里程碑。同时也说明，在不同文化之间，特别是有较长历史和丰富文化内涵的文化之间，存在着双向选择问题和异地发展问题。印度佛教传入中国曾发生了重要影响，并得到了发扬光大。在印度佛教传入后，从总体上说，中国人采取的是接受和吸取的态度，对能与中国文化较好结合的“法华学”（天台推崇《法华经》），“华严学”（华严宗以《华严经》立论），“大顿悟禅学”（禅宗以《金刚般若经》为依据）就得以广泛流传，而唯识学的思维方式是纯印度式的，则难以流行。密教（密宗）虽在唐中期后风靡一时，但也没有能在汉地长期流行。印度佛教在八九世纪开始衰落，至 14 世纪几至湮灭，而却在中国得到了发展。同样，希腊哲学也是在传到阿拉伯得到发展，然后又回到欧洲，成为今天世界上的强势文化。所以文化的双向选择和文化的异地发展，都说明“不同文明之间的交流是人类文明发展的里程碑”。

为什么我们要简要地讨论印度佛教文化作为一种外来文化传入中

国的历史？这是因为希望能从历史中得到某些借鉴和启示，以便我们在阐述和分析西方文化传入中国有一个参照系。

西方文化（景教）早在唐朝已传入中国，后来因唐武宗灭佛而波及景教，此后景教在中国逐渐消失了。而元朝的也里可温教也随着元朝的覆亡而灰飞烟灭了。西方文化真正在中国发生影响是在16世纪的明朝末叶，当时传入的主要是西方基督教耶稣会的一些学说，并且也往往是附会于中国传统文化，但西方科技也随之传入，特别是利玛窦和徐光启合译《几何原本》和李之藻与传教士傅泛际合译《名理探》，应该说是十分有意义的。至清初因礼仪之争而有所中断，至19世纪中叶随着西方列强的入侵，西方文化如潮水一般地涌入中国，至今这种“西学”全方位大量的输入，已是中国文化特别是中国哲学必须接受的事实。

文化有种种定义，但无论如何文化包含哲学，就一定意义上说哲学是文化的核心。对一种文化的深层了解离不开去把握或揭示其哲学的内涵。我们要了解中华文化，就必须了解中国哲学。但什么是中国哲学，中国有没有哲学？这都是我们首先要弄清的问题。现在中外学者的大多数不会再说中国没有哲学，也大都认为在中国的儒家思想、道家思想和中国化的佛教思想中有着丰富的哲学思想。但在两三百年前并非如此。从西方说，黑格尔曾提出中国甚至东方没有哲学的看法，认为中国（甚至东方）所有的只是“意见”，“与意见相反对的是真理”。[①] 黑格尔的看法固然不对，因为在中国传统文化中有着丰富的“哲学思

① 在说到东方思想时，黑格尔说：“我们在这里尚找不到哲学知识。”他说到孔子时说：“孔子只是一个实际的世间智者，在他那里思辨的哲学是一点也没有的——只有一些善良的、老练的、道德的教训，从里面我们不能获得什么特殊的东西。”（黑格尔，《哲学史讲演录》，97、119页，北京，商务印书馆，1978）

想”、“哲学问题”的资源，这是谁也否认不掉的。但在西方哲学传入中国之前，在中国确实是没有“哲学”一词。“哲学”一词最早是日本学者西周借用汉语“哲”、“学”两字指称源于古希腊罗马的哲学学说，中国学者黄遵宪将这一名称介绍到中国，为中国学术界所接受。如果我们进一步讨论这个问题，大概可以说西方哲学传入之前，在中国还没有把“哲学”从“经学”、“子学”、“史学”、“文学”等等分离出来使它成为一门独立的学科来进行研究，而“哲学思想”、“哲学问题”的研究往往是包含在“经学”、“子学”等之中来进行的。这就是说，我们还没有自觉地把它作为一门独立研究的对象。在西方“哲学”是一种“爱智”之学，它是以追求真理为目的的，自觉地要求建立解释宇宙人生的学问。从今天看，我们当然可以说有些历史上的学者的著作应该是“哲学”著作，如王充的《论衡》，王弼的《老子指略》，嵇康的《声无哀乐论》，周敦颐的《太极图说》，张载的《正蒙》，方以智的《东西均》，等等。而且还有分析和总结一个时期思想潮流的论文，如《庄子·天下》，司马谈的《论六家要指》，等等。这些著作和论文都有非常丰富的哲学思想内容，但作者作这些书的目的并非纯粹为了把“哲学”作为对象来研究，至少可以说没有充分把它作为独立的学科自觉地进行研究，也没有把其中的“哲学思想”从其他学科全然分离出来。比较严格地说，也许《公孙龙子》或惠施的诸论题可以算是“哲学命题”，而把哲学问题较为自觉地进行了一定程度的研究。照我的想法，“哲学”应该是从思考某个（或几个）“哲学问题”出发，而形成的一套概念体系，并据概念之间的联系而形成若干“哲学命题”，并在方法上有着相当的自觉，进而进行理论上的分析与综合而形成的关于宇宙人生的哲学体系。因此，在中国把哲学自觉地作为独立研究对象大体上说是在20世纪初。研究20世纪西学传入中国的历史，西方哲学对于中国的影响，中国哲学成为一门独立的学科，中国哲学相对西方哲学所具有的特点等等问题，无疑是有十分重要的意义的。

从当时历史进程的情况来看，西方列强的入侵，大大有利于西方各种文化随之进入中国；同时一部分中国人也开始感到西方国力之强盛，必与其文化有密切关系，而哲学是文化之核心，因而开始了对西方哲学的关注。从当时甚至到今天，在西方哲学进入中国后，可以说我们一直面临着三个相互联系的问题：如何对待西方哲学；如何看待我们本民族原有的哲学；如何创建中国的新哲学。很自然，中国的学人在这一极其复杂的历史时期，在中西哲学剧烈碰撞的时期，对上述三个相互联系的问题一定会存在不同的态度。我们可以看到，在对西方哲学的引进和学习过程中，对待西方哲学可能有三种相当不同甚至是相互对立的态度：激进主义派（也可称之为全盘西化派）、本位文化派（也可称之为文化保守主义派）、改良主义派（也可以称之为调和中西文化派）。百多年来，在这三派之间，不仅存在着严重的学术上的冲突，有时甚至表现为政治上的对立，往往把哲学学术问题政治意识形态化。

下面我想说几点我对20世纪西方哲学东渐史的看法。

前面我已经讲过“中国哲学”成为一门独立的学科，成为中国学者自觉的研究对象，应该说是在西方哲学传入以后的事。这和在西方哲学传入中国以前中国有没有哲学是两个问题。前面我也明确地讲了，中国自先秦以来不仅有丰富的“哲学思想”和“哲学问题”，而且已经显露出它与西方哲学思想有着非常大的差别。但是，在西方哲学传入之前，我们确实没有把“中国哲学”自觉地作为一门学科进行独立研究，常常是混在经学、子学、史学中来研究，或者是在思想史、学术史等等中来进行研究。我们知道，不是说对某个哲学问题进行了讨论，就可以说建立这门学科了。例如考古学，文物发掘（包括盗墓）、文物的鉴定当然都属于考古学的范围，但仅仅有这些并不等于说就有了“考古学”。据《中国大百科全书·考古学卷》中说，西方考古学的“萌芽期”约在1760年至1840年之间，而中国的“考古学”是在受到西方考古学影响晚到20世纪20年代才由裴文中、李济等先生建立起来的。又比如说“比较文学”的建立，人们通常认为是在19世纪才建立成一门“学”的。但是无论在西方还是在中国，“文学的比较”早就有了，例如《文心雕龙·明诗》就对诗人作品以及不同时代的诗风作了比较，其中有一句说到，宋初文咏，体有因革，庄老告退，而山水方滋。这里比较了南北朝与魏晋诗风的变化，在魏晋时诗往往是“玄言诗”，而到刘宋之初诗风渐由“玄言诗”变为“山水诗”，这样诗就更接近“自然”了。李达三在《比较文学研究之新方向》中说：“作为一门学科而言，‘比较文学’在法国，直到19世纪三四十年代方告成熟。以此而言，在法国或者其他任何地方，安培尔（1800—1864）或威尔曼（1790—1867）可被认为真正构想完整的‘比较文学’。”在中国把“文学比较问题”作为一门“学”来研究已是20世纪20年代以后的事了。因此，我们是否可以这样说，任何一门学科的产生，在它之前已经有或长或短的“问题积累”、“思想资源”、“材料累积”等等的历史，这大概只能说是这门学科的“前史”。在西方哲学传入中国之前，中国早已有了丰富的“哲学思想”和“哲学问题”，这是谁也无法否认的，但是自觉把“中国哲学”或“中国哲学史”作为独立学科来研究，应该说是在19世纪末20世纪初。

前面我们简略地论述了印度佛教传入中国的历史过程的某些现象，

那么西方哲学传入中国是否也会发生相同或相似的现象呢？在中外历史的发展过程中大概不会出现完全相同的历史现象，但是我们往往也会惊讶地发现其间的某些相似之处。对唐朝传入的景教和在元朝流行过的也里可温教，不是我们要讨论的问题。16 世纪末 17 世纪初西方传教士曾把西方哲学介绍到中国，在明末西方逻辑学也介绍到中国，可并没有发生什么影响。但是如果我们看利玛窦的中文著作就可以发现，他也有类似早期印度佛教传入时的情形。例如，利玛窦为了达到传教目的，他对当时在中国占统治地位的儒家采取了“合儒”（说明天主教与儒家学说、中国古代经典有相合之处）、“超儒”（认为西方天主教在某些方面超过儒家学说）、“补儒”（认为天主教和儒家思想多有相通处，但儒家仍可有天主教补充之处）、“附儒”（对天主教义某些方面作了修改以附会儒家传统思想）等等方法。[①] 徐光启等人的论述之中，从方法上说，不能不说与传入中国的印度佛教有某种相似处，如“格义”、“连类”等。除了少数中国知识分子（如徐光启、李之藻等）对天主教义有较为深入的了解外，当时的士大夫或者是排斥天主教，如钟始声批判天主教谓：“此胡妖耳，阳排佛而阴窃其糠秕，伪尊儒而实乱其道脉。”或者是仅仅欣赏那些西洋器物（如望远镜、自鸣钟等），其实也是在抱着一种“中体西用”的态度看待西洋文化。例如，在当时的儒者许大受看来，西洋的科技“纵巧何益于心身”，其理由是此类末技无益于圣道。[②] 一直到 19 世纪末，西方哲学才开始在中国发生重大影响；我们可以看到“中西古今”之争实际上是伴随着 20 世纪中国文化的进

① 参见拙作：《论利玛窦汇合东西文化的尝试》，载台湾《中国论坛》，1989-03-25。

② 参见孙尚扬：《基督教与明末儒学》，226页，北京，东方出版社，1994。

程。“中体西用”一开始曾为大多数学者所接受，而后某些学者对西方文化了解较多，而逐渐有所改变，而对“中体西用”批评最有力者无过于严复，他在《与〈外交报〉主人书》中批评“中体西用”之说谓：“善夫金匮裘可桴孝廉之言曰：体用者，即一物而言之也。有牛之体则有负重之用，有马之体则有致远之用，未闻以牛为体以马为用者也。”① 严复在对西方文化的深入理解的基础上说：“盖彼以自由为体，以民主为用。”② 无论严复对西方文化的概括是否准确，但这无疑是当时“中西古今”之争的重要一环，而使中国人对西方文化有了一个初步的理解。其后在中国文化史上（包括哲学史）的“中西古今”之争不断，袁世凯称帝之前后有“孔教会”之建立，以儒家思想排斥、批判西方文化，引起了中西文化的第一次论战。而当时对什么是“哲学”并没有明确的认识，往往是用“文化”问题代替了哲学问题，有以“古”、“今”区别中西哲学论者③，有以“新”、“旧”分中西哲学论者④，有以“静”、“动”论中西哲学之不同者⑤，如此等等，但其中最重要的或者应是五四以前以杜亚泉为代表的《东方杂志》与以陈独秀为代表的《新青年》的争论。杜亚泉虽说不能算是盲目维护中国旧传统、反对西化之代表，但他提出统整之说，要求绍述“周公之兼三王，孔子之集大成，孟子之拒邪说”的盛业，不能不说是当时哲学（文化）上的保守主义的典型话语。与此大体同时，胡适与李大钊等关于“问题与主义”的争论，

① 《严复集》，第三册，557～558页，北京，中华书局，1986。

② 《严复集》，第一册，23页。

③ 参见陈独秀：《法兰西人与近世文明》，载《青年杂志》，第1卷第1号，1915年9月。

④ 参见汪叔潜：《新旧问题》，载《青年杂志》，1915（12）。

⑤ 参见伧父：《静的文明与动的文明》，载《东方杂志》，1916（10）。

从哲学方法论的层面看，也可视为哲学上的改良主义与激进主义之争。五四运动前后是中西文化论战之高峰。以属于马克思主义阵营的陈独秀、李大钊为代表的激进主义派与属于实用主义阵营的胡适为代表的自由主义派联合举起“打倒孔家店”的大旗，提倡西方的“科学与民主”，向传统的正统文化开火。陈独秀、胡适等之所以激烈地反传统，主要是有见于当时中国社会落后、政治腐败之因，皆在中国传统文化之弊。因此，他们认为，中国必须在一切方面向西方学习，包括西方哲学。这就是说，当时的激进主义和改良主义派认为所谓“中学”都是古代的（或前现代的）过了时的东西，只有“西学”才是适合现代社会需要的“今学”，这实质上是一种“全盘西化论”。如果把它和19世纪末的“中学为体，西学为用”相比，陈独秀、胡适等人所主张的可以称之为在中国应该以“西学为体，西学为用”了。但是，我们必须承认，陈独秀等人的这种全盘反传统思想在当时无疑对打破旧传统（如儒、道、释思想）的束缚起着极其重大的冲击作用，为中国社会的“启蒙”和西方哲学在中国的广泛传播奠定了基础。我们可以说，五四前后，西方有什么哲学思潮，中国就相应地有着某种舶来品。由五四运动引进的西方思想的巨大冲击力，自然也会引起“中学”的反击，当时最著名的维护中国传统的学者，一是梁启超，一是梁漱溟。梁启超的《欧游心影录》对西方科学的批判虽有相当影响，但梁漱溟的《东西文化及其哲学》则可以说是中国哲学对西方哲学有相当价值的回应，和对中国哲学较有价值的理智的反思。五四运动以后，中西文化与中西哲学的论战不断，例如发生在1923年的“科学与人生观”的论战，这次论战表面上看来是“西学”（包括马克思主义、实用主义、西方科学主义等等）对“中学”（张君劢主张恢复“新宋学”）的胜利而告终。

但其结果则造成了以陈独秀为代表的马克思主义与以胡适为代表的实用主义在哲学路线上的分裂。自此以后，中国哲学实际上存在着马克思主义激进派、实用主义改良派与维护传统的保守派三足鼎立的局面。此后，在哲学上、文化上的“中西古今”之争不断，最著名的是发生在 1935 年由萨孟武、何炳松等十教授发表的《中国本位的文化建设宣言》引起的。这场论争可以说是一场“本位文化”与“全盘西化”的大论战。本位文化派所强调的是民族文化的特性，而忽视了当时文化发展的时代性；而全盘西化派又只把眼光盯着文化发展的时代性，而全然否定了文化的民族性和文化的继承性。因此，这场争论并没有对中国文化的发展起多大作用。1937 年抗日战争爆发后，为了抗日，在哲学上的“中西论战”缓和了一些，但是仍然发生过马克思主义学者对冯友兰的《新理学》的批判，维也纳学派洪谦教授与冯友兰教授有关形而上学问题的争论，这些仍然都反映着哲学上的“中西古今”之争。1949 年以后，中国大陆社会生活发生了巨大变化，随之中国大陆的哲学也发生了非常大的异乎寻常的变化。当时有所谓“一边倒”，全盘倒向苏联马克思列宁斯大林主义的指导思想，这实际上也是一种“全盘西化”的变种。当时中国大陆哲学界要以斯大林的《辩证唯物主义与历史唯物主义》作为判定哲学是非的准则。而日丹诺夫的《关于西方哲学史的发言》则成为我们学习和研究哲学的标准教材。中国传统哲学，无论孔孟老庄，还是程朱陆王，均在批判之列。这种以马克思列宁主义极左思潮为指导的批判中国传统文化特别是中国哲学的运动不断，一直发展到“文化大革命”。1966 年至 1976 年的“文化大革命”，大搞所谓“破四旧”，其结果造成了中国大陆的哲学与世界文化的隔绝，同时也使中国哲学出现了严重的断层。“文化大革命”结束后，虽然在政治路线上否定了“以阶级斗争为纲”，邓小平提出了要实现四个现代化的纲领和“改革开放”的方针，哲学上的“古今中西”之争并没有停止。80年代中国思想文化界面对的是如何使中国由“传统走向现代”的问题，因而必须批判封闭式的封建专制主义的影响，这是实现现代化的迫切要求。在当时最典型的例子就是《河殇》在电视上的播出。《河殇》尽管有这样那样的错误和对中国历史歪曲的描述，但它的本意是提醒中国人不应再走自我封闭的老路，但却遭到了严厉的批判。这场批判反映了中国是走“改革开放”的面向世界的道路呢，还是仅仅在经济领域进行某些改革，而在思想文化上仍然采取几个世纪以来的封闭态度。这场斗争无疑又是一次“中西古今”之争的重演。1989年春夏之交的“政治风波”打断了在思想文化（甚至政治制度）上向现代化迈进的路子，在思想文化（包括哲学）沉寂一段之后，在学术界（主要是哲学界）有两种思潮逐渐活跃起来：一是“后现代主义思潮”，一是“新保守主义思潮”。后现代主义思潮在80年代已经进入中国，但是并没有广泛流行，但到90年代初突然成为当时中国哲学界（不仅是哲学而且其他学科，如文学、艺术等）注意的一个焦点，不仅翻译出许多后现代主义的书，而且出版了大量我国学者写的有关这方面的著作和论文。原因何在？我想，大概可以说“消解当时文化上的一元化的倾向”是重要原因之一。1989年的“政治风波”以后，北京某报刊出一篇题为《多元化就是自由化》的署名文章，这篇文章对前一阶段的文化多元化倾向进行了批评，在一定程度上反映了要求回归1949年以来形成的文化上的极左新传统的要求。而当时学术界的一部分学者认为这样会形成我国学术文化上的倒退局面，为了打破这种文化上的一元化倾向，而大量引进并阐发“后现代主义理论”。与“现代”

理论的明晰性、确定性、价值的终极性、理论的完整性和系统性等等不同，后现代主义主张理论的模糊性，追求不确定性、无层次性、反中心主义以及文化的多元性等等。我认为，这除了后现代主义正在西方走红之外，就中国文化、中国哲学说它无疑起着消解文化一元化的作用。1992 年秋在中国大陆出现了研究和弘扬中国传统文化的“国学热”，这大概是一些学者有见于西方哲学给人类社会带来的负面影响，而认为中国传统哲学或许可以纠正西方哲学的某些偏失。从当时情况看，虽然某些学者也存在着夸大中国哲学的现实意义或文化上的保守主义的倾向，但大多数学者认为，对自己民族的文化（包括哲学）应该进行实事求是的研究，以有利于中国文化（哲学）从传统走向现代。1994 年 6 月在《哲学研究》上发表了署名文章，其中有这样一段：“一些人宣扬中国需要孔夫子、董仲舒，需要重构与马克思主义并列的中国哲学新体系”，“不排除有人企图以‘国学’这一可疑的概念，来达到摒社会主义新文化于中国文化之外的目的”。1995 年年初在《孔子研究》杂志召开的一次座谈会上，不少学者对上述《哲学研究》的看法提出了批评。而 1995 年《东方》杂志有署名文章也批评了《哲学研究》，认为把“国学”研究与马克思主义研究对立起来，就会产生一种可能“即把马克思主义与国学研究对立起来，重复以往教条主义的意识形态对‘国学’的怀疑和批判”。这场发生在 90 年代中期的争论虽未发生重大影响，但从一个侧面仍然是哲学上的“中西古今”之争的表现。与此同时，某些对西方哲学特别是西方基督教哲学有较深研究的学者，如刘小枫等，对中国文化和哲学持强烈的批判态度，这样就引起了某些传统文化的保守派如蒋庆等人的反批评。其时还有一些学者对中西文化和哲学都持有同情理解的态度，而企图协调两者之间的分歧。无疑，这些仍然都是百年来中国文化中的“中西古今”之争的继续和在不同时期的不同表现。90 年代末发生在中国的“自由主义”派和“新左派”之间的争论，虽然仍在继续之中，但旁观者大体上也可以看出仍然是在围绕着如何由传统走向现代这一主题，内中仍然不能说与“中西古今”之争无关。

上面我用了相当长的篇幅勾画了百年来中国文化与中国哲学所走的路子，目的在于说明在本土文化与外来文化（即中国文化与西方文化）相遇后的一个阶段中，两种文化之间的矛盾和冲突是不可避免的。西方文化（哲学）的传入与印度佛教传入的情形虽有很大不同，但仍可发现有某些相似之处。由于西方文化传入时，它已是一种强势文化，而中国文化正在走下坡路，这和印度佛教传入时，正是中国文化的兴盛时期很不相同。因此，最初西方文化依附于中国文化虽有“附儒”之情况，但不仅为时甚短，而且也非普遍现象。很快就因利益的冲突，中西文化的交流有所中断，19 世纪中叶西方文化作为一种强势文化大举进入中国，至 20 世纪，总的情况仍是中国文化引进西方文化并努力学习的时期，但是在中国我们仍然可以看到存在着两种文化在冲突中的调和，在对抗中的吸收，在矛盾中的磨合的现象。一句话，也像印度佛教传入后的南北朝时期那样存在着两种文化的冲突。这是不是两种都有很长历史的不同传统文化在相遇中会发生的普遍现象呢？

二

如果我们再作一点较为仔细的讨论，较为着重从哲学方面考察，看看是否发生了类似印度佛教在隋唐时期以及其后的情况那样，在20世纪也发生过在吸收西方哲学基础上形成若干中国化的西方哲学派别或现代的中国哲学呢。最早把西方哲学传入中国且最有影响的应该说是严复，他翻译的《天演论》等，其中的进化论思想影响了中国几代人的哲学观念，可以说他是介绍西方哲学到中国来的第一功臣。其后，继之而有叔本华哲学、尼采哲学、古希腊哲学、无政府主义、马克思主义、实用主义、实在论、德国19世纪哲学、分析哲学、维也纳学派、现象学、存在主义、结构主义、解构主义、后现代主义等等，先后进入中国，影响着中国哲学界。从20世纪初起，“中国哲学”的建立可以说是从研究“中国哲学”的历史入手的，从而出现了若干部《中国哲学史》，其中可以胡适的《中国哲学史大纲》[①]和冯友兰的《中国哲学史》为代表，以证明自先秦以来中国就有哲学。这说明，中国学者自觉地把“中国哲学”作为研究的对象，进行了系统的研究。这正是在西方哲学输入后的态势。其后又有若干关于中西哲学比较的书出现，例如梁漱溟的《东西文化及其哲学》，以文化的类型不同来说明中西印哲学之间的差异。特别应说明的是，《东西文化及其哲学》可以说是中国学者对五四运动以来“反传统”、“提倡西学”的一次认真的“反思”。在这本书中，他认为中国应引进西方文化与哲学，让“科学与民主”也在中国得到发展，并且反复申明：我们提倡东方化与旧头脑的拒绝西方化不同。从中也可看到他受到西方柏格森生命哲学影响的痕迹。但同时梁漱溟对西方文化进行了批评，并主张把中国原有文化精神拿出

① 英文本原名《先秦名学史》。谢无量的《中国哲学史》出版于1916年，早于胡适的《中国哲学史大纲》，其后有不少关于“中国哲学史”的书出版，这里就不一一列举了。

来，贡献给人类社会。他认为，在不远的将来是中国文化的复兴，它如同西方文化在漫长的中世纪之后复兴一样。西方哲学至20世纪20年代已发展到了顶点，暴露出来许多问题与困难，造成许多痛苦与灾难，如人们精神的极度空虚、人与人的关系的紧张、自然资源的破坏等等。而中国哲学是以孔子的“仁学”为代表，是一种超功利的“无所为而为”的生活态度，提倡“乐天”、“安命”，为自我找一个安身立命的“孔颜乐处”。这种哲学可以补救西方哲学带来的弊病。梁漱溟的这些看法虽然仍是中西文化的比较问题，但已可看出他对中西哲学的不同有了自己的看法，和20世纪之初那些看法相比深入得多了。至30年代初起，中国哲学家在吸收西方哲学的基础上形成了若干现代型的“中国哲学”，先有熊十力和张东荪，后有冯友兰、金岳霖，以及使马克思主义带有一定特色的毛泽东著作《实践论》、《矛盾论》等。熊十力著《新唯识论》只完成了“本体论”（境论）部分（在这部分中多少可以看出受到柏格森哲学之影响），但他原计划还要写“认识论问题”（量论），这点我们可以从他的其他论著中看到。他的“量论”的基本思路是，他认为“中国哲学”原来缺乏“认识论”，因此他主张要在中国哲学中创建中国式的认识论，如他说：“吾国学术，风尚体认而轻辨智，其所长在是，而短亦伏焉”，故“中西文化，宜互相融合”，“中国诚宜摄西洋以自广”[①]。为此之故，熊十力提出：“余常以哲学为思修交尽之学”，盖因“专尚思辨者，可以睿理智，而以缺乏修为故，则理智终离其本，无可语上达。专重修为者，可以养性智，而以不务思辨故，则性智将遗其用，无可成全德也。是故思修交尽，二智圆融，而后为至人之学”（《新唯识论》

① 《十力语要》卷二，该引文分见《复性书院开讲示诸生》和《十力语要初读》中的《答某生》。

语体文本）。可见熊十力也在吸收西方哲学，为建设中国现代哲学而努力。特别是熊十力哲学的“体用不二”、“翕辟成变”等都是沿着《周易》哲学在新时代的重要发展。熊十力哲学开启了现代新儒学，继者有牟宗三、唐君毅等，成为当今中国传承儒学的中坚力量。张东荪提出其“多元认识论”体系和所谓“架构论”学说。他的学说是在吸收新康德学派学说和批判实在论思想基础上而提出的一种现代型的“中国哲学”。他提出了与金岳霖《论道》不同的中国哲学路向：金岳霖哲学是知识论向本体论看齐；张东荪哲学则追求宇宙论向知识论看齐，并否认中国有“本体论”。[①] 他们两位的哲学正体现了中国传统哲学的两大系——《周易》的本体论和宇宙生成论，但都是借助了西方哲学来建构他们的哲学体系。金岳霖是以分析哲学和逻辑实证论的方法来写他的《论道》和《知识论》的，他的哲学的特长是在借助于分析哲学上。从形式上看他的哲学很不像中国哲学，但就内容上看却可感到他也颇受道家哲学和儒家哲学的影响。冯友兰的《新理学》明确地说，他的哲学不是照着宋明理学讲，而是接着宋明理学讲。他的“接着讲”实际上是把柏拉图哲学的“共相”与“殊相”和新实在论的理论引入中国哲学，把世界分为“真际”（或称之为“理”，或称之为“太极”）和“实际”，实际的事物依照所以然之理而成为某事物。特别冯友兰的《新原道》，此书又名《中国哲学之精神》，此书认为中国传统哲学的精神就是“内圣外王之道”。他说：“在中国哲学中，无论哪一派哪一家，都自以为是讲‘内圣外王之道’。”而冯友兰也以为他的哲学是讲“内圣外王之道”的。在他的《新原人》中更提出“四种境界”说，而《新知言》则认

① 参见张耀南，《张东荪》，收入《世界哲学丛书》，台北，东大图书公司，1998。

为西方哲学长于分析（形而上正的方法），而中国传统哲学则长于直觉（形而上负的方法），而他的哲学方法则是两者的结合。这些都表明冯友兰的哲学是在利用西方哲学，接着宋明理学讲中国哲学，为使中国哲学现代化。但冯友兰哲学的基础，区分“真际”和“实际”，则上可接宋明理学的“理一分殊”学说，又可把西方哲学中关于“共相”和“殊相”的观点贯穿于中国哲学史之中，这正说明他的哲学选择柏拉图哲学和新实在论之故。这些都说明三四十年代中国学者在努力借助西方哲学来创立新的“中国哲学”的尝试。同期，汤用彤为证明中国哲学中也有其本体论，并有其特殊的哲学方法论（“得意忘言”），而研究了魏晋玄学，为中外学者所重视。他的《汉魏两晋南北朝佛教史》在写作方法上颇受德国哲学史家温德尔班的影响，而成为当今中国哲学史方面的权威著作。汤用彤早年留学美国，颇受当时在美国流行的新保守主义的影响，因此他的学说也颇有西学的烙印。在这中间，我们可以看到，有些新的“中国哲学”在中国影响比较大，有些则比较小，例如冯友兰、熊十力两人的哲学影响就比金岳霖、张东荪大，这是因为冯友兰、熊十力哲学都是“接着”中国传统哲学讲的，而金岳霖、张东荪哲学则是更加西方化的。在他们创建现代中国哲学的尝试中，都注意到中国传统哲学缺乏“认识论”（“知识论”）的这个事实，而力图为中国哲学补上这个缺陷，这当然正是受到西方哲学影响的结果。如果说，“中国哲学史”的研究是参照西方哲学来说明有“中国的哲学”，是建立中国哲学的第一步，那么这里说的熊十力、张东荪、冯友兰、金岳霖则是在西方哲学的冲击下，或深或浅地借助西方哲学，来建立他们的现代中国哲学。但是如果我们客观地看，张东荪、金岳霖的哲学不能不说是相当深刻，但是他们的哲学在中国的影响则比不上熊十力和冯友兰。

我认为，正是熊十力、冯友兰哲学在接着宋明理学讲之故，因此他们的哲学更具有中国特色。而张东荪、金岳霖的哲学从方法论上说重分析，而多少有偏离中国传统之倾向。我们可看到，熊十力哲学虽然容纳了西方哲学的若干“思辨性”，也较中国传统哲学增加了若干分析的成分（其分析成分或亦来自佛教的“唯识学”），但它仍然是沿着中国哲学整体性和直觉性（甚至含混性）的特色发展着。他的后继者或更多地吸收了西方哲学的理论与方法，但仍然没有离开熊十力开创的路子。冯友兰在运用逻辑分析方面自然比熊十力高明，而且受西方哲学的影响要大得多，但如前所述，他的哲学仍是接着宋明理学的“现代中国哲学”。而较多逻辑分析成分的哲学（例如分析哲学、科学哲学）在中国就比较难以有较大影响，从这点看，两种不同哲学在相遇后，必然在互动中存在着双向选择问题。但我们还可以注意到，某些研究西方哲学（或者中西哲学同时都研究的学者）都曾努力利用中国哲学对西方哲学进行解读（或者说他们在解释西方哲学时多少带有中国的特色），也许可以说是把西方哲学中国化的有一定意义的尝试。[1] 可是照我看，这些企图使西方哲学中国化或者吸收西方哲学而使中国哲学具有现代意义的尝试，他们都还不能和隋唐时期形成的中国佛教哲学的影响及其意义相比，中国现代哲学仍然还未如宋明时期在吸收批判印度佛教哲学后创造的新儒学那样，创建出适应中国现代化社会以及世界哲学发展的

① 例如贺麟、陈康、郑昕、洪谦、熊伟、黄建中、沈有鼎等等诸先生都曾努力作过这方面的尝试，可参见贺麟：《五十年来的中国哲学》，沈阳，辽宁人民出版社，1989。并可参考赵敦华：《西方哲学的中国式解读》，哈尔滨，黑龙江人民出版社，2002。又如20世纪上半叶有赵紫宸、谢扶雅、吴雷川等有使基督教本土化的尝试，可参见张西平、卓新平编：《本色之探》，北京，中国广播电视出版社，1999。

形势要求的“现代中国哲学”。

至于1949年后，在相当长的时期里，由于极左思潮的影响，虽在“中国哲学史”和中国传统哲学方面也取得若干成绩，但应该说是很不理想的。至80年代后，无论在“中国哲学史”、“中国传统哲学”以及西方哲学的研究上都有相当可观的成就。哲学方面的著作不仅在量上大大超过前八十年，而且在问题研究的深度上也有不少方面超过了前人。但是，我们客观地看，在20世纪后半叶还没有出现像熊十力、张东荪、冯友兰、金岳霖等那样有独创性、影响较大的哲学家，这当然不能责怪这一时期的哲学家（或者称为哲学工作者），而应看到是社会政治环境使然，对这一点我们只能深表遗憾了。

三

德国哲学家雅斯贝尔斯曾经提出“轴心时代”的观念，他认为，在公元前500年前后，在古希腊、以色列、印度和中国等地几乎同时出现了伟大的思想家，他们都对人类关切的根本问题提出了独到的看法。古希腊有苏格拉底、柏拉图，中国有老子、孔子，印度有释迦牟尼，以色列有犹太教的先知们，形成了不同的文化传统。这些文化传统经过两三千年的发展已经成为人类文化的主要精神财富，而且这些地域的不同文化，原来都是独立发展出来的，并没有互相影响。“人类一直靠轴心期所产生、思考和创造的一切而生存，每一次新的飞跃都回顾这一时期，并被它重燃火焰。”[①] 例如，欧洲的文艺复兴就是把目光投向

① 雅斯贝尔斯：《历史的起源与目标》，14页，北京，华夏出版社，1989。

其文化的源头古希腊，使欧洲文明重新燃起新光辉，而对世界产生重大影响。中国的宋明理学（新儒学）在印度佛教冲击后，再次回归孔孟而把中国哲学提高到一个新水平。在某种意义上说，当今世界多种文化的发展正是对两千多年前的轴心时代的又一次新的飞跃。我们知道，自第二次世界大战以后，西方殖民体系逐渐瓦解，原来的殖民地国家和受压迫的民族一个很迫切的任务就是从各方面自觉地确认自己的独立身份，而自己民族的独立文化正是其确认自己独立身份的最重要的因素。据此，我们也许可以说，将有一个新的“轴心时代”出现。在可以预见的一段时间里，各民族、各国家在其经济发展的同时一定会要求发展其自身的文化，因而经济全球化将有利于文化多元的发展。从今后世界文化发展的趋势看，将会出现一个在全球意识观照下的文化多元发展的新局面。21世纪世界文化发展很可能形成若干个重要的文化区：欧美文化区、东亚文化区、南亚文化区和中东与北非文化区（伊斯兰文化区），这几种文化区的文化不仅有很长的历史，而且每种文化所影响的人口都在十亿以上。当然也还有一些其他文化会同时存在，并起着一定的作用。但这几种有着长久历史的大的文化潮流的哲学将会成为影响世界文化发展的主要动力。这新的“轴心时代”的文化发展与公元前500年左右的那个“轴心时代”会有很大的不同。概括起来，至少有以下几点不同：

（1）在这个新的“轴心时代”，由于经济全球化、科技一体化、信息网络的发展，把世界连成一片，因而世界文化发展的状况将不是各自独立发展，而是在相互影响下形成文化多元共存的局面。各种文化将由其吸收他种文化的某些因素和更新自身文化的能力决定其对人类文化贡献的大小。原先的“轴心时代”的几种文化在初创时虽无互相间的影响，但在其后的两千多年中，却都在不断地吸收其他文化，罗素在《中西文明的对比》中说到西方文化的发展：

> 不同文明之间的交流过去已经多次证明是人类文明发展的里程碑。希腊学习埃及，罗马借鉴希腊，阿拉伯参照罗马帝国，中世纪的欧洲又模仿阿拉伯，而文艺复兴时期的欧洲则仿效拜占庭帝国……

到17、18世纪西方又曾吸收过印度文化和中国文化。可以毫不夸大地说，欧洲文化发展到今天之所以有强大的生命力，正是由于它能不断地吸收不同文化的某些因素，使自己的文化不断得到丰富和更新。同样中国文化也是在不断吸收外来文化而得到发展的。众所周知，在历史上，印度佛教传入中国，促进了中国文化的哲学、宗教、文学、艺术等等诸多方面的发展。中国文化曾受惠于印度佛教，印度佛教又在中国发扬光大，并由中国传到朝鲜半岛和日本，而且在朝鲜半岛和日本又与当地文化相结合而形成有特色的佛教。近代中国文化又在西方文化的冲击下，不断地吸收西方文化，更新自己的文化。回顾百多年来，西方文化的各种流派都对中国文化产生过或仍然在产生着深刻的影响，改变了中国社会和文化的面貌。显然，正是不同文化之间的交流和互相影响构成了今日人类社会的文化宝库。新的“轴心时代”的各种文化必将是沿着这种已经形成的文化之间的交流与互相吸收的势态向前发展。因此，各种文化必将是在全球意识观照下得到发展的。这就和两千多年前那个“轴心时代”的文化有着鲜明的不同。

(2) 跨文化和跨学科的文化研究将会成为21世纪文化发展的动力。

由于世界连成一片，每种文化都不可能孤立地发展，因此跨文化与跨学科研究会大大地发展起来。每种文化对自身的了解都会有局限性，“不识庐山真面目，只缘身在此山中”，如果从另外一个文化系统看，也就是说从“他者”看，也许会更全面地认识这种文化的特点。因而当前跨文化研究已成为文化研究的热门。以“互为主观”、“互相参照”为核心，重视从“他者”反观自身的文化逐渐为中外广大学术界所接受，并为文化的多元发展奠定了重要基础。在各个学科之间同样也有这样的问题。今日科学已大大不同于西方 18 世纪那时的情况了，当前科学已打破原先的分科状况，发展出来许多新兴学科、边缘学科。但正因为如此，原来的学科划分越来越模糊了，本来物理学就是物理学，化学就是化学，现在既有物理化学，又有化学物理学，在自然科学之间原有的界限被打破了。不仅如此，自然科学与社会科学、人文学科的界限也正在被打破。例如，经济学必须利用数学，法学必须利用某些高科技手段，人文学科甚至要利用诺贝尔奖金获得者普里戈金的“耗散结构”理论。因此就目前情况看，在不同文化传统和不同学科之间正在形成一种互相渗透的情况。我们可以预见，在 21 世纪哪种传统文化最能自觉地推动不同文化传统和不同学科之间的对话和整合，那种文化就会对世界文化的发展具有更大的影响力。21 世纪新的“轴心时代”将是一个多元对话的世纪，是一个学科之间互相渗透的世纪，这大大不同于公元前 5 世纪前后的那个“轴心时代”了。

（3）新的“轴心时代”的文化将不可能像公元前 500 年前后那样由少数几个伟人思想家来主导，而将是由众多的思想群体来导演未来文化的发展。正因为当今的社会发展比古代快得多，思想的更替日新月异，并且是在各种文化和各个学科互相影响中发展着，已经形成了“你中有我，我中有你”的新局面，因此就没有可能出现“独来独往”的大思想家。由于当今思想面对的不是某一个国家或某一个民族，而是要面对全世界，它就不可能不吸收其他民族文化的某些因素，不可能没有全球化的视野，因此真正有成就的思想家将既是民族的，又是世界的。我们可以看到，在西方，一二百年来各种思潮不断变换，其各领风骚最多也就是几十年，到目前为止看不出有哪种思想能把西方流行的众多派别整合起来。在中国，百多年来基本上是在学习西方文化的过程中，是在建设中国新文化的过程中，可以预见的是，在中国必将出现一个新的“百家争鸣”的局面，文化多元的新格局。我们可以看到，自改革开放以来西方的各种学说、各种流派如潮水一般涌入中国，到目前为止我们仍然处在大量吸收西方文化的过程之中，我们还没有能如在吸收印度佛教文化的基础上形成了宋明理学那样，在充分吸收西方文化基础上形成现代的新的中国文化。但在进入 90 年代之后，中国思想文化界的分野越来越明显，逐渐形成了若干学术小团体，这些学术小团体大概都只是“一家之言”，能领导思想界的权威还没有出现。展望 21 世纪，在不久的将来也许会出现适应中国现代社会要求的不同学术派别，但大概也不会产生一统天下的思想体系。这就是说，无论中外，由于文化的相互影响和不断变换，大概都不可能出现像柏拉图、孔子、释迦牟尼等等那样代表着一种文化传统的伟大思想家。那种企图把自己打扮成救世主的时代已经一去不复返了。众多的思想群体合力推动人类文化的发展，这正是多元文化所要求的。与这种情况相联系，我认为也许和当前精英文化向大众文化转移不无关系。由于人类社会生活的节奏越来越快，传统的慢节奏的精英文化已不适应人们感情和精神的需求，因此在文化的各个方面都表现出趋向大众化，哲学自然也不能例外。因而为满足人们这种快节奏的精神和感情上的需要，哲学问题也逐渐趋向简洁和通俗。我想，这也是不会出现像已影响人类文化两千多年，今后仍然会长期发生影响的柏拉图、孔子、老子、释迦牟尼等“圣人”的原因之一吧！可以预见21世纪的哲学也许是精英哲学与大众哲学相结合的世纪。

（4）在新的轴心时代，中国哲学和中国哲学界应该如何呢？回顾20世纪中国哲学界的情况，我们可以看出能够对中国哲学或中国文化的研究取得若干成就的学者，大都是能“熔铸古今”，而又能“会通中西”（接通华梵）者。司马迁说他作《史记》是为了“究天人之际，通古今之变，成一家之言”。季羡林先生曾说过：“在中国几千年的学术史上，每一个时代都诞生少数几位大师。是这几位大师标志出学术发展的新水平；是这几位大师代表着学术前进的新方向；是这几位大师博古通今，又熔铸古今。他们是学术天空中光辉璀璨的明星。”“中国近现代，当然也不能例外，但是，根据我个人的看法，近现代同以前的许多时代，都有所不同。举一个具体的例子，就是俞曲园先生（樾）和他的弟子章太炎（炳麟），在他们师徒二人身上体现了中国19世纪末至20世纪初叶学术发展的一个大转变。俞曲园能熔铸古今；但太炎在熔铸古今之外，又能会通中西。”“太炎先生以后，几位国学大师，比如梁启超、王国维、陈寅恪、陈垣、胡适等，都是既能熔铸古今，又能会通中西的。”我认为，季先生对古今学术之不同的分析，是非常正确的。造成这种情况，不是由于古今学者的主观原因，而是时代使之如此的。因此，我想为司马迁的话加上一句，我们今天的学者或哲学家应该是“究天人之际，通古今之变，会东西之学”者。哲学家之成为哲学家，除了要靠他的悟性之外，我想还得靠其广泛的知识积累，即要掌握新材料、新方法，这样才能有新眼光来看学术发展的新方向，才可以具有对宇宙人生终极问题的新认识。前面说过，当今世界连成一片，某个国家、某个民族的问题，同时又是世界的问题。不同国家、不同民族对当前人类社会所面临的问题的思考路径、方法和着眼点可以不同，但他们考虑的问题，从哲学上看不可能全然不同。因此，20 世纪在中国哲学上有一定成就的哲学家大都不仅有深厚的“国学”基础，而且对西方哲学也有较深的了解。从今天我们对 20 世纪中国哲学家研究的情况看，就可以证明这一点。例如前面我们列举的严复、章太炎、金岳霖、冯友兰、张东荪、胡适、汤用彤等等之外，还有贺麟、沈有鼎、方东美、牟宗三、唐君毅等等，都是能在某种程度和某个方面会通中西的。就像对英语完全不通的熊十力，他所讨论的问题往往也是企图会通中西的：他虽是中国哲学的卫道者，但也认为不学习西方哲学，中国哲学是无前途的。熊十力实对西方哲学了解甚少，大多是听张东荪向他说的一点点。① 从以上情况看，正如雅斯贝尔斯所说，每种文化传统的“每一次新的飞跃都回顾这一时期，并被它重燃火焰”。中国哲学要在新的轴心时代能对人类社会起较大作用，必须在发挥中国哲学的固有的内在精神的同时大力引进西方哲学，以便跟上当前世界哲学发展的总趋势，而成为 21 世纪新轴心时代的一哲学重镇。不仅中国哲学应如此，其他各国、各民族的哲学在新的轴心时代大概也应如此。

---

① 在《哲学评论》第十卷第五期中有熊氏之《与柏特教授论哲学之综合书》，又熊氏尚有《中国哲学与西洋哲学》，收入《熊十力全集》第四卷（武汉，湖北教育出版社，2001），均可以看出他对20世纪西方哲学知道得很有限。

四

在这个新的轴心时代，如何让中国哲学走向世界？

在鲁迅《拿来主义》一文最后有这样一段："总之，我们要拿来。我们要或使用，或存放，或毁灭。那么，主人是新主人，宅子也就会成为新宅子。然而首先要这人沉着，勇猛，有辨别，不自私。没有拿来的，人不能自成为新人，没有拿来的，文艺不能自成为新文艺。"① 从鲁迅《拿来主义》的全文看，他主张"我们要运用脑髓，放出眼光，自己来拿"。现在我们仍然要自己来拿，把西方的和其他民族的好的文化（包括哲学）资源按照我们实现现代化的要求统统拿进来，作为养料，建设我们的现代新文化、新哲学。在鲁迅的这篇短文中也谈到了"送去"的问题。他的意思是说，我们的"送去"，常常是把一些"古董"和自然资源等等作为"礼物"送了出去，"发扬国光"，无非是向别国"磕头贺喜"罢了，这和真正的文化交流无关。

今天，我们还要提倡鲁迅的"拿来主义"，继续引进西方哲学和其他各民族的哲学。只有善于并勇于把其他民族和国家的优秀文化充分地、系统地而不是零碎地（不是以狭隘的实用主义态度的）拿进来，才可以促使我们自身文化得到更新。把其他民族和国家的文化作为"他者"来观照我们自己的文化，才能更好地看见自身文化的长处和短处。关于应该引进与如何引进外来文化的问题，最近许多学者都发表了许多很好的意见，不必多谈了，这里我打算多谈一点"送去主义"的问题。

我多次访问欧美的许多大学，我感到很吃惊，为什么除了学习和研究中国文化的学生之外，学其他学科的大学生几乎对中国文化、中

① 鲁迅：《且介亭杂文》，见《鲁迅全集》，第六卷，33页。

国哲学一无所知。可是，如果看看中国的大学生，哪怕是学习理工医农的同学，他们对西方文化（哲学、宗教、历史、文学、艺术等等）都多多少少知道一些，有些同学还可以说关于西方文化的知识相当丰富。为什么是这样呢？这无非是认为我们中国在各方面都落后，那些西方国家看不起我们（包括我们的文化、我们的哲学），你们中国有什么可学的呢？但我想，问题也许并没有那么简单，让我们先谈一点历史现象，也许对这个问题会有更进一步的了解。

印度佛教作为一种外来文化传入中国已有两千年的历史，它是怎样进入中国的呢？查看慧皎《高僧传》就可以知道首先是由西域或印度僧人把佛教传入中国，然后才有中国的僧人或信士到“西天”去取经。可是中国文化（如儒家、道家思想等等）在这一时期并没有相应地传到印度。据《旧唐书》、《新唐书》、《宋高僧传·玄奘传》等记载，《道德经》曾译成梵文，但据季羡林先生说，《道德经》“是否传至印度，则我们毫无根据来肯定或否定”[①]。不过我们可以肯定地说玄奘等翻译的《道德经》的梵文本并没有对印度文化发生任何影响，并且早已不存在了。在汉唐时期（甚至到以后各朝各代）为什么印度佛教经典大量译成汉文[②]，而中国的经典和著述却没有被译成梵文（或印度的其他文字）而在印度流传，并对印度社会生活产生影响呢？

从历史上看，自2世纪起印度和西域僧人来华络绎不绝，几乎年

① 此处内容，可参见《佛教的倒流》，见《季羡林文集》，第一卷，412～422页。又见于《学海泛槎——季羡林自述》，254～255页，太原，山西人民出版社，2000。

② 据唐《开元录》记载，自汉至西晋250年间翻译佛经共1420卷，而东晋这一时期（包括同期北方的后秦、西秦、前凉、北凉）则共译佛经1716卷，至唐《开元录》入藏则已达到5040余卷。

年都有，而且许多僧人往往是一生都在中国度过。到三国以后，才有中国僧人或信士到西域或印度去学佛取经，例如最早的有朱士行，后来最知名的法显、玄奘、义净等等，但我们到西天学佛取经的人却大大少于西域和印度来华的和尚。而且中国人去印度目的很单一和明确，就是去取佛经，几乎都没有把中国文化传入印度的意图。这是什么原因？

到隋唐以后，我国的东邻朝鲜半岛的新罗、百济、高丽和日本都派遣“学问僧”或留学生到中国来学习佛教或者儒、道思想，甚至学习中国文化的各个方面（音乐、舞蹈、建筑、饮食等等）。我们从当时朝鲜半岛和日本的僧人带回国的汉文书目可以看出，其中儒、释、道、文、史、笔记、小说种种都有，现在保存在朝鲜半岛和日本的许多汉文典籍在中国却早已散失了。可是同一时期或稍后，我们并没有以同样的热情把朝鲜半岛和日本的文化也引进中国。这又是为什么？

但很奇怪中国的有些技术却很快传到国外，并为他们所利用，例如所谓的“四大发明”（火药、印刷术、指南针、造纸术）就是典型的例子。无疑西方技术的某些方面曾受惠于中国，而近两三百年来在科学技术方面，我们中国又远远地被西方抛在后面了，这种现象大概也要求我们作点认真研究。

如果说，从历史上看西方文化（基督教）在唐朝已传入中国，但并没有起什么大作用。直到16世纪下半叶后，西方为了开拓市场来到中国，最初进到中国的是一批传教士，如罗明坚、利玛窦等，他们的目的自然是传教，但也带入了西方的科技和文化，从此西方文化就源源不断地传入中国。虽然后因“礼仪之争”，西方文化的输入有所中断，到19世纪中叶后，随着西方列强的扩张和入侵，西方文化以更大的规模进到了中国。从19世纪末到如今，在中国无论自然科学、社会科学还是人文学科在许多方面都是从西方搬来的，到现在为止我们还没有创建出适应现代社会要求的中国新文化。同时，自 20 世纪初起公私留学生大量流入西方，近年来犹如潮水一般向西方涌入。20 世纪前半个世纪，西方列强还在我国办了许多教会学校，输入他们的科学知识和价值观念。这一阶段，都是我们向西方学习，主动地或被动地接受西方文明，而我们很少主动地向西方传播中国文化，这又是什么原因？

从以上情况看，我们的国家无论在强盛时期（如汉唐），还是在衰弱时期（如清末以后），在与外国的文化交往中基本上都是“拿来”，但很少把我国的文化主动地“送去”。到现在为止，在西方除了少数汉学家对中国文化有点兴趣，在中国文化的某些方面作了点认真研究，而取得了有价值的成果外（其中还有不少学者是为了西方侵略或掠夺中国的目的而来研究中国文化的），绝大多数西方人对中国文化的内在精神和某些可以为当今人类社会合理发展提供有意义的资源则盲无所知，他们知道的中国或者是舞龙灯、踩高跷、扭秧歌，或者是大红灯笼高高挂之类。

大概在进入 21 世纪的第一周，我企图对上述现象的形成找出原因来，可怎么也难找到一种或几种我自己比较满意的合理的说明。但是总不能就这样放下，等别的学者来解释吧！这里我就试着说说我对中国文化出现的这种现象的见解。我认为，在中国强盛时期，我们没有主动地向印度输出中国文化，也许是当时有些中国的士大夫认为外国人和中国人本性不同，外国人很难接受中国的“教化”，如何承天所说：“中国之人，禀气清和，含仁抱义，故周孔明性习之教。外国之徒，受性刚强，贪欲忿戾，故释氏严五戒之科。”① 可是同时期在中国又有《老

① 何承天：《答宗居士书——释均善难》，见《弘明集》，卷三。

子化胡经》的出现，为了争胜而炮制了老子出关去“教化”胡人（外国人）的故事，这岂不矛盾？特别是在当时（南北朝）和以后（隋唐）有更多的学者和中国僧人认为，印度佛教比中国文化更高明。张镜有“放华犹昏，文宣未旭”之语①，宋文帝有“六经典文本在济俗为治耳；必求性灵真奥，岂得不以佛经为指南”之论。②是时，中国之名门士族之子弟或出家为僧，或在家信佛。③而广大老百姓崇信佛法者如狂潮。宋朝以后，理学兴起，明里批判佛教，而暗中又吸取佛理，而把佛教思想融化于儒学之中。这一时期，尽管中国人在佛教问题上有种种不同之表现，但总体上说在接受外来文化上表现着一种开放的“自信”态度。当中国文化处于衰弱的情况下，中国人对待外来文化的态度虽有种种不同，但从总体上说仍然是积极的，特别是进入 20 世纪甚至可以说相当严重地存在着“全盘西化”的情形。这就是说，在一定程度上中国丧失了对自身文化价值的信心。④对中国文化这种非常复杂的状况，要想得出大家都能接受的结论无疑是相当困难的。在这里我只是尝试着

① 参见张新安（张镜位至新安太守）：《答谯王论孔释书》，见《弘明集》，卷十二。

② 《高僧传·慧严传》中引宋文帝语，详参汤用彤：《汉魏两晋南北朝佛教史》，第十三章与第十四章两章。

③ 如道安“家世英儒”（《高僧传》卷五），道生“家世仕族”（《高僧传》卷七），僧慧“高士谥之苗裔”（《高僧传》卷八），等等。至如士人之崇信佛法者，南北朝有谢灵运、刘勰、郗超等，唐有王维、白居易、柳宗元等，不胜枚举。

④ 进入20世纪，在中国一直存在着“中西古今”之争，在对待中国文化上存在着三种不同的态度，激进的、保守的和改良的，而激进派引进西化则在相当长的时期一直居于主导地位。参见拙作《古今中西之争与中国现代文化的发展》，收入《汤一介学术文化随笔》，北京，中国青年出版社，1996。

给它一种解释，请大家来共同讨论。我们是不是可以说，中国人在吸收外来文化上有较强的自觉性和主动性，而在向外传播自己的文化上则缺乏自觉性和主动性。如果进一步分析，也许这种状况和我们的民族性格有若干关系。在历史上中国人在对待外来文化上比较宽容，也可以说中国文化的包容性比较强；但中国人比较缺乏向外的进取精神，或者说中国文化在进取性上比较弱。换一个说法，也许可以说在我们强盛时存在着一种“天朝大国”心理，认为其他民族或国家到我们这里来学是天经地义的，我们没有必要到他们那里去传播中国文化。在我们的国力衰落之初，往往仍然存在着这种盲目的自大，但随之而来的是在处处挨打的状态下又变为“自卑”，觉得处处不如人。无论“自大”或“自卑”，都说明我们在送出文化上是缺乏进取精神的。如果再进一步考察，这也许和我们的社会政治制度有关。自古以来我们的社会是以家族为本位的农业宗法专制社会，这种社会是缺乏开拓性的，比较多地注重守成，因此不大注意向外输出自己的文化，在制度和观念上都压制着开拓精神，例如，把发配到边远地区作为惩罚，把“父母在不远游”作为伦理准则等等，都阻碍了我们主动地向外传播文化。我在这里提出这个问题，完全没有向外推行文化扩张的意思，而是认为文化上的交流应该是双向的才比较正常，特别是在当前的情况下，双向交流才可以使双方都受益。

在进入21世纪的时刻，我们的社会必须加速地向工业化甚至信息化社会转化，因此在文化问题上也应有个态度上的转变。中国人对待外来文化应更多注重“选择性”，鲁迅说：对外国“送来”的东西，“我们要运用脑髓，放出眼光，自己来拿”，要“挑选”。我这里说的“要更多注重选择性”，不是要排斥什么，而是应从更大的范围里挑选西方文化中的和其他各种文化中的我们真正需要的东西。在我们把中国文化传播到其他国家和民族时应更加有“自觉性”和“进取”精神。我这里说的“进取精神”不是说要把中国文化强加给其他国家和民族（这样做不仅是不可取的，从根本上说也是不可能的），而是要让别国人民了解我们，了解中国文化和中国哲学。因此，在我们和国外的文化交流上应是双方面的，一方面积极吸取国外的一切优秀文化，另一方面主动地向外国介绍我们的优秀文化，在文化的对话和讨论中共同推进人类文化的发展。

当前经济全球化正在对人类社会文化的发展产生着重大影响。经济全球化并不会消除不同国家和民族之间的冲突，在某种情况下还有可能因文化传统的不同而加剧国家和民族之间的冲突。因此，关于文化冲突与文化共存的讨论正在全世界范围内展开。是增强不同文化之间的相互理解和宽容而引向“和平共处”，还是因文化的隔离和霸权而导致战争，将影响着21世纪人类的命运。就目前情况看，全世界在文化问题上存在着两股不同方向的有害潮流：文化上的霸权主义和文化上的部落主义。某些西方国家为维护他们的霸权地位，仍然在鼓吹文化上的西方中心论；而某些取得独立或复兴的国家为了固守本土文化，排斥外来文化，而陷入文化上的部落主义。今天在我国文化界或多或少也受着上述两种思潮的影响。有少数学者主张要把西方文化不加选择地全盘“拿来”，而对中国自身的传统文化采取否定的态度；又有少数学者认为西方文化已经走入死胡同，21世纪东方文化（或中华文化）将会主导人类文化的发展。我认为，这两种看法都不能说是客观、理性地认识世界和中国文化发展的总趋势，都是从不同的方面对“拿来主义”或“送去主义”的不可取的错误态度。当前，人们应以一种新的视角来考察不同文化之间的关系，建立一种新型的文化多元开放的新格局。在21世纪，由于经济全球化、科技一体化、信息网络的普及化，世界被连成了一片，因而文化之间的互相影响与交流，将是不可避免的。各个民族、各个国家的文化将不可能孤立地发展，只能在商谈和对话中，在互相参照、取长补短中得到发展。同时，又由于第二次世界大战后，殖民体系相继瓦解，文化上的“西方中心论”也随之逐渐衰退，各民族、各国家要求发展自身文化的内在价值的呼声越来越高，发达国家特别是超级大国强迫其他民族和国家全盘接受他们的价值观念越来越难以得逞了。因此，当今人类文化从总体上说只能是在全球意识观照下朝着多元化的方向发展。在这种形势下，今后中华文化既要提倡“拿来主义”，又要提倡“送去主义”，以便我们能在与世界其他各种文化的双向互动中得到更加合理的、健康的发展。

说到“送去主义”，也许有人会问：我们中华文化有什么东西可以而且应该被送出去呢？如果在我们的传统文化中没有什么对当今人类社会有价值的东西，那么提出“送去主义”岂不是一句空话吗？我想对这个问题作点尝试性的回答。在这里当然没有可能全面论述中华文化对当今人类社会可以作出贡献的方方面面，这是我的能力全然做不到的。现在只想以我认为儒、道两家中某些仍然有益于人类的思想为例，来回答为什么我们在提倡“拿来主义”的同时，也是应该提倡“送去主义”。

中国哲学是当今人类社会多元文化中的一元（而此“一元”中实又包含着“多元”），在21世纪多种文化并存的情况下，我们必须给中华文化一个恰当的定位。应该看到，在人类社会发展的历史长河中，任何学说都不可能是十全十美的，也不可能解决人类社会存在的一切问题，更没有放之四海而皆准的绝对真理。中国传统文化和其他民族传统文化一样，她既有（经过现代诠释）可以为当今人类社会合理发展提供有价值的资源的方面，又有不适应（甚至阻碍）当今人类社会合理发展的方面，我们不能认为中华文化可以是包治百病的万灵药方。因此，中华文化应该在和其他各种文化的交往中，取长补短，吸取营养，充实和更新自身，以适应当前经济全球化和文化多元化的新形势。人们常说，当今人类社会所面临的最大问题是“和平与发展”的问题。在21世纪如果要实现“和平共处”，就要求解决好人与人之间的关系，推而广之就是要求解决好民族与民族、国家与国家、地区与地区之间的关系。作为中国传统哲学主干的儒家和道家曾在中国历史上起过重大作用，使中国哲学形成一种“儒道互补”的局面。那么儒家和道家哲学在当前是否能对人类面临的“和平与发展”有着正面的积极意义呢？我认为，儒家的“仁学”思想和道家的“无为”思想大概都可以为这方面提供某些有价值的资源。人类社会要共同持续发展，就不仅要解决好人与人之间的关系，而且还要求解决好“人与自然”之间的关系，儒家的“天人合一”和道家的“崇尚自然”的思想也许能为这方面提供某些有价值的资源。当然，佛教特别是中国化的佛教宗派（如天台、华严、禅宗等）哲学也曾在中国哲学的发展史上起过重大作用，在这里从略了。

儒家的创始者孔子提出“仁学”的思想，他的学生樊迟问“仁”，他回答说：“爱人。”这种“爱人”的思想是根据什么而有呢？在郭店楚墓竹简《性自命出》中有一句话，对我们了解孔子的“仁”也许很有意义：“道始于情。”这里的“道”，即人与人的关系其初始是系于感情。所以《中庸》引孔子的话：“仁者，人也，亲亲为大。”孟子说：“亲亲，仁也。”“爱人”作为人的基本品德不是凭空产生的，它是从爱自己亲人出发。但是为“仁”不能停止于此，而必须“推己及人”，要做到“老吾老以及人之老，幼吾幼以及人之幼”。要做到“推己及人”并不容易，得把“己所不欲，勿施于人”、“己欲立而立人，己欲达而达人”的“忠恕之道”作为为“仁”的准则。如果要把“仁”推广到整个社会，这就是孔子说的：“克己复礼为仁，一日克己复礼，天下归仁焉。为仁由己，而由人乎哉！”对“克己复礼”的解释往往把“克己”与“复礼”解释为平行的两个相对的方面，我认为这不是对“克己复礼”的最好的解释。所谓“克己复礼为仁”是说，只有在“克己”基础上的“复礼”才叫做“仁”。“仁”是人自身内在的品德（“爱，仁也。”“爱生于性。”[①]）：“礼”是规范人的行为的外在的礼仪制度，它的作用是为了调节人与人之间的关系使之和谐相处，“礼之用，和为贵”。要人们遵守礼仪制度必须是自觉的，才符合“仁”的要求，所以孔子说：“为仁由己，而由人乎哉！”对“仁”与“礼”的关系，孔子有非常明确的说法：“人而不仁如礼何？人而不仁如乐何？”有了求“仁”的自觉要求，并把它实现于日常社会生活之中，这样社会就和谐安宁了，“一日克己复礼，天下归仁焉”。这种把“求仁”（孔子曰：“我欲仁，斯仁至矣。”）为基础的思想实践于日用伦常之中，就是“极高明而道中庸”了。“极高明”要求我们寻求哲学思想上的终极理念（仁），“道中庸”要求我们把它实现于日常生活之中，而“极高明”与“道中庸”是不能分为两截的。如果说，孔子的“仁学”充分地讨论了“仁”与“人”的关系，那么

① 《郭店楚墓竹简》（北京，文物出版社，1998）中有《五行》：“亲而笃之，爱也，爱父其继爱人，仁也。”《唐虞之道》：“孝之放，爱天下之民。”《语丛》：“爱，仁也。”“爱生于性。”

孟子就更进一步注意论述了“仁”与“天”的关系，如他说：“尽其心者，知其性也；知其性，则知天矣。”孟子曰：“恻隐之心，仁也。”（《孟子·告子上》）而朱熹说得更明白：仁者，“在天地则盎然生物之心，在人则温然爱人利物之心，包四德而贯四端者也”（《朱子文集》卷六七）。“天心”本“仁”，“人心”也不能不“仁”，“人心”和“天心”是贯通的，因而儒家“仁”的学说实是建立在道德形上学之上的，故《中庸》说：“诚者，天之道；诚之者，人之道。”孔子儒家的这套“仁学”理论虽不能解决当今社会存在的“人与人之间关系”的全部问题，但它作为一种建立在道德形上学之上的“律己”的道德要求，作为调节“人与人之间的关系”的准则，能使人们和谐相处，无疑有其一定的意义。

道家创始者老子的“无为”思想或者从另一个方面在处理“人与人之间的关系”上可以作出有意义的贡献。今日人类社会之所以存在种种纷争，无疑都是由于贪婪地追求权力和金钱引起的。那些强国为了私利，扩张自己的势力，掠夺弱国的资源，正是世界混乱无序的根源。老子提倡的作为“无为”基本内容的“少私”、“寡欲”，不能说是没有意义的。不要去夺取那些不应该属于你的，不要为满足自己的欲望而损害他人。老子认为，治理国家最重要的是让老百姓安居乐业，休养生息，他说：“治大国若烹小鲜。”（《老子》第六十章）汉初有文景之治，行清净无为，与民休息，生产发展了，社会安定了，所以老子引用古圣人的话说：“我无为而民自化，我好静而民自正，我无事而民自富，我无欲而民自朴。”（《老子》第五十七章）我想，我们可以对这几句话作一现代诠释，使之适应现代社会的现实。我认为今天可以这样解释《老子》这章的意思：在一个国家中，对老百姓干涉越多，社会越难安宁；在国与国之间，对别国干涉越多，世界必然越混乱；在一个国家中，统治者越要控制老百姓的言行，社会就越难走上正轨；大国强国动不动用武力或以武力相威胁，世界就越是动荡不安和无序；在一个国家中，统治者没完没了地折腾老百姓，老百姓的生活就更加困难和穷苦；大国强国以帮助弱国小国之名行其掠夺之实，弱国小国就越加贫穷；在一个国家中，统治者贪得无厌的欲望越大，贪污腐化必大盛行，社会风气就会奢华腐败；发达国家以越来越大的欲望争夺财富，世界就会成为一个无道德的世界。据此，我认为“无为”也许对一个国家内部的统治者和全世界的各个国家领袖们是一副清凉剂，是使人类社会能“自化”、“自正”、“自富”、“自朴”的较好的治世原则。在《道德经》中这类“无为而治”的思想处处可见。那么圣人如何做到“无为而治”呢？老子说：“圣人无常心，以百姓心为心”（《老子》第四十九章）。领导人（统治者）没有自己的个人固定不变的意愿，而是以老百姓的意愿作为自己的意愿。这说明，老子比较懂得社会要得到安定，必须“顺民情”，“顺民情”也就是顺老百姓的自然之性。如果能这样，领导者虽然处于统治地位，而老百姓既不会感到有负担，又不会感到对他们有什么妨碍，这样老百姓自然就会拥护他。“是以圣人，处上而民不重，处前而民不害，是以天下乐推而不厌。”（《老子》第六十六章）老百姓之所以遭受饥荒，往往是由于统治者收税太重；老百姓难以统治，往往是由于统治者干涉太多；老百姓之所以会用生命冒险，往往是由于统治者对老百姓搜括得太厉害。“民之饥，以其上食税之多，是以饥；民之难治，以其上之有为，是以难治；民之轻死，以其求生之厚，是以轻死。”（《老子》第七十五章）要做到这样，统治者（圣人）就必须“少私寡欲”（《老子》第十九章）。因此，老子认为罪过没有比诱人的贪欲更大的了，祸患没有过于不知道满足的了，罪恶没有过于贪得无厌的了，知道满足的人，永远是满足的。“罪莫大于可欲，祸莫大于不知足，咎莫大于欲得，故知足之足，常足矣。”（《老子》第四十六章，此据马王堆本）在当今社会越来越重私欲的情况下，老子的这种思想，不能说对我们今天社会江河日下的风气没有意义。

罗素在他的《西方哲学史》中说：“笛卡尔的哲学……完成了或者说极近乎完成了由柏拉图开端，而主要因为宗教上的理由经基督教哲学发展起来的精神、物质二元论……笛卡尔体系提出来精神界和物质界两个平行而彼此独立的世界,研究其中之一能够不牵涉另一个。”[①]然而中国传统哲学与此不同,儒家认为研究“天”(天道)不能不知道“人”(人道),同样研究“人”也不能不知道“天”,这就是儒家的“天人合一”思想。宋儒程颐说：“安有知人道而不知天道者乎？道，一也。岂人道自是人道,天道自是天道？”(《河南程氏遗书》卷十八）照儒家哲学看，不能把“天”、“人”分成两截，更不能把“天”、“人”看成是一种外在的对立关系,不能研究其中之一而能够不牵涉另外一个。孔子说:“人能弘道，非道弘人。”“天道”要由人来发扬光大。朱熹说：“天即人，人即天。人之始生,得于天也;既生此人,则天又在人矣。”(《朱子语类》卷十七)“天”离不开“人”,“人”也离不开“天”。盖因“人”之始生，得之于“天”;既生此“人”,则“天”全由“人”来彰显。如无“人”,“天”则无生意、无理性、无目的，那么又如何体现其活泼泼的气象？如何为“天地立心”？为“天地立心”即是为“生民立命”，不得分割为二。我们这里讨论中国文化与西方文化对“天人关系”的不同看法，并无意否定西方文化的价值。西方文化自有西方文化的价值，并且在近两

① 罗素著，马元德译：《西方哲学史》，下册，91页，北京，商务印书馆，1988。

三个世纪中曾经对人类社会的发展产生了巨大影响，使人类社会有了长足的前进。但是人类社会发展到 20 世纪末，西方哲学给人类社会带来的弊病可以说越来越明显了，其弊端不能说与“天人二分”没有关系。更何况对这点，东西方许多学者已有所认识，例如：1992 年 1575 名科学家发表了一份《世界科学家对人类的警告》，开头就说：“人类和自然正走上一条相互抵触的道路。”因此，如何补救西方文化所带来的弊病，并为 21 世纪提供一对人类社会发展作出积极贡献之观念，我认为“天人合一”的观念无疑将会对全世界人类未来求生存与发展有着极为重要的意义。那么儒家是如何论说“天人合一”的呢？

《论语·公冶长》中记有子贡的一段说：“夫子之文章，可得而闻也。夫子之言性与天道，不可得而闻也。”在《论语》中确实很少记载孔子讨论“性与天道”的话，但我们却不能说孔子没有关注这个问题。①“性”即“人性”，也就是关乎“人”自身的问题：“天道”是关乎“天”的法则问题，也就是关乎宇宙规律的问题。因此“性与天道”就是“天人关系”问题。孔子说：“性相近，习相远。”在这里，孔子并没有说人性是“善”还是“恶”，或如一张白纸，“无善无恶”，因而以后的儒家才有了对“人性”的不同解释。② 那么“人性”是怎么来的呢？《中庸》中说：“天命之谓性。”“人性”是由“天”赋予的。郭店楚墓竹简有句

① 《论语·泰伯》中说“巍巍乎，唯天为大，唯尧则之”，认为人应该以“天”为法则而效法之，《季氏》中说“君子有三畏，畏天命，畏大人，畏圣人之言”，认为“天命”和“圣人之言”是一致的。这都说明孔子对“天人关系”的看法。

② 章炳麟《辨性》上篇谓：“儒者言性有五家：无善无不善，是告子也。善，是孟子也。恶，是孙卿也。善恶混，是杨子也。善恶以人异殊上中下，是漆雕开、世硕、公孙尼、王充也。”参见刘盼遂：《论衡集解》卷三，《本性篇》，北京，古籍出版社，1957，黄晖：《论衡校释》卷三，《本性篇》，长沙，商务印书馆，1938。

类似的话："性自命出，命由天降。"这里的"命"是指"天命"之"命"。"命"是由"天"降的，它是由"天"决定，非人力所能及，因此"天命"是一种超越的力量。在中国古代对"天"有种种看法，儒家孔孟一系大体上认为"天"不仅是外在于人的一种超越力量，"死生有命，富贵在天"，而且是内在于人的一种支配力量，"存其心，养其性，所以事天也。夭寿不贰，修身以俟之，所以立命也"（《孟子·尽心上》）。孔子"五十而知天命"，"知天命"即是能依据"天"的要求而充分实现由"天"而得的"天性"。所以"天人合一"一直是儒家的基本思想。郭店楚墓竹简《语丛一》中说："知天所为，知人所为，然后知道，知道然后知命。"知道"天"（宇宙）的运行规律，知道"人"（社会）的运行规律，合两者谓之"知道"。知"道"然后知"天"之所以为支配"人"的力量（天命）之故。所以《语丛一》中说："《易》，所以会天道、人道也。"《易》是讨论"天人合一"问题的。[①] 王夫之在《正蒙注》中说："抑考君子之道，自汉以后，皆涉猎故迹，而不知圣学为人道之本。然濂溪周子首为太极图说，以究天人合一之原，所以明夫人之生也，皆天命流行之实，而以其神化之粹精为性，乃以为日用事物当然之理，无非阴阳变化自然之秩叙，有不可违。"王夫之这段话可说是对儒家"天人合一"思想的较好的解释。"人道"本于"天道"，讨论"人道"不能离开"天道"，同样讨论"天道"也不能离开"人道"，这是因为"天人合一"的道理，既是"人道"的"日用事物当然之理"，也是"天道"的"阴阳变化自然之秩叙"，"人道"之"理"与"天道"之"秩叙"

---

① 拙作《关于建立〈周易〉解释学问题的探讨》（载《周易研究》，1999（4））提出《周易·系辞传》为中国传统哲学提出宇宙生成论和本体论两大系统，为中国传统哲学奠定了基础。《老子》中同样有这样的哲学上的意义。

是一致的，不能违背。这样，儒家的“天人合一”学说就有着重要的哲学形上的意义。这样把“人道”和“天道”统一起来研究是中国儒家学说一个特点。这一哲学思维模式正因其与西方哲学的思维模式不同而可贡献于人类社会，并可作为较好解决“人和自然”关系的路径。

早在两千多年前，中国伟大的哲学家老子从对宇宙自身和谐的认识出发，提出“人法地，地法天，天法道，道法自然”的理论，它揭示了一种应该遵循的规律，人应该效法地，地应该效法天，天应该效法“道”，“道”的特性是自然而然的（“道”以“自然”为法则），也就是说归根结底人应效法“道”的自然而然，顺应“自然”，以“自然”为法则。“（圣人）以辅万物之自然而不敢为。”（《老子》第六十四章）为什么要效法“道”的自然而然呢？这是因为老子认为，“人为”和“自然”是相对的，人常常违背“自然”。人违背自然，就会受到惩罚。所以老子说，作为宇宙规律的“道”，由于它的特性是“自然无为”[①]，它对天地万物并不命令它们做什么[②]，人就更加不应该破坏自然了。比老子晚一些的道家哲学家庄子，他提出了“太和万物”的命题，意思是说天地万物本来存在着最完满的和谐关系，因此人们应该“顺之以天理，行之以五德，应之以自然”。人应该顺应“天”的规律，按照五德来规范自己的行为，以适应自然的要求。为此，在《庄子》一书中特别强调人应顺应“自然”，如他说“顺物之自然”，“应物之自然”等等。他认为，远古时代是一个人与自然和谐的时代，那时人类社会是“莫之为而常自然”，不做什么破坏自然的事，而经常是顺应自然的。在《庄子·应帝王》中有一个故事：

---

① 王充《论衡·初禀》：“自然无为，天之道也。”

② 《老子》第五十一章：“道之尊，德之贵，夫莫之命而常自然。”

> 南海之帝为儵，北海之帝为忽，中央之帝为浑沌。儵与忽时相与遇于浑沌之地，浑沌待之甚善。儵与忽谋报浑沌之德，曰："人皆有七窍以视听食息，此独无有，尝试凿之。"日凿一窍，七日而浑沌死。

这个故事看起来极端了一点，但其所要表达的思想则非常深刻。人类是自然的一部分，决不能对自然无量地开发，把自然界开发成一个死寂的东西，人类如何生存？而当今的现实情况，正是由于人类对自然界的过量开发，造成了资源的浪费，臭氧层变薄，海洋毒化，环境污染，已经严重地威胁着人类自身生存的条件。在这样的情况下，道家的"崇尚自然"的理论是应该受到重视的。

人之所以不应该破坏"自然"，是基于"道法自然"这一基本思想。"道"在老庄道家学说中是一最基本概念。老子认为"道"无名无形而成济万物，庄子更进一步认为"道"无有无名而物得以生。照他们看，"道"不是什么具体的事物，但它是天地万物存在的根据，是超越天地万物的本体，所以老子说"道可道，非常道"，但"道"是"天下母"、"万物之宗"；庄子说"大道不称"，但"行于万物者，道也"，"且道者，万物之所由也，庶物失之者死，得之者生，为事逆之则败，顺之则成"(《庄子·渔父》)。正是由于"道"无名无形（甚至是"无有"）[①]，它才

① "无有"可以解释为"无存在而有"或"不存在而有"。冯友兰《新理学》第二章第三节中说"太极无存在而有"。冯友兰《中国现代哲学史》说"金岳霖……说理是不存在而有"。以"无有"释"道"，"道"即是"不存在而有"（non-existence but being）或更相当。

能是天地万物存在之根据。但“道”又是存在于天地万物之中，所以老子说“道”是“众妙之门”,庄子说“道”,“无所不在”,这种“道”“器”不离、“体”“用”合一的观点，正是“人”法“道”得以成立的根据。作为思维模式也是一种“天人合一”的表述。就这点看，道家在思维模式上与儒家颇有相通之处。因此人应该按照“道”的要求行事;而“道”以“自然无为”为法则,故人应崇尚“自然”,行“无为之事”。老庄的“顺应自然”的学说实是建立在以超越性的“道”为基础的哲学本体论之上。同时，老子又为中国哲学建构了一种宇宙生成论的模式，他说：“道生一,一生二,二生三,三生万物。万物负阴而抱阳,冲气以为和。”(《老子》第四十二章）对这段话向来有不同解释，但它说明老子认为宇宙是由简单到复杂的分化过程，则是众多学者都可以接受的看法。照老子看，宇宙的原始状态是一和谐的统一体，正是由于分化使之越来越复杂而离开“道”越来越远，因此人应该“返本”、“归根”，返回“道”的本始状态，这样才可以清除“人为”给人类社会带来的弊病，道家的宇宙生成论思想也正是要求人们顺应自然的哲学基础。这就是说，老庄道家的本体论和宇宙生成论对中国哲学有非常大的影响，我们研究道家思想大概应该注意它对今日哲学的合理建构有相当重要的意义。

从以上分析看，我们也许可以说儒家思想是一种建立在修德敬业基础上的人本主义，它可以对人们提高其作为“人”的内在品德方面贡献于社会；道家思想是一种建立在减损欲望基础上的自然主义，它可以对人们顺应自然、回归人的内在本性方面贡献于社会。儒家的“仁论”和道家的“无为”哲学以及它们的“天人合一”的思维模式同样可以贡献于今日人类社会。这就是说，中华文化不仅在调整“人与人的关系”和“人与自然的关系”上都可以起不可忽视的作用，而且就其哲学的思维方式和形上层面也会对21世纪的哲学发展有重要意义。但是，如果夸大儒家思想的意义，其人本主义将会走向泛道德主义，如果夸大道家思想的意义，其自然主义将会走向无所作为。同样，如果中国哲学家不认真吸收西方哲学的重知识系统、重逻辑分析的精神，从西方哲学这个“他者”来反观自己的哲学问题，那么它就很难克服其一定程度上的直观性，也很难使它开拓出一个更高的新层面。因此，我们必须给儒家思想和道家思想以新的解释和恰当定位，使之成为具有现代意义的哲学。当今人类社会各民族、各国家大概都能从其文化传统中找到某些贡献于人类社会的资源。不过各民族、各国家都应看到自己的文化传统只能在某些方面作出贡献，而不可能解决人类社会存在的一切问题。中国文化作为世界多种文化的一种，我们应该清醒地给它一个适当的定位。中国文化要想21世纪走在人类文化的前列，必须在充分发挥其自身文化内在活力的基础上，排除其自身文化中的过了时的、可以引向错误的部分，大力吸收其他各种文化的先进因素，把其他国家与民族的优秀文化拿进来，使我们的文化“日日新，又日新”而不断适应现代社会发展的要求，在解决“和平与发展”问题和人类终极关切的哲学问题上作出贡献，这才是中华民族真正的福祉。同时，有着五千年历史的中华文化，在当今的国际形势下，我们也应积极地尽我们应尽的责任，把我们的优秀文化送出去，和其他国家和民族的优秀文化共同组成一首和谐的交响曲，贡献给新的千禧年，新的21世纪。

为什么我要在《20世纪西方哲学东渐史》的“总序”中讨论“拿来主义”和“送去主义”的问题？这一方面是因为我们要强调今后仍然应继续大力引进西方哲学的必要性，另一方面我们也应具有在中国哲学视野下观察西方哲学的眼光。只有这样，中国哲学才能在不断吸取西方哲学的基础上，更好地了解自己哲学的内在价值和发扬中国哲学的内在精神。

“文明的冲突”与“文明的共存”

一、“文明的冲突”论与“新帝国”理论

1993 年夏季号美国《外交事务》(*Foreign Affairs*) 发表了塞缪尔·亨廷顿的《文明的冲突?》一文，我于 1994 年撰写了《评亨廷顿的〈文明的冲突?〉》，批评了以亨廷顿为代表的美国“霸权主义”，在此期间中外许多学者都对亨廷顿的理论从各个角度进行了讨论或提出了批评。1996 年，亨廷顿为了回答对他的批评，并补充和修正他的某些观点，出版了《文明的冲突与世界秩序的重建》。可以看出他的某些观点有所改变，例如在他为中文版写的《序言》中说：“在人类历史上，全球政治首次成了多极的和多文化的。”在“文明的共性”一节中，他说：“一些美国人在国内推行多元文化主义，一些美国人在国外推行普世主义，另一些美国人则两者都推行。美国国内的多元文化主义对美国和西方构成了威胁，在国外推行普世主义则对西方和世界构成了威胁。它们都否认西方文化的独特性。全球单一文化论者想把世界变

成像美国一样。美国国内的多元文化论者则想把美国变成像世界一样。一个多元文化的美国是不可能的，因为非西方的美国便不成其为美国。多元化的世界则是不可避免的，因为建立全球帝国是不可能的。维护美国和西方需要重建西方认同，维护世界安全则需要接受全球的多元文化性。”[①] 虽然这段话也还有一些可商榷处，但他提出“维护世界安全则需要接受全球的多元文化性”应该说是比较明智的考虑。亨廷顿的观点有这样的变化，正是由于他感到在世界范围内西方（实际上是美国）的“霸权”地位受到挑战和威胁，在国内又受到“种族”等问题的困扰，因此提出了“世界秩序的重建”问题。在该书“西方的复兴”一节中亨廷顿说：“西方与所有已经存在过的文明显然是不同的，因为它已经对公元 1500 年以来存在着的所有文明都产生了势不可挡的影响。它开创了在世界范围内展开的现代化和工业化的进程，其结果是，所有其他文明都一直试图在财富和现代化方面赶上西方。然而，西方的这些特点是否意味着，它作为一种文明的演进和变动根本不同于所有其他文明中普遍存在的模式？历史的证据和比较文明史学者的判断却表明并非如此。迄今为止，西方的发展与历史上诸文明共同的演进模式和动力并无重大不同。伊斯兰复兴运动和亚洲经济发展的势头表明，其他文明是生机勃勃的，而且至少潜在地对西方构成了威胁。一场涉及西方和其他文明核心国家的大战并不是不可避免的，但有可能发生。而西方始于 20 世纪初的逐渐而且无规律的衰落，可能持续几十年，甚至几百年。或者，西方可能经历一个复兴阶段，扭转它对世界事务影响力下降的局面，再次确立它作为其他文明追随和仿效的领袖

① 亨廷顿著，周琪、刘绯、张立平、王圆译：《文明的冲突与世界秩序的重建》，2版，368页，北京，新华出版社，1999。

的地位。”[①] 这段话一方面反映了亨廷顿感到西方领导世界的地位正在“逐渐而且无规律地衰落”，而那些向西方学习走上或正在走上“现代化”和“工业化”的国家已经“潜在地对西方构成了威胁”，这当然是他和西方某些学者特别是政治领袖（如现任美国总统小布什）不愿接受的。这里包含着亨廷顿和某些西方学者、政治家的一个不可解的情结：为什么那些伊斯兰复兴运动和亚洲兴起的国家走上了他们创造的“现代化”和“工业化”的道路，反而对他们构成了威胁？照他们看，这些兴起的国家本应该在一切方面（政治的、文化的）跟着他们走，听命于他们才是“合理”的。但是现实的情况并非如此，因而表现出西方世界的忧心忡忡。另一方面，在亨廷顿内心真正希望的是西方文明的“复兴”，“再次确立它作为其他文明追随和仿效的领袖的地位”。特别是在“9·11”以后的2004年，亨廷顿在他的新作《我们是谁？——美国国家特性面临的挑战》一书中提出，就美国的国内说，多元文化的理念与美国的整体国家认同以及美国的国家利益是背道而驰的。就世界范围说，他认为，现在的伊斯兰教的极端主义者和潜在的、非意识形态化的中国民族主义整体是美国的敌人。因为照亨廷顿看，为了稳固美国的国家认同，美国需要有敌人。[②] “9·11”以后美国布什政府的所作所为，可以说正在试图确立其作为其他文明的霸主的领导地位。

继亨廷顿的《文明的冲突与世界秩序的重建》之后，2000年出

---

① 亨廷顿著，周琪、刘绯、张立平、王圆译：《文明的冲突与世界秩序的重建》，2版，348页。

② 参见范可：《亨廷顿的忧思》，载《读书》，2005（5）；塞缪尔·亨廷顿著，程克雄译：《我们是谁？——美国国家特性面临的挑战》，北京，新华出版社，2005。

版了意大利安东尼奥·奈格里（Antonio Negri）与美国迈克尔·哈特（Michael Hardt）合著的《帝国——全球化的政治秩序》一书，该书对当前世界形势的基本看法是：“就在我们眼前，帝国主义正在成长、形成。无边无垠，永无止境，这就是全球政治新秩序——一种新的主权形式：帝国。”“新的主权形式正在出现。帝国是一个政治对象，它有效控制着这些全球交流，它是统治世界的最高权力。”[①] 基于这一理论，在美国有众多学者在大力宣扬这种“新帝国”论。例如 2002 年美国芝加哥大学的米尔森教授在《大国政治的悲剧》中指出：任何一个国家都要寻求权力的最大化，因此不可能有权力均衡的机制，最好的防御就是进攻（这就是布什的“先发制人”的理论基础）。另外还有一位“后现代国家理论”者英国首相布莱尔的顾问罗伯特·库珀，他把世界上的国家分为三类：第一类是后现代国家，即北美、欧洲国家和日本；第二类是现代国家，如中国、印度、巴西、巴基斯坦等；还有一类是前现代国家，如非洲、阿富汗、中东国家。库珀提出并一再讲的一个概念就是“新帝国主义”，其意思是，后现代国家首先要动用他们的国家力量（包括军事力量）来控制现代国家，同时也制止前现代国家那些诸如屠杀之类的行为。[②] 更有甚者，21 世纪的美国新保守主义提出三项核心内容：(1) 极度崇尚军力；(2) 主张建立美国“仁慈霸权”；(3) 强调输出美国式的民主与价值观。据此，布什总统 2002 年 6 月 1 日在西点军校毕业典礼上提出三大原则：第一，美国要保持“先发制人”

① 迈克尔·哈特、安东尼奥·奈格里著，杨建国、范一亭译：《帝国——全球化的政治秩序》，南京，江苏人民出版社，2000。

② 参见佩里·安德森等：《三种新的全球化国际关系理论》，载《读书》，2002 (10)。

的权力；第二，美国价值观是普适全球的；第三，保持不可挑战的军事力量。[①] 依据这种“新帝国”论，在不同文化传统的国家和民族中不可能不引起“冲突”。而亨廷顿的“文明的冲突”论实际上早就为这种“新帝国”论提供了最基本的策略。在他的《文明的冲突？》中，有两条基本的主张：(1)“抑制伊斯兰与儒家国家的军事扩张”；“保持西方在东亚、西南亚国家的军事优势”；“制造儒家与伊斯兰国家之间的差异与冲突”。(2)“巩固能够反映西方利益与价值并使之合法化的国际组织，并且推动非西方国家参与这些组织”。依据这些理论，我们可以看到，西方（主要是美国）利用文化上的差异（例如在价值观上的差异），挑起文明之间的冲突，已使当前的世界陷入一片混乱之中，局部战争越演越烈。

那么“文明”难道只能在“冲突”中以实现一统天下的“新帝国”的理论吗？在不同“文明”之间难道不可以有“共存”吗？

二、“文明的共存”与新轴心时代

在人类以往的历史上并不缺乏由于文明（例如宗教）的原因引起国家与国家、民族与民族、地域与地域之间的冲突。但是，我们从历史发展的总体上看，在不同国家、民族和地域之间的文明发展更应该

① 参见陈光兴：《〈帝国〉与去帝国化问题》，载《读书》，2002（7）；崔之元：《布什原则、西方人文传统、新保守主义》，载《读书》，2003（8）。布莱尔曾说：“防御安全的最佳办法就是传播我们的价值观。”（《布莱尔的自由帝国主义理论奏效吗?》，载英国《星期日电讯报》，2004-05-30，转引自《英报认为布莱尔主义走向穷途末路》，载《参考消息》，2004-06-02，第三版）

是以相互吸收与融合为主导。照我看，国家与国家、民族与民族、地域与地域之间的冲突主要并不是由文明的原因引起的。我对西方文化（文明与文化都涉及一个民族全面的生活方式，文明是放大了的文化）了解很有限，没有多少发言权，这里只引用罗素的一段话来说明今日西方文明是在吸收与融合多种文化成分而形成的。1922 年，在罗素访问中国之后，写过一篇题为《中西文明的对比》的文章，其中有这样一段：

> 不同文明之间的交流过去已经多次证明是人类文明发展的里程碑。希腊学习埃及，罗马借鉴希腊，阿拉伯参照罗马帝国，中世纪的欧洲又模仿阿拉伯，而文艺复兴时期的欧洲则仿效拜占庭帝国。

罗素的这段话是否十分准确，可能有不同看法，但他说：(1) 不同文明之间的交流是促进人类文明发展的重要因素；(2) 今日欧洲文化是吸收了许多其他民族文化的因素，而且包含了阿拉伯文化的某些成分。这两点无疑是正确的。如果看中国文化的发展，就更可以看到不同文化之间由于文化原因引起的冲突总是暂时的，而不同文化之间的相互吸收与融合则是主要的。

中国在春秋战国时代本来存在着多种不同的地域文化，有中原文化、齐鲁文化、秦陇文化、荆楚文化、吴越文化、巴蜀文化等等，后来才合成一个大体统一的华夏文化。特别是到公元 1 世纪初印度佛教文化的传入，更加说明两种不同文化可以共存。印度佛教文化是以和平的方式传入中国的，外来的印度佛教与本土的儒、道两家从来没有因文化的原因发生过战争，只有三次因政治经济的原因有着冲突，当时的朝廷曾对佛教加以打击，但在大多数的时间里，在中国儒、道、释三种文化是同时并存的。一位法国的著名汉学家（施舟人）曾问我："为什么中国文化是多元性的？"我考虑了一下，回答说：我认为也许有两个原因：一是思想观念上的原因，这就是中国一向主张"和而不同"，文化虽可以不同，但能和谐相处（这个问题下面我会较多地说明）；二是制度上的原因，中国以皇帝为最高权威，一切文化（宗教、哲学、伦理），都以皇帝的意志为中心，而皇帝往往为了社会的稳定，不希望因不同文化而引起冲突，甚至战争。因此，皇帝常采用"三教论衡"的办法，把儒、道、释召到朝廷上来辩论，哪一派辩论赢了就排在前面，然后是第二、第三。不允许他们之间互相残杀，发动战争。

从以上情况看，根据历史经验，我认为亨廷顿的"文明的冲突"论无论如何是片面的，而且是为美国战略服务的。他说："我认为新世纪的冲突根源，将不再侧重意识形态或经济，而文化将是截然分隔人类和引起冲突的主要根源。在世界事务中，民族国家仍会举足轻重，但全球政治的主要冲突将发生在不同文化的族群之间。文明的冲突将左右全球政治，文明之间的断层线将成为未来的战斗线。"虽然亨廷顿的"文明的冲突"论可以说，他敏锐地观察到某一些由于"文明"引起冲突的现象，例如中东地区的巴以冲突、科索沃地区的冲突，甚至伊拉克战争等等，都包含着某些文化（宗教的和价值观的）的原因，但是分析起来，最基本的发生冲突和发生战争的原因不是由文化引起的，而是由"政治和经济"引起的，巴以冲突是为了争夺地区的控制权，伊拉克战争主要是为了石油，科索沃地区冲突主要是为了大国的战略地位。但是，我们应看到另一方，在不少不同文化之间现在并没有因为文明（文化）的不同而引起冲突，如中印之间，中俄之间，甚至中欧之间，都在相当长的一个阶段，特别是近十年里，并没有什么严重冲突，更没有发生过战争。所以“文明的冲突”论并不能正确说明当前世界现存的形势，更不是人类社会发展的前景，而“文明的共存”才应是人类社会的出路，是人类社会必须争取的目标。

为了弄清这个问题，我想也许我们先了解一下当前是一个什么样的时代。照我看，也许我们正处在一个新的轴心时代。

德国哲学家雅斯贝尔斯曾经提出“轴心时代”的观念。他认为，在公元前500年前后，在古希腊、以色列、印度、中国等地几乎同时出现了伟大的思想家，他们都对人类关切的问题提出了独到的看法。古希腊有苏格拉底、柏拉图，中国有老子、孔子，印度有释迦牟尼，以色列有犹太教的先知们，波斯有琐罗亚斯德，都形成了不同的文化传统。这些文化传统经过两千多年的发展已经成为人类文化的主要精神财富，而且这些地域的不同文化，原来都是独立发展出来的，并没有互相影响。“人类一直靠轴心期所产生、思考和创造的一切而生存。每一次新的飞跃都回顾这一时期，并被它重燃火焰。自那以后，情况就是这样。轴心期潜力的苏醒和对轴心期潜力的回忆，或曰复兴，总是提供了精神动力。”[①] 例如，欧洲的文艺复兴就是把目光投向其文化的源头古希腊，使欧洲文明重新燃起火焰，而对世界产生重大影响。中国的宋明理学（新儒学）在受到印度佛教文化冲击后，再次回到先秦的孔孟，而把中国本土哲学提高到一个新水平。在某种意义上说，当今世界多种文化的发展很可能是对两千多年前的轴心时代的又一次新的飞跃。那么，我们是否能说当今人类社会的文化正在或即将进入一

① 雅斯贝尔斯：《历史的起源与目标》，14页。

个新的“轴心时代”呢？我认为，从种种迹象看也许可以这样说。首先，自第二次世界大战以后，由于殖民体系的逐渐瓦解，原来的殖民地国家和受压迫民族有一个很迫切的任务，就是要从各方面确认自己的独立身份，而民族的独特文化（语言、宗教、价值观等等），正是确认其独立身份的重要支柱。我们知道，二战后马来西亚为了强调民族的统一性，坚持以马来语为国语。以色列建国后决定将长期以来仅仅用于宗教仪式的希伯来语重新恢复为常用语。“任何文化和文明的主要因素都是语言和宗教。”[①]一些东方国家的领导人和学者为了强调自身文化的特性，提出以群体为中心的“亚洲价值”以区别西方的以个体（个人）为中心的所谓“世界价值”，等等。甚至亨廷顿也认识到“非西方文明一般正在重新肯定自己的文化价值”[②]，其次，公元前500年前后那个轴心时代，正是上述各轴心国进入铁器时代的时候，生产有了大发展，从而产生了一批重要的思想家。而当今进入了信息时代，人类社会又将会有一个大飞跃。我们可以看到，由于经济全球化、科技一体化、信息网络的发展，世界被连成一片，各国、各民族文化的发展将不可能像公元前五六百年那个“轴心时代”那样各自独立发展，而是在矛盾、冲突和互相影响、互相吸收中发展。每种文化对自身文化的了解都会有局限性，“不识庐山真面目，只缘身在此山中”，如果从另外一个文化系统看，也就是说从“他者”看，也许会更全面地认识此种文化的特点。法国学者弗朗索瓦·于连在《为什么我们西方人研究哲学不能绕过中国》一文中说：“我们选择出发，也就是选择离开，以创造

① 亨廷顿著，周琪、刘绯、张立平、王圆译：《文明的冲突与世界秩序的重建》，2版，49页。

② 同上书，5页。

远景的思维空间。在一切异国情调远处，这样的迂回有条不紊。人们这样穿越中国也是为了更好地阅读希腊；尽管有认识上的断层，但由于遗传，我们与希腊有某种与生俱来的熟悉，所以了解它，也是为了发展它，我们不得不割断这种熟悉，构成一种外在的观点。”① 这种以“互为主观”、“互相参照”为核心，重视从“他者”反观自身文化的跨文化研究逐渐为广大中外学者所接受。从另外一种文化来了解自身文化，正是为了继承自己的传统文化，发展自己的传统文化。在这样的情况下，如何保存其文化的特性，传承其文化的命脉，无疑是必须认真考虑的问题。我们知道，经济可以全球化，科技可以一体化，但文化是不可能单一化的。从人类社会发展到今天看，任何文化不受外来文化的影响是不可能的，也是不可取的；但是只有充分发挥其原有文化的内在精神，才可以更好地吸收外来文化以滋养本土文化。正如费孝通先生所说：“在和西方世界保持接触、积极交流的过程中，把我们的好东西变成世界性的好东西。首先是本土化，然后是全球化。”② 这就是说，在吸收外来文化的时候，必须维护我们自身文化的根基。因此，21 世纪影响人类社会文化的发展必将既是民族的，又是世界的。第三，就当前人类社会文化存在的现实情况看，已经形成了或正在形成全球意识观照下的文化多元化发展的新格局。我们可以看到，也许 21 世纪将由四种大的文化系统来主导，即欧美文化、东亚文化、南亚文化、中东北非文化（伊斯兰文化），这四种文化不仅都有着很长的历史文化传统，而且每种文化所影响的人口都在十亿以上。当然还有其他文化也

① 《跨文化对话》，第五辑，146页，上海，上海文化出版社，2001。

② 费孝通：《中国文化与新世纪的社会学人类学——费孝通、李亦园对话录》，见《费孝通文集》，第14卷，395页，北京，群言出版社，1999。

会影响 21 世纪人类社会发展的前途，例如拉丁美洲文化、非洲文化等。但就目前看，这些文化的影响远不及上述四种文化大。人类社会如果希望走出当前混乱纷争的局面，特别要批判文化霸权主义和文化部落主义，在文化上不仅要面对这个新的轴心时代，而且必须不断推动不同文化传统的国家与民族之间的对话，使每种文化都能自觉地参与解决当前人类社会所面临的共同问题。无疑上述四种文化对当今人类社会负有特别重大的责任。当前人类社会正处在一个重大的历史转折关头，每个民族、每个国家对自身文化特别是对当前人类文明有重大影响的欧美文化、东亚文化、南亚文化和伊斯兰文化都应作一历史的严肃、认真的反思，对今后人类社会发展的前途无疑是十分必要的。对任何一个民族和国家说，特别是对有较长历史而对当今人类社会有着重大影响的民族和国家说，它的文化传统是已成的事实，是无法割断的，因为其文化传统已深入到这个民族和国家的千百万的人民心中，是这个民族或国家的精神支柱。我们回到“传统”，以“传统”为起点，并从“传统”中找寻力量，找寻支点，以推进我们文化的发展，来解决当前人类社会存在的问题，就这个意义上说，21 世纪也许将由有着很长历史文化传统的欧美文化、东亚文化、南亚文化、伊斯兰文化等推动人类社会进入再次回顾两千五百年前那个轴心时代的一个“新的轴心时代”。在这新的轴心时代，存在着不同的文化传统，而且这些文化传统仍然有着雄厚的人口资源基础，是决不可能被消灭，即使用战争的办法，也只能暂时起一点作用。从长远看，文化仍然必须共存。

三、中国文化能否为“文明的共存”作出贡献？

中国文化要希望对当今人类社会的“文明的共存”作出贡献，必须对自身文化有所了解，这就是要对自身文化有一个“自觉”。所谓“文化自觉”是指在一定文化传统的人群对其自身的文化来历、形成过程的历史以及其特点（包括优点和缺点）和发展的趋势等等能作出认真的思考和反省。应该说，中华民族正处在民族复兴的前夜，因此我们必须对中国文化有个自觉的认识，必须给中国传统文化一个恰当的定位，认真发掘我们古老文化的真精神所在，以便把我们优秀的文化贡献给当今人类社会；认真反省我们自身文化所存在的缺陷，以便我们更好地吸取其他国家和民族的文化精华，并在适应现代化社会发展的总趋势下给中国文化以现代的诠释，这样我们的国家才能真正地走在世界文化发展的前列，与其他各种文化一起共同创造美好的新世界。

中国传统文化中主要是儒、道两家，而且我们常说中国文化是儒、道互补的，当然印度佛教传入中国后，它对中国社会和中国文化也发生着重要影响。现在我想讨论一下儒、道两家的思想理论是否能对“文明的共存”提供有意义的资源。

（一）儒家的“仁学”为“文明的共存”提供了有积极意义的资源。

《郭店楚墓竹简·性自命出》中说：“道始于情。”这里的“道”说的是“人道”，即人与人的关系的原则，或者说社会关系的原则，它和“天道”不同，“天道”是指自然界的运行规律或宇宙的运行法则。人与人的关系是从感情开始建立的，这正是孔子“仁学”的基本出发点。孔子的弟子樊迟问“仁”，孔子回答说：“爱人。”这种“爱人”的思想从何而有呢？《中庸》引孔子的话说：“仁者，人也，亲亲为大。”“仁爱”

的精神是人自身所具有的，而爱自己的亲人最根本。但是“仁”的精神不能只停止于此，《郭店楚墓竹简》中说：“亲而笃之，爱也；爱父，其继之爱人，仁也。”非常爱自己的亲人，这只是爱，爱自己的父亲，再扩大到爱别人，这才叫做“仁”。“孝之放，爱天下之民。”对父母的孝顺要放大到爱天下的老百姓。这就是说，孔子的“仁学”是要由“亲亲”扩大到“仁民”，也就是说要“推己及人”，要做到“老吾老以及人之老，幼吾幼以及人之幼”，才叫做“仁”。做到“推己及人”并不容易，必须把“己所不欲，勿施于人”，“己欲立而立人，己欲达而达人”的“忠恕之道”作为“为仁”的准则。（朱熹《四书集注》：“尽己之谓忠，推己之谓恕。”）如果要把“仁”推广到整个社会，这就是孔子说的：“克己复礼为仁，一日克己复礼，天下归仁焉。为仁由己，其由人乎哉！”自古以来把“克己”和“复礼”解释为两个平行的方面，我认为这不是对“克己复礼”的好的解释。所谓“克己复礼为仁”是说，只有在“克己”的基础上的“复礼”才叫做“仁”。费孝通先生对此也有一解释，他说：“克己才能复礼，复礼是取得进入社会、成为一个社会人的必要条件。扬己和克己也许正是东西方文化的差别的一个关键。”[①] 我认为这话是很有道理的。朱熹对“克己复礼为仁”的解释说：“克，胜也。己，谓身之私欲也。复，反也。礼者，天理之节文也”云云。这就是说，要克服自己的私欲，以便使之合乎礼仪制度规范。“仁”是人自身内在的品德（“爱生于性”）；“礼”是规范人的行为的外在的礼仪制度，它的作用是为了调节人与人之间的关系使之和谐相处，“礼之用，和为贵”。要人们遵守礼仪制度必须是自觉的，出乎内在的“爱人”之心，

① 费孝通：《文化论中人与自然关系的再认识》，见北京大学中国社会与发展中心、北京大学社会学系、北京大学社会学人类学研究所ISA工作论文，2002年2月。

才符合“仁”的要求，所以孔子说：“为仁由己，而由人乎哉！”对“仁”和“礼”的关系，孔子有非常明确的说法：“人而不仁如礼何？人而不仁如乐何？”没有仁爱之心的礼乐那是虚伪的，是为了骗人的。所以孔子认为，有了追求“仁”的自觉要求，并把这种“仁爱之心”按照一定的规范实现于日常社会之中，这样社会就会和谐安宁了，“一日克己复礼，天下归仁焉”。我认为，孔子和儒家的这套思想，对于一个国家的“治国”者，对于现在世界上的那些发达国家（特别是美国）的统治集团不能说是没有意义的。“治国、平天下”应该行“仁政”，行“王道”，不应该行“霸道”。行“仁政”、“王道”可以使不同文化得以共同存在和发展；行“霸道”将引起文明的冲突，而使文化走向单一化，形成文化霸权主义。如果把孔子的“仁学”理论用于处理不同文明之间的关系，那么在不同文明之间就不会引起冲突以至于战争，而实现“文明的共存”。

当然，孔子的这套“仁学”理论虽然不能解决当今人类社会的“文化的共存”的全部问题，但它作为一种建立在以“仁”为本之上的“律己”的道德要求，作为调节不同文化之间关系的一条准则，使不同文化得以和谐相处，无疑仍有一定的现实意义。

要使不同文化和谐相处，从而使不同文化传统的国家、民族能和平共存，并不是一件容易的事，也许孔子提倡的“和而不同”可以为我们提供极有意义的资源，他提出“君子和而不同，小人同而不和”的主张。他认为，以“和为贵”而行“忠恕之道”的有道德有学问的君子应该做到在不同中求得和谐相处。而不讲道德没有学问的人往往强迫别人接受他的主张而不能和谐相处。如果我们把“和而不同”用做处理不同文化之间关系的原则，它对于解决当今不同国家与民族之间的纷争应有非常积极的意义，特别是在不同国家与民族之间，因文化上的不同（例如宗教信仰不同，价值观念不同）而引起的矛盾、冲突，把“和而不同”作为解决纷争的原则应更有意义。

在中国历史上一向认为“和”与“同”是两个不同的概念，有所谓“和同之辨”。《左传·昭公二十年》记载：“公曰：唯据与我和夫？晏子对曰：据亦同也，焉得为和？公曰：和与同异乎？对曰：异。和如羹焉，水火醯醢盐梅以烹鱼肉，燀之以薪，宰夫和之，齐之以味，济其不及，以泄其过。君子食之，以平其心。君臣亦然。……今据不然，君所谓可，据亦曰可，君所谓否，据亦曰否。若以水济水，谁能食之？若琴瑟之一专，谁能听之？同之不可也如是。”（齐侯说：只有据跟我很和谐啊！晏子回答说：据也只不过和你相同而已，哪里说得上和谐呢？齐侯说：和（谐）和（相）同不一样吗？晏子回答说：不一样。和谐好像做羹汤一样，用水、火、醋、酱、盐、梅，来烹调鱼和肉，再用柴烧煮，厨子加工以调和，使味道适中，味道太浓就加水冲淡。君子食用这样的羹汤，内心平静。君臣之间也是这样。……现在据不是这样。国君认为对的，他也认为对；国君认为不对的，他也认为不对。这就像用水去调剂水，谁能吃它呢？如同琴瑟老弹一个声音，谁能听它呢？不应该同的道理就像这样。）《国语·郑语》：“（史伯曰）夫和实生物，同则不继。以他平他谓之和，故能丰长而物归之；若以同裨同，尽乃弃矣。故先王以土，与金、木、水、火杂，以成百物。”（实际上和谐才能生长万物，同一就不能发展。把不同的东西加以协调平衡叫做和谐，才能使万物丰盛发展而有所归属；如果把相同的东西相加，用尽之后就只能被抛弃。所以先王把土和金、木、水、火配合起来，做成千百种东西。）可见“和”与“同”是两个不同的概念。“以他平他”，是以相异和相关为前提，相异的事物相互协调并进，就能发展；“以同裨同”，则是以相同的事物叠加，其结果只能窒息生机。中国传统文化的最高理想是“万物并育而不相害，道并行而不相悖”。“万物并育”和“道并行”是“不同”，“不相害”、“不相悖”则是“和”。这种思想为多元文化共处提供了取之不尽的思想源泉。

现在西方国家的有识之士都认识到不同文明之间应能共存，不应因文化上的不同而引起冲突，以至于战争。他们认为，不同的民族和国家应该可以通过文化的交往与对话，在对话（商谈）和讨论中取得某种“共识”，这是一个由“不同”到某种意义上的相互“认同”的过程。这种相互“认同”不是一方消灭一方，也不是一方“同化”一方，而是在两种不同文化中寻找交汇点，并在此基础上推动双方文化的发展，这正是“和”的作用。不同民族和不同国家之间由于地理的、历史的和某些偶然的原因，而形成了不同的文化传统，正因为有文化上的不同，人类文化才是丰富多彩的，才在人类历史的长河中形成了互补和互动的格局。文化上的不同可能引起冲突，甚至战争，但并不能认为“不同”就一定会引起冲突和战争。特别是在今天科学技术高度发展的情况下，如果发生大规模的战争，也许人类将毁灭人类自身。因此，我们必须努力追求在不同文化之间通过对话实现和谐相处。现在中西许多学者都认识到通过对话沟通加强不同文化之间的相互理解的重要性。例如，哈贝马斯提出“正义”和“团结”的观念。我认为，把它们作为处理不同民族文化之间关系的原则，是有意义的。哈贝马斯的“正义”原则可理解为，要保障每一种民族文化的独立自主、按照其民族的意愿发展的权利，“团结”原则可理解为，要求对其他民族文化有同情理解和加以尊重的义务。只有不断通过对话和交往等途径，才可以在不同民族文化之间形成互动中的良性循环。[①] 不久前去世的德国哲学家伽达默尔提出，应把“理解”扩展到“广义对话”层面。正因为“理解”被提升为“广义对话”，主体与对象（主观与客观或主与宾）才得以从不平等地位过渡到平等地位；反过来说，只有对话双方处于平等地位，对话才可能真正进行并顺利完成。可以说，伽达默尔所持的主体—对象平等意识和文化对话论，正是我们这个时代所需要的重要理念。[②] 这种理念，对我们今天如何正确而深入地理解中外文化关系、民族关系等等，具有重要的启示。但是，无论哈贝马斯的“正义”和“团结”原则，或者是伽达默尔的“广义对话论”，都要以承认“和而不同”原则为前提，只有承认不同文化传统的民族和国家通过对话可以和谐相处，不同的文化传统的民族与国家才能获得平等的权利和义务，“广义对话”才能“真正进行并顺利完成”。因此儒家以“和为贵”为基础的“和而不同”原则应成为处理不同文化之间关系的一条基本原则。用“和而不同”原则处理不同文化传统国家与民族之间的关系，不仅对消除矛盾、冲突甚至战争有着正面的积极意义，而且也是推动各国家、各民族文化在交流中发展的动力，所以罗素说：“不同文明之间的交流过去已经多次证明是人类文明发展的里程碑。”当今人类社会需要的是不同文化能在相互吸收和融合中发展不同的文化传统的特色，以期达到在新的基础上的“文化的共存”。

（二）道家的“道论”能为防止“文明的冲突”提供有意义的资源。

---

① 参见乐黛云：《文化相对主义与比较文学》见《跨文化之桥》，北京，北京大学出版社，2002。

② 参见潘德荣：《伽达默尔的哲学遗产》，载香港《二十一世纪》，2002年4月号；于奇智：《哲人的人文化成》，载香港《二十一世纪》，2002年8月号。

如果说孔子是一位“仁者”，那么老子则是一位“智者”。老子《道德经》一书中，“道”是其基本概念，而“自然无为”（顺应自然的规律，不做违背自然规律的事）是“道”的基本特性，王充《论衡·初禀》：自然无为，天之道也。今日人类社会之所以存在着种种纷争，无疑是由于贪婪地追求权力和金钱引起的。那些强国为了私利，扩张自己的势力，掠夺弱国的资源，实行强权政治，正是世界混乱无序的根源。也就是说帝国霸权正是“文明冲突”的根源。老子提倡“自然无为”，我们可以理解为：不要做（无为）违背人们愿望的事，这样社会才会安宁，天下才会太平。老子说：古代圣人曾经说过，“我无为而民自化，我好静而民自正，我无事而民自富，我无欲而民自朴”。这段话的意思是说：掌握权力的统治者不应该对老百姓做过多的干涉（无为），不要扰乱老百姓的正常生活（好静），不要做违背老百姓意愿的事（无事），不要贪得无厌地盘剥老百姓（无欲），这样老百姓就会自己教化自己（自化），自己走上正轨（自正），自己富足起来（自富），自己生活朴素。如果我们对这一段话给以现代诠释，那就不仅可以使一个国家内部安宁，而且对消除不同文明之间的冲突无疑有着重要意义。对这段话我们可以做如下诠释：在国与国之间对别国干涉越多，世界必然越加混乱。大国强国动不动用武力或以武力相威胁，世界越是动荡不安和无序。大国强国以帮助弱国小国为名而行掠夺之实，弱国小国越加贫穷。发达国家以越来越大的欲望争夺世界财富和统治权，世界就会成为一个无道德的恐怖世界。据此，我认为“无为”也许对新帝国的领导者是一副治病良方，如果他们能接受，将会使世界得以和平和安宁。然而“新帝国”往往以干涉、掠夺、武力等等“有为”（为所欲为）手段来对待其他国家与民族，这无疑都是由其帝国贪欲本性造成的。老子认为：“祸莫大于不知足，咎莫大于欲得，故知足之足，常足矣。”（祸害没有比不知道满足更大的了，罪过没有比贪得无厌更大的了，知道满足的人，永远是满足的。）“新帝国”不正是“不知道满足的”、“贪得无厌”的吗？老子还说：“天之道，其犹张弓欤？高者抑之，下者举之，有余者损之，不足者补之。天之道，损有余而补不足，人道则不然，损不足以奉有余。”（“天道”不就像张弓射箭吗？高了就把它压低一点，低了就把它升高一点，有余的加以减少，不足的加以补充。“天道”的规律是减少有余的，用来补充不足的。“人道”则不一样啊，往往要剥夺不足的，而用来供奉有余的。）为什么今日世界人类社会处在一种十分混乱不安定的状态？这完全是由人自身造成的，特别是那些“新帝国”的领导者造成的，他们违背了“天道”，他们失去了“人心”，他们奉行的是“损不足以奉有余”，这不正是今日世界不断发生矛盾、冲突、战争的根源吗？从这里我们可以看到，“文明的冲突”论与其背后所隐蔽的“新帝国”论是有着密切联系的。

为了社会的和平和安宁，老子强烈地反对战争。《道德经》第三十一章中说：“夫兵者，不祥之器，物或恶之，故有道者不处。”（打仗用兵是不吉祥的东西，大家都厌恶它，所以有道德的人不使用它。）战争总要死人，总要破坏生产，总要使社会秩序混乱，所以老子认为它不是什么好东西，老百姓都讨厌它，有道德的国家领导人是不使用战争的办法解决问题的。老子又说：“以道佐人主者，不以兵强天下，其事好还。师之所处，荆棘生焉，大军之后，必有凶年。”（用道德辅佐领导的人，不用兵力逞强于天下。用兵这件事一定会得到报应。军队所到的地方，就会破坏一切，使荆棘丛生。大战之后，一定会是荒年。）我们反观各国历史，无不如此，在我国每次大战之后往往出现人口大量减少，土地荒芜，生产破坏，盗贼多有。两次世界大战的结果是如此，当前的中东地区的战争也是如此。帝国的领导者发动战争，其结果都处处陷入被动，这是因为被征服的国家的老百姓不服，他们会用不怕死来抗争，所以老子说：“民不畏死，奈何以死惧之？”（老百姓不怕死，用死来威胁他们又有什么用呢？）“夫乐杀人者，则不可以得志于天下矣。”（喜欢杀人的人，就不能在天下成功。）我们从历史上看到，发动战争的人，虽然一时可以得逞，但最终总要失败，而落得身败名裂,希特勒是一个例子,日本军国主义也是一个例子。老子是个“智者”，他用他的智慧能看到事物的相反方面，他说：“祸兮，福之所倚；福兮，祸之所伏。”（灾难，好运常常紧靠在它旁边；好事，灾祸往往会潜伏在它里面。）现在有些国家的人民正在受着苦难，这也正为他们将来的民族复兴准备了条件。从我们国家的百年历史来看，正是我们在处处挨打之后，我国的人民才有了觉醒，今天我们才可以说，中华民族正处在民族复兴的前夜。我想，世界各国特别是新帝国的领导者应从《道德经》中吸取智慧，认识强权政治、霸权主义从长期的世界历史发展看是没有前途的。因此,我认为老子思想对消解“文明的冲突”论、新“帝国论”是十分有价值的理论。我们拥护“文明的共存”论，赞成老子的“无为”思想，以期待今日人类社会能处在一和平、安宁、共同发展、共同富裕的大同世界之中。当然，两千多年前的老子思想不可能全然解决当今人类社会的问题（包括各民族之间的矛盾、冲突等等问题），但是他的智慧之光对我们应有重要启示。我们应该做的事，是如何把他的思想中的精华加以发掘和发挥，并给以现代的诠释，使之有利于人们从古代的思想文化的宝库中得到某些宝贵启示。

在不同民族和国家之间，宗教信仰的不同、价值观念的不同、思维方式的不同可以引起冲突，甚至可以由冲突导致战争。但是，是否必然要引起冲突，能不能化解冲突、使之不因文化的不同而导致战争，这就需要我们从各个不同民族的文化中找出可以使文明共存的资源，用以消解不同文明之间可以引起冲突的文化因素。如上所述，中国文化中的儒、道两家可以为化解文明的冲突，为“文明的共存”提供有意义的资源。我相信，在各民族、各国家的文化中同样可以为化解“文明的冲突”，为“文明的共存”提供有价值的资源。在人类文明进入到21世纪之时，是用“文明冲突”的理论来处理各民族、各国家之间的问题，还是用“文明共存”的理论来引导人类社会走向和平共处？这是我们当前必须认真考虑和慎重选择的问题，反对“文明冲突”论，倡导“文明共存”论，这无疑是人类社会的福祉。《尚书·尧典》中说：“协和万邦。”中华民族和其他许多民族一样是伟大的民族，有着悠久的灿烂光辉的历史文化传统，它的文化对人类社会无疑是极为宝贵的财富。我们对这笔财富应善于利用，使之对当前人类社会争取“和平共处”，实现不同文化之间的协调共存，推进世界各种文化之间的交流，作出应有的贡献。

在有墙与无墙之间

——文化之间需要有墙吗？

在我们讨论“文化之间需要有墙吗”的问题的时候，我想到《庄子·山木》中的一个故事。这个故事的大意是说：一棵长得奇形怪状的树，由于它不能成材，因此樵夫没有把它砍掉，它保存了下来。也就是说，如果它成材，就会被砍掉，而不能保存。另有一只不会叫的鹅，因为它不会叫，而被杀了请庄子师徒吃，这只鹅没有保存下来。也就是说，它如果会叫，就不会被杀来吃，而能保存下来。这只鹅因为不会叫（按：也指没有用），而被杀了吃，那么我们应该如何办呢？庄子回答说：我们最好处于才与不才之间，这样能保存自己。这个故事说明事物只有相对的意义，没有绝对的意义。在讨论文化问题上，一种文化对另一种文化应“有墙”，还是应“无墙”？这个问题，如果我们用中国哲学的观点看，“有墙”与“无墙”好像是矛盾的，但在中国哲学中“有墙”和“无墙”往往是相辅相成的。因此，从中国文化发展的总体上看，在中国文化与外来文化相遇时，它往往呈现出一种“在有墙与无墙之间”的状态。

我们知道，中国有文献记载的历史至少有四五千年，今天的中国文化已不是四五千年前时那样的文化，也不是两三千年前时那样的文化，特别是近世又吸收了西方文化，但它还是中国文化。当然，中国文化在吸收外来文化时是否每一时期都很成功，这是历史学家讨论的问题，而哲学家讨论的则应是另一种问题。我们讨论的是中国文化用什么方法吸收外来文化，这种方法的意义何在。

前面说的《庄子·山木》的故事表现了中国哲学的一种重要的思维方式，而这种思维方式在后来（魏晋以后，即公元4世纪以后）实际上又融合了印度佛教的思维方式。我们说“有墙”就是说“非无”（不是没有），我们说“无墙”就是说“非有”（不是有）。这样在中国哲学中就有“非有非无”、“非常非断”、“非实非虚”等等观念，这些观念构成一种“非X非Y”的思维模式。我们把这种思维方式用到讨论不同文化之间应不应该有“墙”的问题上，也许对文化的研究有一定意义。

一、非有非无

“非有非无”本来和佛教的般若学有关，但佛教传入中国后它就成为中国哲学中的一种非常重要的思维模式。其实这种思想，早在中国先秦时（公元前三四世纪）的老庄思想中就有了。例如，老子说：“道隐无名”（《老子》第四十一章），“道常无名”（第三十二章），“道”是“有”（非无），但也是“非有”。庄子说“因是因非，因非因是”（《庄子·齐物论》），就是说，有肯定的就有否定的，有否定的就有肯定的。这些思想都隐含着“非有非无”的意义。如果我们把“非有非无”看成一种有关空间的观念，用来说明文化之间的问题，可以得到如下一种看法：一种文化对他种文化应是“无墙”（非有）而“有墙”（非无）的。从文化之间的横向关系，即放在同一时代看，如果一种文化对他种筑起一道封闭的“墙”，那么这种文化将只能成为供人们参观的博物馆，因而不能和他种文化进行交流，也很难对他种文化发生影响，从而不能参与整个人类文化发展的大潮之中（特别是在近现代），如果完全“无墙”，那么它就不能自觉地保持和发挥其文化特色，而有无法作为一种独立的文化而存在的危险。在中国历史上有两个突出的例子。一个是公元 1 世纪后印度佛教的传入。对印度佛教的传入从总体上说中国人是欢迎的，但是中国人对这种外来文化却是采取了“无墙而有墙”的态度。一方面，从总体上说我们对佛教的传入是开放的；但另一方面，我们又用本位文化解释它（这中间当然隐含着“误读”的问题），甚至是改造着它，而印度佛教文化又在中国得到发扬光大。另一个例子是：从 17 世纪末起至 19 世纪中叶，中国对西方文化采取了闭关自守的态度，虽然有少量西学输入，但对中国原有文化几乎没有什么影响，也就是说在那时人为地筑起了一道抵御西方文化的“墙”。造成这样一种抵御西方文化的心态，当然原因是多方面的，但是它背离了中国传统那种“非有非无”的思维模式，而导致中国文化在这种情况下失去了活力。“有”和“无”是一对相对的概念，“非有非无”是中国哲学中的一种重要思维模式，说“有墙”和“无墙”也还不能确切地表现中国哲学的特点，而应说“非无墙”（非无）和“非有墙”（非有）。不能执著“非有墙”，也不应执著“非无墙”（非无），无论执著哪一方面，都是把问题看死了，而应“在非有墙非无墙之间”找寻文化的出路。

二、非常非断

佛教中的三法印之一“诸行无常”，这是说一切物理的、心理的现象在时间的流动中是变动无常的，据此在佛经中也讲“非常非断”，如佛经中有这样的话：“方观知彼去，去者不至方。”意思是说：事物好像是变到另外的地方，但又好像并没有变到另外的地方，这就是“非常非断”。[①]如果我们把“非常非断”的观念作为时间的问题来理解事物，那么用它来讨论两种文化（或多种文化）之间在时间的流动中的关系，也许可以说：一种文化在时间的流动中与他种文化相接触，必然会发生某些变化（非常），同时在时间流动中外来文化又需要有所改变以适应原有文化的某些要求（非断），这样才能发生作用。我们还可以用印度佛教传入中国为例：印度佛教传入中国为中国文化所吸收与融合大约经历了一千年的时间。最初印度佛教依附于中国原有文化而得以发展，至南北朝（公元4世纪至7世纪）外来之佛教与中国原有之文化发生矛盾与冲突，至隋唐佛教大为流行。据《隋书·经籍志》记载，当时佛经在民间流传十百倍于儒家经典。许多王公大臣、文人学士都信仰佛教，中国哲学在佛教中得到发展，看来佛教似乎取代了中国之传统文化。但实际上，正是在此时期出现了中国化的佛教宗派，如天台宗、华严宗、禅宗，特别是禅宗。这些中国化的佛教宗派成为中介，而至中唐以后儒学又渐抬头，至宋朝出现了吸收佛教的中国新儒学，即宋明理学。这一过程说明了一种文化的发展，在与另一种外来文化

① 在《坛经》中用“常与无常对”，在熊十力的《体用论》中则用“非常非断”，可参见《体用论》，5页，上海，龙门联合书局，1958。

接触的长期时间流动中，这种文化有时似乎要中断了，但它又实在并未断绝，而形成一种叫“非断非常”的发展总趋势。在近代，中国文化受到了西方文化的冲击，五四以后出现了一股强大的“反传统”的力量，要求从西方引进“科学与民主”，甚至某些五四运动的领导者以及以后的某些学者提出了“全盘西化”的理论，似乎中国文化又出现了危机和断裂的状态，这种状况可以说一直延续到今天，仍有很大影响。因此照我看，一种文化在另一种强大的外来文化的冲击下，一段时间往往会呈现出危机和断裂，但在更长时间流动中，这种文化从总体上看总是会以“非断非常”的趋势发展着。

三、非实非虚

在中国画中如何画月亮？一般说月亮是无法画的，但中国的画家们创造了一种画月亮的方法，叫做“烘云托月”，他们只画月亮周围的云，这样月亮就自然显现出来了，画家没有画月亮，因此月亮是一“虚”的（“非实”），但确确实实在画面上有月亮，因此它又是“实”的（“非虚”）。这样在中国画中“非实非虚”就成为画论的一个非常重要的特色。我们可以用“非实非虚”的观念来说明文化之间发生关系所呈现的一种状态。任何文化都因其环境的不同、人种的不同、遭遇的不同，甚至众多的偶然因素而有其不同于其他文化的特质。这种特质一旦形成，它就成为一种具有凝固力的传统（非虚）；从人类的特性看，又往往要冲破这种凝固的传统，特别是在外来文化冲击下更为明显，因而形成了一种反传统的力量。从这种由外来文化引发的反传统的力量看，实在的传统并不实在（非实），传统文化有时在强大的反传统力量面前似乎表现得全无力量。从这两个方面来看，文化往往是表现为“非实非虚”的。在中国哲学中，有一个重要概念叫“无”，“无”这个概念非常深刻地体现了“非实非虚”的观念。“无”并不是“不存在”的意思，而是指“无规定性”的“存在”。照中国哲学看，从音乐的音调说，如果是“宫”就不能同时是“商”，但“无声”却可以作成“宫”，又可以作成“商”，它可以成就一切音；就事物形状说，如果是“方”就不能同时又是“圆”，但“无形”却可以作成“方”，又可以作成“圆”，它可以成就一切形。所以“无”可以成就一切“有”。“无”是“虚”的（非实），因为它无规定性；但“无”又是“实”的（非虚），它可以成就一切“有”。我们讨论文化之间的“墙”的问题，这也只是个象征性的说法。“墙”从一种文化与他种文化的关系说或者从一种文化存在的状态说，它也是一个象征性的说法，它是“非实非虚”的。一种有生命力的文化，它一方面表现出有规定性（非虚），这样才可以延续下来，另一方面又表现为无规定性（非实），它才可以适时成就一切。就文化说，“传统文化”与“文化传统”是两个不同的概念：“传统文化”是指已成的文化，是过去文化的积存，它是凝固的，是有规定性的，所以是“实”（非虚）；而“文化传统”是指已成文化在现实生活中的流向，是一种活动，它是在不断变化之中，往往呈现为无规定性，所以是“虚”（非实）。不仅文化，其实任何事物的存在都是“非实非虚”的。

文化是一个民族的生活式样，一种文化的存在从时间、空间、状态上看是一综合体。一种有生命力的文化在与其他文化发生关系时，从中国哲学的角度看，它往往呈现为“非有非无”、“非常非断”、“非实非虚”的。在中国哲学中，这种不用肯定的方式来说明问题的方法叫“负的方法”。负的方法只说明某种事物不是什么，而不能直接说明某种事物是什么，或者说不能肯定地说明事物，因此这种方法是在否定中表现了肯定。这种方法往往用“非有”来表现“无”，用“非无”来表现“有”，如此等等。根据这种负的方法，在中国哲学中往往要求在两极之间找一“中道”，但这“中道”又不是另立一“中”，只是在对两极的否定中显现的。如果用中国哲学的这种思维方式来看文化之间的“墙”的问题，说“在有墙与无墙之间”或尚非确切，而应说“在非有墙与非无墙之间”才更为准确。照中国传统哲学看，一种文化在多种文化关系之中如果能在“非有墙与非无墙之间”来发展，或者更为理想。

把中国哲学这种思维方式用来解释文化之间的“误读”或有启发。其实不仅在两种不同文化之间会存在“误读”问题，甚至于同一种文化传统在时间流中也会存在“误读”问题。例如朱熹对孔孟的“仁”的理解也存在着某种“误读”。在孔孟那里，“仁”是人性的问题。在朱熹那里，“仁”不仅是人性问题，而且是“天理”的问题。朱熹对孔孟的“仁”是不是一种“误读”呢？我认为，它又是又不是，即是说“是非误读又非非误读”。所谓“非误读”是说它总是根据原文本问题来说的，所谓“非非误读”是说它是在不同时代背景和个人的创造力下说的。如果在文化之间不存在“误读”问题，那么就没有不同文化之间的对话，或者说不同文化之间的对话的必要性就不存在。正因为有“误读”（即“非非误读”），才可能有不同见解，有不同见解才形成对话；正因为有“非误读”，才能有共同讨论的论题，有共同讨论的论题也才能形成对话，因此，在文化交流之间“误读”不仅是不可避免的，在一定情况下甚至可以说不是没有意义的。

论儒家哲学中的真善美问题

一

我们能否用最简单而又最精确的命题把历史上的我国儒家哲学关于真、善、美的问题表述出来，如果能做到这一点，就可以说对儒家哲学有了一个总体上的认识。我认为，中国儒家哲学中关于真、善、美的观念集中体现在中国古代思想家长期讨论的三个基本命题之中，即:“天人合一”、“知行合一”、“情景合一”。“天人合一”是讨论“真”的问题，“知行合一”是讨论“善”的问题，“情景合一”是讨论“美”的问题。

关于“天”和“人”这两概念可以因不同的哲学家而有十分不同的含义，这里不可能详细讨论，但无论如何，“天（道)”总是就宇宙的根本或宇宙的总体方面说的，“人（道)”往往是就人们的社会生活或人本身方面说的。天人关系问题从来就是中国古代思想家所研究的最重要的问题。司马迁说他的《史记》是一部“究天人之际”的书；

董仲舒答汉武帝策问时说，他讲的是“天人相与之际”的学问；扬雄说：“圣人……和同天人之际，使之无间”；魏晋玄学创始者之一何晏说另一创始者王弼是“始可与言天人之际”的哲学家；中国道教茅山宗的真正创始者陶弘景说，只有顾欢（另一道教领袖）了解他“心理所得”是“天人之际”的问题；唐朝刘禹锡对柳宗元的批评，说柳宗元的《天论》“非所以尽天人之际”；宋朝思想家邵雍说得更明白：“学不际天人，不足以谓之学。”在中国传统哲学中对“天人关系”虽有各种说法，如荀子提出的“明天人之分”，庄子的“蔽于天而不知人”，郭象的“天者，万物之总名”，刘禹锡有“天人交相胜”之说等等，而且“天人关系”问题在魏晋时期又常通过“自然”与“名教”的关系表现出来。但儒家的主流却大都把论证“天人合一”或说明“天人合一”为第一要务。

孔子多言“人事”，而少言“天命”，然而孔子并非不讲“天命”。我们知道，他不仅说过“唯天为大”，而且认为“天命”与“圣人之言”是一致的，他说：“君子有三畏：畏天命，畏大人，畏圣人之言。”接触到“天”、“人”关系问题。然而子贡说“夫子之言性与天道，不可得而闻”，可见当时已把“人性”与“天道”的问题联系起来讨论，只是子贡等没有听到孔子对这个问题的论述而已。孟子可以说开始有了“天人合一”的思想表述，如他说“尽其心者，知其性也；知其性，则知天矣”，又说“夫君子所过者化，所存者神，上下与天地同流”，这表明他把“天”和“人”看成一个统一的整体。荀子虽然讲“明天人之分”，而其根本要求则在“制天命而用之”，即从“人”的方面来统一“天”，因而他把“人”抬高到与“天”、“地”并列的地位：“天有其时，地有其财，人有其治，夫是之谓能参”，“故善言古者，必有节于今；善言天者，必有征于人。凡论者，贵其有辨合，有符验。故坐而言之，起而可设，张而可施行”。这表明荀子认为“天”和“人”是一统一的整体。《郭店楚简·语丛一》中说：“易，所以会天道、人道也。”《周易》是一部讲“天道”和“人道”会通的所以然的道理的书。这也许是现在知道的最早的“天人合一”的明确表述。董仲舒宣扬“天人感应”,他说:“天亦有喜怒之气，哀乐之心，与人相副。以类合之，天人一也。”董仲舒这类言“天人合一”的理论自然是一种粗俗的“天人合一”论，且带有神秘主义色彩。

魏晋玄学讨论的中心课题是“自然”与“名教”的关系问题，而实际上也是天人关系问题。而魏晋玄学的主流则是以调和“自然”与“名教”为主题，即欲“以儒道为一”。王弼主张“体用如一”，故有“举本统末”之言，谓了解“天道”即可了解“人事”，圣人可以“体冲和以通无”，体现“天道”以至于同于“天”。郭象也讲“体用如一”，以为“用外无体”，他认为圣人“常游外以弘内”，在现实社会中就可以实现符合“天道”的理想社会,所以“名教”不仅不和“自然”相矛盾，恰恰应在“人间世”中来实现其“逍遥游”。这虽和先秦两汉儒家对“天人合一”的表述不同,但它正是魏晋人所追求的一种特有的“天人合一”的精神世界。

宋儒所讲的身心性命之学，更是以“天人合一”为其所要论证的基本命题。周敦颐明确地说：“圣人与天地合其德”，“圣希天”。故王夫之说：“自汉以后，皆涉猎故迹，而不知圣学为人道之本。然濂溪周子首为《太极图说》，以究天人合一之原。”张载的《西铭》更谓“天地之塞，吾其体；天地之帅，吾其性”，《东铭》则谓“儒者则因明致诚，因诚致明，故天人合一，致学而可以成圣，得天而未始遗人”。二程讲“体用一源”，其目的亦在明“天人合一”之理，故说“在天为命，在义为理，在人为性，主于身为心，其实一也”；又说“天人无二，不必以合言（按：意谓天人本一体）；性无内外，不可以分语”，“圣人之心，与天为一”。朱熹也说：“天即人，人即天。人之始生，得之于天。既生此人，则天又在人矣。”“人”及人类社会虽由“天”而有，但既有“人”及人类社会，“天道”将由人来体现，即“天道”通过人的行为实现于社会，而能完全实现“天道”者唯圣人。所以朱熹说：“圣人……与天为一。”程朱理学如此，陆王心学也以阐明“天人合一”之理为己任。陆九渊说：“宇宙内事是己分内事，己分内事是宇宙内事。”王阳明说：“心无体，以天地万物感应为一体”，“盖天地万物，与人原是二体，其发窍之最精处，是人心一点灵明，雨风露电，日月星辰，禽兽草木，山川木石，与人原只一体。故五谷禽兽之类皆可以养人，药石之类皆可以疗疾。只为同此一气，故能相通耳”。认为“天”与“人”原为一体，“人”的生存、发展不能离开“天”，它们在本质上是相通的。所以他说：“大人之能以天地万物为一体，非意之也，其心之仁本若是。”“圣人”之所以能与天地万物为一体，盖因其心本“仁”，而与“天”心之仁相通。他在解释《大学》中的“亲民”与“明明德”时又用了“体用如一”的观点，他说：“明明德者，立其天地万物一体之体也，亲民者，达其天地万物一体之用也，故明明德必在于亲民，而亲民乃所以明其明德也。”明清之际的重要思想家黄宗羲和王夫之都从不同的方面论证了“天人合一”之理。黄宗羲从“盈天地皆心”的观点出发批评把“理”与“心”析分为二，他说：“夫自来儒者，未有不以理归之天地万物，以明觉归之一己，歧而二之，由是其不胜支离之病。阳明谓良知即天理，则天理明觉，只是一事，故为有功于圣学”，故“心无本体，工夫所至，即其本体”，这是按照中国传统哲学中“体用不二”来说明“天人合一”。

王夫之以“天”与“人”之气化同运，来说明“天人合一”之理，他说：“父母载乾坤之德以生成，则天地运行之气，生物之心在是，而吾之形色天性，与父母无二，即与天地无二也。”因为“天人之蕴，一气而已”，所以“道一也，在天则为天道，在人则为人道”，“天”与“人”“惟其一本，故能合”，“惟其异，故必相须以成而有合”。“天”与“人”本一体之气化同运，所以能“合一”，但“天”与“人”又并非等同，正因为有差别才能相补而成为一体之合。王夫之认为，“天道”乃一刚健之气化的流行，而人受之为“仁义之心”，故谓“成之者，人也；继之者，天人之际也”，“天人相接续之际，命之流行于人者也”，盖“天人同于一原”也。

中国传统儒家哲学中，虽在立论有所不同，但都以讨论“天人合一”为中心课题，或从“元气”论出发，把整个宇宙视为气化流行，而人即在其中谋求与天地气化流行成为和谐之整体；或以“天”（“天道”或“天理”）为一超时空的至健的大秩序，而“人”（“人道”或“人事”）则是依此超时空之至健的大秩序而行事、“体道”以求宇宙之和谐；或以“天”为“心”，认为一切道理俱于一心之中，充分发挥“本心”之作用即可“与天同体”。从中国传统哲学上看，虽然各派在论述“天”、“人”宇宙统一性问题时的立论基础并不相同，但是，在它们之间也有若干共同点。这些共同点，或者可以说表现了我国儒家哲学思维方式的某些特殊性。这就是：第一，所谓“天人合一”的观念表现了从总体上观察事物的思想，不多做分析，而是直接描述，我们可以称它为一种直观的“总体观念”；第二，论证“天人合一”的基本观点是“体用如一”，即“天道”与“人道”的统一，是“即体即用”，此可谓和谐的“统一观念”；第三，中国传统哲学，不仅没有把“天道”看成僵化的东西，而且认为“天道”也是生动活泼、生生不息的，“天行健，君子以自强不息”，人类社会之所以应发展，人们的道德之所以应提高，是因为“人道”应适应“天道”的发展，此可谓同步的“发展观念”；第四，“天”虽是客体，“人道”要符合“天道”，但“人”是天地之心（核心之心），它要为天地立心，天地如无“人”则无生意，无理性，无道德，此可谓道德的“人本观念”。这就是中国儒家哲学中“天人合一”思想的全部内涵。

关于“知行”问题，我国近世学者往往从认识论的角度去分析它，但在儒家哲学中，它更是一个伦理道德问题。认识问题如果不与道德修养问题相结合，就很难成为儒家哲学的一个部分而流传下来，因此认识问题往往与伦理道德是同一问题，故儒家主张在社会生活中不仅应“知”（认识），而且应“行”（实践，身体力行）。

至于“善”，虽然各个不同的阶级或阶层、集团的看法不同，所立的标准各异，但在儒家哲学中重要的哲学家大都认为“知”和“行”必须是统一的，否则就根本谈不上“善”。所以，从总体上看，“知行合一”思想实贯穿于儒家哲学之始终。古代贤哲们把“知”和“行”能否统一看作关系到做人的根本态度问题，知行统一是他们追求的理想之一。从孔子起就把“知行一致”视为道德上划分君子与小人的一个标准，“君子耻其言而过其行”。孟子讲“良知”、“良能”，虽以恻隐之心、羞恶之心、辞让之心、是非之心四端为人先天所固有的，但要成为道德的仁、义、礼、智，则必须把四端“扩而充之”，这点必须在道德实践中方可达到，所以孟子说：“凡有四端于我者，知皆扩而充之矣，若火之始然，泉之始达。苟能充之，足以保四海；苟不充之，不足以事父母。”荀子强调“行”为“知”的目的，但同时也承认“知”

对“行”的指导作用，因此他说：“不闻不若闻之，闻之不若见之，见之不若知之，知之不若行之。学至于行之而止矣。行之，明也；明之为圣人。圣人也者，本仁义，当是非，齐言行，不失毫厘，无它道焉，已乎行之矣。故闻之而不见，虽博必谬，见之而不知，虽识必妄，知之而不行，虽敦必困，不闻不见，则虽当，非仁也，其道百举而百陷也。”《大学》讲三纲领八条目，也是说的知行的统一过程。至宋儒，程颐虽主张“知先行后”，但在道德修养方面则认为“知而不能行，只是未真知”。所以黄宗羲说：“伊川先生已有知行合一之言。”（《宋元学案》卷七五）朱熹虽继承了程颐“知先行后”之说，但他特别提出“知行常相须”、“知与行工夫，须着并进”，其理由是“论先后，知为先；论轻重，行为重”，所以有人说程朱是“重知的知行合一说”。“知”虽是“行”的基础，而“论知之与行，曰方其知之，而行之未及也，则知尚浅”，“既亲历其域，则知之益明，非前日之意味”。朱熹之所以重“行”，则是因为他把“知”与“行”问题从根本上视为道德修养问题，所以他说：“善在那里，自家却去行他，行之久则与自家为一，为一则得之在我。未能行，善自善，我自我。”“善在那里”是“知”的问题，“自家却去行他”是“行”的问题，是一个道德实践问题，必得“知行合一”，才可以体现至善之美德。中国传统哲学中常言“体道”（或“体天道”、“体天理”），这或有二义：其一是指“以道为体”，即圣人应和“道”认同，应同于“天”；其二是说实践“道体”，即要求依“天道”而身体力行之。至于王阳明的“知行合一”学说自然为大家所熟悉，但看来对他这一学说也有误解之处，往往抓住他的“一念发动处便是行”这句话就断定他“销行归知”、“以知为行”。其实从一定意义上说，王阳明并没有把“知”和“行”完全等同起来。所谓“一念发动处便是行”，正是就人们道德修养上说的，所以在这句话的后面他进而指出："发动处有不善，就将这不善的念克倒了。须要彻根彻底不使那一念不善潜伏在胸中。"他又说："知之真切笃实处便是行，行之明觉精察处便是知，知行功夫，本不可离，只为后世学者分作两截用功，失却知行本体。"王阳明对知行的统一关系也有明确的说明，他说："知是行的主意，行是知的功夫；知是行之始，行是知之成。"如果从认识论的角度，或者可以说王阳明某些话有"合行于知"的嫌疑，但从道德修养层面上看，强调"知行合一"是有一定的合理因素的，到明清之际，王夫之虽主张"行先知后"、"行可兼知"，但他在讲道德修养问题时，仍主张"知行合一"，他说："盖云知行者，致知力行之谓也。唯其为致知力行，故功可得而分，功可得而分，则可立先后之序，可立先后之序，而先后又互相为成，则由知而知所行，由行而行所知之，亦可云并进而有功。"知行之所以是"并进而有功"的，就是因为知行问题归根结底仍是道德问题。在王夫之看来，"智者，知礼者也，礼者，履其知也，履其知而礼皆中节，知礼则精义入神，日进于高明而无穷"，故圣人之由明而诚，率性以成己之事，圣人之由诚而明，则修道以成物之教，"诚明合一，则其知焉者即行焉，行焉者咸知矣"。这正是儒家哲学中做人的道理之所在。

目前在中国哲学史的研究中，流行着一种观点，认为宋明以来的道学家谈论知行问题，总是把这个认识论问题和道德修养问题混为一谈，并认为这是中国古代哲学家的局限性和错误所在。这虽有点道理，但似有两点可以讨论：第一，宋明以来的理学家本来就不以为知行问题只是认识问题，而认为知行问题之所以重要，正因为它关乎道德修养问题，所以从理学家本身的立论上说，不存在把认识论问题与道德修养问题混淆在一起的问题。第二，作为道德修养方面，"知行合一"

的学说或知行统一的观点不能说没有一点合理之处，不能认为全无积极意义。作为道德修养上的知行从根本上说是不应割为两截的。王阳明所说的“知是行的主意，行是知的功夫；知是行之始，行是知之成”应是中国古代哲学家对这一问题的较好总结。

“情景合一”是一个美学问题，王国维在《人间词话》中写道：“词以境界为最上，有境界则自成高格，自有名句。”何谓“境界”，王国维说：“境非独谓景物也。喜怒哀乐，亦为人心中之一境界。故能写真景物、真感情者，谓之有境界，否则谓无境界。”所以，“境界”一词，除“景物”外，实当亦兼指“情意”。叶嘉莹在《迦陵论词丛稿》中有段对王国维“境界说”的解释颇有见地，她说：“境界之产生，全赖吾人感受之作用；境界之存在，全赖吾人感受之所及。因此外在世界在未经吾人感受之功能予以再现时，并不得称之为境界。从此一结论看来，可见静安先生所标举之境界说，与沧浪之兴趣说及阮亭之神韵说，原来也是有着相通之处的。”布颜图在《画学心法问答》中对“境界”的解释也如静安先生，他说：“山水不出笔墨情景，情景者，境界也。”所以王国维说：“昔人论诗词，有景语、情语之别。不知一切景语，皆情语也。”可见王国维认为一切诗词等文艺创作以“情景合一”为上品。但这一“情景合一”的美学观点，并非创始于王国维。中国文学艺术理论真正独立出来成为一门学问、成为较有系统的理论体系，大体上说应该是在魏晋南北朝时期。当时已有“情景合一”的思想，这点在钟嵘的《诗品序》中反映得较为清楚，他说：“夫四言文约意广，取效《风》、《骚》，便可多得。每苦文繁而意少，故世罕习焉。五言居文辞之要，是众作之有滋味者也，故云会于流俗。岂不以指事造形，穷情写物，最为详切者邪？故诗有三义焉：一曰兴，二曰比，三曰赋。文已尽而意有余，兴也；因物喻志，比也；直书其事，寓言写物，赋也。宏斯三义，酌而用之，干之以风力，润之以丹彩，使味之者无极，闻之者动心，是诗之至也。”这种认为“至文”、“神品”当“穷情写物”的思想，即“情景合一”，到明朝，有前后七子多言“情景合一”。如后七子之谢榛《四溟诗话》中说“作诗本乎情景，孤不自成，两不相背”，又说“诗乃模写情景之具，情融乎内而深且长，景耀乎外而远且大”。而与谢榛不同派别的公安派袁中道似乎也以“情景合一”立论，如他在《牡丹史序》中说：“天地间之景，与慧人才士之情，历千百年来，互竭其心力之所至，以呈工角巧意，其余无蕴矣。”明清之际大戏曲家李渔亦谓：“文贵高洁，诗尚清真，况于词乎？作词之料，不过情景二字。非对眼前写景，即据心上说情，说得情出，写得景明，即是好词。”而王夫之在《姜斋诗话》中说得更明白：“情景名为二，而实不可离。神于诗者，妙合无垠。巧者则有情中景，景中情”，“景中生情，情中生景，故曰景者情之景，情者景之情”，“情景一合，自得妙语”。所谓“情景一合，自得妙语”，也许正是中国传统文艺理论一个基本命题。因此，对“美”的看法也应当由此命题上去寻求。在中国传统思想中有一种倾向，“美”和“善”往往是联系在一起的，“充实之谓美”是指得到了一种高尚享受的精神境界。孔子听《武》，说它“尽美而未尽善”，而《韶》则是“尽善尽美”。“尽善尽美”的音乐才是最高的、最理想的音乐。最高、最理想的音乐如此，其他艺术当然也是一样。“尽善尽美”的艺术即要提高人的精神境界，并使之从中得到最高的美的享受；而创作艺术作品的人必须是“有境界”的，他的艺术作品必须是“情景合一”的。

从儒家哲学的总体上看，可以说“知行合一”、“情景合一”是从“天人合一”派生出来的。“知行合一”无非是要求人们既要知“天道”、“人道”，又要行“天道”、“人道”，而“人道”本于“天道”，故实知且行“天道”即可。“情景合一”无非是要求人们以其思想感情再现天地造化之工，故亦是“天人合一”之表现。儒家哲学之所以在真、善、美的问题上追求这三个“合一”，就在于儒家哲学的基本精神乃是教人如何“做人”，为此就应有一个“做人”要求，即要有一个理想的真、善、美的境界。达到了这个“天人合一”、“知行合一”、“情景合一”的真、善、美的理想境界的人就是所谓的“圣人”。人们的理想所表现的形式和内容虽然千差万别，但总应有一种理想，追求一高尚的精神境界。在儒家思想中有一种理想主义的倾向，从孔子起就向往“天下有道”的社会，并极力想把它实现于现实社会之中，甚至并不认为它肯定能实现，但却认为人们应有这种对理想的追求，应用“知其不可而为之”的精神致力于此。所以当子贡问孔子“如有博施于民而能济众何如？可谓仁乎”的时候，孔子回答说：“何事于仁，必也圣乎！尧舜其犹病诸。”可见孔子也并没有认为尧舜时代的社会就是人类最高的理想社会。因此，对中国古代思想家来说，就有一个对理想社会如何看的问题。在中国古代的一些思想家看来，理想社会就是一种理想，它只有实现的可能性，但并不一定能把这种可能性变为现实性。尽管理想社会从来没有实现过，但要不要追求它却是一个根本性问题，是一个人生态度问题。理想社会虽不一定能在现实中实现，但对于中国古代思想家来说，却可以在他们的个人生活中实现，或者说可以在他们的心中实现。为什么张载的《西铭》那么受后来宋明理学家的重视？我以为就在于《西铭》体现了我国古代哲人追求理想社会的精神，而且在他们的心中已建立了这种精神。张载所理想的“民，吾同胞，物，吾与也”的社会是否能实现，这对他固然很重要。但更重要的是人能不能有一种追求理想社会的人生态度，所以《西铭》以“存，吾顺事，没，吾宁也”一句作为结语。人生在世必须去尽自己的责任，这个责任就是如何为实现理想的“大同世界”而奋斗，为创造一个和谐的社会而尽力。从这里看，儒学思想家的理想社会实际上带有空想的色彩，他们不可能把自己的理想建立在现实的基础上，这是时代和阶级的局限性所致。

儒家哲学中的这种理想主义的倾向又是以人本主义为前提的。在中国古代的一些哲学家看来，“人”在天地之中是最重要的，只有“人”才能“为天地立心，为生民立命，为往圣继绝学，为万世开太平”，所以孔子说：“人能弘道，非道弘人。”“道”(“天道”)是客观存在的，但“道”要人来发扬光大它，要人在实践中体现它，人怎样才能体现“天道”？中国古代的一些哲人认为，如果懂得了“天人合一”、“知行合一”、“情景合一”的根本道理，那么，人就有了一种“做人”的最高境界，也就可以将其美好的理想凝聚心中，而求实现于人间世。

“天人合一”的问题虽然说的是人和整个宇宙的关系，但它把“人”视为整个宇宙的中心。《中庸》中说，“诚者，天之道也；诚之者，人之道也。诚者不勉而中，不思而得，从容中道，圣人也。”因此，圣人的行为不仅应符合“天道”的要求，而且应以实现“天道”的要求为己任。人生活在天地之中，不应取消极态度，而应“自强不息”，“天行健，君子以自强不息”，体现宇宙大化的流行。这样人就会对自己有个要求，有个做人的道理，有个高尚的精神境界。其中最重要的就是要做到“知行合一”，有个道德修养上的知行统一观。《大学》的三纲领八条目就是说的这个道理，它说：“大学之道，在明明德，在亲民，在止于至善”，“古之欲明明德于天下者，先治其国；欲治其国者，先齐其家；欲齐其家者，先修其身；欲修其身者，先正其心；欲正其心者，先诚其意；欲诚其意者，先致其知；致知在格物。物格而后知至，知至而后意诚，意诚而后心正，心正而后身修，身修而后家齐，家齐而后国治，国治而后天下平”。从“格物致知”到“治国平天下”，这是一个认识过程，更是一个实践的过程。人应该有理想，最高的理想是“致太平”，使人类社会达到“大同”境地。为此儒家提出一个“大同世界”的理想。而“大同世界”的基本要求首先是每个人都应对自己有个做人的要求，要有个做人的道理，要能“己所不欲，勿施于人”。孔子说：“吾道一以贯之，忠恕而已矣。”理想的“大同世界”能否达到自然是个问题，但人们应有这个要求，并从中得到做人的乐趣。要“做人”，也要有“做人”的乐趣，要能在生活中领略天地造化之功；要真正领略天地造化之功，就必须在再现“天地造化之功”中表现人的创造力，表现人的精神境界，表现人之所以为人，使文成“至文”，画成“神品”，乐成“天籁”。所以艺术的要求应是“情景合一”。当人进入这一创造的境界，将是真、善、美合一的境界，人生的意义、人类最高的理想正在于此。孔子说他自己“七十而从心所欲不逾矩”，大概就是中国古代思想家们所追求的这种境界。他们以为自己的一切言行和整个宇宙、人类社会、他人和自我的身心内外都和谐了，这种境界是真、善、美合一的境界，自然也就是所谓“圣人”的境界了。中国儒家哲学如果说有其一定的价值，也许就在于它提出了一种“做人”的道理。它把“人”（一个在特定关系中的“人”）作为自然和社会的核心，因此加重了人的责任感。在中国古代的贤哲看来，“做人”是最不容易的，做到和自然、社会、他人以及自我的身心内外的和谐就更不容易。对这种“做人的责任感”似乎应给以充分的理解，并在改造的基础上加以继承。

中国传统哲学对中华民族的民族心理曾有着深刻的影响，它凝结成中华民族的一种特殊的心理特性。这种特殊的心理特性在过去长期影响着我们这个民族的各个方面，它既表现了中华民族思想文化传统的优点，也表现了某些缺点。儒家哲学凝聚而成并长期影响着我们这个民族的或许有以下四个方面，即空想的理想主义、实践的道德观念、统一的思维方式、直观的理性主义。

（1）儒家哲学中的主要哲学家大都对现实社会抱着一种积极的热诚的态度，企图用他们的学说、他们的理想来转化现实政治，然而他们的学说、理想不仅转化不了现实政治，而且往往被用来作为粉饰现实政治的工具。“大同”或“致太平”的思想几乎成了中国古代人们所普遍追求的一种理想。儒家思想中有，道家的思想中也有，统治阶级希望有“太平盛世”，被压迫的劳动人民也期望有“太平世界”。儒家的经典《礼记·礼运》勾画出一个“大同世界”的蓝图，有的帝王以“太平”为年号，有的帝王自称为“太平皇帝”，有些农民起义也以“太平”相号召。东汉末的黄巾起义以“太平道”为其组织形式，宋朝的农民起义以“杀尽不平，享太平”为宗旨，一直到近代洪秀全领导的农民起义军仍号“太平军”，国号“太平天国”。可见，“致太平”的“大同世界”在过去的时代里多么深入人心！但真正的“太平盛世”从来就没有实现过。由此可见中国传统思想的“理想主义”带有很大的空想成分。那些先哲们虽然可能是真诚地提倡他们的“治国平天下”的理想，可是他们的那一套并没有实现的可能性。不仅如此，所谓“治国平天下”的理想归根结底不过是理想化的皇权专制社会。

（2）儒家哲学有着人本主义的倾向，它不仅和“神本主义”占统治地位的西方中世纪不同，而且，也和西方近世的人本主义有区别。西方的人本主义把“人”作为单个的个人，强调个性解放，有强烈的个人主义，而中国过去社会里的“人本主义”可以说是一种“道德的人本主义”。它把“人”放在一定的关系中加以考察。因此，有所谓君臣、父子、夫妇、兄弟、朋友五伦，讲什么“君义臣忠”、“父慈子孝”等等。不仅如此，儒家哲学还把“人”作为核心，从“人”的方面来探讨“人”和“宇宙”（天）的关系，特别强调“天”和“人”的统一性（“天人合一”）。它一方面用“人事”去附会“天命”（天道），要求人去体现“天道”之流行；另一方面又往往把“人”的道德性加之于“天”，使“天”成为一理性的、道德的化身，而“天理”的基本内容则是仁、义、礼、智、信等至善的德行。这样一来，“天”虽然作为客体与“人”相对，但又带有“人”的强烈的主体性。由于儒家哲学讲“知行合一”，即要实现“天理”，而“天理”是一“至善的表德”，所以人们的实践活动最根本的是道德实践。而最高的艺术作品又必须以“至善”为前提，即所谓“尽善尽美”。可见，中国传统哲学注意了伦理道德在社会生活中的重要意义，特别强调“知”和“行”必须统一，这有其可取的一面。但是，赋予“天”以道德性，把道德实践活动作为最根本的实践活动，这就很难解决社会生活中存在的种种矛盾，这是一种历史唯心主义。在中国过去的社会里，往往把医学、天文历算、农业技术等等看成是“小技”，而“身心性命之学”才是“大道”。不大重视对客观世界的研究，因此认识论方面的理论不发展，甚至可以说没有建立起完整的系统的认识论体系；对人的心理活动的分析也较为笼统：逻辑学也发展很不充分，缺少系统的推理理论。

（3）儒家哲学中的重要哲学家（除个别外）大都把建立一个和谐统一的社会作为自己的责任，因此在中国传统哲学中虽有丰富的辩证法思想，但往往以矛盾的调和为终点。中国传统哲学的理论思维方式，从一开始就注重一对概念的统一关系或诸种概念的相互关系。《易经》系统以乾、坤（后来以阴、阳）为一对对立统一的概念，而《洪范》则以五行之间的对立统一关系立论。特别是到春秋战国时期，“天”和“人”作为一对哲学概念提出后，儒家哲学就较多地注重“天”和“人”的统一的一面。这种思想方式自有其合理性，因为强调统一，强调和谐，而反对“过”与“不及”，在一定条件下有利于社会的稳定和发展，有利于人们注意研究事物之间的联系。但是，这种思维方式也有很大的缺陷。过分地强调社会的和谐和统一，是使我们的专制社会长期停滞、资本主义萌芽生长缓慢的一个原因。儒家哲学之所以缺乏系统的认识论和逻辑学，就在于它的理论思维往往是一种没有经过分疏的总体观，它虽包含着相当丰富的真理颗粒，但由于缺乏必要的分析和论证，因而不容易发展成现代科学。因此，必须对儒家哲学的思维方式加以改造，继承和发扬重视事物之间的联系，强调事物之间的统一与和谐等思维传统，并把它建立在坚实的逻辑论证和科学的认识论的基础上。同时应该注意分析，把西方现代哲学（特别是分析哲学）的某些方法吸收过来，取中西哲学之长，避中西哲学之短，建立新的现代儒家哲学体系。

（4）与上述问题相联系，儒家哲学有一种直观的理性主义的倾向。在儒家哲学中，有注重“经验”的，有注重“理性”的，有两者同时并重或有所偏重的。这里说的儒家哲学有一种直观的理性主义的倾向，是就其发展的趋势说的，不是一概而论。中国古代哲学家大都很注重“心”的作用，是从积极发挥人的主观能动性方面着眼，在先秦，孟子提出“耳目之官不思，而蔽于物，物交物，则引之而已矣。心之官则思，思则得之，不思则不得也。此天之所与我者，先立乎其大者，则其小者不能夺也。此为大人而已矣”，所以扩充“心”的作用则“足以保四海。苟不充之，不足以事父母”。荀子说：“心者，形之君也，而神明之主也，出令而无所受令。”但对于为什么“心”有这样的作用问题则没有什么具体的说明。到宋以后，无论是儒家的唯物主义还是唯心主义也都十分重视“心”的作用，唯物主义哲学家张载的《正蒙》中有《大心》一篇专门讨论了“心”的作用，他说：“大其心则能体天下之物。”唯心主义哲学家程颐说：“尽己之心则能尽人尽物。”朱熹认为，“理”俱于“心”，如能充分发挥“心”的作用以穷物理，则因物理而可使“心之全体大用无不明”，所以他说：“心包万理，万理具于一心，能存心而后可穷理。”至于陆王心学更强调“心”的作用，无复多论。王夫之虽然主张感性认识和理性认识不可偏废，但他也特别强调“心”的作用，如他说：“目所不见之有色，耳所不闻之有声，言所不及之有意，小体之小也，至于心而无不得矣。思之而不至而有理，未思焉耳。故曰尽其心者知其理，心者天之具体也。”他还说：“万物皆有固然之用，万事皆有当然之则，所谓理也。……具此理于中而知之不昧，行之不疑，则所谓心也。……故理者人心之实，而心者即天理之所著存者也。”理就是心的实在的内容，心就是天理所在之处。由此可以看出王夫之仍受朱熹的“理俱于心”的影响。儒家哲学强调“心”（理性）的作用，自有其可取之处。强调“心”的作用，即强调人的主动性，强调人在宇宙中的核心地位，而人之所以能是宇宙的核心，正在于人有“明德”之心。人的理性又是带有道德性的，宋儒认为“仁”是心之体，可见儒家哲学有道德理性主义的倾向。但是，对于为什么“心”有如此之作用，如此之特性的问题，则很少分析，对“心”的作用的过程（心理活动之过程）更缺乏具体分析，致使儒家哲学成为一种直观的道德理性主义。

一个民族既然能长期存在，并有其不间断的历史和思想文化传统，必有其存在的道理，其传统思想文化亦必有其特定的价值，如何把它的思想文化中的优秀方面发扬起来，如何克服和扬弃其消极方面，对这个民族的发展至关重要。

二

四十年前，沈有鼎先生在英国牛津大学做研究时，曾给国内朋友写过一封信，在这封信中他说："康德的价值论和黑格尔的价值论有一个重要不同点，如下图所示：

康德：善←美←真

黑格尔：真←美←善

从这里可以看出康德是中国人，黑格尔是印度人(或希腊人)。"(《哲学评论》，十卷六期，1947年8月)

沈先生这个论断非常有见地，并富有创发性。从中国传统哲学的主流儒家思想看确实如此。现在我想以孔子为例解说沈先生的看法。但是如果从中国传统哲学的不同学派或不同哲学家看就不全然是如此了。

子曰："知之者，不如好之者。好之者，不如乐之者。"(《论语·雍也》)知，要有对象（客体），求真；知，客体是客体，主体是主体。好，是一种享受，客体入于主体；乐，是主体进入客体，必须实践，要"乐善好施"，以至于"乐以忘忧，不知老之将至"（《论语，述而》），在实践中要超越自我、世俗，超越生死等等，达到与天为一的最高之善的境界。"知"是理智的问题，"好"是情感的问题，"乐"是理智和感情的结合，这大概是孔子对“知”、“好”、“乐”的层次高低的看法。在《论语》中记载着孔子的一段话，他说：“吾十有五而志于学，三十而立，四十而不惑，五十而知天命，六十而耳顺，七十而从心所欲不逾矩。”我们知道，孔子和儒家都认为，人们的生死和富贵不是能靠其自身的努力追求到的，但人们的道德和学问高低却是要靠其自身的努力追求而有不同。上面引的孔子那段话可以说是孔子对他一生的生活道路的描述，或者说是他一生修养的过程，成“圣人”的路径，也就是孔子本人对“真、善、美”的追求和了解。从“十有五而志于学”到“四十而不惑”可以说是他成圣成贤的准备阶段，从“知天命”到“从心所欲不逾矩”可以说是他成圣人的一深化过程。“知天命”可以解释为对“天”（宇宙人生的终极关切问题）有了一种认识和了解，这也许可以算是“求真”的范围，因为这一阶段孔子仍然把“天”看成认识的对象，还没有达到“同于天”的阶段，也就是说还没有达到与“天”合一的境界，只是在追求着“天人合一”的境界。郭象在《庄子序》中说：“夫庄子者，可谓知本矣。……言虽无会而独应者也。夫应而非会，则虽当无用。”盖能与天地万物之本体相应者自可谓“知”本，虽为“知”本，则仍与天地万物之本体为二，仍把天地万物之本体视为认识之对象，此尚未与天地万物之本体会合为一，故虽“知本”仍未能“从心所欲不逾矩”也。此境界虽已甚高，但“虽高不行”，而未能以“体用如一”也。①

“六十而耳顺”这句话向来有不同解释，杨伯峻先生在《论语译注》中说：“‘耳顺’这两个字很难讲，企图把它讲通的人也有很多，但都觉牵强，译者姑做如此解释。”杨先生是这样解释的：“六十岁，一听

① 参见汤用彤：《向郭义之庄周与孔子》，见《汤用彤全集》，第四卷，石家庄，河北人民出版社，2000。

别人的言语，便可分别真假，判明是非。”我认为，杨先生的了解大概是符合孔子意愿的，但自古以来却也有多种解释，例如晋李充说“耳顺”是“心与耳相从”，这也许是杨先生的解释所本。晋孙绰用玄学思想解释说：“耳顺者，废听之理也，朗然自玄悟，不复役而后得，所谓不识不知顺帝之则。”这应是一种非由耳目经验所得，而是由超乎经验的直觉而得宇宙大全之理的境界，是一“内在而超越”的境界。照现在解释学的看法，凡是对前人思想的解释都有解释者的意见在内，不过解释和被解释之间总有某些联系，否则也就无所谓“解释”了。历来的思想家对孔子思想的解释大都是如此。这里，我打算引用朱熹对这句“六十而耳顺”的解释，他说：“声入心通，无所违逆，知之之至，不思而得。”(《四书集注》)“声入心通”当和“声音”有关（“有音之声”和“无音之声”都可以包括在内),“知之之至”是智慧的极高层次，是由“转识成智”而得，因此它是超于“知天命”的境界，这种境界与“知天命”的境界不同，它是“不思而得”的，所以是超于知识的。那么这种境界是一种什么样的境界呢？我认为它可以解释为一种直觉的审美境界，所得到的是一种超于经验的直觉意象，也可以说是一种艺术的境界,“美”的境界。这种对“六十而耳顺”的解释或许“牵强”，但照伯峻的看法，自古以来对“耳顺”的“解释”大都牵强，我的这一解释无非是在诸种解释中再增加上一种“牵强”的解释而已。但是我的这种解释自信也不能说全无道理，特别是由哲学的观点看它或许是有新意的。而且在解释中，如果是有价值的，它一定为原来的意思增加了点什么，如果不增加点什么，就没有新意了。我们知道，孔子很有音乐修养，他“在齐闻韶，三月不知肉味”，“三月不知肉味”自然是“不思而得”的一种极高的审美境界。孔子还对他所达到的这种境界有所说明，他说："不图为乐之至于斯也。"想不到音乐竟能达到这种境界。"这种境界"是一种超越的美的享受。

"七十而从心所欲不逾矩"，朱熹注说："矩，法度之器，所以为方者也。随其心之所欲而自不过于法度，安而行之，不勉而中。"盖此即"体用如一"的圣人境界，其言行即是"法度"，自同"天道"。故此"从心所欲不逾矩"的境界是与天地万物为一体的境界，它是在"知真"、"得美"而后达到一圆满"至善"的境界。孔子把"尽善尽美"看成高于"尽美"，《论语》中记载："子谓韶，'尽美矣，又尽善也'，谓武，'尽美矣，未尽善也'。"这里"尽善"是说的"极好"，但说事物"极好"或"尽善"总在一定程度上（至少儒家是如此）和道德的价值判断联系在一起。孟子说："充实之谓美。"此处的"美"实也含有某种道德价值判断的意义。朱熹注说："力行其善，至于充满而结实，则美在其中，而无待于外。""善"是一种内在的"美"，人格美，看来，朱熹认为"善"从某方面说可以包含"美"，"尽善"之所以高于"尽美"，实因"尽善"即是"尽善尽美"。这里我们似乎可以说，孔子的人生境界（或圣人的境界）是由"知真"、"得美"而进于"安而行之，不勉而中"的"圆满至善"的境界，即由"真"而"美"而"善"。

"善←美←真"正是康德哲学的特点。照康德看，实践理性优于思辨理性。他的《纯粹理性批判》所研究的是以理智行使职能的现象界为对象，它受自然必然律支配，《实践理性批判》所研究的是以理性行使职能的本体为对象，它不受必然律支配，它是自由的。前者是自然，后者是道德。前者属于理论认识的范围，后者属于道德信仰的范围。而两者之间无法直接沟通。因此就有一个问题，如何在理论认识（认识论）与道德信仰（伦理学）两者之间架起一座桥梁，使之得以沟通，这就是康德哲学必须解决的一个问题，于是他又写了《判断力批判》。在该书的开头他写道：“在自然概念的领域，作为感觉界，和自由概念的领域，作为超感觉界之间，虽然固定存在着一个不可逾越的鸿沟，以致从前者到后者（即以理性的理论运用为媒介）不可能有过渡，好像是那样分开的两个世界，前者对后者绝不能施加影响；但后者却应该对前者具有影响，这就是说，自由概念应该把它的规律所赋予的目的在感性世界里实现出来；因此，自然界必须能够这样地被思考着：它的形式的合规律性至少对于那些按照自由规律在自然中实现目的的可能性是互相协应的。——因此，我们就必须有一个作为自然界基础的超感觉界和在实践方面包含于自由概念中的那些东西的统一体的根基。虽然我们对于根基的概念既非理论地，也非实践地得到认识的，它自己没有独特的领域，但它仍使按照这一方面原理的思想形式和按照那一方面原理的思想形式的过渡成为可能。”[1]康德认为，正是判断力把理智（纯粹理性）与理性（实践理性）联合起来，而判断力既略带有理智的性质，也略带有理性的性质，又不同于二者。康德把人的心灵分为知、情、意三个部分。有关“知”的部分的认识能力是理智，这是纯粹理性；有关“意”的部分的认识能力是理性，这是超于经验之上的实践理性；有关“情”的部分的认识能力，则正是康德所说的“判断力”。由于“情”介乎知和意之间，它像“知”一样地对外物的刺激有所感受，它又像“意”一样地对外发生一定的作用，所以判断力就介于理智与理性之间。一方面，判断力像理智，它所面对的是个别的局部的现象；另一方面，它又像理性一样，要求个别事物符合于一般的整体的目的。这样，面对局部现象的理解力，和面对理念整体的理性，

① 康德：《判断力批判》，宗白华译，13页，北京，商务印书馆，1964。

就在判断力上碰头了。判断力要求把个别纳入整体中来思考，所以判断力能够作为桥梁，来沟通理智和理性。[①] 从而康德就建构了他的哲学“善←美←真”的三部曲。

当然，孔子的哲学和康德的哲学从价值论上看确有其相似之处，但是他们建构他们哲学的目标则是不相同的。孔子无非是建构一套人生哲学境界的形态，而康德则是要求建立一完满的知识理论体系的形态。这也许可以视为中西哲学的一点不同吧！如果我们把孔子这一由“知天命”到“耳顺”而达到“从心所欲不逾矩”的过程和我所概括的中国传统哲学观“真”、“善”、“美”的基本命题相对照，也许可以说“五十而知天命”是追求“天人合一”的层次，“六十而耳顺”是达到“情景合一”的层次，“七十而从心所欲不逾矩”则是实践“知行合一”的境界。“天人合一”属于“智慧”（知）的方面，“情景合一”属于“欣赏”（情）的方面，“知行合一”属于“实践”（意）的方面。照儒家看，这三者是不可分的。做人既要了解宇宙大化之流行，又要能欣赏天地造化之功，更应在生活实践中再现宇宙的完美完善。就以上的分析看，孔子的“知天命”、“耳顺”、“从心所欲不逾矩”都是就人生境界的追求说的，它是孔子对自己追求“真”、“美”、“善”的总结。

---

① 参见李泽厚：《批判哲学的批判》，368~370页，北京，人民出版社，1984；蒋孔阳：《德国古典美学》，63~68页，北京，商务印书馆，1981。

论“情景合一”

“情景合一”作为一重要的美学命题，它的意思是说好的文学艺术作品是“情”和“景”结合的产物。“情景合一”作为一美学命题在宋元明清时期已有许多论述，特别是近代王国维的《人间词话》论之颇详。但关于美感的表述早在先秦就已经有了。孔子说“仁者乐山，智者乐水”，已接触到“情”、“景”问题。人之所“乐”为人之感情，所乐者或山或水则为“景”矣，“乐山”、“乐水”正是人之“情”与山水之“景”会合而发生的。我们知道，孔子是一感情丰富的人，他在齐国听相传是虞舜时代的“韶”乐，很长时间尝不出肉的味道，他说：想不到音乐竟能达到这样的境界。（“子在齐闻韶，三月不知肉味，曰：不图为乐之至于斯也。”）孔子站在奔流的河边，叹息着说：逝去的东西就像河水一样呀！日夜不停地流去。（“子在川上，曰：逝者如斯夫，不舍昼夜。”）这都说明孔子的触景生情，它虽表现了“情”、“景”关系，但只是说外在的“景”可以引起内在的“情”的发生或变化，当然还说不上是对“情”、“景”关系问题的理论论述。荀子说：“乐者，乐也，人情之所必不免也，故人不能无乐。乐则必发于声音，形于动静；而人之道，声音动静，性术之变尽是矣。”第一句的前面一“乐”字是指音乐，后面一“乐”字是指人的“喜乐”，“喜乐之情”总是人们所要求的，所以不能没有“音乐”来满足人们这方面的要求。“音乐”必然是表现为发出的外在的声音动静，而又由于声音动静引起人心内在感情的变化，这是“音乐”的功能。为什么“音乐”有上述这方面的作用？这是由于荀子认为“琴瑟乐心”，音乐使人快乐，在于“其清明象天，其广大象地，其俯仰周旋，有似于四时”。荀子这个看法应说很有意义，说明他注意到“音乐”和“大自然”的关系，能使人心喜乐的美好音乐应是能再现“大自然”的清明广大。“音乐”表现的“大自然”为“景”，而“音乐”感动人心而为“情”，这就是说“音乐”是实现“情”“景”交融，体现着“情景合一”的一种境界。荀子的这段论述虽说包含着“情景合一”的思想，但这也还不能说是对“情景合一”的理论表述。中国的美学或文学艺术理论真正成为一门独立的学问，成为有系统的理论体系，大体上说应该是在魏晋南北朝时期，那时不仅有表现“情景合一”的许多文学艺术作品，而且已经有了“情景合一”的理论表述。刘勰《文心雕龙·物色》说：“春秋代序，阴阳惨舒，物色之动，心亦摇焉。……岁有其物，物有其容，情以物迁，辞以情发。”春与秋更迭着季节的次序，阴和阳影响着人事的哀乐，自然物的声色稍有变动，人的心情就会随之而摇荡。四时各有其物，万物各有其容；心情随物而变化，言辞依情而触发。[①] 此处刘勰已接触“情”、“景”关系问题，或如杨牧《陆机〈文赋〉校释》说“物色”有感于物而兴起的意思，

① 译文据李蓁非《〈文心雕龙〉释译》，南昌，江西人民出版社，1997。

即所谓“即物起兴”或“既境生情”。[1] 其后，在钟嵘的《诗品序》中说：“气之动物，物之感人，故摇动性情，形诸舞咏。”大气使景物千变万化，景物的变化感荡着人们，激发了人的感情，而有歌舞之表现。“景物”和人的情感一结合就会产生文学艺术作品，钟嵘的这段话可以说是“情景合一”思想之滥觞。在《诗品序》中还有一段话或更好地表达了“情景合一”的思想：“夫四言文约意广，取效《风》、《骚》，便可多得。每苦文繁而意少，故世罕习焉。五言居文辞之要，是众作之有滋味者也，故云会于流俗，岂不以指事造形，穷情写物，最为详切者耶？故诗有三义焉：一曰兴，二曰比，三曰赋。文已尽而意有余，兴也，因物喻志，比也，直书其事，寓言于物，赋也。宏斯三义，酌而用之，干之以风力，润之以丹彩，使味之者无极，闻之者动心，是诗之至也。”意思是说：四言诗文字少，含义广，只要效法《国风》、《离骚》，便可写出很多作品。但在创作实践中，却往往苦于文字写得很多而含义甚少，所以很少人能够熟练地运用它。于是，五言诗便跃居主要地位，成为各类作品中最有滋味的，所以很合乎世俗所好，岂不是因为它指说事情，创造形象，畅抒感情，描写景物，最为详明而贴切吗？因之，诗有三种表现手法：一是兴，二是比，三是赋。文字已尽而余意无穷，这是兴；借助外物来喻悦情志，这是比；直截了当地叙述事情，有所寄托地描写外物，这是赋。综合这三种表现手法，斟酌情况而加以运用，以“风力”为作品的骨干，以“丹彩”为作品的润饰，使欣赏者感到意味无穷，听诵者觉得动人心弦，是诗歌无上的境界了。[2] “穷情写物”，作诗必穷

① 参见杨牧，《陆机〈文赋〉校释》，台北，洪范书店，1985。

② 此处据周伟民、肖华荣《〈文赋〉〈诗品〉注译》的译文，郑州，中州古籍出版社，1985。

尽其“感情”来描写“景物”才是“神品”、“至文”，这是一境界问题，不能“穷情”如何能写得好“景物”呢！照钟嵘看，“兴”、“比”、“赋”虽都是用文字表现出来，但都必是“穷情写物”的。“兴”之用文字写，必其意不穷，“无穷之意”是“穷情”而有；不是穷尽其情的写物，不能成“神品”。“比”是要借助外物以抒发其感情，只有体外物之深而所发之感情才可“尽善尽美”，而有“至文”。“赋”则必须寄托其感情于景物，才能再现造化之功。因此，诗之佳作要靠诗人内在的性情涵养，以及对外在“景物”描写的神功，才可以“动人心弦”，成“无上之神品”。就此，我们可以说“穷情写物”正是“情景合一”的极好的表述。

自宋以后，在文学艺术方面讨论“情”、“景”问题的渐多，初有宋代范晞文在《对床夜话》中提出诗有“景中之情”和“情中之景”之分，如杜甫之“水流心不竞，云在意俱迟”为“景中之情”，如杜甫之“卷帘唯白水，隐几亦青山”为“情中之景”。虽然有的诗在情中现景，有的诗在景中现情，但在诗的创作中情和景是不能分割的，“景无情不发，情无景不生”，故“情景相触而莫分也”。自此以后，“情”、“景”关系作为一种文学艺术理论问题的论述渐渐多了起来。元方回在《瀛奎律髓》中也认为杜甫的诗如“云片天共远，永夜月同孤”是“景在情中”、“情在景中”，好诗“情”、“景”是融为一体的。明朝论述“情景合一”更为普遍，更为系统。如前后七子多言“情景合一”。谢榛在《四溟诗话》中说：“作诗本乎情景，孤不自成，两不相背。”“诗”作为一种文学艺术作品应是由“情”、“景”两个方面结合而成，只有一个方面不能成为佳作。又说：“夫情景相触而成诗，此作家之常也。”谢榛还说：“子美曰：细雨荷锄立，江猿吟翠屏。此语宛然入画，情景适会，与造物者同其妙……”谢榛的意思是说杜甫这两句诗就如造物者所造一样奇妙,是“情”和“景”的巧妙完美的“合一”,真得“原天地之大美”也。所以他说:“诗乃模写情景之具,情融乎内而深且长,景耀乎外而远且大。”就诗是模写情景的一种文学艺术形式说,其“情”是内在于人的,“景”是外在于境的,合内外而有诗之作。但作成好的“情景合一”的诗是不容易的,谢榛说:“凡作诗要情景俱工,虽名家亦不易。”与谢榛不同派别的公安派袁中道也以“情景合一”立论,如他在《牡丹史序》中说:“天地间之景,与慧人才士之情,历千百年来,互竭其心力之所至,以呈工角巧意,其余无蕴矣。”“情”、“景”相融的作品是千百年来文学家、艺术家用尽心思,以各种技巧所追求的,这点是毫无疑义的。

清初戏剧理论家李渔在《窥词管见》中说:“文贵高洁,诗尚清真,况于词乎?作词之料,不过情景二字。非对眼前写景,即据心上说情,说得情出,写得景明,即是好词。情景都是现在事,舍现在不求,而求诸千里之外,百世之上,是舍易求难,路头先左,安得复有好词!”李渔认为,词也和诗文一样应在“高洁”、“清真”求得。“词”无非是由“情”、“景”而成,无论是据“眼前之景”,还是发自“心上之情”,只要能在作品中把“情”、“景”很好地表现出来,就是好词。而无论“说情”、“写景”都是词人的当下感悟,不应有时空之隔绝,如果有时空之隔,非在当下,那么作词就走错了路,是无好词的。这里李渔着重说的是,作词离不开“情”、“景”,能把当下之“情”、“景”表现出来才可能是好词。而“写景”应是“情中之景”,“说情”应是“景中之情”,都和当下之感受有关,离当下之感受而求之“千里之外,百世之上”,是出不了好词的。如果说此前的诗文论者对“情景合一”有很多精彩论说,那么我们可以说到王夫之则使我国文学艺术“情景合一”的理论更为圆满。王夫之在《姜斋诗话》中说:“情景名为二,而实不可离。神于诗者，妙合无垠。巧者则有情中景，景中情”，“情中生景，景中生情，故曰景者情之景，情者景之情”，“情景一合，自得妙语”。王夫之认为，好的诗必是情景相融，这两方面是不能分离的。有的诗虽是写“景”，但其实是“情”在“景”中；有的诗虽是写“情”，但实是“景”在“情”中。好的诗词总是“情景相融”，写“景”而“情”在其中，而写“情”则“景”藏其后，所以王夫之说：“情景虽有在心在物之分，而景生情，情生景，哀乐之触，荣悴之迎，互藏其宅。”他评张治《秋郭小寺》[①]说：“龙湖（按：张治有《龙湖诗集》）高妙处，只在藏情于景。间一点入情，但就本色上露出，不分涯际，真五言之圣境。‘远树入孤烟’，即孤烟藏远树也，此法创自盛唐，偶一妙耳，必触目警心时方如此耳云云，乃是情中景。”诗有藏情于景者，亦有藏景于情者，但都是“情景合一”的，是“孤不自成”的。在评李白《采莲曲》[②]中说：“卸开一步，取情为景。诗文至此，只存一片神光，更无形迹矣。”此说李白《采莲曲》虽写采莲女之“情”，而实是“取情为景”、“景在情中”，真是“情景交融”之神笔，在《采莲曲》中“情”、“景”妙合无垠，了无形迹。王夫之认为上等文学艺术作品应是“情景相入，涯际不分”。因此，他认为好的文学作品无论是表现为“情中景”、“景中情”还是“情景相入”，都是“情景合一”的。所以他说：“夫景以情合，情以景生。初不相离，唯意所适，截分两橛，则情不足兴，而景非其景。”朱庭珍的《筱园诗

① 张治《秋郭小寺》：“短发行秋郭，尘沙记旧禅。长天依片鸟，远树入孤烟。野旷寒沙外，江深细雨前。马蹄怜暮色，藤月自娟娟。”

② 李白《采莲曲》：“若耶溪边采莲女，笑隔荷花共人语。日照新妆水底明，风飘香袖空中举。岸上谁家游冶郎，三三五五映垂杨。紫骝嘶入落花去，见此踟蹰空断肠。”

话》卷四也颇有相似说法："律诗炼句，以情景交融为上，情景相对次之，一联皆情，一联皆景又次之。……情景交融者，景中有情，情中有景，打成一片，不可分拆。"这也是说能表现"情景合一"之诗文为文学艺术之上品。王夫之在对帛道猷的《陵峰采药触兴为诗》[①]的评论中说："宾主历然，情景合一。升庵欲截去后四句，非也。"盖帛道猷的这首诗，前部分六句主要是写"景"的，后四句主要是写诗人之情的，但就全诗看是写"情景合一"的，如果像杨慎那样主张把后四句截去，那么这诗就不完整了，就体现不了帛道猷"情景合一"的用心。看来，王夫之在评论文学作品时处处都以"情景合一"作为标准。有清一代，讨论文学作品的"情"、"景"问题的文学评论家有很多，如方东树说："诗人成词，不出情、景二端……尤在情景交融，如在目前，使人津咏不置，乃妙。"(《昭昧詹言》卷七）朱庭珍说："夫律诗千态万变，诚不外情景、虚实二端。然在大作手，则一以贯之，无情景虚实之可执也。写景，或情在景中，或情在言外。写情，或情中有景，或景从情生。断未有无情之景，无景之情也。"(《筱园诗话》卷二）施补华说："景中有情，如'柳塘春水漫，花坞夕阳迟'；情中有景，如'勋业频看镜，行藏独依楼'；情景兼到，如'水流心不竞，云在意俱迟'。"(《岘佣说诗》）这些都是从诗词方面论说"情景合一"，而其时还有从作画方面论说"情景合一"者，如清中布颜图在《画学心法问答》中说："山水，不出笔墨、情景。情景者，境界也。古云：'境能夺人。'又曰：'笔能夺境。'终不如笔、境兼夺为上……吾故谓笔墨、情景，缺一不可，何

① 帛道猷《陵峰采药触兴为诗》："连封数千里，修林带平津。云过远山翳，风至梗荒榛，茅茨隐不见，鸡鸣知有人。闲步践其径，处处见遗薪。始知百代下，故有上皇民。"

分先后？”“情景入妙，为画家最上关捩，谈何容易？宇宙之间，惟情景无穷……”绘画要在能画出真景物、真感情，合真景物、真感情而成境界，此作品体造物之妙，而成“神品”。故布颜图认为画之上品“以情景入妙”最为关键。

王国维把美学的“情景合一”论与中国的“境界”论联系在一起，可以说把这一美学理论提升到“天人合一”论的哲学高度。王国维在《文学小言》中说：“文学中有二原质焉：曰情，曰景。”意思是说，构成文学作品的最根本要素是“情”和“景”，这个观点和他在《人间词话删稿》中所说“昔人论诗词，有景语，情语，不知一切景语，皆情语也”的思想是相联系的。意思是说，虽然文学有“情”、“景”二原质，但“景语”要以“情语”而再现，盖“情语”尝寓于“景语”之中。这个观点在王夫之的《姜斋诗话》中也有所论说：“不能作景语，又何能作情语邪？古人绝唱多景语，如‘高台多悲风’……‘池塘生春草’……皆是也，而情寓其中矣。”而王国维从境界论上讨论“情”、“景”问题，他说：“词以境界为最上，有境界则自成高格，自有名句。”何谓“境界”？王国维说：“境非独谓景物也，喜怒哀乐，亦为人心中之一境界。故能写真景物、真感情者，谓之有境界，否则谓无境界。”所以在王国维看“境界”一词，除“景物”外，实当亦兼指“情意”。叶嘉莹对此解释说：“境界之产生，全赖吾人感受之作用；境界之存在，全赖吾人感受之所及。因此，外在世界在未经吾人感受之功能予以再现时，并不得称之为境界。从此一结论看来，可见静安先生所标举之境界说，与沧浪之兴趣说及阮亭之神韵说，原来也是有着相通之处的。”（《迦陵论词丛稿》）王国维所注重的“境界”是词人之“境界”，其要在词人能否以其感情再现天地造化之功，而成“神品”。而词成“神品”之关键则在能否“情景合一”，故王国维说:“红杏枝头春意闹’，著一‘闹’字，而境界全出；‘云破月来花弄影’，著一‘弄’字，而境界全出矣。”此“闹”此“弄”正是他所说之“人心中之一境界”，而“红杏枝头春意闹”、“云破月来花弄影”正是体现着“情景合一”,而为词人所得一“情景合一”之境界。诗词中的“情景合一”的境界,实是“天人合一”在审美意向上之表现。为什么王国维要从“境界”的角度来说“情景合一”，这正因为“情景合一”实是“天人合一”问题。如果我们以“真”、“善”、“美”来讨论“天人合一”、“知行合一”、“情景合一”问题,也许这三者都是一“境界”问题。[①]

从中国传统哲学的总体上看，我们可以说“情景合一”和“知行合一”一样，都是从“天人合一”派生出来的。“知行合一”无非要求人们既要知“天道”、“人道”，又要在生活实践中行“天道”、“人道”，而“人道”本乎“天道”,所以知且行“天道”,也就是知且行“人道”了,这就是说做到“知行合一”就能达到“天人合一”之境界,故实践“知行合一”要以“天人合一”为前提。

“情景合一”要求人们以其思想感情再现天地造化之功，如庄子所说“圣人者，原天地之大美”。人们的思想感情于再现天地造化之功，必以“人”与“天”为一体而可能。因此,“知行合一”、“情景合一”均须是“人”主动的与“天”的“合一”。人生活在天地之中,要“做人”，也要有“做人”的乐趣。孔子说 :“知之者，不如好之者。好之者，不如乐之者。”乐山、乐水均在当下领略天地造化之功。人要能在生活中领略天地造化之伟大功力，就必须能有再现天地造化之功力，于此而

① 参见拙作《论中国传统哲学的真善美问题》（《中国社会科学》，1984（5））和《再论中国传统哲学的真善美问题》（《中国社会科学》，1990（3））。

表现人之创造力，人的与天地上下同流之精神境界，而使文成“至文”，画成“神品”，乐成“天籁”。所以文学艺术的要求、“美”的要求应是“情景合一”的，在“景中生情，情中生景”，“情景一合，自得妙语”，在此文学艺术家即可达“天人合一”之境界，而与天地万物为一体。

“天人合一”是要求“人”在生生不息的“天道”变化中实现自我与“天”的认同，这是“人”对“真”的探求的过程，它体现着“天”、“人”之间的内在“合一”。“知行合一”要求“人”在生活中认知并实践“天人合一”，即在生活实践中体现“天道”、“人道”（即天人合一之道），这是“人”在修身养性、身体力行中自我完成其“善”的成圣成贤的路径。“情”是人之情，“景”是“原天地”而为景，“情景合一”是要求“人”不断深化其思想感情而感受天地造化之功，“原天地之大美”，而达到“情景交融”的美的境界。中国哲学关于“真”、“善”、“美”之所以可用“天人合一”、“知行合一”、“情景合一”来表述，这正体现着中国传统哲学以追求一种理想的人生境界为目标，而“天人合一”正是中国的一种在“人”与天地万物之间有着相即不离的内在关系的世界观和思维方式。

“孝”作为家庭伦理的意义

社会是由众多家庭组成的，家庭和谐关乎社会的和谐。如何在家庭中建立一种和谐的关系，这就需要有家庭伦理。在中国，自古以来就有着维护家庭关系的种种伦理规范。这些伦理规范往往体现在各种“礼”之中。从《礼记》中，我们可以看到有着各种“礼制”的记载，如婚、丧、嫁、娶等等，这些都包含着各种家庭伦理规范，而要使这些家庭伦理规范成为一种社会遵守的伦理，就要使得“礼”制度化。所以中国古代社会是一“礼法合治”的社会。① 因而“伦理”规范在中国古代社会中是非常重要的。

① “礼法合治”：在我国古代，“礼”对社会生活有着非常重要的意义，《左传·昭公二十六年》称晏子云：“礼之可以为国也久矣，与天地并。”故《礼记正义》说：“夫礼者，经天地，理人伦，本其所起，在天地未分之前。”故“礼”在我国古代具有某种神圣性，它不仅是柔性地维护着宗法等级制，而且是带有刚性地规范人与人之间关系的社会制度。“法”从总体上看在中国社会往往是指“刑”，这点可从我国历史书的“刑法志”看出，且在史书中“礼志”与“刑法志”往往是分开的。因此，我们可以从“礼法合治”这一角度研究中国古代的制度。

在中国古代，“孝”无疑是“家庭伦理”中最重要的观念。《孝经·三才章》中有孔子的一段话：“夫孝，天之经也，地之义也，民之行也。”（当然，孔子是否说过这段话，在此且不论。）这是说“孝”是“天道”之常规，是“地道”有利于万物的通则，是人们遵之而行的规矩。为什么“孝”会有这样大的意义？我认为，这与中国古代宗法制有关。我国古代社会基本上是宗法性的农耕社会，家庭不仅是生活单位，而且是生产单位。要较好地维护家庭中的长幼、尊卑的秩序，要使其家族得以顺利延续，必须有一套适应当时社会稳定的家族伦理规范，而这种伦理规范又必须是一套自天子以至庶人的伦理规范，而构成一套整个社会的伦理规范，这样社会才得以稳定。在《孝经》中对此都有详说。[①] 在我国古代往往又把这些伦理规范制度化，这就表现在种种“礼制”中，这点可以从我国历朝各代典章制度的文献中表现出来。

“孝”既然为我国古代社会所需要，成为一种家庭伦理规范，此伦理规范又通过各种礼仪，而成为社会应遵守的伦理制度，但这种伦理规范以及由此而形成的礼仪制度必有其哲理上的根据。《郭店楚简·成之闻之》中说：“天降大常，以理人伦，制为君臣之义，作为父子之亲，分为夫妇之辨。是故小人乱天常以逆大道，君子治人伦以顺天德。”理顺君臣、父子、夫妇的关系是“天道”的要求。小人违背常规行事是逆“天”的根本道理的，君子以“天道”之常规处理君臣、父子、夫妇伦理关系，社会才能治理好。所以儒家认为，“人道”与“天道”是息息相关的。儒学讲的“孝”是“人伦”关系中最基本的关系，它必有其理论上的根据。我认为，“孝”作为一种家庭伦理的哲理根据就是孔子的“仁学”。《论语·学而》中有孔子弟子有子的一段话：“……孝弟也者，其

① 《孝经》第二章至第七章讲的就是自天子至庶人的伦理规范。

为仁之本与！”在《孝经》中也有类似的话："孝,德之本也！”这是说，“孝”是“仁”（或“德”）的根本出发点，是家庭伦理的核心观念，但并不是“仁”（或“德”，“德”即是“仁德”）的全部意义，因“孝作为一种家庭伦理必须扩大到社会伦理。《郭店楚简·性自命出》中有一句话，我认为很重要："道始于情”（从《性自命出》全篇看，此处“道”是指“人道”，即人与人之间关系的道理），意思是说“人道”是从人先天所固有的情感始有的,我认为这正是孔子“仁学”理论的根基所在。樊迟问“仁”，子曰："爱人。”（《郭店楚简·语丛三》："爱，仁也。”）这种“爱人”的情感由何而来呢？《中庸》中引孔子的话说："仁者，人也，亲亲为大。”“亲亲”，前一“亲”字为“爱”之意，《孝经注疏序》谓“慈爱之心曰亲”，后一“亲”字为“亲人”义。“仁爱”的精神是人天生所具有的,爱自己的亲人是最根本的。故《孝经注疏》中说："上古之人，有自然亲爱父母之心”，“父子之道，自然慈孝，本乎天性，则生爱敬之心，是常道也”。（《孝经注疏·圣治章》）特别是在《郭店楚简·语丛三》中有以下一条："爱生于性，亲生于爱。”“爱”出乎人的本性，父母、子女之间的亲情是由“爱”而发生的。这更说明“孝”与“爱”之关系。爱是人的天性中所具有的，（如孟子言："恻隐之心，人皆有之。”）爱自己的亲人是由人的天性中发出的。因此，在《语丛一》中又讨论了“尊”和“亲”的分别，如说："[厚于仁，薄于义，]亲而不尊。厚于义，薄于仁，尊而不亲。”父子关系基于亲情，君臣关系是一种义务。[①]前者出于“仁”,不能选择;后者出于义,可以选择。[②]

① 《荀子·天论》中说："若夫君臣之义，父子之亲，夫妇之别，则日切磋而不舍也。”《孝经注疏》中谓："‘仁’者兼爱之名，‘义’者裁非之谓。”

② 《孟子·梁惠王下》："汤放桀，武王伐纣，有诸?孟子对曰：于传有之。

因此，早期儒家认为，在父子之间是亲情，在君臣之间是义务。这是因为“仁生于性，义生于道。或生于内，或生于外，皆有之”。(《语丛一》)“仁”是“人性”内在所具有的，“义”是“人道”所必须遵行的（社会所需的）规范[①]，所以都是需要的（“皆有之”）。《语丛一》又说：“为孝，此非孝也。为弟，此非弟也。不可为也，不可不为也。”“孝”和“弟”是不能刻意而为的（按：因为“孝弟”发自内在之“仁爱之心”），但又不能不身体力行（按：因“不为”则“孝弟”无以显现[②]）。就此，似乎儒家伦理不仅注重“动机”，而且重视“效果”。从先秦儒家的典籍中，我们是不是可以说“孝”的本质是出于人的“仁爱”的自然本性，它应是不带有“功利性”的，而“孝”的结果则是有益于社会的“公义”的。

在此，我们需要把孔子的“仁者，爱人”的“仁学”展开来讨论。先秦儒家认为，“亲亲”必须扩大到“仁民”，甚至要扩大到“爱物”。《孟子·尽心上》“亲亲而仁民，仁民而爱物”[③]，才是完整的“仁学”。《郭店楚简》中说：“孝之施，爱天下之民。”“孝”必须扩大到“爱天下之民”

曰：臣弑其君，可乎?曰：贼仁者谓之贼，贼义者谓之残，残贼之人谓之一夫。闻诛一夫纣矣，未闻弑君也。”《荀子·王霸》中也说：“诛暴国之君，若诛独夫。”又，尚有周公诛管蔡事，盖“大义灭亲”也是儒家思想。《史记·淮南衡山列传》中有如下一段：“昔尧舜放逐骨肉，周公杀管蔡，天下称圣，何者，不以私害公。”

① 《孟子·告子上》：“仁，人心也；义，人路也。舍其路而弗由，放其心而不知求，哀哉！”

② 王阳明《答顾东桥书》中说：“如吾学孝，则必服劳奉养，躬行孝道，然后谓之学，岂徒悬空口耳讲说，而遂可以谓之学孝乎？”

③ 《中庸》：“唯天下至诚，为能尽其性；能尽其性，则能尽人之性；能尽人之性，则能尽物之性；能尽物之性，则可以赞天地之化育；可以赞天地之化育，则可以与天地参矣。”

才叫做“仁”。又说:“亲而笃之，爱也;爱父，其继爱人，仁也。”“仁”不能只停留在“爱父”，必须扩大到“爱天下之民”上，所以“孝”必须扩大，必须“推己及人”，这就是说作为家庭伦理的“孝”(亲亲)，从其以“爱”为基础这点说，必须扩大为一种社会伦理（仁民)。从而“仁民”意即为“博爱”,《孝经·三才章》中说 :“(君王）则天之明，因地之利，以顺天下。……是故先之以博爱，而民莫遗其亲……”如果能使“博爱”(即推己及人、及物之爱）成为社会伦理准则，那么就不会出现违背家庭伦理的“孝”。这就说明“孝”在“仁学”体系里是十分重要的观念。因此,以“亲亲”为基点,扩大到“仁民”,以及于“爱物”,我们可以说中国古代基于孔子的“仁学”把“孝”看成是“天之经”、“地之义”、“人之行”也是可以理解的。我想，从一个方面说它体现了孔子“爱人”(“泛爱众”)的精义。所以朱熹说 :“仁者”,“在天地则盎然生物之心,在人则温然爱人利物之心,包四德而贯四端者也”。(《朱子文集》卷六七）可见,“仁”对儒家的意义十分重大。从另一方面说，在孔子儒家思想中的“孝”在社会生活实践中是个过程，此过程必须不断扩大，由“亲亲”而“仁民”而“爱物”。在此过程中“孝”的意义才会体现出来，它才具有“天之经”、“地之义”、“人之行”的价值。因此，“孝”不是一凝固的教条，而是基于孔子“仁学”的“爱”不断释放的过程，《孝经·圣治章》中说 :“人之行，莫大于孝。”只有在家庭的实践和社会的实践中，以“仁学”为基础的“孝”的意义才能真正显现出来。我想，这样来了解“孝”大概是孔子儒学的理想，或者说是我们对它的一种新的诠释。

社会在发展着，人与人之间的社会关系也在变化着，在现代社会中的家庭伦理也会随之有所变化。中国古代社会是一带有宗法性的农业社会，前面已说过，那时家庭既是生活单位，也是生产单位，而今天家庭无疑仍是一生活单位，但随着社会生活的变化，家庭作为生产单位却在逐渐变化中。从我国的社会实情看，也许家庭，特别是农村家庭，作为生产单位还会继续存在一段时间，但终究会逐渐淡出。这就是说，在家庭伦理中“孝”的内涵必定会有变化，例如“四世同堂”、“养儿防老”，就因家庭作为生产单位的消失而失去意义。又如，“二十四孝”中的某些形式已没有必要提倡，但作为“孝”之核心理念的“仁爱”则仍有家庭伦理之意义。社会在变化着，在家庭不再是生产单位的情况下，如何保障人们家庭的良好生活状态，将主要由社会保障体系来承担。但作为我国传统“孝”的“仁爱”精神则不会改变。又如“三纲”中的“父为子纲”，因社会关系的变化，父子之间的关系也要随之变化。那种强调单方面统治与服从关系的权力结构的“三纲”是与现代社会的自由、平等相悖的。其实先秦儒学并不讲“三纲”，只是在汉朝特别是到东汉《白虎通义》中才把“三纲”法典化，作为维护皇权专制的工具。鲁迅在《我们现在怎样做父亲》中批评“三纲”的“父为子纲”说：“这离绝了交换关系、利害关系的爱，便是人伦的索子，便是所谓的‘纲’。倘如旧说，抹掉了‘爱’，一味说‘恩’，又因此责望报偿，那便不但败坏了父子间的道德，而且也大反于做父母的实际真情，播下乖剌的种子。……而其价值却正在父母当时并无求报的心情，否则变成了买卖行为。”鲁迅对“三纲”的批判是严酷的，但却一针见血，这绝对的无理的统治与服从关系，不知在历史上曾造成了多少悲剧。而我们也可以看出鲁迅认为“父子”之间的关系是“爱”，是“实际的真情”，是“无求报的心情”。基于孔子“仁学”的“亲亲”应是高尚的道德价值，而不是为取得私利的手段。我想，如果把“父子”、“夫妇”、

"兄弟"等等的关系建立在"实际的真情"上，那么家庭会和谐了，如果把孔子"仁学"由"亲亲"扩大到"仁民"而"爱物"，将会为人与人之间的"和谐"、人与自然之间的"和谐"，提供可供思考的路子。

从历史上看，在先秦儒家典籍中，君臣、父子、夫妇之间有着一种相互对应的关系，它是建立在双方相对应的义务基础上的，如"君义臣忠"、"父慈子孝"、"夫和妻柔"等等。例如《左传·昭公二十六年》:"君令臣恭，父慈子孝，兄爱弟敬，夫和妻柔，姑慈妇听，礼也。"《礼记·礼运》:"何谓人义？父慈子孝，兄良弟弟，夫义妇听，长惠幼顺，君仁臣忠，十者谓之人义。"《论语·八佾》:"定公问君使臣，臣事君。孔子对曰:君使臣以礼，臣事君以忠。"可见在先秦君臣、父子、夫妇等等有着相互的义务关系，其中父子、夫妇、兄弟等都是属于家庭关系。在我国古代，这种相互的义务关系，无论如何仍与宗法制有关，与今日之家庭成员之间的"平等"关系不同。那么家庭作为社会的一个单位，它将在我国当今的社会生活中起什么作用？应该有一种什么样的家庭伦理？费孝通先生认为，当今家庭的作用主要应体现在"尊敬祖先和培育优秀的后代"。"尊敬祖先"对家庭说，就是对长辈要尊敬，"培育优秀的后代"，就是对子孙进行良好的教育。"尊敬"是基于"爱"，因此我们常说要"孝敬父母"，故《孝经注疏》谓:"孝是真性，故先爱后敬也"，"爱之与敬，俱出于心"。虽然"爱"和"敬"都发自内心，但"爱"是"敬"的前提。"尊敬祖先"是说，要对自己民族传统文化有一种敬意，因为中华的优秀文化体现在其祖先的"三不朽"上[①]，离开我们祖先为我们树立的良好的具体的为人为学的典范，所谓

① 《左传·襄公二十四年》："……豹闻之:'太上有立德，其次有立功，其次有立言。'虽久不废，此之谓不朽。"

“中华传统文化”将是空洞的、无实质内容的。“家庭”对子孙的“教育”是一种责任伦理，（当然教育孩子不仅是家庭的责任，也是全社会的责任）所以《孝经注疏序》最后说：“夫子谈经（此指《孝经》），志取垂训。”孔子讲《孝经》的目的在于给后人以教训，基于“仁爱”的“孝”必须负有培养后代的责任。所以《礼记·学记》中说：“虽有至道，弗学，不知其善也。是故学然后知不足，教然后知困。知不足，然后能自反也。知困，然后能自强也。”因此，对长辈的爱敬，对子孙的培育，都是出于人之内在本心的“仁爱”。所以鲁迅在《我们现在怎样做父亲》中说：“我现在心以为然的，便只是‘爱’。”据此，儒家的家庭伦理是基于孔子的“仁学”，是以“爱人”为内核的。“孝”的本质属性是“仁爱”，其他附加于“孝”的内容，则是可以随着社会的变化而可改可变、可有可无的。“仁爱”对于人类社会是具有“普遍价值”的意义。如果我们从孔子“仁学”的角度来解说“孝道”，那么也可以说“孝”的核心理念“亲亲”（爱自己的亲人）作为家庭伦理也具有某种“普遍价值”的意义，由“亲亲”而“仁民”而“爱物”，这一“孝”的扩大过程的社会意义应为我们所重视。就这个意义上说，儒家“孝”的理念对建设“和谐家庭”以至“和谐社会”都是有意义的。

《世说新语》中的“七贤风度”

《世说新语》是一本什么样的书

《世说新语》是由南朝宋（420—479）临川王刘义庆（403—444）编著，后又由南朝梁（502—557）刘孝标（462—521）广泛地搜集各种有关材料，根据《世说新语》每条的内容加以注解，所引用的经史杂著有四百余种，引用的诗赋杂文七十余种，大大丰富了原刘义庆的《世说新语》，因此我们说到《世说新语》就包含了刘孝标的注文。《世说新语》是一部以散文、杂感、小说、笔记等形式反映汉末到东晋文人学士、名臣大吏、骚人墨客之类人生活的集子。这部书一直为研究汉末至魏晋间的历史、语言、文学、哲学者所重视，特别是研究“魏晋玄学”的学者必读的书。据《宋书》说，刘义庆年轻时喜欢骑马乘车东游西逛，后来渐渐感到“世路艰难”，就不再骑马乘车，转而招集一些文人学士到他家做客，共同完成了《世说新语》这部书。刘孝标在《梁书》中有传，说他“好学安贫，一面耕地一面读书”。齐永明（483—

493）间由北方到南方，他特别爱搜集阅读各种图书，听到有难得的书一定去借来看，同时的名士崔慰祖说他是个嗜书虫。《世说新语》中虽分“德行”、“言语”、“政事”、“文学”等三十六类，每类中有若干“条”故事，但每条故事之间没有什么联系，而且还有重复的地方，所说的故事往往是来源于其他的书。鲁迅认为，此书原名《世说》，后来看到《汉书·艺文志》已著录有《世说》名目的书，因此在“世说”后加上“新语”二字，以与《汉书·艺文志》中著录的那本《世说》相区别。

鲁迅在《中国小说的历史的变迁》中，将魏晋时期的短篇小说故事分为“志人”（记述人物的故事）和“志怪”（记述神仙、鬼怪故事）两种，他说“志人”小说故事是指“记人间事者”。这种“记人间事”的短文，在春秋战国时代就有，但多半用它说明某种道理（喻道）或评论政事（论政）。然而《世说新语》则主要是为“赏心而作”，它“远实用而近娱乐”，读起来很有兴味，让人“赏心悦目”。所以大美学家宗白华在《论〈世说新语〉和晋人的美》中说：“《世说新语》一书记述得挺生动，能以简劲的笔墨画出它的精神面貌、若干人物的性格、时代的色彩和空气。文笔的简约玄澹尤能传神。”这就是说，《世说新语》这部书能以极细腻生动的细节，毫无顾忌地展现出汉末至晋宋间社会的大变动带来的思想感情上的大解放，以及士大夫（名士，知识分子）所追求的理想人生境界，所欣赏的生活方式，所执著的人生态度，所赞美的言谈举止，等等。这都和两汉风气大异其趣，而呈现出崭新的时代风貌。

《竹林七贤》故事是怎么形成的

在东晋以前，在各种史书、杂著中虽记有阮籍、嵇康、山涛、刘伶、王戎等之间的交往，但却无“竹林七贤”故事。戴逵《竹林七贤论》中有一条记载说：由于“竹林七贤”故事在社会上流传起来了，庾爰之曾问他的伯父庾亮是否真有这样的事。庾亮说在西晋时还没有听说过有什么“竹林七贤”故事，到东晋以后忽然才出现了这样的故事，大概是好事者编出来的吧！（“俗传若此。颍川庾爰之当以问其伯文康。文康云：中朝所不闻，江左忽有此论，皆好事者为之。”）可见“竹林七贤”故事在西晋时尚无，是到东晋时才忽然出现的，庾亮已指出“竹林七贤”故事大概是虚构的。《世说新语·伤逝》“王濬冲为尚书令”条注中也引有上面戴逵的那段话。

“竹林七贤”故事在《世说新语》见于《任诞》篇中：“陈留阮籍、谯国嵇康、河内山涛，三人年皆相比，康年少亚之。预此契者，沛国刘伶、陈留阮咸、河内向秀、琅邪王戎，七人常集于竹林之下，肆意酣畅，故世谓‘竹林七贤’。”孙盛《魏氏春秋》中也有大体相同的记载。《世说新语·文学》“袁彦伯作《名士传》成”条注中把魏晋名士分为“正始名士”、“竹林名士”和“中朝名士”。“竹林名士”所列就是“七贤”阮籍、嵇康等七人。《世说新语·文学》：“袁彦伯作《名士传》成，见谢公，公笑曰：我尝与诸人道江北事，特作狡狯耳，彦伯遂以著书。”是说：袁宏作完《名士传》，把它送给谢安看（谢安也是一位大名士，而且是大官，官到“太傅”）。谢安向袁宏笑着说：我曾和大家讲西晋时的故事，只是开开玩笑而已，没想到袁宏把它当真写成书了。可见东晋时的一些名士也并没把“竹林七贤”故事当真。那么“竹林七贤”

故事是如何形成的呢？据陈寅恪考证,“竹林七贤”故事大概是先有“七贤”之说,这是因为《论语》的作者是七人,有这样一个“七”的数目,因而到汉朝也就很注重这样一类的数字游戏,而有什么“三君”、“八厨”、“八及”等名目,这无非是名士们之间的相互标榜。到两晋有所谓的“格义”，就有把佛教以外的书来比附某些佛教的思想观念。到东晋初年，才有把印度佛教“竹林”（指释迦牟尼曾居“竹林”）故事加于“七贤”之上。到东晋中叶以后就有袁宏的《竹林名士传》、戴逵的《竹林七贤论》以及孙盛的《魏氏春秋》等把“七贤”展开成为“竹林七贤”故事。

陈寅恪对“竹林七贤”故事的考证是很有意思的。我们据各史书、笔记、小说、杂著可知，阮籍、嵇康、山涛当时确常往来。《世说新语·贤媛》:“山公与嵇、阮一面，契若金兰。”《向秀别传》有 :“秀少为同郡山涛所知，又与谯国嵇康、东平吕安友善。”《向秀别传》:“秀常与嵇康偶锻于洛邑，与吕安灌园于山阳，收其余利，以供酒食之费。”阮咸为阮籍的侄子，阮籍对他的儿子阮浑说 :“阮咸已经参加到我们这一伙，你就别加入了。”王戎常和阮籍一起喝酒,时常喝得大醉(参见《晋书·王戎传》)。刘伶淡默少言,“与阮籍、嵇康相遇,欣然神解,携手入林”,“著《酒德颂》一篇”(《晋书·刘伶传》)。这些记载，大概不会都是虚构的。可见，虽然原来并不一定有“七贤”一起入竹林喝酒的故事，但七人之间或因性格、风貌、行事多有相似之处（如不守礼法、均嗜酒），都相互熟悉，故归为一类而造成故事。

魏晋玄学的主题是什么

汉末由于儒家学说的衰落和老庄道家学说的兴起，而产生了魏晋玄学。我们可以说，魏晋玄学是以老庄（或者说《易经》、《老子》、《庄子》三玄）思想为骨架，从两汉烦琐的儒家经学中解放出来，企图调和“自然”与“名教”的一种特定的思潮。为什么要讨论“自然”与“名教”的关系问题？这是因为汉末儒家的“名教”、“礼法”等受到破坏，必须要为它找一存在的根据。当时的玄学家认为，老子的“道”也许可以作为“名教”存在的根据，因为老子主张“道法自然”，“道”以自然为法则，它不是人为的，“道”是自然而然存在的。如果“道”可以成为人为的“名教”存在的根据，那么儒家思想就可以和道家思想统一起来，这样“道”就是“本”（本体），“名教”就是“末”（末有）。袁宏《名士传》中，把“魏晋玄学”的发展分为三个时期：以何晏、王弼为代表的正始时期（240—249）的玄学；以嵇康、阮籍等七贤为代表的竹林时期（255—262）的玄学；以裴頠、郭象为代表的元康时期（291年前后）的玄学。

何晏、王弼他们提出“道”即“自然”的玄学思想。他们认为“道”（宇宙本体）即是“自然”，这是根据老子的“道法自然”而来的，宇宙本体是自然而然存在着的，“名教”（郑鲜之说：“名教大极，忠孝而已。”）、“礼法”等是人为的东西，应该效法“自然”，这两者应该是统一的，社会才可以成为理想的社会。所以“自然”是本，“名教”是末，不能本末倒置，但是在王弼哲学中存在着一个矛盾，他有时说“崇本举末”，根据宇宙本体之自然来把“名教”等人为的东西统一起来，但他有时又说“崇本息末”，要把宇宙本体之“自然”树立起来，把那些人为的违背“自然”的“名教”、“礼法”排除掉，使人回归到原本的自然而然的生活状态。我们知道哲学的发展往往会在哲学思想的论说中发生矛盾，后面的哲学家认识到这种矛盾，就想方设法来解决这些矛盾。在何晏、王弼之后出现了两条解决上述矛盾的路线，一条就是以嵇康、阮籍为代表的竹林派玄学家，他们提出“越名教而任自然”，只有超越“名教”才可以真正的“任自然”,即要放弃那些束缚人的“名教”和虚伪的“礼法”，才可以使人们自然而然地按照人的本性为人处世。可以说他们是沿着王弼“崇本息末”的思想发展起来的。另一条是裴頠的路线。他认为，有社会存在就要解决人与人之间的关系，这样就要有一套礼仪制度来规范人们的行为,就要有“名教”、“礼法”等。因此,他对否定“名教”、“礼法”的思想进行了批判。其后又有郭象（他大体上与裴頠同时）认为：“自然”和“名教”并非对立，是可以统一的,因为理想的社会可以是“即世间又出世间”(生活在现实的社会里，但在精神上可达到超越的境界)，就是说社会可以而且应该有“名教”、“礼法”，人们可以去适应它，但在精神上却可以超越它。所以圣人应该可以做到“虽在庙堂之上，然其心无异于山林之中”。你可以做官任职，但你的精神境界不要为这种“名誉”、“地位”等束缚住，也就是说为了维持社会的安宁、稳定，人可以遵守“名教”、“礼法”，但在精神上要超越它,应该和宇宙本体之“自然”相通,因为“名教”、“礼法”是暂时性的,你理想的精神境界才是终极性的。但“名教”也不能不要。因此,我们要了解魏晋玄学的发展就是要解决“自然”与“名教”的矛盾。“竹林七贤”只是魏晋玄学发展中的一个环节，我们必须放在历史发展过程中来了解它的意义。

“越名教而任自然”的“七贤风度”

宗白华《论〈世说新语〉和晋人的美》中说：“汉末魏晋六朝是中国政治上最混乱、社会上最痛苦的时代，然而却是精神史上极自由、极解放、最富于智慧、最浓于热情的一个时代。”“极自由、极解放、最富于智慧、最浓于热情”，这大概说的就是“魏晋风度”。而“七贤风度”应是“魏晋风度”的集中体现。“七贤风度”既表现在他们的性情、气质、才华、格调等内在的精神面貌上，也表现在他们的言谈、举止、音容、笑貌等外在风貌上。“七贤”的“七贤风度”可以说在中国历史上“前无古人，后无来者”，这种“风度”只能由魏晋时期的社会环境造成，也只能为“七贤”的特质性情、人格所造成。这种“风度”可以说最主要就表现在他们的“越名教而任自然”上。

“越名教而任自然”一语见于嵇康《释私论》中。嵇康、阮籍反对当时的所谓“名教”，所谓“名教”是“名分教化”的意思，指维护当时皇权统治“三纲六纪”的等级名分，也就是说主要是维护自汉以来皇权统治的“礼教”。至东汉“礼教”已经为世人识破，当时有歌谣说：“举秀才，不知书；举孝廉，父别居；寒素清白浊如泥；高弟良将怯如鸡。”所谓“任自然”从“竹林七贤”的言谈举止看，是指“任凭自然本性”或说“任凭其心性的自然情感”。用今天的话说，就是要求自由自在地抒发自己内在的情感，而不受虚伪礼教的束缚。

曹魏政权相对汉末，虽在政治和经济上有所改革，但并没有能阻止当时世家大族势力的发展。司马氏作为世家大族政治势力的代表，其政权所赖以依靠的集团势力一开始就十分腐败，当时就有人说这个集团极为凶残、险毒、奢侈、荒淫，说他们所影响的风气“侈汰之乱，甚于天灾”（奢侈浪费腐化的风气，对社会来说比天灾还严重），可是他们却以崇尚“名教”相标榜。在嵇康、阮籍看来，当时的社会中“名教”已成为诛杀异己，追名逐利的工具，成了“天下贱贼、乱危、死亡之术”。那些所谓崇尚“名教”的士人“外易其貌，内隐其情，怀欲以求多，诈伪以要名”（外表道貌岸然，内里藏着卑鄙的感情，欲望无止境，而以欺诈伪装来追求名誉）。为反对这种虚伪的“名教”，《世说新语》中记载了一些“七贤”的“恣情任性”，显露自己内在的真实感情、任凭自己的自然本性的发挥以超越“名教”的束缚的言行。

关于阮籍遭母丧的故事，在《世说新语·任诞》中有三段记载。其一说，阮籍的母亲去世，他完全不顾世俗的常规礼仪，蒸了一条肥猪腿吃，又喝了两斗酒。然后临穴，举声痛号大哭，吐血数升，废顿良久（身体很长时间恢复不过来）。按照所谓的“名教”，临父母丧事，子女是不能吃肉喝酒的，而阮籍全然不顾。照阮籍看，临丧不吃肉喝酒只是表面形式，与自己内心的这种椎心泣血真情的悲恸毫不相干。阮籍在母亲丧事上的举动表现了他对母亲真正的“孝心”和深深的“感情”，所以孙盛《魏氏春秋》说：“籍性至孝，居丧虽不率常礼，而毁几灭性。”（阮籍的性情是非常孝顺的，虽然丧母没有遵守常礼，实际上悲痛得伤了身体。）有一次阮籍的嫂嫂即将回家，阮籍就去与她告别，遭到别人讥笑，因为这样做是违背礼的，按《礼记·曲礼》说，“嫂叔不通问”，于是阮籍干脆公开宣称：“礼岂为我辈设邪！”阮籍敢于去与嫂告别，表现着可贵的亲情和对女性的尊重，同时也表现了他对虚伪礼教的蔑视。这正是“七贤”坦荡的“任自然性情”的精神。

“七贤”中还有一位名士王戎。据《世说新语·德行》记载，王戎和另外一“名士”和峤同时遭遇丧母，都被称为“孝子”。王戎照样饮酒食肉，看别人下棋，不拘礼法制度，其时王戎悲恸得瘦如鸡骨，要依手杖才能站起来。而和峤哭泣，一切按照礼数。晋武帝向刘毅说：“你和王戎、和峤常见面，我听说和峤悲痛完全按礼数行事，真让人担忧。”刘毅向武帝说：“虽然和峤一切按照礼数，但他神气不损，而王戎没有按照礼数守丧事，可是他的悲痛使他瘦骨如柴。我认为和峤守孝是做给别人看的，而王戎却真的对死去的母亲有着深沉的孝心。”一个“虽不备礼，而哀毁骨立”，一个是“哭泣备礼”，而“神气不损”，究竟谁是假孝，谁是真孝，谁是装模作样，谁是孝子的真情，不是一目了然了吗？

据《晋书·刘伶传》说：“刘伶……放情肆志，常以细宇宙齐万物为心，澹默少言，不妄交游，与阮籍、嵇康相遇，欣然神解，携手入林。”（刘伶感情豪放，以自己的意愿行事，不把外在的世界看得那么重要，齐一万物，淡默少言，不随便和人交往，可是和阮籍、嵇康在一起时，精神一下子就来了，拉着手到树林去喝酒了。）可见刘伶也是一位有玄心、超世越俗的大名士。《世说新语·任诞》说刘伶常常不穿衣裤，裸露身体，在他的屋子里狂饮美酒。有人进到他的屋中，看到如此形状，就对他讥笑讽刺。然而刘伶却说：“我是把天地作为我房子的屋架，把屋子的四壁作为我的衣裤，你们怎么会进到我的衣裤里了呢！”这虽有点近似开玩笑，但却十分生动地表达了刘伶放达的胸怀和对束缚人们真实性情的礼法的痛恨。这则故事是不是有什么来源呢？我想，它很可能与阮籍的《大人先生传》中的一段话有关。阮籍用虱子处于人的裤裆之中作比喻。虱子住在裤裆之中自以为很安全、惬意，因此不敢离开裤裆生活，饿了就咬人一口，觉着可以有吃不尽的食物。

当裤子被烧，虱子在裤裆中是逃不出的。阮籍用此故事比作那些为“名教”所束缚的“君子”，不是就像虱子在裤裆之中生活一样吗？阮籍认为，那些伪君子“坐制礼法，束缚下民”，即制定并死守那些礼法，用它们来控制老百姓。

为什么阮籍、嵇康那么痛恨“名教”，这是因为他们不仅对当时提倡“名教”的虚伪面貌已有清醒的认识，而且深刻洞察到“名教”本身对人的本性的残害。阮籍、嵇康认为，人类社会本来应和“自然”（指“天地”）自然而然的运行一样，是一有秩序的和谐整体，但是后来的专制政治破坏了应有的自然秩序，扰乱了和谐，违背了“自然”的常态，造出人为的“名教”，致使其与“自然”对立。正如嵇康在《太师箴》中所说：上古以后社会越来越坏了，把家族的统治确立起来，凭着尊贵的地位和强势，不尊重其他人，宰割鱼肉天下的老百姓，来为他们统治集团谋取私利。这样君主在位奢侈腐败，臣下对之以二心。这个利益集团用尽心思不惜一切地占有国家财富。形式上还有什么赏罚，可是没法实行，也没法禁止犯法。以至于专横跋扈，一意孤行，用兵权控制政权，逞威风、纵容为非作歹，其对社会的祸害比压在我们头上的大山还重。刑法本来是为了惩罚作恶的，可是现在成了残害好人的东西。过去治理社会是为天下的老百姓，而今天却把政权作为他们个人谋私利的工具。下级憎恨上级，君主猜忌他的臣下。这样丧乱必定一天天多起来，国家哪会不亡呢？（“季世陵迟，继体承资，凭尊恃势，不友不师，宰割天下，以奉其私。故君位益侈，臣路生心，竭智谋国，不吝灰沈。赏罚虽存，莫劝莫禁。若乃骄盈肆志，阻兵擅权，矜威纵虐，祸蒙丘山。刑本惩暴，今以胁贤。昔为天下，今为一身。下疾其上，君猜其臣。丧乱弘多，国乃陨颠。”）在阮籍的《大人先生传》中对现实社会政治的批判同样深刻，他说：你们那些“君子贤人”呀，争夺高高的位置，夸耀自己的才能，以权势凌驾在别人上面，高贵了还要更加高贵，把天下国家作为争夺的对象，这样哪能不上下互相残害呢？你们把天下的东西都据为己有，供给你们无穷的贪欲，这哪里是养育老百姓呢？这样，就不能不怕老百姓了解你们的这些真实情形，因此你们想用奖赏来诱骗他们，用严刑来威胁他们。可是，你们哪里有那么多东西来奖赏呀，刑罚用尽了也很难有什么效果，于是就出现了国亡君死的局面。这不就是你们这些所谓的君子的所作所为吗？你们这些伪君子所提倡的礼法，实际上是残害天下老百姓、使社会混乱、使大家都死无葬身之地的把戏。可是你们还要把这套把戏说成是美德善行，是不可改变的放之四海而皆准的道理，这难道不太过分了吗？（“今汝尊贤以相高，竞能以相尚，争势以相君，宠贵以相加，趋天下以趣之，此所以上下相残也。竭天地万物之至，以奉声色无穷之欲，此非所以养百姓也。于是惧民之知其然，故重赏以喜之，严刑以威之。财匮而赏不供，刑尽而罚不行，乃始亡国、戮君、溃败之祸。此非汝君子之为乎？汝君子之礼法，诚天下残贼、乱危、死亡之术耳！而乃目以为美行不易之道，不亦过乎？”）照阮籍、嵇康等看，这样的社会政治当然和有秩和谐的“自然”相矛盾，因此他们在“崇尚自然”的同时，对“名教”作了大力的批判。在他们看来，所谓“名教”是有违“天地之本”、“万物之性”的，而“仁义务于理伪，非养真之要术；廉让生于争夺，非自然之所出也”。（仁义是用来作伪的，并非涵养真性的方法；廉让由争夺中产生，并非出自人的自然本性。）这种人为的“名教”只会伤害人的本性，败坏人的德行，破坏人和自然的和谐关系。由此，嵇、阮发出“越名教而任自然”的呼声。

《世说新语·任诞》“阮籍遭母丧”条，刘孝标注引干宝《晋纪》曰：“何曾尝谓阮籍曰：‘卿恣情任性，败俗之人也。今忠贤执政，综核名实，若卿之徒，何可长也？’复言之于太祖，籍饮噉不辍。”何曾是崇尚“名教”的“礼法之士”，在晋文王清客座中，指责阮籍“恣情任性”（放纵自己的感情、任凭自然本性无束缚地发挥），是伤风败俗的人，现在忠臣贤相执政，一切都有条有理。阮籍听着，不屑一顾，全不理会，照样不停地酣饮，“神色自若”，表现着对何曾的蔑视。“恣情任性”正是“七贤”最重要的“风度”。所谓“恣情任性”就是说，“七贤”为人处世在于任凭自己内在性情，而不受外在“礼法”的条条框框的束缚。这就是说，“恣情任性”正是“越名教而任自然”的一种表现。嵇康有篇《释私论》也讨论到这个问题，他说：“夫称君子者，心无措乎是非，而行不违乎道者也。何以言之？夫气静神虚者，心不存乎矜尚；体亮心达者，情不系于所欲。矜尚不存乎心，故能越名教而任自然；情不系于所欲，故能审贵贱而通物情。物情顺通，故大道无违；越名任心，故是非无措也。是故言君子，则以无措为主，以通物为美。言小人，则以匿情为非，以违道为阙。何者？匿情矜吝，小人之至恶；虚心无措，君子之笃行也。”（真正称得上君子的人，内在的心性并不关注是非得失，可是他的行为不违背大道。为什么这样说呢？神气虚静的人，他的心思不放在外在的是非得失之上；胸襟坦荡的人，那些是非得失不会对自己的心性有什么影响，那么就可以超越名教的束缚而能按照自己的自然性情生活；情感不被外在的欲望所蒙蔽，那才能了解什么是好、什么是坏，才能对天地万物有真正的体认。能够通达天地万物的实情，这样就可以和大道合而为一。真君子必须能超越虚伪的名教任乎自然之真性情，因为外在的是非得失不关乎心性。因此说到君子，是以不把外在的那些东西放在心上，这才是根本的，要把你内心的真性情放在天地万物上。说到小人，应该看到他们总是隐瞒真实的情感，这是违背自然本性的。为什么这样说呢？隐瞒自己的情感念念不忘私利，是最坏的小人；不把外在的利害得失放在心上，一任真情，是君子所应实实在在做到的。）这一长段的意思是说：作为君子应该不把外在的名誉、地位、礼法等放在心上，而是一任真情地为人行事；要敢于把自己的自然本性显露出来，不要顾及那些外在的是是非非，这样一方面可以“越名教而任自然”，另一方面又可以达到与天地万物为一体的“自然”境界。[①] 上面所引的文字，说明所谓“七贤风度”就是要把肆意放达的自然性情放在首位。

《世说新语·简傲》：“嵇康与吕安善，每一相思，千里命驾。”嵇康与吕安最为要好，每次想念到他，就驾车前去看望。又有《晋书·阮籍传》：“阮籍时率意独驾，不由径路，车迹所穷，辄恸哭而反。”（阮籍有时凭自己的心意，独自驾车外出，并不考虑有没有可行车的道路，直到无路可走，痛哭而返。）以上，我们可以看到嵇康驾车千里寻友，虽有目的，而完全是“恣情任性”，表现了嵇康对吕安的真实感情。故该条有刘孝标注引干宝《晋纪》：“初，安之交康也，其相思则率尔命驾。”为什么嵇康要驾车千里访吕安？这是因为吕安和嵇康一样是一“恣情任性”、不顾礼法的大名士。嵇康的哥哥嵇喜是个做大官的礼法之士，有一次，吕安访嵇康，嵇康不在，嵇喜迎接了，吕安根本不理睬嵇喜，而在门上写了个凤字就走了。嵇喜很高兴，以为说他是凤凰呢，殊不知吕安说嵇喜是凡鸟。（《世说新语·简傲》）又有一次，吕安要从嵇

① 关于嵇康《释私论》的解释，请参考冯友兰：《中国哲学史新编》第四册，77~86页。我上面的解释参考该书。

康家离开，嵇喜设席为吕安送行，吕安独坐车中，不赴席。但是嵇康的母亲为嵇康炒了几个菜，备了酒，让嵇康和吕安一起吃菜喝酒，二人则尽欢，良久乃去。干宝《晋纪》据此事，说吕安“轻贵如此”（看不起大官到如此地步）。阮籍的“率意独驾”与嵇康的“千里命驾”形式上相同，但目的不一样。嵇康是有目的地去访吕安，而阮籍是无目的地发泄胸中郁闷，所以他驾车跑到无路可走的地方，兴尽痛哭而回，这可以说是“情不系于所欲”（放纵自己的情感并没有什么具体目的）。盖魏晋之世，天下多变，真正有理想、有抱负的名士，往往不得善终。阮籍有见于此，痛苦至极，而又无法改变现状，故而有此“率意独驾”之举。

在历史上，常有“借酒浇愁”之事。“竹林七贤”多是好酒如命的名士。他们并不是为个人的私事而酣饮消愁，而是因生不遇时，无法实现他们的理想和抱负而“借酒浇愁”，且同时也表现了他们豪迈放达之性格。《晋书·阮籍传》中说：“籍本有济世之志，属魏晋之际，天下多故，名士少有全者，籍由是不与世事，遂酣饮为常。”（阮籍本来有改变社会政治现实的志向，但是在魏晋之际，社会政治变化无常，许多有志之士遭受残害，于是阮籍只得远离政治斗争，大量饮酒来消愁。）

《世说新语·任诞》载：“步兵校尉缺，厨中有贮酒数百斛，阮籍乃求为步兵校尉。”刘孝标注引《文士传》说得比较具体：“籍放诞有傲世情，不乐仕宦。晋文帝亲爱籍，恒与谈戏，任其所欲，不迫以职事。籍常从容曰：‘平生曾游东平，乐其士风，愿得为东平太守。’文帝说，从其意。籍便骑驴径到郡，皆坏府舍诸壁障，使内外相望，然后教令清宁。十余日，便复骑驴去。后闻步兵厨中有酒三百石，忻然求为校尉。于是入府舍，与刘伶酣饮。”（阮籍豪放任性，有傲世的性情，不喜欢做官。晋文帝对他很尊重，常常和阮籍谈话说笑，听任他做喜欢的事，不强迫阮籍做官。有一次阮籍轻描淡写地对晋文帝说：我曾去东平游玩过，对那里的风土人情很喜欢，想到那去做官。文帝很高兴，答应了阮籍的要求。阮籍于是骑着驴子就上任了。到太守府后首先就把衙门的前后壁打通，使外面能看到衙门内的事情。于是教令清明。十几天后就骑驴子走了。后来听说步兵营的厨房中有酒三百石，又很高兴地要求去当步兵校尉，一到校尉府中就和刘伶酣饮起来。）又《竹林七贤论》中说："籍与伶共饮步兵厨中，并醉而死。"此当非事实。因为阮籍于魏景元四年（263）即去世，而刘伶在晋泰始（265—274）时尚在世。"太守"是大官，阮籍去就此职，是因为东平有山水名胜，且民情淳朴。他就任之后，把衙门的前后墙壁都打通，是要让在外面的老百姓能看到衙门内的事情，然后他的行政教令使社会清净安宁。但他只在东平待了十余日，就弃官，骑驴走了。这真是趁兴而来尽兴而去。步兵校尉只是个不大的小官，在那里的厨房有大量的美酒，阮籍很高兴地要求去就任，并和刘伶一起酣饮。阮籍的"任性"放达真是超凡越俗了。

刘伶也是酷爱自由、嗜酒如命的"七贤"之一。《晋书·刘伶传》说："(伶）初不以家产有无介意，常乘鹿车，携一壶酒，使人荷锸而随之，谓曰：'死便埋我。'其遗形骸如此。"（刘伶全不顾他的行为对他家族的家产有无伤害，常常坐着一辆鹿车，提着一壶酒，让随从的人拿着一把锄头，并对随从的人说："如果我醉死了，你们把我就地埋了吧。"刘伶就是对其外在的身体一点都不看重。）这是由于他看重的是其内在的放达精神。他写了一篇《酒德颂》，大意是说：大人先生认识到人的一生比起无限的时间、无边的空间，是短暂而渺小的，如果能把自己的生命看成是和天地一样宽阔，把无尽的时间视为一瞬间，把狂放豪饮看成是“无思无虑，其乐陶陶”的事，能自由自在快活过一生，比起你们那些遵守“陈说礼法”、追名逐利、钩心斗角的，谁更快乐呢？我们就此可看出“七贤名士”的“放达”精神之可爱了。关于刘伶还有一个故事，《世说新语·任诞》中说：“刘伶太想喝酒，请他的妻子给他点酒喝。可他的妻子把酒倒掉，把酒壶碎掉，哭着对刘伶说：‘你喝酒太多，有伤身体，不是养生之道，快断酒吧！’刘伶说：‘好呀！但是我自己没有能力断酒，要向神鬼祷告求助，向他们发誓断酒才行。’这样就得有酒有肉来祭祀鬼神。于是他的妻子置办了酒肉于鬼神牌位前面，让刘伶发誓断酒。于是刘伶跪着向神牌发誓说：‘天生刘伶嗜酒如命，一饮一斛，五斗酒下肚可以解我的嗜酒之病。’于是酣饮大吃，醉得像土石一样。”这些“七贤”酣饮故事说明，处于世事混乱之时，这批名士无力改变现实，只求自己精神上的自由愉悦。正如嵇康在《难自然好学论》中说：“六经以抑引为主，人性以从欲为欢。抑引则违其愿，从欲则得自然。然则自然之得，不由抑引之六经；全性之本，不须犯情之礼律。”（古来那些经典的目的是对人们进行压制和引导，然而人之本性所追求的则是以顺应其性命之情为快乐。引导和压制是违背人的意愿的，放任其性命之情才是顺乎自然的。追求顺应自然的本性才是根本的，因而不需要侵犯人性情的礼法之类的东西。）在此，我们可以看出，“七贤”之饮酒“恣情任性”是要求摆脱虚伪“礼法”之束缚，而求任自然性命之情，这正是“七贤风度”。

“七贤”之酣饮，在当时还有一种很重要的作用，就是可以此拒绝和抵制当权者种种要求。《晋书·阮籍传》：“文帝初欲为武帝求婚于籍，籍醉六十日，不得言而止。”这个故事是否真实，是否有所夸大，不得而知，但它所要表现的是当时某些名士不愿与腐败、凶残的当政者合作，有着不愿攀龙附凤的气概。当然，这也表现了当时某些知识分子的软弱，虽不愿同流合污，却只能用酣饮这种消极的方式来对抗当权者。在中国历史上，真正敢于正面对抗残暴、无能、腐败政权的是少之又少的，像嵇康那样视死如归的名士真是凤毛麟角了。抱有济世之志的阮籍在"七贤"中也是强烈表现放达个性的一位，他作《首阳山赋》，以伯夷、叔齐自况，以示和司马氏政权不合作。他"常登广武，观楚汉战处，叹曰：'时无英雄，使竖子成名。'"他借楚汉相争事，暗示他自己所生之时缺少英雄，遂使司马氏得以专政。但后司马氏篡位，建立晋王朝，阮籍最终也不得不写了《劝进书》。在这点上，他或与有刚烈之性的嵇康有所不同。据《世说新语·雅量》，嵇康因吕安事被判死刑，将在东市被斩首，这时他看看日影，知道被杀的时间快到，于是要了琴，弹起来，说："过去袁孝尼尝希望跟我学《广陵散》，我没教他，从此以后再没有《广陵散》了。"在他被杀前，"有学生三千人请以为师"。《广陵散》绝了，嵇康之人格是否也绝了呢？回顾历史，俯视现实，多少悲剧不是如此呢！许多中国知识分子真是太软弱了。

"恣情任性"，"情不系于所欲"表现了"七贤风度"，应如何评价，历史自有公论，这点不需要我多说。

宗白华《论〈世说新语〉和晋人的美》指出，魏晋时代是一社会秩序大解体、旧礼教崩溃的时代。它的特点是"思想和信仰的自由、艺术创造精神的勃发"，它是"强烈、矛盾、热情、浓于生命色彩的一个时代"。这个时代前无古人，后无来者。它之前的汉代，"在艺术上过于质朴，在思想上定于一尊，统治于儒教"；在它之后的唐代，"在艺术上过于成熟，在思想上又入于儒、释、道三教的支配"。宗白华认为“只有这几百年是精神上的大解放，人格上、思想上的大自由”。

王戎尝谓：“圣人忘情，最下不及情，情之所钟，正在我辈。”（《世说新语·伤逝》）意思是说，圣人太高超了，他们已超越常人的“情”，而最低下的人又对“情”太迟钝麻木，难以达到“有情”的境界，只有像我们这样的名士珍视自己的感情，才敢真正把真情表现出来。我们知道，魏晋时期的玄学家对“圣人”有情无情曾有所讨论。何劭《王弼传》中载，何晏认为圣人无喜怒哀乐之情，论说得很精彩，当时钟公等名士都赞同，只有王弼不赞同。王弼认为，圣人与一般人相比，他们的不同在精神境界上，而在五情上是相同的。为什么呢？这是因为孔子对颜回“遇之不能不乐，丧之不能无哀”。可见圣人是有喜怒哀乐之情的。但是圣人之所以为圣人，因其有一高的精神境界，他们可以做到“情不违理”。在《世说新语·文学》中也有一条关于“圣人有情无情”问题的讨论。王修（字敬仁）在瓦官寺中遇到和尚僧意，僧意问王修：圣人有情否？王修回答说：没有。僧意进一步问：那么圣人不就像一根木头柱子了吗？王修回答说：圣人像算盘一样，算盘虽无情，但打算盘的却有情。僧意又说：如果圣人像算盘一样，那么是谁来支配圣人呢？王修回答不了，只能走了。从此段讨论看，王修也许不知道王弼对“圣人有情”的看法，圣人有“情”但可“以情从理”。“七贤”名士有“情”，但并不都是“以情从理”的，而是“恣情任性”的，他们的生活是把自己的“真情”放在第一位，认为这样才是人之为人应有的，隐藏自己的“真情”是“小人”。

《世说新语·任诞》：“阮籍的邻居中有一位美貌出众的妇人，常烧饭菜，卖酒。有一天阮籍和王戎在那儿喝酒，喝醉了，就睡在那妇人身旁。那妇人的丈夫起疑，就去察看，看到阮籍没有什么不检点的行为。”刘孝标的注有个相似的故事说：阮籍的邻居中有一未嫁的女子甚美，不幸早逝。阮籍和她无亲无故，根本不认识，却到那里悲哀地哭，哭完了就扬长而去。刘孝标评说："其达而无检，皆此类也。”（阮籍的行为虽说是任情放达但不够检点吧！）这两则故事都说明阮籍虽有违当时的“礼教”，但确实是“情”之所钟者。

无独有偶，阮籍侄子阮咸也有一故事，《世说新语·任诞》中载：阮咸和他姑姑家的鲜卑女仆有染。后阮籍母去世，姑姑要回夫家。起初说可以把鲜卑女仆留下，但临行前，他的姑姑又把女仆带走了。于是阮咸借了匹驴子穿着孝服去追赶，然而跑了一阵驴子跑不动了，不得不回家，说：人种不可失。因为这位女仆怀有他的孩子。虽然魏晋时虚伪的礼法早已败坏，但世家大族仍然在表面上固守礼法。然而“任自然”的“七贤”多把“情”看得比礼法更重，因此常常做出违反“礼法”的事。从以上二例，可以看出阮氏叔侄不仅因“情”而坏礼，而且对妇女也比较尊重。

在《世说新语》中还记载有嵇康锻铁、阮籍狂啸的故事，这都表现着“七贤”的“恣情任性”、“逍遥放达”的性格和精神面貌。

《世说新语》赞扬当时某些名士如“七贤”所追求的“逍遥放达”，也并非无条件地赞美，而是以精神上的自由为高尚，认为言谈举止必须有“真情”，应顺乎“自然本性”，既不要拘泥于虚伪的“名教”，也不去追求肤浅形式上的放达，成为“假名士”。乐广曾批评元康后的“放达”。他认为，竹林以后元康时期的“名士”，如阮瞻、胡毋辅之之流“皆以任放，或有裸体者”。盖“任放”是指任意放纵，而“达”是指一种“任自然本性”的精神境界。所以没有“达”这种精神境界的“放”只是“放达”的低级形式。魏晋之际，由于当时的社会政治形势，如“七贤”等名士是有精神境界的“放达”，而西晋元康中的某些名士的“放达”是无精神境界的一种形式上的“任放”。鲁迅说：“（竹林七贤）他们七人中差不多都是反抗旧礼教的，然而后人就将嵇康、阮籍骂起来，人云亦云，一直到现在，一千六百年。季札说：‘中国之君子，明于礼义，而陋于知人心。’这是确的，大凡明于礼义，就一定要陋于知人心的。所以古代有许多人受了很大的冤枉。”鲁迅的意思是说，中国的一些所谓君子，只知道去维护那些虚伪的“礼义”，缺乏对人心的了解，所以在历史上有“真性情”的人常常被社会所误解了。我想，鲁迅是真的了解“七贤风度”的智者。

《道德经》导读

一、老子和《道德经》

老子是中国最伟大的思想家之一，历史上认为他是道家思想的创始人，在世界文化史上也占有非常重要的地位。要了解中国历史和文化，不了解老子及其思想是不行的。老子姓李名耳，字聃，楚国苦县厉乡曲仁里人，即在今日河南鹿邑县境内。老子生于何年，死于何年，史书上没有明确的记载，我们只知道他比孔子（前551—前479）年长，因为孔子曾向老子请教过关于“礼”的问题。老子既然姓李名耳，为什么叫他“老子”呢？据史书记载说，因为他活得很长，所以称他为“老子”；或者说他生下来时，头发是白的，像老人一样，所以称他为“老子”。这些说法是否可靠，无法考察了。

在司马迁作的《史记》中记载着孔子向老子请教“礼”的事，所谓“礼”指的是周王朝关于礼仪和制度之事，而老子告诫孔子说：“你所说的那些东西，早已过时了，不过留下一些说法而已。君子得其时可以出来做官，不得其时应该隐居起来。我听到一种说法，善做生意的人，把他的财宝深藏起来，好像没有一样；智慧超人的君子，外貌好像愚笨的人一样。因此，你应该去掉骄气和奢望，这些东西对你的身体没有什么好处。我所能告诉你的就是这些。”孔子听了老子这些话，回去后对他的弟子说：“鸟，我知道它可以在天上飞；鱼，我知道它可以在水里游；野兽，我知道它可以在山中跑。但是在山中跑的可以用网子捉捕，在天上飞的可以用箭射，在水中游的可以用钩子去钓。至于龙，我则不能知道它如何乘风云而在天上。我今天见到了老子，就像见到了龙一样呀。”可见孔子对老子非常佩服。孔子见过老子几次，没法子作确切的考证。在《庄子》书中，有多次孔子往见老子的记载，但大多是抬高老子而贬低孔子的故事，不一定可靠，我们就不去说了。

据《史记》记载，老子在周王朝呆了很久，并做过“周守藏之史”，也就是说做过周王朝的图书馆馆长之类，后见到周王朝的衰落，因而离开了周王朝的所在地，西行，至一关口。守关口的官吏尹喜见到老子，对老子说：“你要去隐居，给我留下一部书吧！”于是老子作了上下两篇讲“道”和“德”的书，共五千来字，然后出关而去，“莫知其所终”。《史记》只说老子“出关”，并没有说明是哪一个关口。据后来的说法，一种说是“散关”，在今宝鸡市西南，一说是函谷关，在今陕西桃林县西南。这也没法子说清，但从陕西地区西去大概是真的了。关于老子骑青牛出关的故事，最早见于据说是东汉刘向作的《神仙传》中。《神仙传》中说：老子西游，关令尹喜望见有紫气在关口上面漂浮，这时老子正骑青牛而过。为什么老子骑的是青牛，而不是其他颜色的牛？当然牛多为青色，但也可能和道教有关。因最早的一部与道教有关的书是东汉时的《太平经》，在《太平经》中把“青色”看成“仁爱之心”的表现。

这只是我的一种猜测，需要详细考证。

东汉时期，约在公元1世纪前后，中国本民族的宗教——道教建立了。道教要找历史上的一位大人物做他们的始祖，于是找到了老子，并把老子神化。魏晋时期，开始用“太上老君”称呼老子。到唐朝，由于唐朝的皇帝姓李，又把老子推崇为他们的祖先，为他立庙，并追封他为“太上玄元皇帝”、“大圣祖玄元皇帝”等，并把《老子》这部书定为朝廷考试科目。唐玄宗还亲自注解了《老子道德经》，以后宋徽宗、明太祖也注释过《老子道德经》，可见自唐以后历代皇帝十分重视这部书。由于道教把老子（太上老君）奉为他们的始祖，所以在道教的宫观中都把老子作为最高的尊神之一来供奉，例如北京的白云观、四川的青羊宫、湖北武当山的道观都把太上老君作为尊神来供奉。这些当然都是宗教把老子神化了。

老子出关留下了上下两篇讲“道”和“德”的书，这部书在历史上称为《老子》，又称为《老子道德经》或《道德经》，共八十一章，五千字左右。原来这部书并没有叫“经”，《史记》只说老子“著书上下篇”。1973年在马王堆出土的帛书本《老子》，也只是称“德”（篇）和“道”（篇），而且与今本《老子》有所不同，是“德”（篇）在前，即今本第三十八章（包括第三十八章）以后的部分在前，“道”（篇）在后，即今本第三十八章以前的部分在后面。但马王堆本《老子》和今本《老子》在内容上没有太大的不同。最近我们又看到湖北荆门出土的《郭店楚墓竹简》，其中有三组《老子》的竹简，共一千七百多字，约为今本的三分之一。这座楚墓是战国中期偏晚的墓葬，在公元前300年左右，比马王堆出土《老子》要早一百多年。因此，可以断定《老子》这部书在公元前300年就成书了。这样有关《老子》成书年代的争论可以说有一部分问题解决了，例如有说《老子》这部书成书于《庄子》书之后或说成书于战国晚期就不能成立了。这三组《老子》，据学者研究，第二组（乙组）的主题是修道，第三组（丙组）的主题是有关治国的，第一组(甲组)则两者都有。除甲、丙两组都抄有今本第六十四章的后半，三组内容没有出现重复的。从其所包括的各章看大都与今本相同，但其中也有非常不同的地方，例如今本第十九章："绝圣弃智，民利百倍；绝仁弃义，民复孝慈；绝巧弃利，盗贼无有。"而楚墓竹简本作"绝智弃辩，民利百倍；绝巧弃利，盗贼无有；绝伪弃虑，民复季子"（据裘锡圭先生的解释）。这说明在战国中期以前《老子》书中没有明显反对"圣人"和"仁义"的内容。因而有的学者认为道家和儒家最初并不那么对立，是在庄子以后才对"圣人"和儒家的"仁义"进行批判的。《老子》这部书被称为"经"，是汉朝以后的事，是在《汉书·艺文志》中把《老子》这部书叫"经"。总之，《道德经》这个名称是后加的，不是《老子》书的原名。《老子》或叫《道德经》是道家的经典，历代的注解很多据元朝道士杜道坚在《道德玄经原旨序》中说"《道德（经）》八十一章注者三千余家"，当然现在很多已经散失，可是存在的总也还有几百种。在我国历史上许多重要思想家都是通过注释《老子》来发挥他们的思想。东汉末道教建立，《道德经》又成为道教的经典，在道教的大丛书《道藏》中，存有五十几种《道德经》的注解。

二、我们应如何了解《道德经》的"道"

老子的著作《老子》这部书被称为《道德经》不是没有道理的，

因为“道”和“德”这两个概念可以说是《老子》书中最重要的概念。“道”是道路的意思,人走路必须顺着道路走,因此可以引申为“规律”或“法则”的意思。老子把“道”看成一切事物的总法则、总根源。“德”是“得到”的意思，人从“道”那里得到的是人的“德性”，物从“道”那里得到的是物之“德性”，或者说人可以从“道”那里得到对宇宙人生的总法则和总根源的体认。我们可以把《道德经》中讨论“道”的问题的叫“道论”，讨论“德”的问题的叫“德论”，“德论”是依据“道论”而有，或者说为了要建立“德论”而要求有“道论”。为什么老子要提出一个“道”来作为一切事物的总法则和总根源呢？这是因为自西周以来，把“天”看作支配一切的力量，是一切事物的总根源。因而“天”是有意志的，可以赏善罚恶的。但是实际情况并不是如此，为什么社会上有那么多不公和邪恶而不受到惩罚，反而善良的人并不一定会得到好报呢？特别是到了春秋时期，社会问题越来越多，在《诗经》、《左传》中都表现出对“天”的怀疑，甚至诅咒。例如《诗经·大雅·荡》中说：“荡荡上帝，下民之辟，疾威上帝，其命多辟。”（“坏了坏了，上帝！下民的君主呀！暴虐的上帝，他的德行是多么邪僻呀！”）《小雅·节南山》：“不吊昊天，乱靡有定。式月斯生，俾民不宁。”（“不善良的天，祸乱不断地发生呀！而且是一个月比一个月更甚，使得老百姓不得安宁。”）这些都是对“上帝”（或“天”）的直接的批判。《左传·僖公十六年》记载，在宋国发现陨石从天上坠落和“六鹢退飞”（鹢是一种水鸟）的现象，人们认为是一种不祥预兆。但周内史叔兴认为这些是自然现象，和“天”的意志无关，他说这些“是阴阳之事，非吉凶所生也，吉凶由人”。这就是说，“天象”与人间之吉凶无关，吉凶都是由人事自己造成的。可见春秋是一个思想大解放的时期。因而就有人认为，社会上的不公正和人们的痛苦，并不都是“天”（天帝、上帝）所给予的，而是人自己造成的，因此“天”的地位和“神性”大大降低了。有的思想家提出了“天道远，人道迩（近）”，这就是说，“天”有天的法则，人有人的法则，“天道”并不能完全支配人类社会。既然“天”和人都有各自的法则，那么有没有一个共同的法则呢？也就是有没有一切事物的总法则呢？在这样的背景下老子提出“道”作为一切事物的总法则。首先，他提出了在天地产生之前，“道”已经存在了，“有物混成，先天地生”，在天地产生之前有那么一个没有分化的浑然一体的东西就存在了，这个浑然一体的存在本来是无法给它一个名称的，我们只能勉强把它称为“道”。那么，为什么会有天地万物，天地万物是如何生成的呢？他说：

> 道生一，一生二，二生三，三生万物，万物负阴而抱阳，冲气以为和。

这段话有不同的解释，这里我只能介绍一种，大多数学者认为是比较合理的一种。老子认为宇宙万物的生化是由“道”的存在而始有的。“道”既是宇宙的未分化状态，又是宇宙存在的总根源。道法则“道”生化出来“元气”（统一没有分化的气），然后由“元气”分化出相对的阴阳二气。阴阳二气的交互作用而生化出来天地人（或者第三种事物）。“三”在我国有“多”的意思，有了第三种事物就可以有所有的众多事物，所有的具体事物都是由阴阳构成，从正面看是阳，从背后看是阴，因而所有的事物都是由阴阳二气相互激荡而产生的。这就是说，老子构造了一个宇宙发生发展的图式，而把“道”抬高到比“天”更高的地位，是一切事物产生和存在的总根源。由于“道”比“天”更根本，也比人根本，它的特性是“自然无为”，如说“辅万物之自然而不敢为”是自自然然的。“道”不是有意志、有目的地要求万物做什么。因此，所谓“道”的“自然无为”是说“道”的本性是如此，也要求一切事物应顺应自然，让天地万物按照其本性的要求自然而然地生存着、发展着。日本学者福永光司解释说：“在天地自然的世界，万物以各种各样形体而出生，而成长变化为各种各样的形态，各自有其一份充实的生命之开展。河边的柳树抽发绿色的芽，山中的茶花开放粉红的花朵，鸟儿在天空飞翔，鱼儿从水中跃起。在这个世界，无任何作为性的意识，亦无什么价值意识，一切皆是自尔如此，自然而然，无任何造作。”（[日]福永光司：《老子》，陈冠学译）正如老子所说：“道”“莫之命而常自然”，“道”不命令天地万物做什么，而天地万物经常是自然而然地运行。因此老子主张一切事物都应效法“道”的自然而然，他说：

> 人法地，地法天，天法道，道法自然。

“人”要效法“地”，“地”要效法“天”，“天”要效法“道”，“道”是自自然然的。（“道”以“自然”为法则。）归根结底是“人”应该效法“道”的“自然无为”。老子认为，人类社会如果能够按照“道”的“自然无为”的特性去做，那么社会就会和谐安宁。如他说：

> 是以，圣人处无为之事，行不言之教，万物作焉而不为始，生而不有，为而不恃，功成而弗居。夫唯弗居，是以不去。

圣人应该效法“道”，以“无为”的态度来处理世事，实行“无言”（不作什么指示）的教导，让万物任自己的本性发展着而不去干涉（王弼本“不始”作“不辞”，“不辞”有“不干涉”的意思），生养万物而不据为自有，推动万物而不自以为有功，功业成就而不自我夸耀。正因为不自夸耀，所以圣人的功绩才不会泯没。所以第十七章也说：“功成事遂，百姓皆曰我自然。”圣人效法“道”，这样什么事情都自然而然地办好了，而老百姓都说：“我们本来就是这样的。”

老子这种关于世界（宇宙）如何生成以及圣人效法“道”的学说在他全部思想中虽然非常重要，但他的这一关于世界（宇宙）生成的学说并不是他的“道论”的全部。在“道论”中还包含着一种中国哲学中最古老的本体论学说。

老子说：“道生一。”如上所说“一”是“元气”，而“元气”是构成天地万物的有形有象的物质实体。但老子认为“道”是无形无名的，因此“道”和“元气”就不可能是具有同样性质的东西，而且如上所论“道”也不是如上帝（天）那样有意志、可以赏善罚恶的精神性实体，那么“道”究竟是什么呢？据《道德经》第四章中说：“道冲而用之或不盈，渊兮似万物之宗。”（按：“宗”即根本、本体的意思。）这意思是说，不可见（无形）而无所不在的“道”，它渊深无以名状呀，是万物存在的根据。把“道生一，一生二……”与“道冲而用之或不盈……”这两段话联系起来分析，我们可以发现“道”既是产生天地万物的总根源，又是在天地万物之中作为天地万物存在的根据，或者说是天地万物存在之本体，而天地万物则是本体之“道”表现的形形色色的现象。“道”与“元气”（或与“元气”构成的天地万物）不同，不是某种物质性实体，而是作为物质性实体的形形色色的事物存在之根据，它寓于一切事物之中，这就是说“道”是事物存在之理（法则，规律或道理）。因此，《老子》一书不仅讨论了宇宙生成论问题，而且也讨论了本体论问题。这点是应为我们所注意的。为此，我想先说明一下什么叫“宇宙生成论”，什么叫“本体论”。

宇宙生成论和本体论都是从西方哲学借用过来的，但利用和借鉴西方哲学的研究成果来研究中国哲学无疑有着重要的意义，这不仅使中国哲学有一个可以对照的“他者”作为参照系，而且我们可以取西方哲学分析之长处来对中国哲学作较为清晰的分疏，把问题弄清楚。我们知道，黑格尔的《哲学史讲演录》里认为中国（东方）没有哲学固然不对[①]，但我们也得承认在西方哲学传入中国之前，在中国却没有把“哲学”从“经学”、“子学”甚至“史学”中分离出来，使之作为一门单独的“学科”知识来进行研究，而“哲学思想”往往是在“经学”或“子学”中来进行研究的。把中国的哲学作为一门独立学科来研究是近代西方哲学输入以后的事。一旦我们把哲学作为独立的学科来研究，就发现中国有着丰富的哲学思想，而且表现出很有意义的特色。之所以能如此，不能不说正是由于西方哲学的输入而起的作用。就老子哲学看，《道德经》中不仅有相当精彩的宇宙生成论思想，如上面所述，而且还包含着十分独特的本体论思想。所谓“宇宙生成论”，据 Dagobert D. Runes 所编的《哲学辞典》（*The Dictionary of Philosophy*）说：宇宙生成论是研究论及宇宙起源和构成这方面问题的哲学分支，它是和本体论与形而上学相对而言的，它是研究宇宙实在的最一般的特征，但又是和自然哲学相对而言的，自然哲学是

① 见本书第231页注释。

研究自然界中的对象的基本规律、进程和分类的。而本体论是研究关于“存在自身”的科学，这里“科学”一词是就古典意义上说的，即是关于“终极原因的知识”，也就是第一原理的知识（第一原理是由亚里士多德提出的，也叫第一哲学。它是研究存在之为存在以及存在的自在、自为性质的科学）。而这第一原理（即终极原因）对于人的智慧说，只能是靠它自身本性的能力得到的。简单说宇宙生成论是讨论宇宙起源和构成问题的，而本体论是讨论宇宙存在的根据问题的。

《道德经》第四十章中说：“天下万物生于有，有生于无。”天下万物的存在都是有形有名的，但有名有形的东西成为有名有形的东西是由无名无形的“道”成就的。在《道德经》中多处以无名无形来说明“道”，例如第一章说“道可道，非常道”，可以说的“道”不是恒常存在的“道”，也就是说可以说的“道”不是宇宙存在的究极原因的道。第四十二章说“道隐无名”，第三十二章说“道常无名”，第二十五章说“有物混成，先天地生，寂兮寥兮（无声，无形）……吾不知其名，强字之曰道，强为之名曰大”。这些都说明“道”是无名无形的，是不能用言语说明的，是“至大无外”的，又是“至小无内”的，“朴虽小，天下莫能巨”。是“至大”则为“大全”；是“至小”，则“无所不在，所在皆无”（即不是实体）。因此，它不是某种实体性的，所以《道德经》中常用“惚兮恍兮”（没有固定的形象）、“恍兮惚兮”（不是什么实体）等等来说明“道”。那么“道”到底是什么呢？这点可以从第四十一章中得到解释，文中说“大音希声，大象无形，道隐无名”。这就是说，最基本（根本）的声音是“无声”，最根本的（无所不包）的形象是“无形”，所以“道”是隐藏在天地万物里面的成就天地万物的“无以为名”者（无法给它一个名称的）。音乐，如果是宫，就不能同时是商；形状，如果是方，就不能同时是圆。但是“无声”却可以做成任何声音，“无形”却可以做成任何形状，因此“无”可以成就任何“有”。但是我们不能把“无”理解为“虚无”或者说是没有意义的。而用“无”来说明“道”，正是为说明“道”不是什么具体的东西而是一切具体的东西存在的根据。我们可以举一个例子来说明这个问题，人们可以问：先有飞机还是先有飞机之理？照老子看，应是先有了制造飞机的理论，才可以制造出飞机来；而飞机制造出来后，飞机之理也就存在于飞机之中，而成为实现的理。宇宙有着它的总规律（理），这就是“道”，而这个“道”是无名无形的，所以它的性质是“无”。“理”本身也是无名无形的，只能是寓于有名有形之物的“理”或“道”。这样我们就可以看出，老子的“道论”同时也是一种形而上的本体论，正如《周易·系辞传》所说：“形而上者谓之道，形而下者谓之器。”“道”是形而上者，“器”（具体的事物）为形而下者，因此在老子看来“道”和“器”（天地万物）虽有形上形下之分，但“道”又寓于“器”之中。因此，在中国哲学中，可以说《道德经》中包含着的宇宙生成论和形上本体论两个哲学模式，一直对中国哲学产生着重大影响，如汉朝的《淮南子》继承和发挥了其宇宙生成论的系统，而王弼的《老子注》则力图排除《老子》一书中的宇宙生成论方面，而发展着它的形上本体论方面。

三、我们应如何了解《道德经》的"德"

在《道德经》有十六章直接讲到"德"，其中有十章在下篇，也许这就是我们常说《道德经》的上篇主要讲"道"，下篇主要讲"德"的原因吧。而且马王堆帛书本《老子》是把"德"（篇）（即今本的下篇）放在"道"（篇）前面的，这说明帛书本更为重视治世、人事之故。而且我们可以假设原来《老子》先有"德"（篇），为要给"德"（即治世和人事等问题）找一个哲学上的根据，所以要有"道"（篇）。但就今本和帛书本的实际情况看，对"道"和"德"的问题的讨论并没有非常明确的分工。郭店竹简本包含今本《老子》的三十一章，其中有十六章在上篇，十五章在下篇，这三十一章中讨论治世、人事的比较多，但讨论纯哲学的也还占一定篇幅，例如其中包含了第四十章："反者道之动，弱者道之用。天下万物生于有，有生于无。"另有第四十一章、第十六章、第二十五章、第三十二章、第五十二章等讨论哲学问题的部分。所以不能说郭店竹简《老子》中没有讨论哲学问题，甚至可以说郭店竹简《老子》不仅讨论了宇宙生成问题，而且讨论了形上本体论问题（如第四十章和第四十一章）。

"德"就是"得"的意思，可以理解为：天地万物之所以生成是由"道"得到而显现为其"德"。王弼注"是以万物莫不尊道而贵德"谓："道者，物之所由也；德者，物之所得也。"意思是说："道"是贯通于万物之中，它是万物得以存在的根据（本体）；"德"是万物得之于"道"的自然之性（德性或性）。故第二十一章中说："孔德之容，惟道是从。"最高明的"德"只是遵循"道"的要求。但在《道德经》中"德"也还有与上述意思相联的另一种意思，即"品德"，如第五十四章中所说：

“修之于身，其德乃真。”如果人能很好地按照“道”的要求修养自己，他的品德就是非常纯真的。而万物纯真的“品德”正是其自然之性(德性)的表现。这就是说，“道”的特点是“自然无为”，得道的人的品德（或说为人处世之方)也应是自然无为。我们甚至可以看到，在《道德经》中，有的地方“德”直接就是“得”的意思。如第四十九章：“善者吾善之，不善者吾亦善之，德善。”这里的“德”假借为“得”，是作为动词用“得到”的意思。

下面我们对《道德经》中的“德”作些分析。第五十一章中说：“道生之，德畜之，物形之，势成之。是以万物莫不尊道而贵德。道之尊，德之贵，夫莫之命而常自然。”意思是说，万物由“道”所生，由“德”培育，做成不同的形状，在一定的形势中得到完成。因此，万物没有不尊崇“道”的规律的，没有不顺乎德的要求的。“道”之所以被尊崇，德之所以被重视，就在于它们不命令万物做什么，而万物都依其自然之性存在和发展着。这段话的根本意思就是说：万物顺应自然无为是“道”和“德”的要求。因此，我认为“顺自然无为”是“道”的，也是“德”的第一要义。

前面在讨论“道”的意义时，已说到“道”的特性是“自然无为”，而事物或人的“德”是得自于“道”的。因为“德”的性质是得之于“道”，其“德”的特性，也必然是“自然无为”。而从《道德经》的一个方面看，它是一部治世之书，所以历史上许多学者把它看成一部君人南面之术（即统治术）的书，而实际上在西汉初年文帝、景帝时就是以《道德经》的“自然无为”作为治世之指导方针，这就是所谓的文景之治。“自然无为”虽说是对所有人说的，但从《道德经》上看，则主要是对统治者说的。在先秦时代，往往把有德行有功业的统治者称为“圣人”，例如儒家把尧舜等称为“圣人”,墨家把大禹称为“圣人”(或“圣王”)。在《道德经》中的“圣人”就是指能行“无为”之治、顺应“自然”要求的统治者。

老子理想的“圣人”是行无为而治的，是让万物顺应自然而生生化化的，他们这样做实是对万物有极大的功劳，可他们又不自恃有功，如果自恃有功，那就违背了“顺自然”的要求，而会把自然界和社会搞乱。所以老子说：圣人“以辅万物之自然而不敢为。”(圣人的作用就只是辅助万物的自然发展，而不敢勉强万物做什么。)老子用很形象的说法来表达他的“顺自然”的思想。他说“治大国若烹小鲜”。治理大的国家就应该像烹调小鱼，你不要老去翻腾老百姓，没完没了地翻腾老百姓就像在锅里老翻腾小鱼一样，把小鱼翻腾得稀烂。老子引用古圣人的话：“我无为而民自化，我好静而民自正，我无事而民自富，我无欲而民自朴。”统治者应该“无为”(不要干涉老百姓的生活)、“好静”(不要成天动用老百姓)、“无事”(不要没事找事地翻腾老百姓)、“无欲”(不要贪得无厌地搜刮老百姓)，这样老百姓自然会自己教化自己，使自己的生活走上正轨，自己富足起来，自己知道朴素的可贵。我想，这大概是老子总结古代圣人治理国家的经验之谈。推行这种“无为之治”的思想,照老子看要能做到“圣人无常心,以百姓心为心”和“少私寡欲”才有可能。

“圣人无常心，以百姓心为心”(《老子》第四十九章)，是说统治者没有自己个人的固定不变的意愿，而要以老百姓的意愿作为他的意愿。这说明，老子比较懂得社会得到安宁，必须顺民情，“顺民情”也就是顺老百姓的自然之性。如果这样，统治者虽然处在统治的地位，而老百姓既不会感到有负担，又不会感到对他们有什么妨碍，这样老百姓就会拥护他。“是以圣人处上而民不重，处前而民不害，是以天下乐推而不厌。”（第六十六章）老百姓之所以遭受饥荒，往往是由于统治者收税太重；老百姓难以统治，往往是由于统治者干涉太多；老百姓之所以用生命冒险，往往是由于统治者对老百姓的搜刮太厉害。“民之饥，以其上食税之多，是以饥。民之难治，以其上之有为，是以难治。民之轻死，以其上求生之厚，是以轻死。”（第七十五章）老子的这种思想，不能说对今天人类社会没有意义。

《老子》第十九章说：“见素抱朴，少私寡欲。”这也是对统治者说的，统治者应该保持朴素，减少自私和贪欲。“朴”这个字在《道德经》中很重要，有它特殊的意义。老子有时用“朴”来说明“道”，如第三十七章说：“道”是“无名之朴”。“朴素”就是“朴素”，是无法说明的（无以命名的），所以用“无名之朴”说明“道”正表明“道”是“至小无内”，故能无所不在而所在皆无。第三十二章中说：“道常无名，朴虽小，天下莫能臣也。”“道”无法给它一个名称，看起来它就是本然的样子，好像很细微，但是天下没有什么东西可以支配它。故第二十八章说，圣人为人处世应该效法“道”。而圣人效法“道”，他由“道”所得到的“德”是充足的，这叫“复归于无极”，也叫“复归于朴”。说“道”是“无名之朴”，因而也就表明“道”是“无极”，它超越时空，而又无所不在。“道”是万物的本体，贯通于万物之中，在方为方，在圆为圆，但它既不是“方”，也不是“圆”，而是可以做成方，做成圆。我们说“道”是“无形”、“无名”的最没有经过加工雕凿自然状态的东西，即最“自然”的东西。老子有时又用“朴”来说明“德”，既然“德”是得之于“道”，“道”是“无名之朴”，“德”自然也是表现为“朴”的，所以老子说：“常德乃足，复归于朴。”这是说的圣人，圣人的“德”是恒常自足的，因为他能复归于自然无为的朴素状态。就用“朴”来说明“道”和“德”，不仅表明老子对“道”和“德”的特性了解的一致性，而且说明“德”是“圣人”的一种品德。

《老子》中对“欲”和“私”都是取批判态度，认为“罪莫大于可欲，祸莫大于不知足，咎莫大于欲得”（第四十六章，此据马王堆本）。所以老子说，知道满足为止的人，永远是满足的。为此，他认为，那些对外在的欲望的追求是自己最大的伤害，如他说“五色令人目盲，五音令人耳聋，五味令人口爽，驰骋田猎令人心发狂，难得之货令人行妨”（第十二章），缤纷的色彩使人眼花缭乱，纷杂的音调使人听觉失聪，丰美的宴席使人的口味败坏，纵情打猎使人心发狂，稀有的东西（货品）使人偷和抢。因“圣人”以“不欲”（没有个人的欲望）为他的欲望：“圣人”的“不欲”而静守其位，天下就会自然安定（“不欲以静，天下将自定”，第三十七章）。据此，老子认为，统治者要领导老百姓，必须把自己的利益放在老百姓的利益之后。因此，天下的老百姓对他爱戴而不厌弃。因为他不和老百姓争什么，所以天下没有人能争得赢他。因而，“圣人”虽然治天下，而能使天下人的心思也像他一样都归于素朴。老子认为要做到这点很不容易，圣人必须把自己的那些极端的、奢侈的、过分的做法都去掉，这都是说要“少私”。

先秦是一个诸侯纷争的时代，当时的各学派都提出一套取天下的策略（原则），例如儒家提出要用行“仁政”来一统天下，墨家提出要用“兼相爱，交相利”取天下，法家提出要以“强兵”“兼并”的办法取天下，那么道家要用什么办法取天下呢？老子说：“夫唯不争，故天下莫能与之争。”（第二十二章）“以其不争，故天下莫能与之争。”（第六十六章）为什么“不争”反而天下之人都不能和他争呢？照老子看，最高明的统治者像水一样，水善于滋润万物而不和万物相争，停留在普通人不愿意呆的地方，所以最接近于道。正因为他（圣人）的品德像水那样与万物无争，所以不会有什么过错。（“上善若水，水善利万物而不争，处众人之所恶，故几于道”，第八章）。我们知道，老子贵柔，以柔能克刚，对此他也是用水的性质来作证论，他说：“天下莫柔弱于水，而攻坚强者莫之能胜，其无以易之。弱之胜强，柔之胜刚，天下莫不知，莫能行。”（第七十八章）我认为，老子的“不争”不是没有道理的，相反在一定条件下是一种深刻的辩证法思想，包含着某种真理的因素。我们试想，一个学者整日想的就是如何“争名夺利”，他能成为一个真正对人类社会有贡献的人吗？就一个国家说，你把掠夺他国财富、侵占他国领土作为国策，从长远看，从根本上看，这难道不要受到全世界人民的反对吗？以谦虚的态度为人处世，别人就不好反对你，甚至会拥护你。霸权在世界上是行不通的，水性柔，但柔能克刚："不争”似退，而实会使得别人无法和他争，所以《老子》的最后一章（第八十一章）中说："圣人之道，为而不争。”圣人所行之道，只是做他应该做的事而不争什么，不去争取那些不应属于自己的。

老子根据“道”的“自然无为”的要求为人类构筑了一个理想的社会，这就是在《老子》第八十章所描述的“小国寡民”的社会。他说：

> 小国寡民，使有什伯之器而不用，使民重死而不远徙，虽有舟舆，无所乘之。虽有甲兵，无所陈之。使人复结绳而用之。甘其食，美其服，安其居，乐其俗，邻国相望，鸡犬之声相闻，民至老死不相往来。

老子的“小国寡民”的思想社会当然是乌托邦。可这一思想在先秦战乱纷纷之时，也正是一种对现实不满的消极反应。这种乌托邦式的空想，在中外历史上所在多有，如在西方有莫尔的《乌托邦》，康帕内拉的《太阳城》等等，在中国有庄子提出的所谓“无何有之乡”，当然更为典型的是陶渊明的《桃花源记》。陶的这篇文章可以说就是以《老子》第八十一章所述为蓝图，而创造的一个空想的“大花园”。

对老子的“德”的了解，就是他的治世和做人的一种理想境界，他认为这种境界是符合“道”的要求的。其中当然包含着许多应为我们今天所抛弃的内容，但要看到他的许多思想对今日社会来说，在处理国与国、人与人之间的关系上也许是一服清凉剂吧！如果我们看看今日人类社会的弊病，无论中外社会权力和金钱上的欲望都在不断地膨胀，在海、陆、空诸方面的争夺，以及对自然界的肆意地破坏，我们难道不可以从“自然无为”这个角度来反思一下吗？我们难道不应该提倡一点“少私寡欲”吗？

四、《道德经》中的“辩证法”思想

在世界各国的哲学发展中，几乎都存在着素朴的辩证法，古希腊哲学中有，印度哲学中有，中国哲学中也同样有。在先秦时期，几乎诸子各派都有辩证法思想，这当然和当时的社会处在一个大变动时代有关，但在当时我国各派哲学中，道家哲学，特别是老子哲学思想中的辩证法最为丰富。

1．事物都是由相对应的双方组成的，并在相对立中确定其性质

《道德经》第二章中说："天下皆知美之为美，斯恶矣；皆知善之为善，斯不善矣。有无相生，难易相成，长短相形，高下相倾，音声相和，前后相随。""美"正因为有"丑"才知道"美"之为"美"，"善"正因为有"恶"才知道"善"之为"善"，所有的事物都是在相比较中确定其性质。"有"是在和"无"相比中才可以说它是"有"，"长"和比它短的东西相比较才可以说它长，因此，在现实中没有"短"就没有"长"，没有"前"就没有"后"，这就是说，老子认识到，要从事物的一极寻找相对应的另外一极。而老子从事物的一极找其相对应的一极，这些都是可以由经验中、常识中得到的，如果把事物在相对性中确立的思想提高到哲学的层次，那也许就是《道德经》第四十二章中说的："道生一，一生二，二生三，三生万物，万物负阴而抱阳，冲气以为和。"对这段话可以有不同的解释，前面我们在"道论"中是从宇宙生成论方面来解释这句话的。如果我换一个角度，或者说从辩证的认识论角度来解释，我们对"一"、"二"、"三"的解释可以很不同。"一"、"二"、"三"不是说"One"、"Two"、"Three"，而是"First"、"Second"、"Third"，"道"产生了第一个，有了第一个就可以产生第二个，产生了第二个就可以产生第三个，而所谓的第三个实际是说可以产生出无数个（指万物），而所有这些都是"负阴而抱阳"，都是由阴阳组合而成的，在阴阳的振荡中可以产生新的阴阳之和。而所有这些（第一个、第二个、第三个，以至万物）都是由道产生的，但道本身不是第一个，也不是第二个，如此等等。因此，它不是阴，也不是阳，但它又可以做成阴，又可以做成阳。所以王弼解释"一阴一阳之谓道"说："夫为阴则不能为阳，为柔则不能为刚。唯不阴不阳，然后为阴阳之宗，不柔不刚，然后为刚柔之主，故无方无体，始得谓之道。"这因为"道"是"大全"，它与“一”、“二”、“三”等等是“体”与“用”的关系，即“本体”与“现象”的关系，而“本体”与“现象”是一对矛盾，是“全体”与“部分”的关系。如果我们从解释学的角度来看，这种解释也许是一种“误读”，但有时正是在“误读”中把哲学问题深化了，发展了。当然“误读”可以分有意义的“误读”和“无意义”的“误读”。我认为，也许太实的“误读”可能是“无意义”的“误读”，例如把“二生三”中的“三”解释为“粒子”、“波”和“场”，这种“误读”可能是没有意义的，因为所谓“粒子”、“波”和“场”等说法是20世纪后才有的。但是有一种“误读”，可能原作者自己在提出时，并未自觉意识到，但从方法学上看，应该或者隐含着某种有意义的解释。因此这种“误读”我们可以把它看成有意义的“误读”，或者非“误读”之“误读”。

《道德经》作为一部包含着丰富哲理的书，我们可以看到它处处表现着素朴的辩证法思想。例如第一章的第一句：“道可道，非常道。”“可道”和“常道”构成一对矛盾，“可道”是说人们所说的“道”，“常道”是永恒常存的“道”。“可道”是人们所说的“道”，这就是说“道”是在人认识中的“道”，是对象化的“道”；但“常道”作为永恒长存的“道”，它是“大全”，它无所不包，故不可对象化。但正因为有“常道”才可以有“可道”，同样有“可道”才可以推知有不可道之“常道”。第十一章也说明老子辩证思维高明，老子先用车轴和车轮中心车轴穿过的圆木的关系，以器皿的外壳和其中间的空间的关系等为例说明：“有之以为利，无之以为用。”某些事物其有形的方面之所以能被人们利用，正是因为有“无”（空的地方）才可以发挥作用。因此，“有”和“无”是一对矛盾，但正因为是一对矛盾才能发挥相辅的作用。我们知道，老子常说“无为与无不为”，“无为”与“无不为”当然是一对矛盾，这对矛盾如何统一呢？照老子看，你只有“无为”（有所不为），你才有可以选择有所作为的自由，例如：你自身不贪污腐化，你才有整治别人的贪污腐化的作为；你只有不为某种功利的目的作学术研究，你才能在学术研究的方方面面取得重大成就；作为领导者说，你不做什么具体的事，才可以让你的属下充分发挥他们的聪明才智去完成各自负责的那部分事。因此，我们可以说，老子认识到了矛盾的普遍性，这可以说是中国古代的智慧。

2．事物的发展、变化是由量变到质变

大凡古代的朴素辩证法都是从日常生活经验中得出来的，老子也不例外。《老子》第六十四章中说：“九层之台，起于垒土；千里之行，始于足下。”第六十三章中说：“天下难事，必作于易；天下大事，必作于细。”人们做事情，不可能一开始就做最困难的、最伟大的事，总是从小的事和具体的事开始。这是因为，任何伟大的事业不可能一蹴而就，总是要有一个量的积累过程，积累到一定程度事物就发生了质的变化。例如我们要到南京去，这是我们的目标，只有一步一步地走，到最后这个目标才能实现，在没有到南京之前，都是量的积累，到达了南京，目标实现了，这样才可以说这件事发生了质的变化。老子认识到量变可以引起质变，因此他用此提出治世之策略。他说：“为之于未有，治之于未乱。”要在事物还没有发生问题之前，先把它处理好；要在事物还没有乱起来时，先把它理顺。为了把天下治理好，就必须使量变不至于发展到质变，而破坏社会的安宁。因此，老子提出应该用“高者抑之，下者举之，有余者损之，不足者补之”的办法，来使社会保持平衡。他把“损有余而补不足”称为“天之道”，就是说它是宇宙的法则；而把“损不足以奉有余”称作“人之道”，是“人为”的做法，而“人为”是违背“道”的“自然无为”的要求的。社会的基础是老百姓，统治者对老百姓如果不断地索取，这样就会由小乱变成大乱，危及整个社会，当然也动摇统治者的统治。《老子》第七十五章中说：“民之饥，以其上食税之多，是以饥。民之难治，以其上之有为，是以难治。民之轻死，以其上求生之厚，是以轻死。”可见，统治者对老百姓剥削压迫的程度变大，在这种量的积累中最后老百姓会起来推翻现存的统治，而使社会发生质的变化。老子不仅认识到事物存在着量变和质变的关系，而且他认为这是“道”的要求，如说：“物壮则老，是谓不道，不道早已。”事物发展到顶点，就必然走向衰亡，这是因为发展得太壮大（量变到极致），事物就会走向反面（必然要衰亡，发生质的变化），这是因为事物发展得过于壮大不符合“道”的要求的缘故，不合乎“道”的要求，必然很快死亡。所以由量变到质变也是“道”的法则。

3．对“转化”的深刻认识

据记载，春秋时期有所谓“五霸”，但是没有一霸可以永远是霸主，齐桓公、晋文公、楚庄公、宋襄公、秦穆公，一个个称霸一时，又由盛而衰。就自然现象说，寒来暑往，月有盈亏。这就是说，事物的矛盾双方是会发生转化的。老子生活在这个时代，对这些现象作出了理论上的概括，大家都很熟悉的“祸兮福之所倚，福兮祸之所伏”（第五十八章）就是老子的名言。祸福是会相互转化的。做任何事情，如果只看到它取得成绩的一面，那么其缺点和错误的方面就会发展起来，最终这事业就会失败。但是如果能从失败中认真总结经验教训，事业也就可能重新发展起来。在《老子》中，对事物的分析充分体现了他运用辩证法的智慧。在《道德经》中许多章都讨论到这个问题。第九章中说："功成身退，天之道也。"一个统治者在他成功的顶峰时应该退下来，这是天经地义的道理。我们可以设想，一个成功的统治者，往往会因为他的成功而傲慢，听不进不同意见，而把事情弄糟，能在最成功的时候主动退下来，这说明他对天经地义的道理有所认识。第二十章："善之与恶，相去若何？""善"和"恶"之间可能只有一步之差。是好事还是坏事，这中间有个度的问题，本来可能是好事，但过了一定的度就变成坏事了。这种例子在生活中太多了，例如对孩子，爱护他是对的，但爱得过分，成了溺爱，那就是坏事了。《道德经》第三十章和第五十五章都说到"物壮则老"。第四十二章说"或损之而益，或益之而损"，"损"和"益"是可以相互转化的。有人常常提醒你的不足之处，反而对你有好处；相反，常常吹捧你，这实际上是害了你。又如，第三十六章"将欲取之，必固与之"，第五十八章"正复为奇，善复为妖"，第七十八章"弱之胜强，柔之胜刚"等等，都说明事物的矛盾双方可以相互转化。因而，老子有一段概括的话："反者道之动，弱者道之用。""道"的法则是向相反的方向转化的："道"的作用是扶持柔弱。任何事物都是有盛有衰，盛极必衰，这就是说事物都会向它的反面转化，这是"道"的法则。新生的东西开始时都是比较柔弱的，而正因为它是新生的才有发展前途，这正是"道"所要扶持的，所以老子说："弱之胜强，柔之胜刚。"在生活中，不可能毫不付出就能得到你所要求得到的，应该是首先有所付出，然后才会有收获，"将欲取之，必固与之"。毛主席曾说："《老子》是一部兵书。"这话很有道理，在《老子》这部书中，直接说到"用兵"的地方至少有十四处。第五十七章说："以正治国，以奇用兵，以无事取天下。"治国要用正常的办法，而用兵则要求出奇制胜，对内对外能行"无为"之"道"（即顺应着自然，不强迫别人做什么)，则天下都会拥护你。老子特别认为“兵”是凶器不应随便动用，他说：“夫唯兵者不祥之器，物或恶之，故有道者不处。”(第三十一章)打仗不是好事，谁都讨厌它，所以了解“道”的智者不会随便去做这样的事。那些无端挑起战争的人，是不可能使他的愿望得逞于天下的。(“夫乐杀人者，则不可以得志于天下矣。”)所有这些都说明，老子在运用辩证法，特别是矛盾相互转化的思想时有着很高的自觉性，这不能不说在当时我国的理论思维水平已达到很高的境地。

在讨论到事物(或矛盾)会向其相反的方面转化的问题上，老子提出了一种防止向相反的方面转化的理论，在第六十六章中说：

江海所以能为百谷王者，以其善下之，故能为百谷王。是以欲上民，必以言下之；欲先民，必以身后之。

大江大海之所以可以容纳一切小河的流水，是由于它处在底下的地方，所以能作为一切小河的领袖(收容者)。统治者要统治好老百姓，首先在对老百姓说话上得表示谦虚；如果想领导好老百姓，必须把自己的利益放在老百姓的利益之后。老子这种试图不让事物向不利的方面转化的思想，在其他一些章中也有。例如第六十四章：“为之于未有，治之于未乱。”我把这种思想叫做“处下”的思维方式，“处下”(处在一种特殊的低下地位)可以预防事物向不利的方面转化。这一情况，表面上看来是处于不利的地位，实际上正是处于十分有利的地位。

4．老子对“否定”意义的认识

如果把老子的思想方式与孔子的思想方式相比较，我们可能更好地了解老子辩证法作为一种方法论的特点。照老子看，虽然事物的两极（如“有”和“无”、“阴”和“阳”）是相对应的，并且是相互联系着的，可以互相转化的，但是两个相对应事物其一总是处在两极中的一极，因此老子注意的是要找寻此一极相对应的彼一极，例如要从美方面（一极）找丑方面（一极）等等。而孔子则不一样，虽然他也注意到事物有对立的两极（如“过”和“不及”），两极之间也有着联系，并可以互相转化，但他注意的则是找两极之间的“中极”，这就是孔子的“中庸之道”。如果说，老子重视的是在一极中找相对立的另一极，即是由正极找相对应的负极，包含着对“否定”意义的认识，那么孔子重视的在两极之间找中极，即“中庸之道”，则更多地包含着对“肯定”意义的认识。

老子说“道常无为而无不为”，如果说“无为”是对“为”的“否定”，那么“无不为”则是对“为”的“肯定”，它作为一种方法论的公式可以如下表述：通过否定达到肯定。老子认为，通过否定达到肯定是“道”的特性。“通过否定达到肯定”是老子的认识原则，我们对这个问题可以从两个方面进行分析。（1）我们知道，照老子的看法，“道”不是认识的对象。“道，可道，非常道”，可道之“道”不是无名无形的永恒不变的“常道”，那就是说不可能在经验中得到对“常道”的认识，或者说我们不能用一般的方法认识“道”。因为认识总是认识有名有形之物，而“道”无名无形，它不是什么。作为一般认识的对象，它必是什么（即有其规定性），而“道”不是什么（无规定性），所以就无法用经验的方法说它是什么，只能说“道”不是什么。因此，老子认为必须先把一般的认识经验去掉，以至在思想中把有名有形的经验性的东西统统去掉，才不会用经验性的认识说“道”是什么。达到这种地步，才符合“道”的“无为”的要求。而“无为”才可以“无不为”，也就是说,“道”不能用经验的方法来把握,而得另辟途径,这个途径就是“通过否定达到肯定”的方法。从说“道”不是什么而了解“道”,即否定“道”的经验性认识之后,从超乎经验的觉悟上才有可能把握“道”,而“与道同体”。(2)在《道德经》中把宇宙本体称为“道”,这由原则上说也是不合老子思想体系要求的,因为“道”作为世界的本体不能说它是什么,作为世界本体的“道”就是“道”,它不能以名称之,而称它为“道”是没有办法的办法,只是勉强给它一个名称,“有物混成,先天地生。……吾不知其名,强字之曰道,强为之名曰大”。因此,在《道德经》中对“道”所作的说明,大都用一些不确定的或者是极其模糊的,甚至是否定的形容词来描述,以免人们把“道”看成什么具体的东西,例如用“玄之又玄”、“恍兮惚兮”等等。由此,作为一种以否定为特征的方法论的老子哲学,大体上可得到以下的看法:

《道德经》的论证方法可以称之为“否定”的方法,或者称之为“通过否定达到肯定”的方法,这种方法有时我们也把它叫做“负”的方法。这种“负”的方法不仅为老子所采用,例如庄子也用这种方法为他的哲学作论证,他认为人要达到“精神上自由”的境界,就必须否定“礼乐”、“仁义”等等,甚至还要否定对自己身心的执著。这种“否定”的方法也影响着魏晋时期思想的各个方面,魏晋玄学提出“得意忘言”的方法,认为语言只是一种工具,它不是事物本身,或者说语言仅仅是表达意义(思想意义)的工具,只有不执著于作为工具的语言才可以透过语言,忘掉语言,体会到“意”(事物的内在本质,或者说“存在”的“所以存在”的根据)。也就是说,只有透过现象才可以得到本质,如果以“现象”为“本质”,抓住“现象”不放,那就得不到“本质”。因此,在文学中有所谓求“言外之意”,音乐中有所谓求“弦外之音”,绘画中有所谓求“画外之景”，这种思维方法深深地影响着中国的文学艺术理论。在印度佛教中也有这种“负”的方法，而中国佛教禅宗更是以一种中国式“负”的思维方式来作论证。佛教当然要求解决如何成佛的问题，原来在印度佛教主要通过坐禅、念经等等达到超脱轮回，达到“涅槃”境界，而禅宗认为，坐禅、念佛、拜佛等等是不能成佛的，这是因为把这些形式的东西看成成佛的办法抓住不放，这是根本不能成佛的。只有否定这些形式的方法，不去执著于这些形式，才可能觉悟而解脱，以成“佛道”。故禅宗大师慧能说：“一念迷，即众生；一念觉，即佛。”禅宗这种思维方式与老子的“否定”的方法有着密切的联系。

由此可见，老子哲学的否定方法至少包含着三个对提高人们理论思维很有意义的内容：第一，他认识到，否定和肯定是一对矛盾，而且否定比肯定对认识事物更为重要，从否定方面来了解肯定方面比从肯定方面来了解肯定方面，会对事物有更深刻的认识。第二，否定中包含着肯定，用否定对待肯定，恰恰可以成就肯定，或者说可以完成更高一级的肯定。第三，由否定方面看到了矛盾相互转化的重要意义，并提出由否定方面阻止使事物向其相反的方向转化的可能性。老子把预先处于否定的方面作为阻止事物向相反的（不利的）方向转化的手段。虽然老子的“否定”思想（“负”的方法）并不能说非常完善，但是作为一种思维方式或者作为一种论证方式在哲学上无疑是有它重要意义的。

五、《道德经》所包含的思想对我们今天有什么意义

我们首先得说明两点：第一，任何哲学思想对人类社会来说，它只能解决某些问题，而不可能解决人类社会的一切问题，而且古代的哲学思想只有在进行现代诠释的条件下，才有可能解决当今人类社会某些问题，甚至还得有诸多方面的配合，经过现代诠释的古代思想才有可能落实于操作层面，它才可以发生实际的作用。第二，老子的哲学中虽然有对今日社会有正面价值的思想，但它同样包含着不适合今日需要的部分，甚至错误的思想内容。例如，否定知识的意义，愚民的政策，对矛盾转化的条件的缺乏了解。甚至有些不能自圆其说的地方。例如如何把他思想体系中的宇宙生成论与本体论统一起来，如何使他思想中道德境界和作为手段的各种策略相互协调，如何使知识和智慧都占有其应有的位置，以及如何消解其理想社会的乌托邦性质等等，都是老子并没有解决的问题。罗素在他的《西方哲学史》中说：

> 不能自圆其说的哲学决不会完全正确，但是自圆其说的哲学满可以全盘错误。最富有结果的各派哲学向来包含着显眼的自相矛盾，但是正为了这个缘故才部分正确。

我认为，罗素的这段话很有意义，正因为老子哲学存在着某些内在矛盾，这就要求我们揭示其矛盾，而把思想推向前进。如果把某种哲学看成放之四海而皆准的绝对真理，很可能这种哲学是完全错误的哲学，很可能无益于人们的思维水平的提高。

对老子哲学有无现实意义和有什么现实意义，我们可以从许多方

面来讨论，在这里，我只就老子哲学中两个很可能对今日人类社会生活有意义的方面提出一点看法。

我们知道，当今人类社会面临的最大问题是“和平与发展”问题。20 世纪科学的进步虽然为人类社会带来了财富的巨大增长，但也给人类社会带来了巨大灾难。在这一个世纪中发生了两次世界大战，使自然环境受到严重破坏，如果再这样发展下去，人类将毁灭其自身。人们都希望 21 世纪能成为一个“和平共处”和“共同发展”的世纪，这样就必须较好地解决人与人之间的关系（扩而大之，就是要解决好国家与国家、民族与民族之间的关系）和人与自然的关系。我认为，老子的“无为”思想可以从一个方面在处理“人与人之间的关系”上作出有意义的贡献。前面我们已经说到，老子提倡作为“无为”的基本内容的“不争”和“寡欲”，应该说是很有意义的。不要去夺取那些不应该属于你的，不要为满足自己的私欲而损害他人。《老子》第五十七章引古代圣人的话：“我无为而民自化，我好静而民自正，我无事而民自富，我无欲而民自朴。”如果我们给它以现代诠释，大概可以得出很有意义的启示。在一个国家中，对老百姓干涉越多，社会越难安宁；在国与国之间对别国干涉越多，世界必然越混乱。在一个国家中，统治者越要控制老百姓的言行，社会就越难走上正轨；大国强国经常动用武力或以武力相威胁，世界就处于动荡不安和无序之中。在一个国家中，统治者没完没了地折腾老百姓，老百姓的生活就更加困难和穷苦；大国强国以帮助弱小国家之名行其掠夺之实，弱小国家就愈加贫困。在一个国家中，统治者贪得无厌的欲望大，贪污腐化必大盛行，社会风气就会奢华腐败；发达国家以越来越大的欲望争夺财富和资源，世界成为一个无道德的世界。据此，我认为“无为”也许对一个国家内部的统治者和世界各国的领导者们说是一服清凉剂，使人类社会能走上“自化”、“自正”、“自富”、“自朴”的发展道路。

前面我们已经讲到老子提出“人法地，地法天，天法道，道法自然”的理论，这就是说归根结底人应效法“道”的自然而然，或者说人应该“顺应自然”，以“顺应自然”为法则。特别是作为领导者（或统治者）更应如此，所以老子说：“（圣人）以辅万物之自然而不敢为。”（第六十四章）领导者只能辅助万物的自然发展而不敢做违背自然法则的事，但是人类（特别是那些领导者）常常违背“自然”，这样人类就会受到惩罚。另外一位先秦道家的思想家庄子讲了一个故事：

> 南海之帝为儵，北海之帝为忽，中央之帝为浑沌。儵与忽时相与遇于浑沌之地，浑沌待之甚善。儵与忽谋报浑沌之德，曰：“人皆有七窍以视听食息，尝试凿之。”日凿一窍，七日而浑沌死。

这个故事看起来极端了一点，但其所表达的思想则非常深刻。人类是自然的一部分，决不能对自然作破坏性的无量无序开发。把自然界开发成一死寂的东西，人类如何生存？而当今的现实情况，正是由于人类对自然界的破坏性无量开发，造成了资源的浪费，臭氧层变薄，海洋毒化，环境污染，生态平衡的破坏，已经严重地威胁着人类自身生存条件，在这种情况下，道家的“顺应自然”的理论是应该受到重视的，我们应善待自然。

最后，我想再说一遍，任何伟大的古代思想家，他们的哲学思想只是其中某些部分对人类社会有积极意义，不可能解决人类社会的一切问题，而且他的思想必须进行现代诠释，以适应现代人类社会生活的要求。恩格斯在他《反杜林论》的附录中有一段说：

> **体系学**在黑格尔以后就不可能有了。世界表现为一个统一的体系，即一个有联系的整体，这是显而易见的，但是要认识这个体系，必须先认识**整个**自然界和历史，这种认识人们**永远不会**达到。因此，谁要建立体系，他就只好用自己的**臆造**来填补那无数的空白，也就是说，只好**不合理**地幻想，玄想。

我认为这段话非常重要，但是很少有学者引用，这很奇怪。任何哲学思想都是一定历史条件下的产物，它不可能是放之四海皆准的绝对真理，因此，我们对任何哲学思想都应作实事求是的分析。我还得作一点说明，对《老子》（《道德经》）的各种解释（包括各种注释。按：元道士杜道坚在《道德玄经原旨序》中说："《道德（经）》八十一章注者三千余家。"）都是解释者的解释，都会打上时代的烙印。上面我对《道德经》的种种分析，也只是我的诠释，它是否合理，是否有意义，这只能由读者和时间来检验了。

“人间佛教”之意义

星云大师在 2001 年 1 月 1 日给各位护法和朋友们祝贺新年的信中说："长期以来，佛光山秉持推动'人间佛教'的宗风，一方面重视生活佛法的落实，同时也不断地举办各项学术会议，编撰《佛光学报》……推广佛教的文化。"星云大师在信中还用非常简明的话说明"人间佛教"所从事的事业是"融合传统与现代弘法的创举"。短短的一句话表明了打通传统与现实佛教的"时代性"与"人间性"。我想，"佛法"无他，就是为"人间"造福，故大师自去年又创办了《人间福报》，"为佛教广开言路，也为传播佛法尽一份心意"，使大家"分享'福报'和般若智慧"。

星云大师的贺年信还向我们宣示了"佛光"一贯的宗旨："佛光山弘扬人间佛教，以出世的精神，作入世的事业，为娑婆世界点燃明灯；佛光净土是诸佛净土的总归，人间佛教所成就的，就是佛光净土。"[①]"佛

① 佛光星云编著：《佛光教科书（11）·佛光学》，98页，台北，佛光文化事业有限公司，2000。并可参见印顺：《人间佛教要略》，见汤一介主编：《二十世纪中国

法要有人间性格”[①]。我们要了解“人间佛教”应该深入地体会星云大师今年贺年信的意义。我作为一名对佛教仅有初浅知识的读书人，对星云大师的“人间佛教”自是十分赞成。

从历史上看，佛教无论在印度，还是在中国，都是和当时人类社会的福祉相关。中国佛教自20世纪起，太虚法师首倡“人间佛教”[②]，至星云大师“人间佛教”得到发扬光大，由中国而走向世界，都是为了“在不同的时空因缘里，秉持佛陀重视现生、示教利喜的本怀，弘扬人间佛教，开创佛光净土”[③]。

太虚法师在他的《人生佛学的说明》中已有这样的见解：“佛法虽普为一切有情类，而以适应现代之文化故，当以‘人类’为中心而施设契时机之佛学；佛法虽无间生死存亡，而以适应现代之现实之人生化故；当以‘求人类生存发达’为中心而施设契时机之佛学，是为人生佛学之第一义。”[④]这就是说，佛教要在佛法的根本理论基础上适应现

文化论著辑要丛书·人间关怀卷》，313页，北京，中国广播电视出版社，1999。

① 佛光星云编著：《佛光教科书（11）·佛光学》，209页。

② 邓子美《传统佛教与中国近代化》，即以太虚法师1913年佛教革命、1928年演讲“人生佛教”、1934年发表《怎么来建设人间佛教》来说明“人间佛教的发展过程”。参见北京大学周学农的博士论文《出世、入世与契理契机——太虚法师的“人间佛教”思想研究》。

③ 佛光星云编著：《佛光教科书(11)·佛光学》，91页。

④ 太虚法师：《人生佛学的说明》，见汤一介主编：《二十世纪中国文化论著辑要丛书·人间关怀卷》，226页。按：张曼涛先生在《现代佛教学术丛刊·人生与佛教卷》的“编辑旨趣”中说：人生佛教与人间佛教，在含义上是有区别的，它们代表着两种不同层次。其差别在于：“人生佛教指个别的普遍性，人间佛教是指共同的普遍性。亦即一以‘人’的个体主体性为物件，一以‘人’的共同群众性为物件。”这就是说，人间是指包含有文化、社会既定的生存世界，而人生是重在如何改造个人的生存意

代化人类社会生活的要求以求发展，所以太虚法师说："佛学，由佛陀圆觉之真理与群生各别之时机所构成。故佛学有二大原则：一曰契真理，二曰协时机。非契真理则失佛学之体，非协时机则失佛学之用。真理即佛陀所究竟圆满觉知之'宇宙万有真相'，时机乃一方域，一时代，一生类，一民族各别之心习或思想文化。"① 这就是太虚法师"人间佛教"的"契理"、"协机"之要旨。

星云大师在《佛光学》的"自序"一开头就说："佛教需要现代化！"后面又说："我们之所以把《佛光学》编列在《教科书》第十一册，是因为数十年来佛光山倡导佛教现代化、人间化、制度化，对当代佛教的发展不无影响。"我认为，人类社会在进入21世纪时，"人间佛教"将会把"佛陀所究竟圆满觉知之'宇宙万有真相'"以"佛教现代化、人间化、制度化"而普照"人间"。

"现代化"是一个非常复杂的问题，它既涉及物质生活方面，又涉及制度和思想观念方面。从物质方面的现代化看，例如，利用现代科学技术（广播、电视、网络、出版印刷等）弘扬佛法相对地说比较容易；现代化制度的建立就比较困难，但比起如何使佛教的精神成为引导现代人类社会走向更加和谐与圆满，改造"人心"，还是比较容易的。这

义和生存价值。参见北京大学周学农的博士论文《出世、入世与契理契机——太虚法师的"人间佛教"思想研究》。按：我认为，太虚法师的"人生佛教"与"人间佛教"的基本含义是一致的，例如，太虚法师在《人生的佛教》开题中说："今之人生佛教，侧重于人生之改善，特出者即是依之发菩提心而趣于大乘之佛果。"(见汤一介主编：《二十世纪中国文化论著辑要丛书·人间关怀卷》，223页)太虚法师在《人生的佛教》中又说："在人类生活中，做到一切思想行为渐渐合理，这就是了解了佛教，也就是实行了佛教。"(同上书，228页)

① 同上书，224页。

就是说，“人间佛教”要十分关注净化当今人类社会最关切之问题，以佛法为其提供一最佳的解决途径。“开创佛光净土”[①]，成就一大功德，是相当困难的。而星云大师的佛光事业已取得了非常大的成功，这是大家都承认的。

现代人类社会面临着许许多多的问题，可以说是相当严重地存在着信仰危机、道德衰败、理想破灭、良心丧失等，其原因是社会上众多人群为了自私的目的而争夺权力和金钱，或者说是由人们的贪嗔痴所造成的。这些社会现象和佛之宗旨、目的完全背道而驰，也正是佛教所要对治之病。太虚法师说：“佛学的宗旨和目的，简单地概括起来，不过是自利、利他而已。其实，世间所有种种的工作云为，也不过是彼此间利益，惟所差在究竟与不究竟之别。”[②]得“究竟”法门则“现证法喜安乐，永断烦恼无明”，而不得“究竟”者则无此。故星云大师在《佛光学》中说：佛光“倡导生活佛教，建设佛光净土，落实人间，慈悲济世”[③]。“生活佛教”的目的是“建设佛光净土”，使之落实人间，这才是“利己利他”的。

当今为什么战争不断？为什么残杀无辜？为什么环境日益恶化？为什么资源浪费以至有枯竭之虑？我想，这都是因私利所驱使而发生的罪恶现象。因此，今日社会的当务之急就在于争取“持久和平”和“共同发展”，使今日之地球成为“佛光净土”。我认为，在人类所面临的最大的“和平与发展”问题上，佛教将会起着无可代替的最重要之作用，

---

① 佛光星云编著：《佛光教科书（11）·佛光学》，97页。

② 太虚法师：《佛学之宗旨与目的》，见《太虚全书》第三十五册，第十编“学行”，53页，北京，宗教文化出版社，2004。

③ 佛光星云编著：《佛光教科书(11)·佛光学》，205页。

它是今日人类社会得以“和平共处”和持续“共同发展”的一种可靠保证。

佛教以“慈悲”济世[①]，“五戒”、“十善”均以“不杀生”为首[②]，而20世纪的两次世界大战残杀生灵至亿万，如21世纪再发生世界大战，人类很可能会从地球上消亡。正如星云大师在“佛光学与当代思潮及未来使命”一课中说：“到了近代，物质生产丰富，人类的欲望增加，然而却是无休无止地推动着人类以各种方法掠夺地球的资源。再加上连年战争，人类清净的本性被蒙蔽了，心灵迷失了，人类面临着被贪嗔邪见淹没的危险。”[③]这正是对现代人类社会深切的体认，或者说它揭示了现代人类社会所存在的深刻危机的根源。

作为“人间佛教”最早的提倡者太虚法师，1935年就呼吁着“世界和平”，在其《建设现代中国佛教谈》有一节专门阐述“世界和平的渴望”，其中说：“世界和平的渴望，亦成为时代趋向之要素。”[④]星云大师则多次在世界各地演讲时把维护“世界和平”作为最重要的弘法内容之一。例如，1996年星云大师以“平等与和平”为题在法国巴黎演讲呼吁“和平”，并对“平等”与“和平”的关系作了十分重要的论述，他认为“平等与和平是一体两面的真理”[⑤]。为什么“平等与和平是一体两面的真理”？这是基于佛法的根本道理，在“法界融和是佛光学”一节开头对此有明确的说明：“佛陀在菩提树下金刚座上彻悟宇宙的真

① 佛光星云编著的《佛光教科书(11)·佛光学》31页中说：“慈悲是弘法的根本，失去了度众的慈悲，就没有佛道可成。”

② 参见佛光星云编著：《佛光教科书(2)·佛教的真理》，第五课“戒律”，台北，佛光文化事业有限公司，2000。

③ 佛光星云编著：《佛光教科书(11)·佛光学》，11页。

④ 汤一介主编：《二十世纪中国文化论著辑要丛书·人间关怀卷》，234页。

⑤ 佛光星云编著：《佛光教科书(11)·佛光学》，67页。

理时，发出一切众生皆有佛性的宣言，为苦难的众生带来了无限的希望与光明。由此而开展出来的众生平等、法界融和的思想，就是人类得到永恒安乐的根本，是世界能达到永久和平的指南。”[①] 佛教以救世为宗旨，它要拯救人类脱离水深火热之苦难，人人可以因佛法而得欢喜，这正在于人人有佛性，才有可能实现“天下一家，人我一如”[②] 的理念，建设人间净土。人本无高低贵贱之分，或因自己轻视自己，或因此人轻视彼人，或因彼此轻视，这些都是心念之差错，与佛法的道理相背离。

《五灯会元》中说：“天平等故常覆。地平等故能载。日月平等故四时常明。涅磐平等故圣凡不二。人心平等故高低无诤。”可见，“平等”乃佛法之要义。如人心平等，则无争无斗，无贪嗔痴之累，社会何得不平安？天下何得不太平？故《佛光学》中说：“综合而言，和平要从平等中建立，平等必须你我相互尊重，在沟通与了解上必须彼此立场互易，对于宇宙间差别万象之认识，要能知万法缘生与一多不异的自然原理。”这里“佛光学”提出了两个非常重要的理论问题：一是“立场互易”之理，二是“万法缘生”之理。

20 世纪 90 年代在西方哲学中特别提出“他者”的问题，对一种文化的理解，需要从“他者”的立场来加以考察，相互观照，互为主观，这样对事物才可以有个全面的和整体的认识。其实在中国早有这种看法，苏东坡的诗中有这样一句：“不识庐山真面目，只缘身在此山中。”认识自己有时要站在自己之外，站在“他者”的立场上。而人们常常是自以为是，而囿于一孔之见，不知山外有山，天外有天，而陷于目盲而不辨五色。法国的学者弗朗索瓦 · 于连在其《更新文化人类学研究

① 佛光星云编著：《佛光教科书(11) ·佛光学》，4页。

② 同上书，35页。

方法，重估中国文化传统对人的认识》中说："……我想在一个外在的立场观念中找到一个欧洲思维的对立面，但我不想成为一个人类学家，只想当个哲学家。我在中国找到了这种方便，因为中国为我提供了一种外在的观点。"[①]这说明欧洲一些思想家为使他们的哲学向前发展，正在找寻一个"他者"作为参照系，在"彼此立场互易"的情况下来了解自身文化。后来于连为更进一步阐明他的观点，写了一篇《为什么西方人研究哲学不能绕开中国？》[②]。他认为，正因为中国哲学与西方哲学非常不同，如果能用中国哲学之眼光来看西方哲学，那必定能发现许多新问题，而使西方哲学更上一层楼。

佛光学从佛法"平等"观引发出来的"在沟通与了解上必须立场互易"思想，应该说可以更加深刻和广泛地运用于人类社会的方方面面，而消除隔阂和矛盾，造福于世，所以说"和平要从平等中建立"。如果不同民族、不同国家、不同群体，甚至每个不同的人都以佛光学"立场互易"的平等观来处理相互之间的关系，"把欢喜布满人间，使世界融和一体，不分种族、国籍，同中有异，异中求同，而能和睦相处"[③]，"创造安和乐利的社会，促进世界的和平"[④]，人类社会就成了和平宁静的佛国净土了。佛光的"人间佛教"无疑是解决当今人类社会走向"和平共处"的不二法门。

如果说，维护"世界和平"是要解决好"人与人"之间关系的问题，扩而大之，也就是要解决好民族与民族之间、国家与国家之间、地区

① 转引自《跨文化对话》第一辑，21页，上海，上海文化出版社，1998。

② 见《跨文化对话》第五辑，146—156，上海，上海文化出版社，2000。

③ 佛光星云编著：《佛光教科书(11)·佛光学》，64页。

④ 同上书，60页。

与地区之间关系的问题，那么“共同发展”就是不仅要解决好“人与人”之间的关系问题，而且要解决好“人与自然”之间的关系问题，使人类赖以生存的自然得到全面的良好的保护。人是自然的一部分，人的生活离不开“自然”，这就涉及自然生态和环境保护的诸多方面的问题。

1992 年世界 1575 名科学家发表的一份《世界科学家对人类的警告》，在开头就说道：“人类和自然正走上一条相互抵触的道路。”我认为，这一看法深刻地反映了当今已遭严重破坏的地球村的实际情况。对自然界的过量开发，资源的浪费，臭氧层变薄，海洋的毒化，环境的污染，人口的暴涨，生态平衡的破坏，不仅造成了“自然和谐”的破坏，而且严重地破坏了“人与自然的和谐”，这些情况已经严重威胁人类自身生存的条件。

在全世界开始注意到“自然环境”问题时，星云大师于 1998 年在第七次佛光会员代表大会上，以“自然与生命”为题的演讲中说：“自然是世间的实况，如春夏秋冬四季的运转、众生生老病死的轮回，都很自然。世间事合乎自然，就有生命；合乎自然，就有成长；合乎自然，就能形成；合乎自然，就有善美。”[①] 因此，“人间佛教”提出“尊重天地的生机，以环保护生代替破坏残杀”[②] 的主张。这一主张无疑将能为人类造福建一大功德。

我们生活的地球是如何而有的？依佛教看是由种种条件和合而成的，这叫“缘起”。“缘起”是佛法的根本道理，任何事物成为这种事物，都是诸种条件合成的结果，正如《佛光学》中说：“世间一切有为法皆无独立性、恒常性，必须靠‘因’和‘缘’和合才有‘果’。”“世

① 佛光星云编著：《佛光教科书(11)·佛光学》，68页。

② 同上书，66页。

间上的事事物物（一切有为法），既非凭空而有，也不能单独存在，必须靠种种因缘条件和合才能成立，一旦组成的因缘散失，事物本身也就归于乌有。”[①] 地球的存在（我们生存的自然环境的存在）从根本上说，也是会化为“乌有”的，因为它也是由种种因缘条件和合而成的：但是，在地球仍然存在的时期，在人类仍然要在这个地球村里生活的时候，我们就应该保护好这个我们生息长养的自然环境，以便使大家生活得安康、圆满、欢喜。

既然地球（我们生息长养的自然环境）是由种种因缘条件和合而成的“果”，如果地球成为地球的“因”和“缘”消失了，那么地球的存在就成了问题。比如说，地球作为人类生息长养的场所，它的全部海洋都毒化了，人类还能生存吗？它的植物全部枯死了，人类还能生存吗？如此等等，不一而足。实际上只要其中一个条件全然消失了，地球就再不是人类生息长养的地球了。所以佛教说的“一旦组合的因缘散失，事物本身也就归于乌有”是千真万确的道理。

在未来时代，人类社会如果希望延续下去，并且使生活更加利乐，大家都应一起来保护自然环境。这是“人间佛教”的“人间性”和“现代性”的重要体现。“人间佛教”的“万法缘生”正是为“环保护生”提供了一种十分重要的理论。

“人间佛教”的“现代化”与“人间化”将无疑对人类将来的命运有着极其深远的意义，它将成为21世纪人类处理好“人与人”之间的关系和“人与自然”之间的关系，对实现“和平共得”和“共同发展”发挥重要的保证作用。

---

① 佛光星云编著：《佛光教科书(2)·佛教的真理》，131—133页。

《般若波罗蜜多心经》讲义

此经在《大正藏》中共收有译本九种，流通本是唐玄奘所译本。本讲义是根据玄奘所译本，并用法藏的《疏》。《般若波罗蜜多心经》(简称《心经》)的注疏很多，除法藏疏外，主要还有玄奘弟子靖迈的《疏》，明德清的《直说》，紫柏老人(洪恩)的《心经说》，智旭的《释要》等。《佛藏子目引得》载有《心经》注疏目录五十四种，当然还不是全部。

(一) 解题

古时译经有所谓“五不翻”。第一是尊重不翻。对于应该尊重的名词概念，只译梵音，如般若，梵音为 prajñā。般若是智慧的意思，但不是一般的智慧，而是一种解空(分析“空”，诸法本无自性，自性空)的智慧，所以不翻。第二是多含义不翻，即一种名词概念有多种含义，中国无适当的字代替，所以只能译音。如“波罗蜜多”，梵音为

parāmitā，是“到彼岸”的意思，有时可以译为“度”，支谦译的《般若小品》叫《大明度无极经》，译“波罗蜜多”为“度无极”，因为只译一“度”字含义似不完全，故译为“度无极”，意谓达到与“道”合一的境界。而《大明度无极经》似均取于《老子》之“知常曰明”和“复归于无极”。第三是顺古不翻，即沿用已久的译音，大家都能了解的意义，所以不翻。如“一阐提”，梵音为Icchantika，意思是“信不具者”，善根断尽的人，此字从来就没有意译，只有音译。第四种为此间无不翻，中国所没有的东西，如菴摩罗果之类，则保持原音不翻。第五为密秘不翻，如咒语，本经最后的咒语“揭谛揭谛，波罗揭谛，波罗僧揭谛，菩提萨婆诃”即是。咒语一般并无具体意思，是为了免除持诵之分别心，所以不翻。但分析起来有时也有具体意思（见后）。关于“五不翻”也许是齐广州大亮较早提出，据灌顶《大涅槃经玄义》中说，广州大亮立五不翻，“一名含众名……二云名字是色声之法，不可一名累书众名，一义叠说众义，所以不可翻也。三云名是义上之名，义是名下之义，名既是一，义岂可多……若据一失诸，故可不翻。四云一名多义……关涉处多，不可翻也。五云……此无密语翻彼密义，故言无翻也。”玄奘所立“五不翻”前四同大亮，而第五为“生善故，如般若”则不同。

经题中的“心”字是“核心”的意思，佛经中常有所谓“心要”，是“中心要点”的意思，不是“唯心论”的“心”或“心灵”等义。《般若波罗蜜多心经》是说，大乘佛法是全部佛法的中心，而般若学是大乘佛法的中心，本经是般若学的中心，所以简称《心经》。有人称经为《多心经》是不妥当的。“多”应和“波罗蜜”连为“波罗蜜多”。

（二）科判

分析其文句之段落者，是由姚秦之道安为始，知一经之大意不可缺。

本经总分为两部分：一为略说，大略说明本旨；二为广说，分别作出论证。

自“观自在菩萨”至“度一切苦厄”为“略说”，又分四点：(1) 点明修行所达到的人；(2) 修行人所应修行的智慧（般若，法藏释“般若”为“神鉴”）；(3) 所了悟的内容；(4) 所达到的结果。

自“舍利子，色不异空”到最后为“广说”，又分为五点：(1)“舍利子，色不异空……亦复如是”，为扫除一般人的疑惑；(2)“舍利子，是诸法空相……不增不减”，说明一切事物本性是“真空”，即“真空”是一切事物的“实相”（本性）；(3)“是故空中五色……无智亦无得”，从各方面(十二因缘，十八界，四圣谛等)分析一切是假设的名称；(4)“以无所得故……三藐三菩提”，说明“以无所得”而得解脱，靠般若破除一切法（事物）后，则佛性得藉般若而显现；(5)“故知般若波罗蜜多是大神咒”至最后，是赞叹般若的功德，以咒语的形式赞叹。法藏谓，“广说”的五部分为：(1) 拂外疑；(2) 显法体；(3) 明所离；(4) 辨所得；(5) 叹胜能。

（三）解说

观自在菩萨，行深般若波罗蜜多时，照见五蕴皆空，度一切苦厄。

这四句，一明造修之者，修行所达到的人，二应修习的智慧，修习者之所应习，三所了悟的内容，契证之境，四所达到的结果，明现圆克果。

1．“观自在菩萨”：“观自在”是观世音菩萨名号之一。“观自在”，对事理无所障碍(无阂),是就此菩萨自己所能证悟的智慧境界而言。“观世音”是就此菩萨所度众生的悲愿而言。一是自觉，一是觉他。“菩萨”是“菩提萨埵”的简称。“菩提”是“觉”的意思，“萨埵”是有情的意思，有情意的众生。“菩提萨埵”是说“觉悟了的有情者”，或者“能觉能悟的觉悟者”。前者是自觉，后者是觉他。

2．“行深般若波罗蜜多时”：般若行有两种。一浅，即人空般若；二深,即法空般若。“行深般若”,即不仅了解人空,而且了解法空。“行”，了解义，一种思维证悟的活动，通过了解人空，且了解法空（色不异空），不仅是知解，而且是证悟（达到一种境界)。“行深般若波罗蜜多时”就是说行者（了解者）证悟人法两空解脱了的境界时。

3．“照见五蕴皆空”：玄奘弟子靖迈《疏》为“照见五蕴等皆空”，窥基《幽赞》亦有“等”字。为什么用“等”字？靖迈以为“五蕴皆空”，乃至十二处、十八界、十二因缘、四谛也皆空，故有“等”字。

蕴：旧译为“阴”，积聚义，覆盖义。

五蕴：为色蕴、受蕴、想蕴、行蕴、识蕴。“蕴”即指由多种事物（物理的，心理的等等）积聚而成，无独立的自性。

（1）色蕴：指事物而言，最基本的为地、水、火、风，称为四大种色。地是坚性，水是湿性，火是暖性，风是动性。因此，地、水、火、风实是坚、湿、暖、动的代名词。“大种色”指这四种物性。另有“大种色造”，也可以包含在“色蕴”中。包括（i）可见色，青、黄、赤、白等东西，（ii）不可见色，声、香、味、触和眼、耳、鼻、舌、身的神经活动，（iii）还包括所谓“无表色”，意识活动所留下的印象，（iv）还有所谓“自在色”，是指修行人在禅定中所显现的境象（出现的幻觉）。所以有一部分生理、心理活动的现象在佛教中也认为属于“色蕴”。照佛法看，色法并无实体，因为分析到最后并无实在的地、水、火、风等。无实在的自体，即无自性，“无自性”便是“空”的代名词。

（2）受蕴：旧注“受”为领纳，大体相当于感觉作用。众生的自身与外界事物接触时就无不有苦乐的感觉。而同样的事物不同的人苦乐的感觉也不相同；甚至一个人在不同情况下，苦乐的感觉也不相同。可见苦乐的感受并无一定标准。照佛家看，外在事物既无实体，苦乐的感受又随时不同。可见受蕴也是无实体性的，无实体便是“空”。

（3）想蕴：旧注“想者，思想”，是一种心理作用，简称为“取象”，包括了别（分别判断）、联想、分析、综合等心理活动。此种心理活动是以感官所接触到的事物作为依据。有的意识活动虽不以现在的事物作生起的依据，但离不开过去事物的经验，而作为心理活动说，佛家认为自然也是无实体性的，也是“空”。

（4）行蕴：旧注为“造作”，即意志的活动，也就是说前五识（眼、耳、鼻、舌，身）与外境接触时，经过第六识（意识）的分析、综合等取象阶段之后，便进一步想到如何适应或处理外界事物，作善作恶，就在此一念之间。行蕴的生起，一方面受外界事物的刺激，一方面受过去业力（karma）的牵引，并不是有一个意志的实体，所以也是“空”。

（5）识蕴：旧注“识者，分别”，识即心王，心（意识）是主动者，受、想、行是心所，“心所”意谓“受心所动”。“识”以“了别”（判断）为性，即对外界事物的了解与分别。但受、想亦有分别了解义，但“识”

不限于第六识（意识）的了别作用，也兼有第七识（末那识）和第八识（阿赖耶识）的作用，此问题详后。我们可以把“识”了解为心理活动的统一状态（统八识）。即是心理活动亦无实体性，故亦为“空”。

五蕴都是缘生缘灭，一切皆“空”。只有菩萨才“照见”，即用般若智慧认识一切皆“空”。

“空”的含义：佛教常用种种方法说明“空”的含义，而“空”在梵文为 sūnya，音译为“舜若”。译为“空”，本易引起误解，好像说“空”就是什么都没有（no-thing，non-being），一切等于零（zero）。这种了解“空”并不完全相当。“空”和“无”虽有些接近，但也不相同。如王弼解“道”为“无”，“无”是“无规定性”之“本”；金岳霖曾解老子的“道”为“不存在而有”（non-existence but being）；郭象解“无”为“无物”，有 non-being 之义。佛教有几种方法说明“空”，主要的有：

（1）三种假法：(i) 体假，说“空”是没有实体的“假”，如镜花水月，龟毛兔角等，只是想象和幻想的有，而在宇宙间根本无此种实在的事物。由此类推，凡由意识所虚构的事物，都是“体假”。(ii) 和合假，说一切事物都是由众多的事物构成，如一座房子，并非本来就具有的，集合土、木、瓦、石等材料，再加上人工，便成了一座房子，假如没上述这些材料和人工，便没有房子的存在。由此类推广到大千世界，都是“和合假”。(iii) 相待假，是因两种事物的相互比较而生起，如因长而有短，因大而有小，以至方圆、上下、正邪、善恶、是非等，无此则无彼，故不能独立存在，色与受、想、行、识相对待，叫名色。一切对待名称，都是相待假。五蕴都无实体，由五蕴所生的我，当然也无实体，即是假体。五蕴和我都是和合而成，即是和合假。五蕴互相对待,我与非我,也互相对待,即是相待假。既具“三假”,即是“空”。

(2) 佛教还常从“无自性”上说明“空”。般若空宗的基本命题,“诸法本无自性”。所谓“自性”是说“本来如此”,“永恒如此”,不能造作,不能改变。所谓“无自性”,有如下解 :(i) 可塑性,对一切事物可以用人力改变成另一事物。如木形无自性,所以能雕刻成各种形状,又可做成各种器物,假如有了“自性”,就无法改变它的定型。由此推广到整个自然界,一切事物没有不可改变的,就这点看“诸法本无自性”。(ii) 变异性,指自身的变化而言,如水,液体可以变成固体,也可以变成气体,这是最普通的变异,是属于形态的,空间的。另有属于时间性的,例如甲物生而乙物灭,乙物灭而丙物生,这是时间上的变异。佛教认为,每经七年,由于细胞不断生灭,人体即全部更换一次,这是由时间又是由空间上的变异。宇宙间的事物都在不断的变化之中,所以是无自性的“空”。

但“空”不等于“零”,若等于“零”就成为断灭空,不起任何作用,不能出现任何现象,所以《肇论》中说 :《中论》说事物都是由因缘和合而成的,所以没有自性。既然因因缘和合而成,所以也是“不无”,不能说根本什么都没有。因为“真无”那么就是说“湛然不动”,什么现象都不会发生。佛家说“空”,只是用否定的形式说明超脱的思想,不要执著什么,不仅否定一切“有”,也否定一切“无”。《中论》三是偈说 :“众因缘生法,我说即是空,亦为是假名,亦是中道义。”为了破除人们执著事物有实在的自体,故说“我说即是空”;但倘若对“我说即是空”去执著,那岂不认为“空”是实在的了吗 ?《肇论》说 :“譬如幻化人,非无幻化人,幻化人非真人也。”所以必须加上“亦为是假名”。《放光》云“诸法假号不真”,不仅事物的名称是假设的,“空”也是“假名”。《大般若经》五五六卷中说：

> 时诸天子问善现(按:佛号)言:岂可涅槃亦复如幻？善现答言:设更有法胜涅槃者，亦复如幻，何况涅槃!

《大智度论》中说：

> 又如服药，药能破病，病已得破，药亦应出；若药不出，则复是病。以空灭诸烦恼病，恐空复为患，是故以空舍空，是名空空。

说“空”是为了破除执著“有”，如果“有”已破除，就应知“空”亦是假名，而不是说一切皆“无”，了解这两方面就是“中道观”。“中道观”只是说的一种看法，并不是另外又有一个什么东西叫“中道”。

这前面一段的意思是说：菩萨在行深般若波罗蜜多时，观照所得，知道不仅五蕴中找不到一个固定的实体，乃至五蕴本身也都是无自性的，是人无我，法无我，物我两忘，有无俱泯，而得解脱。所以下面一句是：“度一切苦厄。”

照佛教看，人生有八苦：生、老、病、死四种身苦，此外还有“爱别离苦”、“怨憎会苦”、“求不得苦”和“五蕴聚苦”，或称“五盛阴苦”。所谓苦乐都是五蕴所生，并无自性。只有菩萨知道苦乐是五蕴所生起的，能观照出来五蕴是空，就能解脱一切的痛苦和灾难，便得超生死解脱。所以“度一切苦厄”是本经的主要目的，是佛教徒应追求的目标。

以上是本经的第一部分，先约略地说明本经主旨大意。下面第二部分是展开来作说明。下为菩萨（或佛）告舍利子的话。舍利子，佛弟子之一，智慧第一，因其为众人请问，故菩萨呼其名而告之。内容分五层，据法藏《略疏》谓："自下第二明广陈实义分，于中有五。一拂外疑；二显法体；三明所离；四辨所得；五结叹胜能。"靖迈《经疏》谓："自下第二广明般若，文亦有四：初约遣执以明般若；二以无所得故下，约就证果以明般若；三故知般若下，广叹显胜；四即说咒下，重结前经，寄咒显胜。"靖迈与法藏的分法略有不同，现据法藏的说法，分别解说如下：

舍利子，色不异空，空不异色，色即是空，空即是色，受想行识，亦复如是。舍利子，是诸法空相，不生不灭，不垢不净，不增不减。

这一段是解释前面的五蕴皆空。为什么"五蕴皆空"？当时的一般人有所疑惑谓："一切众生，悉见名色等五蕴是其实有，今何以故言菩萨见空。""色不异空，空不异色"，"异"可作"离"解，"不离"可解作"不相离"、"相同于"。"色"本无自性，故"不异空"，"空"非顽空，故"空不异色"。如果"色"有自性，就应该永远是"色"；如果"空"为顽空，就应永无色生起。彻尔巴斯基的《佛教的涅槃研究》译"空"为 universal relativity（普遍相对性），意思是"性空"；sūnya 解释为"空"。缘起性空，"空"不等于"虚无"，只是说"性空"，"性空"是"无自性"义，以"空"为性义。"色不异空，空不异色"可以说是从"用"方面说"色"、"空"关系，"色"与"空"必须互相依存，比如杯子可以装水，因为有"空"，"空"能装水，因为有杯子（色），色与空互相为用，所以不异。

"色即是空，空即是色"是就"体"言，言两者互为一体。"色即是空”是说当体即空,并非“色灭”才是“空”:“空即是色”是说因“空”才有“色”之妙用，比如木头的桌子，因为木头也无自性（空），可以做成桌子，如木有自性则不能做成桌子，所以才有桌子之妙用。故龙树《中论・观四谛品》说：“以有空义故，一切法得成；若无空义者，一切则不成。”

法藏《金师子章》中也讨论到这个问题。“色”指缘生的法（师子）而言，“空”指无性的理（金）而言。因无自性，故可随缘（据条件而有显现）;因能随缘,故非绝对虚无。“色不异空”指“色”无实体而言:“空不异色”指“空”能随缘而言。“色即是空”谓缘起以性空为体,因“色”而显“空”，是“色即是空”。“空即是色”谓性空为缘起所依，因空而显色，是即色即空。空有不二，体用如一。色和空的关系，即是建立在缘起性空上，其“用”相同（不异），其体为一（即是），受、想、行、识与空的关系，亦复如是。法藏的《略疏》对此段有注疏，但很繁琐，他自己说这段话有四层意思，谓：“初段文有四释，一正去小乘疑，二兼释菩萨疑，三便显正义，四就观行释。”现录法藏《略疏》并简释之如下：

> 彼疑云:我小乘有余位中,见蕴（按:指色等）无人,亦云法空,与此何别？今释云：汝宗蕴中无人名蕴空，非蕴自空。（按谓：小乘因为人认为“色蕴”等空,而并没有认识到“色”蕴等本性空。）是则蕴异于空。今明诸蕴自性本空，而不同彼。故云色不异空等。
>
> 又疑云：我小乘中入无余位，身智俱尽（按：意谓小乘认为自我和自我的认识都非真实存在），亦空无色等，与此何别？释云:汝宗即色非空，灭色方空（按：意谓小乘还是认为色不空，而只

认识到“色灭”才是“空”)。今则不尔，色即是空，非色灭空，故不同彼。以二乘疑，不出此二，故就释之。二兼释菩萨疑者，依《实性论》云:空乱意菩萨有三种疑:一疑空异色,取色外空(按:以色之外是空)，今明色不异空，以断彼疑。二疑空灭色(按：只有空而无色)，取断灭空(按:即顽空，一切皆无)，今明色即是空，非色灭空,以断彼疑。三疑空是物,取空为有(按:以“空”为实有，即有一个所谓的“空”),今明空即色,不可以空取空(按:不能把“空”持著为“空”，而否定“空”即是色)，以断彼疑。三疑即尽，真空自显也(按：“空”的真正意思就明白了)。三便显正义者，但色空相望(按:指“色”与“空”相对而言),有其三义:一相违义，下文云空中无色等，以空害色故，准此应云色中无空，以色违空故，若以互存，必互亡故(按:意谓，若“空”、“有”不是相对的，而是相互排斥的，不能两存。如果认为是互相依存的，那么没有一方也就没有另一方了，因此不能是“相违”的)。二不相碍义，谓以色为幻色，必不碍空(按:如果“色”只是虚幻的，就和“空”并不相碍)，以空是真空，必不妨幻色(按：如果“空”是真实意义的“空”，那么也与幻色不相碍)，若碍于色，即是断空，非真空故；若碍于空，即是实色，非幻色故。三明相作义，谓若此幻色举体非空,不成幻色,是故由色即空,方得有色,故《大品》云:“若诸法不空，即无道无果等。”《中论》云：“以有空义故，一切法得成。”(按：有“空”才得有“色”)故真空亦尔。准上应知，是故真空通有四义(按：指就“空”这方面看有四种意义)：一废己成他义，以空即是色故(按：指“空”隐而“色”显)，即色现而空隐也。二泯他显己义，以色是空故，即色尽空显也。三自他俱存义，以隐显无二（按：指俱显俱隐），是真空故，谓色不异空，为幻色，色存也；空不异色，名真空，空显也。以互不相碍，二俱存也。四自他俱泯义，以举体相即全夺两亡（按：色空都不存有），绝二边故。（按：以上就“空”方面说。）色望于空，亦有四义（按：就“色”这方面看亦有四种意义）：一显他自尽；二自显隐他；三俱存；四俱泯。并准前思之，是则幻色存亡无碍，真空隐显自在。（按：指幻色有存有亡没有什么隔阂，真空有隐有显是自然如此。）合为一味，圆通无寄，是其法也。（按：无论从“空”还是“色”方面看都是一样的，其义圆通无所障碍，这就是“色即是空，空即是色”的道理。）四就观行释者有三。一观色即空，以成止行；观空即色，以成观行。（按：如果能“观色即空”，那么就能成就“止”的要求。“止”释为“止寂”或“禅定”等：“观”，意为智慧。《维摩经》卷五僧肇注：“系心于缘谓之止，分别深达谓之观。”）空色无二，一念顿现，即止观俱行，方为究竟。二见色即空，成大智而不住生死（按：指成就大智慧而得超越生死），见空即色，成大悲而不住涅槃（按：成就大悲愿而得超越涅槃），以色空境不二，悲智念不殊，成无住处行（按：如果悲愿与智慧的观念统一，那就是什么都能成就）。三智者大师，依《璎珞经》，立一心三观义：一从假入空观，谓色即是空故；二从空入假观，谓空即是色故；三空假平等观，谓色空无异故。（按：智者大师“一心三观”义谓：“舍利子，是诸法空相，不生不灭，不垢不净，不增不减。”）

法藏认为，这一段是“显法体”，是说明“真空实相”的，“真空”的相状（真空的本性）是无相之相，无状之状，他说：“言是诸法空相者，谓蕴等非一，故云诸法，显此空状，故云空相。”靖迈以此句“释前度一切苦厄”，故云：“正由色等五蕴毕竟同空，无有生灭等故，是故苦厄亦无，故云度。”下对此分四方面解说，甚烦，故不录。照法藏看，此处“空相”即是“空性”，诸法之性为真空，诸法之体为真空实相，但佛经中，“性”与“相”常是相对而言，如“破相显性”，但有时“相”亦可指“性”，如“实相”即指“性”言。

宇宙间一切事物其本性为真空之体，即所谓其体为真空之实相，此真空实相不生不灭，不垢不净，不增不减。明僧宗泐《般若波罗蜜多心经注解》谓：“是诸法者，指前五蕴也。空相者，即真空实相也。菩萨复告舍利子云：即了诸法当体即是真空实相。实相之体本无生灭；既无生灭，岂有垢净；既无垢净，岂有增减乎。”法藏又把“显法体”分两方面解释，前所言为总释“是诸法空相”，后别释“不生不灭，不垢不净，不增不减”，谓：“二别显中有三对六不，然有三释，一就位释，二就法释，三就观行释。”他认为，就“果位”方面说，“不生不灭”是说：“诸凡夫，死此生彼，流转长劫，是生灭位，真空离此，故云不生不灭也。”意谓一般人有生有死，永在轮回生灭之中，于是有生位到死位或死位到生位的不同；但“真空实相”，无有自性，故无所谓“生灭”相。所谓“不垢不净”者是说在道的菩萨阶位，由于在道的诸菩萨虽然已经修习得清净果位，污染的障碍还没有消除干净，与“真空实相”也还不一样，所以名“不垢不净”。所谓“不增不减”者是说在道后佛果位，过去虽然没有除尽各种障碍，但现在已经都除掉了；过去修习所生的万德，虽然没有圆通，但现在已进入圆通境界，这种“真空实相”也还不一样，所以名“不增不减”。至于所谓“法释”，是就“事物”的方面真空状态说的。虽然“空即是色”，但“色”是由因缘所生起，而“真空实相”并无所谓生起不生起：“色”由因缘之消失而消失，但“真空实相”无所谓消失不消失。事物的真实状态是随着事物的变迁流转而不受污染的，消除了污染的障碍也就无所谓清净不清净；排除了所有的（物理的和心理的）种种障碍对“真空实相”并没有什么增加，功德圆满就“真空实相”说义并无所谓增加什么。就“生灭说”是有为法相，与之相对的是“真空”之实相，所以叫“空相”。所谓“观行释”者，法藏据“遍计所执性”、“依他起性”和“圆成实性”立“三无性”观；对治“遍计所执性”立“无相观”，认为一切事物既然无自性，故无可生灭；对治“依他起性”立“无生观”，认为一切事物为众缘引发，即为众缘引起故无自性；对治“圆成实性”作“无性观”，认为既“无相”，又“无性”，因而并非减损了什么，以智慧观照也并没有增加什么。故“不缠出障，性无增减”，“妄法无生灭，缘起非染净，真空无增减，以此三无性，显彼真空相”。像法藏等这些解释，如果不加以再解说，也是很难了解的，甚至比经文还难解释，它既繁琐，又常节外生枝，而依其华严宗之说法说之。因此，录此只供参考。

盖宇宙间一切事物都有对待，说长便有短为之对待，说短便有长为之对待。说是便有非为之对待，说非便有是为之对待。有对待就有比较，有比较就有是非。一切分别心都由此而起，有分别心就有执著。有形的事物可以用言语说明（表述、表诠），“空性”是超越对待之相，无法比较，它是超越生活经验的，所以不能用表述生活经验的语言文字来表述。不仅语言文字不能表述，乃至思维也不能攀缘（达到）。所谓“言语道断，心行处灭（路绝）”也。只能用否定的方法来遮（说它不是什么）。此文所说“不生不灭，不垢不净，不增不减”就是说明“空相”。“空相”没有生灭、垢净、增减种种世间现象。生灭言体，垢净言质，增减言量。“不生不灭”是无体，“不垢不净”是无质，“不增不减”是无量。现象界（诸法）无不具有体、质、量三种条件；但从诸法自性上言，则体、质、量一无所有，所以说是“空相”。

是故空中无色，无受想行识。无眼耳鼻舌身意，无色声香味触法。无眼界，乃至无意识界。

法藏谓此段为“明所离”，即对十二处等进行分析而加以否定。靖迈谓：“当知十二处等下四门，悉是遍计所执，皆亦是空。所以然者，一切依他所起之性及圆成实性，本离名言分别之相。”此处即分析十二处、十八界、十二因缘、四圣谛等，从各方面来分析“诸法本无自性”。之所以分为十二处等，只是为方便分析“假施客名”。

本经分析“空”共有四处，各有程度上的深浅不同，由浅入深，逐层探讨。

第一是“照见五蕴皆空”，是从“有”以观“空”。因为人们所接触到的一切事物，都是“有”的一方面，当然对“有”容易产生执著，为了破除“有”，所以先否定它，引导大家从“有”入“空”。

第二是从“色不异空”至“亦复如是”等六句，是从“空”和“有”两方面来显示“中道”。因恐人们执著“空”的一面，所以在破除“有”以后，也要破除对“空”的执著。了解“非空非有”就是“中道”。并非说在“空”、“有”之外还有一个“中道”。

第三是“诸法空相”，是由“空”观“有”。诸法在自性上都是一样的，即其“实相”是“真空”，“诸法本无自性”。而“空相”没有现象界所显现的那些有体有质有量的差别对待相。所以从根本上扫除了人们的分别观念，无所谓“生灭”、“垢净”、“增减”等等。

第四是此处上引的一段，从“空中无色”到“无智亦无得”是说由“空”观“空”，说明“空”也无“自性”，不应去执著。持此“空观”不仅五蕴都不是真实的存在，乃至十二处、十八界、十二因缘、四圣谛以及观照的智慧与所证得的果位，也应一概予以否定。

前面我们已经讨论过“空”中无五蕴，故“是故空中无色，无受想行识”，这里可以略去不讲。下面讲“无眼耳鼻舌身意，无色声香味触法”的意思。

佛教称“眼耳鼻舌身意”是人们的六根，“色声香味触法”是外界的六尘（境）。六根和六尘，共称十二处。“处”是生长义（发生认识的门户、处所），因根尘和合就可以发识（发生认识的作用）。换而言之，即精神活动是由根尘所生起的作用。前五根为感觉器官，第六“意根”当是指神经中枢。前五尘是指一切可以接触到的现象而言，第六“法尘”是指感官所接触到的事物在意识中的重现而言。“六根”是能取，“六尘”是所取，人们对外界的认识活动，必定要有“能取”和“所取”的合作，才能产生意识活动。十二处的任何一处都不能单独生出识来，也就是都无独立的自性，“无自性”即“空”。

“无眼界，乃至无意识界”，此为释十八界的。六根、六尘再加上“眼识”、“耳识”、“鼻识”、“舌识”、“身识”和“意识”六识称为十八界。界是界限义，各有不同的作用，不能混淆。

眼识依眼根与色而有，如此等等，故亦无自性。如果外忘六尘，内忘六根，中忘六识，即是“三轮体空，一切皆离”。《楞严经》谓：“根尘无依，识性元空。”所以“识”在佛教中是一个很复杂的问题，这里必须展开来作一些分析。

小乘佛教只讲六根、六尘和六识，但大乘有宗则把这个问题讲得很复杂，特别是唯识学对“识”作了很繁琐的分析，这也许很有意义。《成唯识论》卷七中说：“依识所变，非别实有。”所有的东西都是“识”的变现，所以不是实有。《摄论》也详细地讨论了这个问题。

佛教中有所谓“八识”之说，此说起于何时，颇有疑问。当然到唯识大师世亲时已有“八识”，则是无疑问的。世亲之前无著在《摄论》中尚只说到“阿赖耶识”及前六识，而没有末那识。但在《解深密经》中有“阿陀那识”。这些问题，很难搞清，可靠材料很不足，现在我们只就唯识学所说“八识”作些分析。

“八识”即眼、耳、鼻、舌、身、意、末那、阿赖耶。“识”离分八，这是就其发用（作用）的不同说的，实际上只有一个“识”。此中前六识在印度早期佛教中即有，也比较好理解。前五种指五种感觉能力，“意识”原指心理活动，“末那识”乃“Manas”之音译，原也是指“意念”，依第八识而生起，又执第八识为“我”。但在世亲的唯识体系中，则以“末那”为产生“我执”（把“识”执著为自我）之意识活动，成为一种特殊的能力。世亲以为，所谓“末那识”的作用是执第八识以为“自我”（即形成个别自我），正由于是“末那识”执第八识以为“自我”（本无自我），所以一切虚妄皆自末那识生。

阿赖耶识，因原字“ãlaya”有“无没”之意，谓“不失”为“无没”，“虽在生死，亦不失没”（净影注），故可译为“藏识”，是说含藏诸法种子（种子：按《成唯识论》卷二谓：“何法名为种子？谓本识中亲生自果功能差别。”“本识”指第八识，其中能够直接产生事物的各种功能，即名种子）。“无没识”意为执著诸法种子不失。第八识（阿赖耶识）可以分两方面说明：

(i) 就自我和主体方面说，阿赖耶即表示“个别自我”(Individual Self)，或者个体的自我意识。由于阿赖耶即是“个别自我”(众生各有一阿赖耶识)，故个别自我的一切特性，皆依阿赖耶而保存，这就是所谓阿赖耶保藏种子的意思。如《摄论》中说：

> 或诸有情（按：“有情”意谓“有情识的生物”）摄藏此识为自我故，是故说名阿赖耶识。

阿赖耶识持藏一切种子，而为一“个别自我”，有似“灵魂”，但应注意，说阿赖耶为“个别自我”，此“个别自我”不是客观存在，甚至不全像“灵魂”作为一种实体，只是表示一种主体性，因此如把“个别自我”作为一实际存在也不对，而只能是“识”的集合。

(ii) 就世界或万有方面说：佛教本不承认有独立的外界存在，唯识更造一“现象论”(百法)，将万有皆纳入“识”中，作为“识”的变现的结果，“唯识变现”，于是阿赖耶不仅是“个别自我”，而且是万有或现象界的根源。这是因为其他的“识”的变化都依阿赖耶识而运行，现象界即由“识”所生出，所以最后也依阿赖耶识而立。

总之，阿赖耶识为库藏之义，因为它含藏一切能转变成为“客观存在”(我、法)的种子。从这点看来，阿赖耶识是一切现象的根源。

这里有两个问题可以讨论：

第一个问题是：阿赖耶识即是“个别自我”，那么“个别自我”是不是一独立的实体，它是否为真实的存在？然而从唯识学的教义看，把“个别自我”看成真实的和把现象界看成真实的一样错误，因为“个别自我”和现象界一样本身皆属虚妄。因此，阿赖耶识作为“自我”

是自身执著为“自我”，还是为另外一种力量执著而为“自我”？这就是唯识学不得不提出“末那识”来解决这个问题，所以世亲以为，“执”第八识以为“自我”乃末那识的特殊作用。

《成唯识论》卷一中说：“若唯有识，云何世间及诸圣教（按：指各种教派）说有我法（按：指‘有我’、‘有法’）？”颂曰：“由假说我法，有种种相转，彼依识所变，此能变唯三：谓异熟、思量及了别境识。”“假”是不真实的意思，据窥基所释，“假”有两种：一是世间所谓的“自我”和“种种现象”，叫“无体随情假”，即在本来无有自体的假相上妄执为实我、实法，如龟毛兔角；二是佛教所说的我法，叫“有体施设假”，即为了随顺世间的名言，把心识变现出来的有体相状假说为“我”（自我）、“法”（现象），如佛、菩萨、五蕴、十二处等。

“由假说我法，有种种相转”，意谓，假说有我、法，因而有种种现象变现。“彼依识所变，此能变为三：谓异熟、思量及了别境识”。

“彼”指“我”、“法”，“我”、“法”是“识”所变（由识变现出来的现象），相对于所变来说，“识”就是能变。能变的八识分为三组：“异熟”即第八识，阿赖耶识；“思量”即第七识，末那识；“了别境识”即前六识（眼、耳、鼻、舌、身、意）。“异熟”是说“异类而熟”。唯识学认为，每个人所具有的第八识，是以过去的行为为因所成熟的果（种子），“因”有善恶性质的不同，果则非善非恶，果与因异类而成熟，所以第八识又叫“异熟识”。第七识不间断地把第八识思量为自我，所以又叫“思量识”。前六识对外境有辨别了解的作用，所以又叫“了别境识”。

《唯识三十颂》中说：“初阿赖耶识，异熟一切种。”这是解释阿赖耶识存在的状态。阿赖耶识是异熟性的，所以阿赖耶识又名异熟识。异熟是经过变化，到此成熟的意思，这是对从前的活动（业）讲的。

前生的善恶活动是因，积存在阿赖耶识中经过一段时间，就会成为异熟，异时成熟，如以手投石，手停止了动，石头还在飞，先有动力作用，动力作用停止了，力还未到，所以果的成熟，并不在播种的当时。因果不同时成熟。展现出新的生命形式来，这就是果。所以阿赖耶识是果，不是因，故名异熟。换而言之，阿赖耶识是业报主体或轮回主体。其次，阿赖耶识自身是拥有一切种子存在的，这是阿赖耶识内部构造问题。因此，不可把种子视为外于阿赖耶识的存在。阿赖耶识与种子为一整体的结构。

这里出现了第二个问题。由于佛教又把“识”分为“心”、“意”、“识”三大类。“集起名心”，指综合作用而言，属于第八识，它储藏过去和现在的一切经验，是“心识”的总库（如：三界唯心，万法唯识。“识”是“心”之异名，《成唯识论》卷一谓：“识为了别”；同书卷五：“识以了境为自性”）。“思量名意”，指一切分别作用而言，属第六识，不过也兼有第七识的成分。“了别名识”，指前五识及第六识中的五俱意识和独散意识而言。它所担当的任务全属认识范围。“思量”应为第七识，为什么第六识也包含在其中？这或许因为“意识”本身在佛教中又分若干种，在佛教经典中常分有四种：1）五俱意识：是五根接触外境时与五根俱起的意识。五根只能感觉外境，不能分别其为何物，有了同时参入的意识，才能分别外境的实际情况。2）独散意识。独散意识是独立生起的，不需要有外境的助缘（作为辅助条件），但是独散意识所借助（攀缘）的条件，依然是生活经验中的印象（如过去的经验）。3）梦位意识，即梦中所显现的事物，是一种幻象，是显现在深层意识中的，不是表层意识所根据的事物。但是幻象依然是生活经验中的一些零星事物所拼合成的，由表层意识进入深层意识中，在表层意识停止活动时，才能显现出深层意识的活动。但是假如表层意识对一切事物不起分别心（执著，有好恶），印象不深刻的事物就不会收藏在深层意识中。4）定位意识，也是一种深层意识的活动，完全是在禅定中发生的一种特殊精神状态，此为普通人没有的经验。

看来，五俱意识和独散意识是属于第六识，而后两种则属于第七、第八识，梦位意识是把过去的印象在梦中再现为“自我”所执，执著于深藏在意识中的印象在梦中再现。定位意识是得到佛、菩萨境界的一种意识，应是把第八识转成一种智慧而有的。因此，“意识”在佛经翻译中，有时指第六识（manavijnãna），有时指末那识（manas）。但为什么都叫“意识”？在佛经看来，对象和所依的主体是不同一的。如眼识是就眼根而立的识名，眼不等于眼识本身。第六识（意识）是就所依的意根（即第七识）而立的识名，意不等于第六识（意识）本身。所以第七意识和第六意识的相互区别，一是就对象的作用来解释的，一是就对象所依的主体来解释的。

在佛教唯识学中为什么要有一个“末那识”？末那识执著第八识以为“自我”，但本来没有一个实在的“自我”。由此，一切虚妄皆自“末那识”生出。这就发生出“末那识”与前六识的关系问题。本来阿赖耶识为一切识的根据，所以第八识又叫“根本识”。前六识也是以第八识为根本依止而生起的。如果阿赖耶识为一切识的根据，它自身也应有执自身为“自我”的能力。为什么要“末那识”来执第八识以为“自我”呢？所以看来并没有特别的理由要将“末那识”和“阿赖耶识”分为二识。这个问题，我也一直没有搞得清楚。

前面我们说阿赖耶识又名藏识，是说它含藏诸法种子。熊十力在《存斋随笔》中说：“说及（阿）赖耶识，约有二义：一近于潜意识，即下意识；二近于神我。此二种意义夹在一起。”[①] 这就有“阿赖耶识”与“种子”究竟是什么关系的问题。所谓“种子”，实际上说就是“潜意识”，或者说是意识（我们所说的意识）的潜在状态，藏伏在第八识中，具有一种能生的势力，能产生与自己同类的现象（能生自果），所以又叫作功能。阿赖耶识的能够“聚集”一切种子，真谛称它为“宅识”。《辨中边论》说：“识（按：指第八识）生，变似义、有情、我及了。”第八识生起的时候，能够变现出类似外界事物（义），有情识的众生以及第七识（执阿赖耶识为“自我”）和能了别外境的前六识。第八识怎么能变现出世界上的一切来呢？因为它聚集了产生出世界的一切种子。何谓“种子”，也有种种说法，常常引用的是《成唯识论》卷二中的一段：

> 何法名为种子？谓本识中亲生自果功能差别。

在第八识中有各种不同的能够亲自产生和自己相应的现象（自果）的一种能生的能力。这种能生的能力（势力）叫“内种”（在阿赖耶识内的），而所产生的与自己同类的现象叫“外种”，如一切现象界事物，如房子、桌子、椅子等，“外种”只是由阿赖耶识变现出来的假象。而“种子”（内种）有两类：一叫本有种子，指阿赖耶识中从来就具有的各种各样的种子；二叫始起种子，是一种“后天”才有的，由“识”的各种“现行”活动“薰习”出现的种子（由活动所引起的影响生出来的种子）。

这里有几个问题可以讨论：

第一，在唯识学派中对“种子”（阿赖耶识的成分）是否应分为两类有不同看法。唯识十大论师中，护月以为一切“种子”皆为本有；

① 熊十力：《体用论》，617页，北京，中华书局，1994。

难陀之说则以为一切“种子”皆为新薰（始起），是后天才有（因起惑、造业、招果而有）；护法则融合各派，认为各种事物的“种子”皆有“本有”和“始起”两种，也就是说在无限时间中，阿赖耶识原有各种子，而各种“种子”在无限时间中亦不断接受薰习又成“新种子”。为什么唯识学在这个问题上有很多争论，这里有一个根本理论问题很难解决，即有两种种子有何根据。如果为无始以来本有，那么就根本不可能没有，成佛如何可能？如果“本有”指生来就有，那就也有一个“始起”，即由原来的“惑”（造业）引起的果，因此都是“新薰种子”。那么由此推上去还得有所谓“本有”，但推到头又得为“起始”而“本有”也不可能，如果可能则无成佛问题。因此，唯识学的“种子说”很难解释这些矛盾。

第二，关于“现行”问题。也可以用“现起”这个词。现者，呈现，不像种子那样潜藏着；行者，相状义。“现行”就是说由种子显现而成之相状（此处“相状”并不是指有具体的形状，无相之相，无状之状，各种意识活动也都是），所以现行是和种子相对而言。种子是潜藏的意识成分，现行是显现的意识活动（如贪、嗔、痴等）。

第三，薰习。习指习气。薰习，由习气所起的影响。习是身、口、意三业（活动所造成的势力）的活动，因此也叫业习。业习是活动的习惯，是身、口、意的活动所刻画的一种性格，形成一种习气，这种活动的余势，可以引起另一种活动。众生（有情识的生物）的习气（新薰种子）由第八识收藏，潜藏在第八识的这种力量，就是我们过去生活中所养成的业习，它能影响众生的现实活动。现实活动的结果又成新的习气（种子）而潜藏在阿赖耶识中。

总之，照佛教看，广大的宇宙和一切生命活动，都是精神活动的结果，而精神活动又是互相依存，互为条件，无其一亦无其二，无独立之自性，依根（六根）、缘尘（以色、声等为条件）、起识，十八界都是因缘所成，从根本上说是“空无自性”，所以《般若心经》认为都应否定。

* * *

问题讨论

唯识学以为阿赖耶识含藏一切“种子”，种子是现象界发生的根源（现行之因）。这就是说“种子”是因，现象是果，这无异说“种子”成为了一种精神性实体，或说它是现象之本体。然而佛教的本体（如有“本体”的话）应是“真如”。这样就可能形成二重本体。“种子”可现起种种现象，而“真如”是不起作用的。这样“种子”自为“种子”，“真如”自为“真如”。“种子”是变现为一切现象的根源，人们执著现象（包括“自我”）而不得解脱。那么如何解脱？唯识学认为就必须“转识成智”。依靠什么力量“转识成智”呢？这样就引起了关于阿赖耶识的性质问题的讨论，对此分为三派：

（1）《摄论》以为“阿赖耶”的性质为杂染（以阿赖耶为染污及烦恼的根据），这样一来靠阿赖耶本身，人们不可能“觉悟”而得到解脱，所以《摄论》又立第九识，叫“阿摩罗识”（ãmala），作为解脱或得道的根本能力。

（2）《地论》以为“阿赖耶识”是清净，即为“真如”或“佛性”或“如来藏”。慧远《大乘义章》中说：“前六及七同名妄识，第八名真。”（《八识义》卷三）所以第八识是成佛的根据。

(3)《成唯识论》以为阿赖耶识非染非净，但含藏的种子有两类：一为“有漏”种子（引起烦恼导致生死轮回的种子）；一为“无漏”种子（断除烦恼的种子）。两类种子含藏于阿赖耶识之中，“有漏”为“染”之根源，“无漏”为“净”（觉悟）之根源。这就产生了两个问题：(i) 阿赖耶识非染非净，所含藏的两类种子为染净的根源，这样就可以问，“种子”和“阿赖耶识”是一是异，从道理上说应是即一即异，但实际上起作用的是“种子”，“阿赖耶识”形同虚设。(ii) 而“种子”为什么分两类，“无漏种子”（觉悟性或觉悟能力）由何而来，并无明确说明。

为什么唯识学会发生困难，我想是因为它看到了“空宗”把一切都否定的危险性，使真如佛性无安立处，故立八识以纠正之。但“阿赖耶识”如即是“佛性”，人们就不必“转识成智”，因人们本身就是“佛”。如“阿赖耶识”不是“真如佛性”，即要陷入二重本体。为什么会如此？这就在于佛教要否定现实世界，这样必定把世界二重化，把本体与现象割裂，因此有这样一不可克服的矛盾。这个问题可能很复杂，或者应有更深入之研究。

* * *

无无明，亦无无明尽；乃至无老死，亦无老死尽。

这一段经文是讲十二缘起的，“缘起”是指事物的起因，一切事物皆待缘而起，也叫“缘生”。佛教认为，宇宙万有都无独立或固定的自体。人生也并非实有，只是依一切现象相互以为条件而存，甲以乙为条件而存有（存在），乙又以丙为条件而存有，以至于无尽，这就是缘起或缘生。"尽"为"灭"义。一般说缘起有四种：

（1）业感缘起。人们由于起惑、造业、招果三者循环相续，而要受尽种种之苦难，不得解脱。"惑"是心的妄见："业"是身（行动）、口（语言）、意（意见）留下活动的习惯（影响），"招果"是进入轮回，指活动的结果。

"业"，梵语 Karman 或 Karma。"业"作为一种活动的结果看，则必定有此"活动"为谁之活动的问题应加以说明。这里要涉及"欲"与"无明"。依佛教之根本观点，生命活动基本上是"自我"在昏迷中（迷妄之中）之活动，这叫"无明"（迷暗势力）。而"自我"在迷妄中，即呈现为一"盲目意志"，在佛教中称为"行"。就其活动不断追求而言，即称为"欲"。"自我"在"无明"推动下，即成为由"欲"推动的盲目意志。依此，所谓"业"即"自我"在迷妄中之活动的结果，此种结果造成具体生命（积成），且造成相继的"流转"，即"轮回"（招果，招苦果）。在相继不断的生死轮回中，业感缘起，在佛教中，为大小乘共同的理论。

（2）阿赖耶缘起。又称为唯识缘起。因"识"虽分为八，而阿赖耶识为人的根本识，故称"阿赖耶缘起"，此为唯识学所主张。

起惑、造业、招苦果三者流转，是以阿赖耶识为生起的主体。因一切现象都是"识"的变现，"万法唯识"，离"识"无"法"可谈，所以《解深密经》说："诸识所变，唯识所现。"因此，无阿赖耶识则惑、业、苦果失所依据。因为惑、业、苦果都是由阿赖耶识所包含（执持）的种子现行（显现的意志活动）的现象；自我的这种意识活动又影响阿赖耶识（自我自身），成为新薰种子（如用一种香花薰胡麻子，用胡麻子榨出来的油也有香气，这种胡麻子上的香气就是新薰种），这种新薰种又成为未来的现行。这样：1）本有种子（潜意识，意识的潜在状态）遇到一定的条件而成为现行（意志活动所呈现的现象）；2）由自我意志活动遇缘而成为各种现象，是由本有种子所作用的；本有种子或染或净，但不可能同时表现出来，而是遇一定条件表现为净或表现为染，所以现行要有其他条件才可呈现（主观意识之条件）；3）新薰种子是由现行而成的（现象存于阿赖耶识之中）。这样三者辗转循环，成为一种因果关系而不断。这里其实有许多问题没有完满解决，不说阿赖耶识是生起的主体，为什么阿赖耶识非染非净（见《成唯识论》）而可以含藏或染或净的种子？说“本有种子遇缘而为现行”，这些条件是否亦为“本有种子”？根据何在？似乎《成唯识论》并没有完全解决这些问题。

（3）如来藏缘起。亦称真如缘起。就佛教本身看，唯识的阿赖耶缘起，是就个别自我的意识活动而生起现象界，但各人之阿赖耶识不同，即各有各的现象界（万法唯识），虽说有共相种子，如共相种子可变现为山河大地、草木虫鱼等等“器世界”（即山河大地等），但既为个别自我之“识”，其微细内容也各不相同。所以阿赖耶识缘起只能说明现象的生生灭灭，而不易说明超现象的真如性体（不生不灭之本体）。《胜鬘经》等经论提出“如来藏缘起”，《大乘起信论》提倡“真如缘起”，都以“清净心”或“真如性”、“如来藏”为世界本源。“真如佛性”平等如一（是一绝对自由自主之本体），能随缘不变（在因缘变化中本体不变）。就其不变方面说，是绝对自由自主之本体；就其随缘方面说，则可染可净（看条件），染（对净）则在六道之中，净则出四圣（声闻、缘觉、菩萨、佛）。因此，“真如”虽然随缘有种种现象，而其本身不变，是一不生不灭之性体，故为生生灭灭阿赖耶识的根据。

（4）法界缘起。“法界”有多义，此指一切事物。阿赖耶识由如来藏（清净心）所生，如来藏的本体是“真如”，而真如本体不能更有所生，万法由如来藏变现；既由如来藏变现，故一切事物必互相通融，因此一事物生起则一切事物即生起，也就是说一切事物互为缘起，互为因果，辗转相生，无有穷尽。广大的宇宙是一个互相联系、互相作用的整体。一切事物，心理的、物理的、时空中的、超时空的，成为一个大缘起，更无孤立的事物，没有单独存在的事物，所以也称无尽缘起。华严立有“判教”学说，他们认为：小乘教为业感缘起；大乘始教为阿赖耶缘起；大乘终教为如来藏缘起；华严宗教为法界缘起。佛教讲事物之所以存在，事物之间的关系大都以这四种缘起为据。这是华严宗所分的，所以法界缘起为最高。但这四种缘起并无高下，只是从不同的角度观察事物。如业感缘起，是就事物的因果关系而言；阿赖耶识缘起，是就生起因果关系的心识而言；真如缘起，是就生起心识之本体而言；法界缘起，是就心识之用而言。了解“缘起”，再讨论“十二因缘”就比较好了解了。

“无无明”中的第一个“无”字和前面六个“无”字一样（如“无色”、“无受想行识”等）是否定词，说“无明”从根本上说也是不真实的。

1）“无明”：意谓本能的无意识的欲望要求，是一种愚昧无知的状态，或如一种不由自主的冲动，熊十力说：“无明者，谓一大迷暗势力”，但玄奘认为无明“非懵然无知”。“无明”有许多异名，如“痴”、“惑”、“烦恼”、“愚”、“无知”、“黑暗”等。

2）“行”：由“无明”引起的意志活动。《杂阿含经》说“缘无明，行者”，以迷暗势力为缘（条件），生起的意志活动。

3）“识”：能认识的主观因素，有“六识”或“八识”。一般认为，有“识”才有“行”。佛教则认为“意志活动”是由“无明”作为条件引起的；有了“意志活动”才能引起“识”的发生。因此，这里的“识”

只能是潜在的心理活动的因素（尚未成为众生），即托胎前的心识活动。

4）名色：所认识的客观要素，是由能认识的主观要素生起的。“色”指五蕴中的色蕴，即物理现象：“名”指“精神现象”。其所以称“名”而不称“识”（心识），因为“识”有了别（了解分别）的意义，而在母胎中的“心识”（意识）不能生起现实活动，只有一个“名称”，所以用“名”来称“识”。“名色”以潜在的“识”为条件。这是已成众生但未成形的阶段。

5）六入：指眼、耳、鼻、舌、身、意等六根在母胎中的状态，可逐渐长养而成感觉的认识器官，它不叫“六处”，而叫“六入”，是说它可以逐渐长成为“六根”，而尚未长成为“六根”。它是以“名色”为条件，由“名色”引起的。

6）触：六入接触事物而始有的感觉。“触”（感觉）要有根（认识器官）和尘（认识的对象）结合才可以生起。感识如果没有六种认识器官作为条件，它是不能生起的，所以它是以“六入”为条件的。

7）受：对所触（感受到的）对象生起苦乐的感受（领纳）。梁启超认为是“爱憎的感情”。有感觉才可以有以感觉为对象的苦乐的感受，所以它以“触”为条件。

8）“爱”：欲望或者说是“贪爱”，现实的有意识的欲望。“受”还只是苦乐的感受，还没有欲望，而“爱”则有欲望，它是以“受”为条件。

9）取：是执著，对一切事物的追求和执持都是“取”。有欲望就可以引起对事物的追求和执持，这样就把个体作为真实的存在执著之。

10）有：天地万物的现实存在，包括整个世界。另一说“业”。由于有执著，才把天地万物作为现实的存在（或谓活在世上的成年人对于世界迷执为实有）。或说“有”有“三有”即“三界”，“欲界”（有饮食、男女等欲的世界，人类所栖息的世界)，“色界”(在欲界之上，已离开了饮食男女的众生所栖息的世界)。它仍然离不开物质。无色界：在色界之上，是无形体的众生所栖息之所，无物质的世界，只有精神。

11）生：来世的生或个体的存在。因为有执著，把“有”持着为真实的存在，这样必然在轮回之中，而成为未来的生。有大地万物的存在，即有“个体之存在”。熊十力把“生”解释为“来世的生”，那就是说是“轮回”。但这种解释不是佛教的意思，因为“有”已说是世界上的成年人,对于世界执迷为实有,那就不能说“生”是“来世的生”,因“来世的生”并不是现实的存在。所以熊十力先生认为“有”既然是“众生对于世界而迷执为实有”,那么“生”就应是“众生由迷执世界为实有，因而遂增长了他的生存欲望”，即执著于“生”(或谓“有”是对自身以外的执著，“生”是对自身的执著)。

12）老死：有生即有老死，而其中“死”为必然的，不一定非经过“老”,故以“老死”为一支。梁启超把“无明”、“行”说是过去因;“识”、“名色”、“六入”、“触”、“受”为现在果；“爱”、“取”、“有”是现在的因，感未来的果;“生”、“老死”是未来果。或者也可以认为:“无明”、“行”、“识”为过去因;“名色”、“六入”、“触”为现在果;“受”、“爱”、“取”、“有”为未来因;“生”、“老死”为未来果。但熊十力先生对“十二因缘”有一些不同看法。他认为，“无明”、“行”、“识”三者虽分为三，而实混而为一。“无明”是一大迷暗势力，“行”则是承受迷暗而起成为一种造作（意志活动）的势力，而主导前二者则为虚妄分别（不真实的意识),即是“识”。而这三者为就宇宙的起源而说。五蕴是就现象说(心理的，物理的)，而前三者的“无明”不同于五蕴的“痴”(“行蕴”中包含有“痴心所现”)；“行”也不同于五蕴中的“行”，“识”也不同于五蕴中的“识”，如果全同则无十二因缘，所以有“无明”、“行”、“识”三潜在者，而有显现的“名色”（五蕴）。所以十二因缘是一过程，由隐而显又隐，不断循环，互相依存，并不能单独存在。由因造果，果又成因，而都无实在性。

十二因缘中“无明”、“爱”、“取”是“惑”（起因），故曰起惑：“行”与“有”为“业”，为惑引起的“造作”，故曰“造业”；“识”、“名色”、“触”、“受”、“生”、“老死”为苦。凡苦都有被动性，受“业力”支配。众生因起惑而造业，因造业而招苦果。在受苦时（因不了解受苦之因）而又起惑，三者循环，无有止境，生死轮回，流转不息。佛教讲十二因缘的目的，是说明人生是一个大苦的轮回圈，因造果，果又成因，循环往复。十二因缘虽支支相扣，无有自性，但人不觉悟时，总得在其中轮回，只有“灭无明”，以至“灭老死”，才可以得到解脱而成佛。

* * *

问题讨论

(1) 十二因缘中有“行”与“识”，又有“名色”，“名色”中的“行”与“识”与上说的“行”与“识”如何分别？熊十力认为前者为潜在的，后者为现实的；而一般认为分有过去因（行）、现在果（识）。但如为现在果（识）则与“五蕴”中的“识”如何分别？

(2)“名色”与“爱”等如何分？可以分为现在果与“未来因”，但如梁启超说则不好分。

(3)“有”和“生”如果都是“存在”，“有”包不包括“众生”的现实存在？是否仅指“众生”存在的环境？如不包括“众生”的存在，那么在《辞海》中说“有”为“由贪欲引起的善与不善的行为”有无根据？有世界的存在才有个体的存在？

（4）为什么“无明”是十二因缘之始？熊十力解释说：“释迦提倡出世法，本是反人生的思想。其于宇宙人生专从坏的方面去看。”这是否可以成为“无明”是十二因缘之始的理由？

“无无明”乃至“无老死”是说明“缘起”，即是说由“无明”为因缘而生起“行”，由“行”为因缘而生起“识”，乃至由“生”为因缘而有“老死”。这叫“缘起门”。假如从“老死”开始，追溯根源，推求为什么有“老死”，是由有“生”，因为有“生”才有“老死”。再推求为什么有“生”，因为有对把天地万物看成是实在的存在（“有”）。由此逐层类推，最后推到“无明”为止。“无明”这种迷无知而不能明了我空、法空，一切执著为实有，于是才有意志活动和“爱”、“取”等烦恼伴随而起。有了“爱”、“取”等烦恼为因，必招感到老、死等烦恼的果。不过这些烦恼的因素，是互相依存的，不能独立存在，无有实体。因此，用一个“无”字来把所有这些都否定。十二因缘既然可以消除，如何消除？就是用“灭无明”的方法，“尽”即灭的意思。由“无明”开始灭，直到“老死”为止。这叫“还灭门”。缘起是此有故彼有（无明缘行），还灭是此无故彼无（无明灭行），而起与灭都是缘起，都是无独立的自性，本性是空，所以还灭门也用一“无”字加以否定其实在性。

* * *

无苦集灭道，无智亦无得。

这两句是说，四圣谛“苦、集、灭、道”也是假立的名称，方便立名，所以说无。四谛是四种真理，唯有智慧高的圣者可以通这四种真理，所以叫“四圣谛”。“苦谛”有所谓“八苦”（见前）、“五苦”（生老病死、爱离别、怨憎会、求不得、五蕴聚）、“二苦”（内苦：病为身苦，忧愁嫉妒为心苦；外苦：恶贼虎狼等之苦，风雨寒热之灾）、“三苦”（一苦苦，身寒热饥渴等苦缘所生之苦；二坏苦，乐境坏时所生之苦；三行苦，一切有为法无常迁动之苦）、“四苦”（生、老、病、死）等分类。“集”：是指业力的聚集而言，招致这些苦果原因。“灭”：消除一切烦恼产生的原因，而达到“常乐我净”的涅槃境界。“常”：永恒常在。“乐”：无苦痛充满欢乐，称“大乐”。“我”：即法身，称“大我”。“净”：断除一切烦恼，称“大净”。“道”：达到“常乐我净”的涅槃境界修道的方法。

佛教为了使人们了解“四圣谛”的方便，提出三个层次以说明“四圣谛”的属性：第一层次叫“示相”，对“四谛”进行描述，“此是苦，逼迫性；此是集，招感性；此是灭，可证性；此是道，可修性”。第二层次叫“劝修”，告诉人们应如何修行。“此是苦，汝应知；此是集，汝应断；此是灭，汝应证；此是道，汝应修”。第三层是“作证”：是人们经过修行而达到的结果，可以证实达到的结果。“此是苦，我已知；此是集，我已断；此是灭，我已证；此是道，我已修。”

“苦”、“集”是世间因果，“苦”是果，“集”是因；“灭”、“道”是出世间因果，“灭”是果，“道”是因。由果追溯原因，因果都是在一定的关系中，由众缘所生。即为缘生，故无自性，所以“四谛”也是毕竟空，应予以否定。

“智”是能观照的智慧，“得”是行观照而证得的道理。所以“智”是“能得”，“得”是“所得”。把一切看成空无自性的“空”，和能依把一切事物看成是空无自性所得到的道理，其实这两方面也是空无自性的。“能空”是内心空，亦即“无智”之谓，“所空”是外界空，亦即“无得”之谓。境智俱泯，能所两忘，即毕竟空。这是菩萨的最高境界。或者我们也可以说，“法空”是“无智”，“我空”是“无得”，能了解“法无我”、“人无我”，就可“无智亦无得”而解脱。

以无所得故，菩提萨埵，依般若波罗蜜多，故心无挂碍；无挂碍故，无有恐怖，远离颠倒梦想，究竟涅槃，三世诸佛，依般若波罗蜜多故，得阿耨多罗三藐三菩提。

这一段是说明，以“无所得”而得解脱（不执著什么），靠了般若破除一切法后，则佛性得藉般若而显现。

此处“无得”与上处“无得”不大相同。上面说“无智亦无得”是为了破除“我执”和“法执”。这里的“无得”是破除广说所谈及的内容。本经由“是故空中无色”起说明五蕴、十二处、十八界、十二因缘都是空无自性，都应破除，这是一般人把这些执著为真实。“无苦集灭道”是破除声闻乘（声闻：谓听佛陀言教的觉悟者，只能遵照佛的说教修行，并唯以达到自身解脱为目的的出家人，最高果位为阿罗汉）、缘觉乘（缘觉：音译为辟支迦佛。一、出生于无佛之世，当时佛法已灭，但因其前世修行的因缘，自以智慧得道。二、自觉不从他觉，观悟十二因缘之理而得道）二乘人所执著的。“无智亦无得”是破除菩萨乘人所执著的。此处的“无所得”是总结上文“是故空中无色……

无智亦无得”,这一段中所用的十二个“无”字,对五蕴等一概予以否定,照见一切皆空,离我法两执而得解脱。这是“般若”的妙用,也就是本经的宗旨所在。

从“菩提萨捶”到“究竟涅槃”是说：菩萨能依般若波罗蜜多的方法观照（认识）“空”的道理（诸法本无自性故空,空无自性),达到了能知一切空无所得的境地（前面讲的“无所得”故),以前由一切烦恼执著所生的障碍,便一扫而空。既无障碍,自然无恐怖的心理；既无恐怖,自然远离一切颠倒梦想。颠倒是由我法两执（把自我和外界执著实有）所生起的一切不合理的观念,如把“无常”看成“常”,把“非乐”看成“乐”,把“无我”执著为“有我”等等。有了这种颠倒的观念,自然会产生梦幻不实的妄想,以求满足欲望。菩萨证悟了“空”的道理,所以能远离一切颠倒梦想,证得究竟涅槃的境界。

“涅槃”是“般涅槃那”的简称,有无生、无灭义。无生是永绝胎、卵、湿、化四生；无灭是与整个永恒的宇宙等量齐观。总之一切动乱纷扰的烦恼,到此都无,而达到“常”（永恒不灭)、“乐”（永除诸苦)、“我”（大我、法身、与万物为一)、“净”（永绝一切杂染）的涅槃境界。

“三世诸佛”以下是说众生靠般若波罗蜜多而得到无上正等正觉的智慧而得成佛。三世,指过去、现在、未来。“阿”是“无”义,“耨多罗”是“上”义,“三藐”是“正等”义,“三菩提”是“正觉”义。“阿耨多罗三藐三菩提”即“无上正等正觉”,指对宇宙人生真理有正确觉悟者而言。照佛教看,外道（佛教以外的各种学说）也有觉悟到真理的,但不彻底,不正确。声闻、缘觉也有正确的觉悟,但是只是认识“我空”一面,而还没有说到“法空”,不是普遍的正等（无邪曰正,无偏曰等)。菩萨虽然证得正等正觉,但还不是最上,只有佛才能证得无上正等正觉。

这里有个问题，上文已说“以无所得故”，方可达到“究竟涅槃”，这里为什么又说“得阿耨多罗三藐三菩提”呢？“无得”而又“有得”，岂非前后矛盾？这是因为前面讲的“得”是指一切有对待的事物而言，如“无智亦无得”，“智”是能得，“得”是所得，互相对待，有对待就有分别，有分别就可以有我法两执，故须破除，所以说“无得”。“菩提”是超越了对待差别的境界，平等如一，我法皆空，它是在破除之后（般若遣相），佛性借助般若这种智慧而显露。本来众生都有佛性，只是受到了种种蒙蔽，在破除了一切障碍之后，佛性就自然显现了。所以说佛不过是已证得菩提的众生，众生是未证得菩提的佛。过去、现在的佛指已证得菩提而言，未来的佛是指未证得菩提的众生而言。无论是谁（众生）靠了般若的智慧达到彼岸，就可以证得阿耨多罗三藐三菩提。

故知般若波罗蜜多，是大神咒，是大明咒，是无上咒，是无等等咒，能除一切苦，真实不虚。故说般若波罗蜜多咒。即说咒曰：揭谛揭谛，波罗揭谛，波罗僧揭谛，菩提萨婆诃。

这一段是赞叹般若功德。“大神”是能降魔，比喻般若有极大的力量；“大明”喻赞般若能断除一切愚痴，破无明；“无上”喻赞般若是一切法门（学理）中至高无上的效用；“无等等”喻赞般若威力广大，非余所能及。“能除一切苦”，这包括身心内外一切大苦小苦在内。这些苦都是虚妄不实的，到了真实不虚的境界，一切苦也就自然消灭了。“揭谛”是“去”的意思；“波罗”是“波罗蜜多”的省语，“到彼岸”义；“僧”是“众”义；“菩提”是“觉”；“萨婆诃”言“疾速”，疾速成就。“揭谛揭谛，波罗揭谛，波罗僧揭谛，菩提萨婆诃”的意思是：去呀！去呀！

到彼岸去，大众一齐去，正觉疾速成就。

《般若波罗蜜多心经》只有二百六十字（或多一两个字），但包括佛教教义的各个方面，涉及很多名相，它以观自在为修持的目标，以度一切苦厄为全经纲领。一切苦厄，是由自己身心不自在（不能于事理无碍）所引起的。而身心不过是由物质和精神现象组合而成。众生把这些物理和心理现象当作自己的身心，执著不舍，而不知心物都是因缘和合而成，并无实在的自体。一有执著之心，便如作茧自缚，追求物质与精神的满足，而将本来有的觉性蒙蔽住了。其实众生本来就是佛，本来就有佛性，并不是在自身之外另有一佛性。只需把一切蒙蔽自身的污染去掉，便能恢复原有的清净本性，乃至“智”和“得”也一齐去掉，这样就可以去掉一切对待，不再为众生，永除一切苦厄，得以自在无碍而成佛。

可以讨论的问题当然很多，但这中间有一关键问题似需解决：如果破除一切，也应破除“佛性”，如果不破除“佛性”，那么对“佛性”（清净本性）也应是一种执著，这个问题应如何解释？如果说“佛性”只是一种“觉悟”，那么“觉悟”有没有“主体”？如果没有“觉悟”之“主体”，那么“觉悟”是否就落空，即无所谓“觉悟”与“不觉悟”？如果有一“主体”，那么照说“主体”应该破除，所以“空宗”的“不立自宗”是否能行得通，实是问题。如果立了一“主体”就与“无我”发生矛盾，般若学自然不能是这样的。所以把佛教思想作为一种哲学思想来研究，就会发现它自身并非一个十分圆满的哲学体系。如果把它仅仅作为一种宗教看，宗教是一种信仰，有些问题自可不问，所以说“佛教亦宗教亦哲学”，这就看你从哪一方面看了。但我们是研究哲学的，因此应该把某些问题提出来讨论。

参考书目：

（1）《心经六家注》，上海，商务印书馆，1920。

（2）《唯识三十颂略解》，北京法相研究会编。

（3）熊十力：《佛家名相通释》，北京大学出版组，1937。

（4）熊十力：《体用论》，北京，中华书局，1994。

（5）丁福保：《佛学大辞典》，北京，文物出版社，1984。

（6）霍韬晦：《佛学》（教科书），香港，香港中文大学出版社，1987。

（7）汤用彤：《隋唐佛教史稿》，北京，中华书局，1982。

（8）方立天：《佛教哲学》（增订本），北京，中国人民大学出版社，1991。